LE SOIR DU RENDEZ-VOUS

SAMANTHA HAYES

LE SOIR DU RENDEZ-VOUS

Traduit par Pauline Babin

Bookouture

L'édition originale de cet ouvrage a été publié en 2019 sous le titre *Date Night* par Storyfire Ltd. (Bookouture).

Publié par Storyfire Ltd.
Carmelite House
50 Victoria Embankment
London EC4Y 0DZ

www.bookouture.com

Le représentant légal dans l'EEE est Hachette Ireland
8 Castlecourt Centre
Dublin 15 D15 XTP3
Ireland
(email: info@hbgi.ie)

ISBN : 978-1-83618-876-6
eBook ISBN : 978-1-83618-875-9

PROLOGUE
PRÉSENT

Assise à l'arrière de la voiture de police, je fixe mes mains, tête baissée. Du sang a séché sous mes ongles, formant de petits croissants sombres. Je referme les doigts avant de poser mes poings sur mes cuisses, poignets serrés, et je jette un dernier coup d'œil vers le cottage alors que le moteur démarre. Une agente de police est assise à côté de moi.

Ai-je bien fermé la porte ? Éteint les lumières ? J'aurais peut-être dû laisser un mot.

Je reviens, mon cœur.

Dans vingt ans, peut-être.

— Ceinture, dit l'agente à côté de moi en tirant sur la sangle.

J'acquiesce, tout en ayant l'impression d'être une enfant désobéissante. Non, pire que ça. Bien pire. Mais comment leur faire comprendre qu'ils se trompent à mon sujet ?

J'enfouis mon visage dans mes mains menottées et ferme les yeux. Puis, sans y réfléchir, je glisse un de mes doigts dans ma bouche – une habitude que Sean me reproche. Pour notre premier Noël ensemble, il m'avait offert un bon pour une manucure au salon de beauté de l'hôtel spa haut de gamme du coin. Une gentille attention, mais il n'avait pas caché sa déception quand j'étais rentrée avec des ongles courts, joliment limés et vernis. Il s'attendait à ce que je revienne avec des ongles en acrylique – il l'espérait, même. *Comme Natalie*, n'avais-je pu m'empêcher de penser.

« Mais je ne peux pas travailler avec des ongles longs », lui avais-je dit en l'embrassant.

Il ne s'était plus plaint après ça.

Un goût métallique, brut envahit ma bouche alors que le sang coagulé sous mes ongles se dissout sur ma langue. Index, majeur, annulaire...

Je ravale mon haut-le-cœur, me lèche les lèvres, priant pour qu'il n'y ait aucune trace sur ma bouche. La voiture s'éloigne de notre cottage en bringuebalant et passe devant la place du village, dont le mémorial en pierre est déjà entouré d'une couronne de coquelicots précoces. *Encore du sang*, me dis-je, alors que mes yeux croisent les regards de plusieurs habitants. Ils sont agglutinés pour discuter, le rouge des fleurs formant une tache de couleur vive derrière eux pendant qu'ils me regardent passer. Je les reconnais, ce qui n'est pas inhabituel à Great Lyne. Tout le monde se connaît. Je fixe leurs visages, et le paysage s'estompe derrière eux : une bouche grande ouverte, un cou tendu, des sourcils levés, face à l'embarquement de Libby Randell dans une voiture de police, dont les marquages bleus et jaune fluo brillent dans la pénombre de cette morne journée. Les langues vont se délier, les ragots vont fuser dans le pub du coin, l'épicerie du village et la cour de récréation de l'école primaire. Un dénouement après des semaines de suspense.

« L'a-t-elle fait ? » « Que s'est-il passé ? » « Qui l'eût cru ? »

Après tout, c'est ce que le village voulait : une conclusion. Ces dernières semaines, le poids de l'incertitude avait assombri le quotidien, telle une tempête menaçante qui devait finir par éclater. Seulement, personne ne s'attendait à ce que ça arrive de cette façon.

Mais un soulagement reste un soulagement. Les gens veulent simplement reprendre le cours de leur vie, ils sont prêts à accepter tout ce qui leur permettra de tourner la page. Et bien sûr, tout le monde avait ses soupçons, moi y compris.

« Peut-être qu'elle est partie quelque part et s'est suicidée ; elle a toujours semblé instable... Ou la mère pourrait être responsable, ou le père – ils avaient des problèmes, tu sais –, ou peut-être qu'elle a fugué et qu'on la retrouvera à la rue à Londres. Peut-être qu'elle a eu un accident et que son corps n'a pas encore été retrouvé... Pauvres parents. Et pauvres Libby et Sean... Un couple si gentil. Une si belle famille. »

Et pauvre Sasha...

Tout le monde oublie cette pauvre Sasha.

Personne ne sait ce qu'il s'est passé ce soir-là.

Nous avons désormais quitté le village. La familiarité réconfortante de ses cottages en pierre couleur miel, des ruelles que j'ai arpentées à pied ou en voiture chaque jour pendant les sept dernières années est maintenant loin derrière nous. Elle est remplacée par des champs et des bâtiments agricoles, puis, assez vite, par l'A44. En voyant un panneau, je me rends compte qu'ils m'emmènent à Oxford.

— Je serai partie longtemps ? dis-je à l'agente à côté de moi.

Sa posture me dit qu'elle est sur ses gardes, prête à intervenir si je tente de m'échapper : ses épaules sont tendues, et sa main gauche est posée sur le siège qui nous sépare, les doigts écartés.

Je l'ai déjà vue ces dernières semaines, tout comme les autres ; certains avec l'uniforme, d'autres sans. Les interventions se sont faites par vagues, les ragots suivant de près la présence policière. Je ne risque pas de m'enfuir, à vrai dire. Je porte un jean mom avec un vieux sweat de Sean taché sur le devant, et j'ai enfilé mes vieilles Crocs de jardinage quand ils m'ont menottée pour m'emmener. Pas vraiment des chaussures adaptées pour fuir la police.

Je n'ai pas besoin de fuir, de toute façon. Au cours de ces trois dernières semaines, nous avons tous dû faire des dépositions. Je vais répondre à leurs questions, sans doute encore les mêmes, clarifier tout malentendu et leur demander de me laisser partir. J'ai à peine commencé la préparation du dîner de ce soir et je ne serai probablement pas de retour à temps pour le terminer. Je baisse la tête en imaginant mes clients m'attendre tout à l'heure, leur inquiétude se transformer en déception, puis en colère lorsqu'ils comprennent que je leur ai fait faux bond.

— Ça dépend, dit l'agente, me rappelant que je lui ai posé une question.

Je hoche légèrement la tête, suçotant maintenant les ongles de ma main gauche : je ronge, je mords, je nettoie. L'agent qui conduit, l'inspecteur principal Jones, a une cinquantaine d'années, une mâchoire carrée et serrée couverte d'une barbe poivre et sel, et est en civil. Son regard glisse furtivement sur le rétroviseur toutes les deux secondes, non pas pour contrôler la circulation derrière lui, mais plutôt pour m'observer. J'essaie d'éviter son regard.

« C'est *moi* ! ai-je envie de crier. Ce n'est que *moi* ! » Je suis une mère, une épouse, une belle-fille, une meilleure amie. J'ai trente-neuf ans, une enfant de quatre ans, un mari, ma propre entreprise, un beau-fils et un chat. J'ai de bons amis, je suis appréciée, je fais du Pilates et je paie mes impôts à temps. J'entretiens notre cottage, je conduis une voiture ordinaire, et nous partons parfois en week-end à Polzeath parce que Sean et Dan – le fils de quinze ans de Sean, et la seule raison pour laquelle il reste en contact avec sa première femme, Natalie – aiment surfer ensemble. Mon estomac se noue à la pensée de l'ex-femme de mon mari. Omniprésente dans nos vies. Ses exigences nous affectent tous, d'une manière ou d'une autre.

— Oh, Alice... murmuré-je, soudainement incapable de me concentrer sur autre chose que ma fille.

Mes mains menottées couvrent mon visage alors que je réfléchis à l'endroit où elle se trouve.

— Alice ? demande l'agente à mes côtés.

— Ma... ma petite fille, dis-je, la voix tremblante.

Mes pensées se bousculent, la panique finit par m'envahir complètement.

— Marion... dis-je, le souffle court.

Dieu merci.

— Marion ? répète l'agente.

— Ma belle-mère, dis-je, sûre qu'Alice est entre de bonnes mains.

Marion la ramènera à la maison tout à l'heure. Si elle n'arrive pas à joindre Sean ou moi, elle s'énervera discrètement, comme elle sait si bien le faire, puis retournera à la ferme, secrètement heureuse de passer plus de temps avec sa petite-fille. Bien que fatiguée ces dernières semaines, et avec une santé qui laisse à désirer, Marion se fera une joie de nous sauver la mise. Et de me le faire savoir.

— Pardon, dis-je en me touchant le front. Je suis un peu... déstabilisée.

Je jette un autre coup d'œil à l'agente, qui fixe la route, les lèvres légèrement pincées.

— C'est juste... C'est juste que je n'ai jamais été arrêtée auparavant.

Encore moins pour suspicion de meurtre.

1

PASSÉ

— Allez, allez ! dit Libby, tapotant le dessus de la bouilloire, attendant qu'elle chauffe l'eau.

Sean passa derrière elle et glissa ses mains sur ses hanches avant d'attraper des tasses dans le placard. Libby jeta un coup d'œil à sa montre.

— Maman, on peut adopter un chaton ? demanda Alice en tapant du pied contre la table. Et une tortue ?

— Une tortue ? répondit Libby, un sourire aux lèvres, absorbée par l'idée d'arriver au marché avant que tous les meilleurs produits ne disparaissent.

Ce nouveau client était important : il fallait qu'elle fasse bonne impression.

— Non, ma puce, ajouta Sean. On a déjà un chat. Et les chats ne font qu'une bouchée des tortues, tu ne le savais pas ?

Il la chatouilla par-derrière et se pencha pour embrasser ses boucles soyeuses.

— Toi, pourquoi tu ne fais pas qu'une bouchée de ton petit déjeuner ?

— Parce que j'aime pas le porridge. Je suis la seule de la garderie à devoir en manger.

— Tiens, mange ça alors, dit Libby, voulant simplement qu'Alice ait quelque chose dans le ventre avant d'aller chez Marion.

Elle poussa sa tartine, qu'elle n'avait pas encore touchée, vers elle. Alice se pencha en avant pour lécher la confiture et laissa échapper un soupir de satisfaction.

— Une petite de quatre ans qui refuse des flocons d'avoine bios et du miel, où va le monde ? dit Sean en riant et en tirant une chaise en bois de sous la table, faisant racler les pieds sur le carrelage.

Il s'assit et récupéra le porridge. Appuyée contre le plan de travail avec un café à la main, Libby rit aussi en regardant sa petite famille, incrédule, comme si elle avait du mal à croire que c'était vraiment la sienne. Elle les aimait éperdument tous les deux. Mais son esprit était surtout accaparé par le déjeuner pour vingt personnes qu'elle devait préparer pour le lendemain. « Un festin pour épater le conseil », tel était le mot d'ordre. Elle n'était jamais nerveuse, d'habitude, mais il s'agissait là d'un essai pour un client qui pourrait devenir régulier et qui lui commanderait des déjeuners pour les réunions d'équipe hebdomadaires, puis, si tout se passait bien, du service traiteur pour cinquante personnes lors des formations mensuelles. Elle et Sean s'en sortaient – tout juste – financièrement, mais elle avait consacré la majeure partie des trois dernières années à développer All Things Nice et tenait à ce que cela fonctionne. Non, il *fallait* que cela fonctionne, les rénovations ayant coûté bien plus que prévu. Et elle aimait que Sean soit fier d'elle.

— Ma puce, comme maman est un peu stressée aujourd'hui, tu pourrais peut-être lui faire un dessin à la garderie cet après-midi ?

Libby fut sur le point de dire quelque chose, mais se ravisa.

— Je peux peindre chez mamie ce matin, dit Alice d'un ton détaché. Elle me laisse mettre le bazar partout et je dois même pas nettoyer. Et elle me donne plein de bonbons.

Sa voix était montée dans les aigus sous l'effet de la joie. Sean et Libby échangèrent un regard. Libby était bien sûr toujours reconnaissante envers Marion pour son aide, dont elle ne pouvait pas se passer. Mais il arrivait que sa belle-mère permette à Alice de faire des choses qu'elle désapprouvait. Elle savait que se taire était un petit prix à payer pour bénéficier d'une garde gratuite.

— Tu es de permanence ce soir ? demanda Libby.

Ces derniers temps, Sean travaillait de plus en plus souvent en fin de journée.

— J'en ai bien peur, répondit-il. Mais je ne pense pas que ce sera très chargé.

C'est ce qu'il avait dit la dernière fois, et il n'était pas rentré avant minuit. Mais elle décida de ne pas le lui faire remarquer et remplit rapidement le lave-vaisselle avant de monter à l'étage pour rassembler les affaires d'Alice pour la journée. À son retour, elle envoya sa fille se laver les dents et s'installa à califourchon sur les genoux de Sean, toujours assis. Il posa ses mains sur ses hanches lorsqu'elle se pencha pour l'embrasser.

— Mmm, le porridge est délicieux aujourd'hui, dit Libby en faisant un clin d'œil à son mari, avant de reposer ses lèvres sur les siennes.

Le baiser était assez intense pour qu'ils y pensent toute la journée, assez doux pour qu'ils aient envie de le reprendre plus tard.

— Alors espérons que ce soit calme au cabinet ce soir, ajouta-t-elle, sentant l'excitation monter.

Elle le désirait plus que jamais, encore plus qu'au moment où elle l'avait croisé pour la première fois, six ans plus tôt. Tous deux en voie de guérison après une déception amoureuse, ils étaient devenus le pansement l'un de l'autre, à partir de ce regard cliché échangé à travers la foule du bar. En réalité, il n'y avait pas particulièrement foule, et ce n'était pas vraiment un bar ; plutôt un pub local à moitié vide, dans un village voisin, où

Libby retrouvait des amies. Elle l'avait reconnu, l'ayant déjà vu à la salle de sport de l'hôtel où elle travaillait à l'époque.

— Allez, mademoiselle, dit-elle en se levant au retour d'Alice. Enfile ton manteau, tes chaussures, et monte dans la voiture.

Elle regarda par la fenêtre à vitraux du cottage, vers le paysage au-delà. La verdure du village scintillait sous une légère gelée blanche, parsemée des empreintes des promeneurs matinaux.

— Dépêche-toi, il va falloir que je dégivre la voiture, ajouta-t-elle.

Sean enfila sa veste cirée et laça ses bottes tandis qu'Alice lui faisait un câlin, montant presque sur son dos.

— Bon, je file au travail, annonça-t-il en repoussant doucement Alice. Archie me ramène tout à l'heure, dit-il à Libby. Je vais déposer le Land Rover au garage ce midi pour faire vérifier les freins. Il pourrait y rester quelques jours, selon les pièces à commander. Je vais devoir prendre ta voiture si j'ai des interventions le soir.

— Pas de souci, dit Libby.

Sean les embrassa rapidement une dernière fois et attrapa le déjeuner que Libby lui avait préparé avant de sortir, la porte d'entrée laissant entrer un courant d'air frais.

— Maman, j'ai envie de faire pipi, déclara Alice en sautillant.

— Alors dépêche-toi, ma puce, dit Libby. Je vais dehors pour gratter la glace de la voiture. N'oublie pas de te laver les mains, lui rappela-t-elle alors qu'Alice s'éloignait.

Elle enfila sa doudoune et chercha ses gants dans ses poches. Comme ils n'y étaient pas, elle remonta vérifier dans celles d'un autre manteau. Les vêtements chauds n'avaient pas été nécessaires jusqu'à présent cet automne mais, depuis un jour ou deux, le temps se rafraîchissait. Elle songea qu'il faudrait bientôt recommencer à se garer dans l'arrière-cour du cottage. C'était un peu serré pour faire entrer les deux voitures mais, au moins, cela les protégeait des intempéries et permettait de partir plus vite le matin.

Elle finit par retrouver ses gants et se dirigea vers la voiture, constatant que Sean était déjà parti. Elle arracha les dernières têtes de géranium des pots devant la porte d'entrée, se promettant d'acheter des pensées ou des cyclamens au marché.

Libby démarra le moteur de la Volkswagen break et activa le dégivrage. Elle fouilla dans la boîte à gants à la recherche du grattoir, tout en jetant un coup d'œil furtif à la porte d'entrée ouverte du cottage pour voir si Alice était là. Elle esquissa un petit sourire ; le toit de chaume du petit porche lui rappelait toujours une frange bien taillée. Avec Alice, elles avaient souvent plaisanté sur le fait que le cottage avait une bouille amicale. Sean n'avait pas acheté l'endroit bien longtemps avant qu'ils ne se mettent ensemble et, au fil des années, ils avaient fait de nombreux travaux. C'était leur foyer, sans aucun doute. Un lieu sûr. Pour tous les trois. Peut-être qu'un jour, ils seraient quatre. Elle avait récemment laissé entendre qu'elle aimerait essayer d'avoir un autre enfant.

— Allez, ma puce, on y va ! appela Libby en s'attaquant au pare-brise avec le grattoir.

Elle s'arrêta soudainement en remarquant un morceau de papier glissé sous l'essuie-glace, côté conducteur.

Ce n'était pas un prospectus, et il n'était pas gelé ; elle en conclut donc qu'il avait été laissé là dans la matinée. Elle retira son gant et souleva la lame de caoutchouc pour attraper le papier humide pendant que le pare-brise dégelait sous l'effet du chauffage, plus préoccupée par le temps qu'Alice mettait à sortir de la maison que par ce qui avait été laissé sur sa voiture.

— Alice ? Dépêche-toi, lança Libby en insérant la clé dans la serrure de la porte d'entrée.

Elle déplia le morceau de papier et constata qu'il n'y figurait que quelques mots écrits au stylo bleu, l'encre ayant coulé à cause de l'humidité.

Elle contempla le papier, bouche bée et yeux écarquillés, incapable d'assimiler ce qu'elle lisait. Puis, en levant la tête, ses yeux s'agrandirent davantage.

— Oh, ma puce ! s'exclama Libby en découvrant qu'Alice saignait du nez.

Ses lèvres et ses mains étaient écarlates. Elle se pencha et laissa tomber le mot pour examiner sa fille. Elle ne savait pas ce qui était le plus troublant : le contenu du papier ou le visage d'Alice. Elle sortit un mouchoir de sa poche pour tamponner le sang et ferma les yeux un instant. Mais elle ne pouvait voir que ces quatre mots, gravés derrière ses paupières.

« Sean a une liaison. »

2

— Je suis vraiment désolée pour le retard, Marion, dit Libby, hors d'haleine.

Elle avait dû retourner rapidement à l'intérieur pour nettoyer le visage d'Alice avant de partir, et, même si elle voulait prendre le mot à la légère, il l'avait profondément secouée.

— C'était une sacrée matinée, soupira-t-elle en entrant dans la longère après que Marion l'eut invitée à entrer.

— Pauvre maman, hein, Alice ? dit Marion en souriant à sa petite-fille avec un léger haussement de sourcils.

Elle prit le sac à dos et le manteau d'Alice.

— Ne t'inquiète pas, tu es chez mamie maintenant et...

Elle s'interrompit, retenant son souffle.

— Mon Dieu ! s'exclama-t-elle en lançant un regard à Libby. Qu'est-ce que tu as bien pu faire, ma puce ?

Marion se pencha pour tirer sur le sweat-shirt autrefois propre d'Alice, frotta la tache brune et effleura délicatement les traces de sang autour de son cou.

— J'ai zaigné du dez, expliqua Alice en renversant la tête afin de montrer sa narine bouchée par un coton, pour faire bonne mesure.

Marion se redressa, posa une main sur son ventre en grimaçant, essayant de dissimuler sa douleur. Chaque fois que Libby évoquait ses différents maux, Marion balayait ses remarques d'un revers de main.

— Tu es sûre que c'est une bonne idée ? demanda-t-elle à Libby. Lui bourrer le nez comme ça ?

— Ça n'arrêtait pas de couler et on était pressées, répondit Libby.

Elle ne pouvait pas garantir que c'était la bonne solution. Tout ce qu'elle savait, c'était que le saignement avait enfin ralenti après le troisième bouchon ; le coton ne s'imbibait plus aussi vite.

Marion posa sa main sur l'épaule d'Alice, l'attirant contre ses jambes.

— Eh bien, vous n'êtes plus aussi pressées maintenant que vous êtes là, n'est-ce pas, ma puce ? dit-elle. Ta pauvre maman court toujours partout. Pourquoi tu n'entres pas boire un café, Libby ? Tu m'as l'air un peu pâle.

— Merci, mais...

— Allons, s'obstina Marion en se tournant vers la cuisine. J'insiste. On dirait que tu as vu un fantôme.

Libby hésita une seconde, prête à refuser, mais elle savait que c'était peine perdue. Elle se résigna : elle pourrait avaler son café d'un trait et espérer encore arriver au marché assez tôt pour y trouver ce qu'elle voulait.

— Bien sûr, merci, Marion, dit-elle, ne pouvant s'empêcher de frissonner.

Elle retira ses gants et les fourra dans sa poche, où elle sentit le mot qu'elle avait ramassé avant de quitter la maison. Elle s'assit à la table de la cuisine, son doigt suivant le motif de la nappe pendant que Marion préparait les boissons.

— Elle en a souvent ? demanda-t-elle une fois Alice hors de portée de voix.

— Pardon ? répondit Libby.

— Des saignements de nez.

— Ah, non. Presque jamais, dit-elle en se touchant le front.

Un début de migraine, il ne manquait plus que ça. Ou peut-être était-elle en train de tomber malade. Il y avait un virus qui circulait.

— Je suis sûre que ce n'est rien. Alice a dit qu'elle s'était cogné le nez contre le lavabo en se penchant pour ramasser la serviette.

Marion hocha légèrement la tête, serrant ses mains autour de sa tasse en s'installant à côté de Libby.

— Et Sean ? Comment il va ? demanda-t-elle.

Elle but une longue gorgée de son café et resserra les pans de son épais cardigan en frissonnant, avant de se tenir le ventre un instant, affichant une nouvelle expression de douleur. Il faisait frais dans la cuisine, mais Libby savait que la pièce d'à côté était chauffée, et qu'Alice serait bien au chaud.

Depuis qu'elle la connaissait, elle avait toujours vu Marion vivre à la limite de l'inconfort : elle préférait les couvertures et les dessus-de-lit à une simple couette, éteignait le chauffage la nuit en hiver, reprisait les chaussettes de Fred jusqu'à ce qu'il n'y ait presque plus une maille d'origine, et la perspective de se procurer un lave-vaisselle était bien lointaine.

Curieusement, Marion avait toujours poussé Libby et Sean, d'une façon assez appuyée, à décorer et à meubler somptueusement Chestnut Cottage. *Du luxe par procuration*, songea Libby. L'intervention de Marion pendant les rénovations ne l'avait pas vraiment gênée, d'autant plus qu'elle les avait largement aidés financièrement. Sans cela, ils auraient eu du mal à assumer tous les frais. Marion leur avait demandé de considérer cela comme un autre cadeau de mariage, bien qu'elle ait laissé entendre que Fred ne devait pas être mis au courant. Mais il était clair que Sean ne risquait pas vraiment de parler de peinture à la craie, de couette en duvet d'oie ou des avantages du chauffage au sol avec son père. Le secret était donc bien gardé.

— Ça va, mais il travaille toujours autant. Il est encore de permanence ce soir, répondit Libby en regardant par la fenêtre de la cuisine.

Elle aperçut deux ouvriers en train de charger des bottes de foin sur la remorque d'un tracteur crachant de la fumée, sans doute pour une livraison locale. La ferme tournait à plein régime et, si sa santé le lui permettait, Marion serait dehors avec Fred et les autres, à travailler dur jusqu'à la tombée de la nuit. Mais dans son état, elle était contente de s'occuper d'Alice et d'aider sa famille autrement. Libby savait que Marion avait besoin qu'on ait besoin d'elle.

— Parfois, je me dis qu'il travaille trop, ajouta-t-elle.

Elle but une grande gorgée de café et se brûla la langue tandis qu'une nouvelle vague de malaise l'envahissait.

« Sean a une liaison. »

Elle secoua la tête et ferma les yeux, tentant de chasser le mot de sa tête. Mais rien n'y faisait. L'écriture soignée au stylo bleu devenait de plus en plus nette dans son esprit.

— Tu t'inquiètes pour lui ? demanda Marion, l'air inquiète, en posant une boîte à biscuits devant Libby.

Comme si elle l'avait flairée malgré le coton dans son nez, Alice fit irruption dans la cuisine et plongea immédiatement sa main dans la boîte.

— Pas trop, petite chipie, lui dit Marion. Et va jeter un œil sous le canapé vert. Il y a une surprise pour toi.

Alice laissa échapper un cri de surprise et repartit en trottinant, un gâteau dans chaque main.

— Alors ? insista Marion.

Libby se força à esquisser un sourire.

— Oh, il a juste été souvent de permanence ces derniers temps, c'est tout.

Elle avala une autre gorgée de café.

— Mais ça va.

— Non, je veux que tu me dises ce qui ne va *vraiment* pas.

— Rien, répondit-elle, beaucoup trop vite.

Elle mordit dans un biscuit et tenta de déglutir, mais sa bouche était trop sèche pour le faire passer.

— Sérieusement, ça va. Je suis juste un peu stressée à l'idée qu'il n'y ait plus rien quand j'arrive au marché.

Libby jeta un coup d'œil à sa montre sans vraiment faire attention à l'heure.

— J'ai un gros événement qui arrive.

— Ne te surmène pas non plus, Libby, dit Marion sur son fameux ton mi-désapprobateur, mi-sentencieux. Tu n'es pas obligée de partir tout de suite, si ?

Bien que Sean soit associé dans une clinique vétérinaire prospère, celle que lui et Archie avaient fondée douze ans plus tôt, ils devaient tout de même faire attention à leurs dépenses, d'autant que le divorce de Sean lui avait coûté cher. Sans les revenus mensuels de Libby, ils devraient établir un budget beaucoup plus strict, surtout avec les travaux constants à réaliser dans le cottage. Pour l'instant, ils s'en sortaient plutôt bien, mais elle ne pouvait certainement pas se permettre de réduire ses heures de travail. Après avoir travaillé d'arrache-pied pour développer All Things Nice ces trois dernières années, elle gagnait en notoriété dans la région, et les affaires avaient vraiment décollé l'été passé. Durant les derniers mois, elle avait de plus en plus eu recours à l'aide de Sasha.

Au-delà de ça, elle aimait cuisiner et servir des plats frais chez ses clients. « Le dîner sans stress », c'est ce qu'elle promettait sur son site web. Ses clients réguliers n'avaient aucun doute sur le fait que sa prestation valait largement ce qu'elle facturait, pour échapper aux tracas des courses, de la préparation, de la cuisine et du nettoyage. Sans parler des désastres culinaires. Libby s'occupait de tout, même de décorer la table et de fournir la vaisselle si nécessaire. Cela permettait à ses clients de profiter de leurs réceptions après une longue semaine de travail. Et ceux-ci ne manquaient pas dans la région : des professionnels occupés vivant dans de belles maisons de campagne qui, après un long trajet depuis Londres, étaient ravis de laisser Libby prendre les rênes.

— Je travaille dur, c'est vrai. Mais j'adore ça, Marion, dit Libby en terminant son café et en refermant sa veste.

Elle sortit ses gants de sa poche, prête à les enfiler, mais le mot glissa au sol. Libby se pencha pour le ramasser, mais Marion fut plus rapide.

— Tiens, dit-elle en le lui rendant sans le regarder. Ne te tue pas à la tâche, d'accord ? Sean et Alice ont besoin de toi.

Les mots « Sean et Alice ont besoin de toi » résonnaient encore dans sa tête alors qu'elle regagnait sa voiture, après avoir dit au revoir à Alice. Elle fit signe à Fred, qui s'éloignait au volant du tracteur, de l'autre côté de la cour, les ballots rebondissant dans la remorque derrière lui. Il lui rendit son salut par un petit mouvement de tête, ce qui, venant de lui, n'était pas rien. Elle monta dans la voiture et poussa un profond soupir en faisant démarrer le moteur. Il lui faudrait au moins une demi-heure pour arriver au marché, peut-être plus si elle se retrouvait coincée derrière un véhicule lent.

Pas Sean, quand même ? pensa-t-elle en remontant le chemin, le mot toujours en tête. Si le nom de son mari n'y figurait pas, elle aurait pu croire qu'il s'agissait d'une erreur ou d'enfants qui lui jouaient un tour.

« Sean a une liaison. »

Non. Ce n'était pas vrai.

Elle refusait catégoriquement d'y croire.

3

Le marché de gros se tenait dans une grange ouverte, un peu en dehors de la ville. Le petit parking boueux était presque plein. Libby attendait devant l'entrée et fit signe à plusieurs conducteurs qui quittaient les lieux, leurs fourgons débordant de produits. Elle les reconnaissait : des employés d'hôtels et de restaurants locaux, ou encore des propriétaires des innombrables chambres d'hôtes qui parsemaient la région. Notamment grâce à l'hôtel spa White House Barns, très prisé, la région attirait un flot constant de visiteurs : des touristes, des Londoniens le week-end, et des travailleurs lors des séjours d'entreprise et des conférences en semaine. *Un bon terreau pour les affaires*, se disait Libby.

— Ce qui serait bon pour les affaires, ce serait aussi de pouvoir rentrer... murmura-t-elle en tapotant du bout des doigts le volant, soulagée lorsque Steffie, la fleuriste du village voisin, finit par lui céder le passage.

Elle sortit son téléphone de son sac et fixa l'écran, le doigt suspendu au-dessus du prénom de Sean. Elle savait qu'il n'apprécierait pas qu'elle le dérange pendant ses heures de consultations, à moins qu'il ne s'agisse d'une urgence.

Était-ce une urgence ?

Elle en avait bien l'impression, avec cette inquiétude grandissante qui lui nouait l'estomac. Elle avait simplement besoin de l'entendre lui dire d'arrêter de croire à ces bêtises. Que ce mot n'était qu'une erreur. Que tout allait bien.

Finalement, elle composa un autre numéro, le regard perdu par la fenêtre en écoutant les tonalités s'enchaîner.

— Salut, toi, ça va ? s'exclama une voix essoufflée à l'autre bout du fil.

Derrière, des cliquetis et des claquements se faisaient entendre.

— Oh, tu sais... répondit Libby.

Si quelqu'un pouvait comprendre, c'était bien Fran. Le fracas s'arrêta.

— D'accooord, dit-elle lentement. Tu me racontes ce qui ne va pas ? J'ai une commode perchée en haut de l'escalier, et elle va tomber si je ne...

Fran émit un grognement.

— Attends... dit-elle, haletante.

Encore des bruits et un autre *boum*, puis elle reprit :

— Qu'est-ce qui se passe ? Tu as l'air... bizarre.

— Je suis bizarre, dit Libby, les yeux rivés sur les gens qui retournaient à leur voiture avec des chariots remplis de denrées. Qu'est-ce que tu fais ce soir ? demanda-t-elle d'un ton plat.

— Je te harcèle pour savoir ce qui se passe, apparemment, répondit Fran.

— Rendez-vous à 19 heures chez moi ?

— Ouais. J'apporte le vin.

— Merci, dit doucement Libby avant de raccrocher.

Une heure plus tard, l'un des hommes du marché poussait une brouette jusqu'à la voiture de Libby à travers les ornières de boue et l'aidait à ranger les caisses de nourriture à l'arrière de sa Volkswagen.

— Merci, Stu, dit-elle en fermant le hayon.

Heureusement, elle avait réussi à trouver presque tout ce qu'elle voulait, y compris la viande, qui était ce qui l'inquiétait le plus. Le meilleur boucher, qui ne venait au marché que deux fois par mois, était là aujourd'hui. Il lui avait fourni tout ce qui figurait sur sa liste, y compris trois douzaines d'œufs de caille pour une nouvelle recette qu'elle voulait essayer. Elle avait réussi à accomplir cette mission sans penser une seule fois au mot – jusqu'à ce qu'elle remonte dans la voiture. Elle pulvérisa du liquide lave-glace sur son pare-brise sale avant de repartir, plissant les yeux pour voir à travers les traces sous le soleil radieux d'automne.

Je pourrais le jeter, se dit-elle en y réfléchissant sur le chemin du retour, Radio 4 en fond sonore. *Sans en parler à Sean*. Elle quitta la route principale en direction de Great Lyne en se demandant si elle devait en parler à Fran. Une fois que ce serait verbalisé, que quelqu'un serait au courant, cela semblerait plus réel. Même si cela ne pouvait absolument pas l'être.

Si ?

Elle secoua la tête, tritura le bouton de la radio jusqu'à tomber sur une musique entraînante et se fit la promesse de mettre de côté ses préoccupations pour le reste de la journée. De toute façon, il était fort probable que Sean soit appelé à travailler tard ; au moins, elle avait une raison d'attendre la fin de la journée avec impatience : une soirée avec sa meilleure amie, peu importe les sujets qu'elles aborderaient. Que ce soit en dévorant des chocolats devant un film ou en refaisant le monde, elle était heureuse que Fran soit de nouveau dans sa vie. Même si Fran n'avait plus tout ce qu'elle souhaitait dans la sienne.

— Quand est-ce qu'il aurait le temps, de toute façon ? dit Libby d'un air découragé, les jambes repliées sous elle, sur le canapé.

Il avait fallu plusieurs verres de vin et beaucoup de persuasion de la part de Fran pour qu'elle commence à parler de ce qui la tracassait et, déjà, elle le regrettait. Elle se sentait stupide de le dire à voix haute. De donner de l'importance à l'inenvisageable. D'ouvrir la porte à la malice d'autrui. Elle était également consciente que Sean pouvait rentrer à tout moment ou qu'Alice pouvait se réveiller et descendre. Cette conversation devait rester entre elle et Fran. D'ici la fin de la soirée, elle espérait avoir réussi à tout déballer et avoir mal aux joues à force de rire de sa propre bêtise.

Elle et Sean s'aimaient, point.

— C'est ce que je me demandais, répondit Fran.

Elle venait de rentrer après être sortie fumer une cigarette, sa troisième tentative d'arrêter ayant échoué. Jusqu'à présent, elle n'avait pas dit grand-chose ; elle se contentait d'écouter, affichant un air intrigué, pendant que Libby lui parlait du mot. Fran était allée chez le coiffeur plus tôt dans la journée : sa coupe courte accentuait encore plus ses pommettes parfaites, et les reflets dans ses cheveux faisaient ressortir le bleu azur de ses yeux. Elle avait une apparence atypique, mais qui attirait les regards et qui ne manquait pas de susciter l'intérêt des hommes. Pourtant, Fran ne semblait ni s'en apercevoir ni être prête à y répondre. Libby était consciente qu'elle était toujours en deuil. Après ce qu'elle avait traversé, elle avait besoin de temps, et cela ne faisait même pas un an.

— Il est soit au travail, soit avec moi et Alice. Sinon, il boit un coup au pub avec les gars, ou il est chez sa mère. Pas mal de gens pourraient me le confirmer, et ce n'est pas comme si les gens ne parlaient pas dans le coin. La communauté est bien trop soudée pour que qui que ce soit...

— Tu l'as sur toi ? demanda Fran, le visage impassible. Le mot, ajouta-t-elle en voyant l'expression perplexe de Libby.

Libby se leva et revint quelques instants plus tard. Après avoir déchargé les provisions plus tôt dans la grange de la cour, transformée en cuisine de traiteur depuis l'été dernier, elle avait sorti le mot encore légèrement humide de sa poche et l'avait glissé entre les pages d'un livre de recettes dans la cuisine du cottage. Elle savait qu'ici, Sean ne tomberait pas dessus.

— Ça ne nous dit pas grand-chose, dit-elle en le donnant à Fran.

Elle leur resservit du vin à toutes les deux et se rassit dans la même position.

— Et c'était sur ta voiture ce matin ? demanda Fran en tournant et retournant le papier froissé, scrutant l'écriture en fronçant les sourcils.

— Ouais. Sûrement des gamins sur le chemin de l'école qui pensaient que ce serait marrant de semer la zizanie en mettant le prénom de Sean. Ou peut-être que c'est un de ses potes, pour se marrer ? Peut-être qu'il a contrarié quelqu'un sans s'en rendre compte et que cette personne a voulu lui rendre la pareille. Mais je ne vois pas Sean contrarier qui que ce soit. Si ? Ou peut-être que ce n'est même pas pour *mon* Sean, et que... et que quelqu'un a demandé où habitait « Sean », en pensant à quelqu'un d'autre...

— Libby, dit Fran d'un ton sérieux.

— Quoi ?

— Arrête ça.

— Arrête quoi ?

— De trop réfléchir.

Libby regarda Fran dans les yeux.

— Sérieusement ? On laisse ça sur ma voiture et je ne dois pas « trop réfléchir » ?

Un peu vaseuse, elle but une grande gorgée de vin.

— Je sais que c'est dur. Mais je vais te dire ce que tu dois faire...

— Et c'est quoi ?

— Rien. Absolument rien.

— Ah. Facile.

Libby leva les yeux au ciel et tenta de reprendre le mot, mais Fran le maintint hors de sa portée. Elle l'examina de nouveau.

— Tu reconnais l'écriture ?

— L'écriture en majuscules soigneusement tracées sans aucun signe distinctif ? dit Libby. Honnêtement, si le prénom de Sean n'était pas dessus, je pense que je n'y aurais même pas prêté attention. Mais...

— Oui, je sais, dit Fran en tendant la main pour frotter le genou de Libby. Mais si c'est tout ce que tu as, en parler ferait plus de mal que de bien à votre relation. Comment il va se sentir ? Réfléchis-y.

Libby n'y avait pas vraiment pensé. Elle n'avait pensé qu'à comment *elle* se sentait : de plus en plus submergée à mesure que la journée avançait.

— Tu as sûrement raison, admit-elle tout bas.

— Il va se dire que tu ne lui fais pas confiance, et c'est horrible, franchement. Il va commencer à se comporter différemment, à essayer de ne pas te contrarier ou éveiller tes soupçons, même s'il n'a rien à cacher. Puis la rancœur va s'installer, parce qu'il aura l'impression de devoir marcher sur des œufs avec toi. Ironiquement, c'est à ce moment-là qu'il est le plus susceptible de céder à la tentation : quand il n'y a plus de confiance. C'est une prophétie autoréalisatrice.

— Tu sais de quoi tu parles... dit Libby en repensant au passé.

Les deux jeunes femmes s'étaient rencontrées au début de leur vingtaine, juste après l'obtention de leur licence. Elles avaient commencé à travailler dans la même entreprise, une agence de marketing et de publicité. Il n'y avait pas vraiment de perspectives d'évolution, ni même de réel rapport avec leurs diplômes, mais, à l'époque, il fallait faire avec les moyens du bord, se débrouiller et voir où la vie les mènerait. Un mois après leur rencontre, elles avaient emménagé ensemble. C'était une évidence : elles étaient vite devenues proches, et vivre ensemble leur permettait de faire des économies. Elles avaient partagé un appartement pendant quatre ans, jusqu'à ce que la vie, l'amour et leurs carrières les entraînent dans des directions différentes. Mais elles étaient toujours restées très amies.

— Et c'est ce que tu veux pour ta relation ? répondit Fran en levant les yeux au ciel.

Libby secoua la tête. Elle se souvenait de la vie amoureuse désastreuse de Fran quand elles vivaient ensemble, des nuits passées à consoler son amie en larmes après qu'un énième homme lui avait fait du mal. Le problème, c'était qu'elle cherchait trop à plaire, qu'elle était trop désespérée. Ils le sentaient à des kilomètres.

— J'aimerais être à ta place, avait dit Fran à Libby après une rupture particulièrement douloureuse. Pour ne jamais me faire larguer.

Depuis leur rencontre, Fran avait secrètement envié la vie de Libby : ses petits amis, ses ambitions et sa famille. D'autant plus après avoir découvert celui qu'elle pensait être « l'homme de sa vie » avec une autre dans son lit. Après cela, elle avait à peine parlé à qui que ce soit, et n'avait presque pas mangé et dormi pendant des mois. Mais petit à petit, quelque chose avait changé en elle, comme si elle avait été transformée au plus profond d'elle-même, presque au niveau cellulaire. À partir de ce moment-là, Libby avait su que Fran s'en remettrait, même si elle devait passer le reste de sa vie seule.

Mais, finalement, grâce à Libby et Sean, elle avait rencontré Chris. Son âme sœur. Puis il était mort.

— Il faut que tu passes en mode furtif, dit Fran, le verre de vin sous les lèvres.

— Pardon, quoi ? répondit Libby, brusquement tirée de ses pensées.

— Si tu veux savoir, et j'entends par là vraiment *savoir* s'il se passe quelque chose, il ne faut pas le confronter. Tu fais comme si de rien n'était. Mais tu regardes, tu observes, tu cherches des indices.

— Je cherche des indices ?

Est-ce qu'elle parlait de le suivre ? De l'espionner ? De fouiller dans ses poches ? L'idée ne lui plaisait pas.

— Il y a des solutions, continua Fran. Il faut juste être patiente. Et... accepter les conséquences si tu n'aimes pas ce que tu découvres, ajouta-t-elle lentement.

— Découvrir quoi, où ? dit Libby, les larmes aux yeux.

Elle se tut en entendant la porte d'entrée s'ouvrir et se refermer dans le couloir. Un instant plus tard, Sean entra dans le salon en retirant son ciré. Libby trouva qu'il avait l'air frigorifié et épuisé.

— Coucou, mon amour, dit-il en s'approchant pour l'embrasser rapidement sur le front. Salut, Fran, ajouta-t-il en lui faisant un signe de tête et un sourire fugace.

Libby ferma les yeux un instant et respira le parfum de l'extérieur qui émanait de son mari. Lorsqu'elle les rouvrit, il regardait toujours Fran.

— Jolie coupe, dit-il en jetant son manteau sur le dossier d'une chaise.

— Alors, la soirée était chargée ? demanda Libby avant que Fran n'ait le temps de répondre, ne pouvant s'empêcher de donner un ton interrogatif à sa phrase.

Elle aurait voulu qu'elle sonne comme une affirmation plutôt que comme une attaque.

— Non, pas vraiment, en fait.

Libby jeta un coup d'œil à sa montre, puis tourna de nouveau son regard vers Sean.

— Techniquement, je suis de permanence jusqu'à 7 heures du matin.

Sean s'étira, ses yeux passant d'une femme à l'autre, comme s'il sentait qu'il interrompait quelque chose.

— J'étais au pub.

— Tu as bu ? dit Libby, se rendant compte que l'odeur qu'elle sentait n'était pas celle de l'extérieur mais de la bière. Et le Land Rover ?

— Il est dehors, répondit Sean. Les pièces arrivent dans un jour ou deux, mais Andy a dit que je pouvais le conduire d'ici là. Quelqu'un veut un café ?

— Pour dessaouler ? répliqua Libby, le regrettant aussitôt.

— Euh, non, dit Sean lentement, son regard passant de Libby à Fran, puis de nouveau à Libby. Tu sais que je ne bois pas quand je travaille ou que je conduis.

— Alors pourquoi tu sens l'alcool ?

Libby posa son verre sur la table, croisa les bras, et le fixa intensément.

— C'est un des dangers de siroter un verre de Coca dans un petit pub où tout le monde boit de la bière, j'imagine.

Le visage de Sean s'illumina avec ce sourire familier, celui qui faisait toujours fondre Libby. Elle adorait la façon dont ses yeux se plissaient et dont un côté de sa bouche se relevait plus que l'autre.

— Je vois, fut tout ce qu'elle réussit à dire, en se rongeant les ongles.

— Bon, eh bien... répondit Sean en se balançant d'un pied sur l'autre. Je vais essayer de dormir tant que je peux. Je m'attends à ce que les Fisher m'appellent tôt pour leur étalon.

Libby acquiesça et tourna la tête alors qu'il quittait la pièce.

— Bonne nuit, ajouta-t-elle après coup.

Le silence s'installa entre les deux femmes, jusqu'à ce qu'il devienne évident que Sean était à l'étage.

— Il me faut une cigarette, dit Fran avant de se lever pour se diriger vers la porte de derrière. Et Libby... ajouta-t-elle en la regardant. Ce n'est pas comme ça que tu vas savoir. Pas si tu veux *vraiment* connaître la vérité.

4

Libby goûta sa mixture. Ce n'était pas tout à fait ça, elle savait qu'il manquait quelque chose, et elle se mit à fouiller parmi les dizaines de pots d'épices sur l'étagère en acier. La cuisine de la grange était emplie de musique classique et de l'odeur de la sauce aux mûres et aux prunes qui allait être étalée sur le gibier avant la cuisson. C'était la première étape du plat principal qu'elle avait imaginé pour le dîner de samedi soir ; un repas d'anniversaire en quatre services pour dix personnes. Elle avait déjà cuisiné une fois pour les Hedge : un buffet d'été pour une trentaine d'invités, où elle avait dressé une longue table et laissé les hôtes se servir. Le succès avait été tel qu'ils avaient de nouveau fait appel à ses services, cette fois pour un repas à table à l'occasion du quarantième anniversaire de Michelle Hedge.

De la cannelle, décida-t-elle en ajoutant une pincée de l'épice moulue. Elle ne voulait pas que cela prenne le dessus, mais il fallait quelque chose pour faire ressortir les notes subtiles de mûre de cette sauce à la fois terreuse et légèrement sucrée. Libby imaginait la viande tendre reposant sur une grande planche en bois avant d'être tranchée dans le sens des fibres et servie avec un mélange de champignons fraîchement cueillis.

— Aïe ! dit-elle en laissant tomber la cuillère avec laquelle elle venait de goûter la préparation sur le plan de travail en inox.

Elle porta la main à sa bouche, le bout de sa langue brûlant. Après quelques gorgées d'eau fraîche, elle alla se poster devant la porte à l'arrière de la grange, regardant à travers les vitres la cour pavée derrière Chestnut Cottage.

À travers la bruine du crépuscule, elle observait la place de stationnement vide de Sean, juste à côté de la sienne. Il n'y avait pas beaucoup d'espace : juste assez pour leurs deux véhicules, avec un peu de place pour manœuvrer. La grange se dressait juste derrière le cottage, avant le jardin qui n'était pas immense, mais où il y avait tout de même une balançoire et un coin où Alice pouvait jouer, ainsi qu'une zone envahie de broussailles au-delà de laquelle elle avait commencé un potager. Les semis allaient commencer sérieusement au printemps mais, pour l'instant, elle avait déjà préparé une parcelle où elle avait planté quelques oignons, des rangées de bulbes d'ail et des légumes d'hiver. Son objectif était de produire ici autant d'aliments biologiques que possible.

« Mon rêve ultime. » C'était ainsi qu'elle avait décrit Chestnut Cottage à Sean lorsqu'il l'avait amenée ici pour la première fois. Elle sourit en retournant devant la cuisinière pour vérifier la réduction de sa sauce. *Pas encore assez épaisse*, pensa-t-elle en ajustant le feu. C'était vrai, le cottage était la maison de ses rêves, le genre d'endroit où elle s'était toujours imaginée vivre – bien qu'à l'époque il ait vraiment fallu se projeter, entre l'humidité, la pourriture, le plâtre qui s'effritait et les vieux papiers peints qui se décollaient. Cela faisait plusieurs années que le cottage était inoccupé, depuis le décès de son précédent locataire, et, comme le toit qui fuyait n'arrangeait rien, le gestionnaire immobilier – c'était l'agence qui possédait l'hôtel spa White House Barns ainsi que de nombreux cottages de la région – avait été plus que disposé à le céder à Sean à un prix réduit, et en espèces.

Libby n'avait jamais compris comment Sean avait entendu parler de la maison avant même qu'elle soit mise sur le marché, et elle n'aimait pas être indiscrète. Cependant, ils avaient ensuite contracté ensemble un prêt immobilier le plus conséquent possible pour les rénovations. Avec l'aide financière supplémentaire de Marion, ils avaient emménagé dans le cottage deux ans après. Avant cela, ils avaient campé dans le mobile home des parents de Sean, puis, Alice étant si petite à l'époque, un hiver particulièrement rude les avait poussés à s'installer dans la chambre d'amis de la longère. Bien sûr, Marion avait été ravie de pouvoir s'occuper d'eux, mais Libby n'avait jamais osé dire à Sean qu'elle se sentait souvent oppressée et étouffée par la présence de sa mère. Elle savait que Marion voulait juste les aider.

Libby sursauta au son de la sonnerie de son téléphone et esquissa un sourire en voyant que c'était Sean. Puis son estomac se noua. Depuis la veille, le mot était un peu sorti de son esprit, mais la voix de Fran y résonnait toujours : « Pas si tu veux vraiment connaître la vérité... »

— Coucou, mon cœur, dit Libby. Ça va ?

Elle entendait que Sean conduisait et lui téléphonait grâce à son kit mains libres, le bruit du moteur diesel était presque aussi fort que sa voix.

— Très bien, dit-il. Je suis en route pour mon dernier déplacement et je rentre. Tu as besoin que je m'arrête à Stow en passant pour prendre quelque chose ?

Libby réfléchit, mais pas à ce dont ils pouvaient avoir besoin.

— C'est où, ta consultation ? demanda-t-elle, la voix tremblante.

C'était une question anodine, qu'elle avait l'habitude de

poser sans y réfléchir. Mais cette fois, elle se demandait vraiment où il allait.

Il y eut un petit silence avant que Sean ne réponde.

— Chez les Drake, dit-il. Pour l'un de leurs chevaux.

— Ah, d'accord, répondit Libby, qui connaissait vaguement les Drake.

Bien qu'ils ne soient pas éleveurs professionnels, ils « tâtonnaient », comme l'avait déjà décrit Sean, et possédaient de beaux animaux. Ils prenaient également en charge des chevaux secourus, ce qui expliquait sûrement la visite de Sean.

— Mais ils habitent à l'est d'ici, non ? Pourquoi tu passerais par Stow ?

Un autre silence s'installa, troublé par les grincements de la boîte de vitesses. Libby crut entendre Sean jurer.

— J'ai dit « Stow » ? Désolé, ma puce. Je voulais dire « Spar », le petit sur la route du retour. On a besoin de quelque chose ? Est-ce qu'on a encore du café ou je dois en prendre ?

— On en a, répondit doucement Libby, sentant son nœud à l'estomac revenir. On n'a besoin de rien. J'ai fait des lasagnes pour ce soir et je vais bientôt faire manger Alice.

Libby regarda sa montre.

— Tu en as pour combien de temps ?

— Je devrais rentrer vers 17 h 30 facile, dit-il. À tout à l'heure, mon amour. J'arrive dans leur cour.

Il lui dit au revoir et raccrocha. Libby fixa l'écran de son téléphone pendant un moment. Puis, sur un coup de tête, elle ouvrit l'application Google Maps, tapa l'adresse du cabinet vétérinaire, puis celle de la ferme des Drake.

— S'il est parti de la clinique à 15 heures, calcula Libby à voix haute en tenant compte du fait que c'était l'heure de fermeture de l'après-midi à la clinique et des dix-sept minutes que l'application indiquait pour le trajet, il aurait dû arriver là-bas beaucoup plus tôt.

Mais, bien sûr, il aurait très bien pu être retardé à la clinique ou avoir des tâches administratives à boucler avant de partir. Elle savait à peu près en quoi consistait sa journée de travail. Du moins, elle le pensait.

Mais elle ne put s'empêcher d'appeler l'accueil de la clinique vétérinaire. Comme d'habitude, Jean décrocha. C'était la femme d'Archie, et elle travaillait à la clinique depuis aussi longtemps que Libby connaissait Sean.

— Bonjour, Jean, c'est Libby, dit-elle.

— Bonjour, Libby, répondit-elle.

Elles échangèrent quelques politesses, avant de revenir sur le sujet qui intéressait Libby.

— Je crains que Sean ne soit pas là. Tu as essayé de le joindre sur son portable ?

Il arrivait souvent à Libby de contacter la clinique pour laisser un message à son mari. Le réseau y était mauvais, comme dans la région en général.

— Ça ne sonne pas, dit-elle, tout en détestant le fait de mentir. Tu sais à quelle heure il est parti ?

— Ah ! Ça, c'est une question à laquelle je peux répondre, dit Jean en riant. Il était 14 heures pile. Je fais toujours un thé à cette heure-là et je lui ai demandé s'il en voulait. Mais il avait déjà sa veste, son sac et ses clés en main.

— Je vois, répondit Libby en regardant de nouveau sa montre.

Il était 16 heures passées. Qu'avait-il fait pendant presque deux heures ?

— Il avait un déplacement de prévu après 14 heures, peut-être ? demanda Libby.

— Eh bien, je sais qu'il devait aller chez les Drake à un moment donné. Ils viennent de secourir un cheval. Apparemment boiteux. Mais...

Libby entendit Jean cliquer sur sa souris puis feuilleter son agenda.

— Je crois qu'il n'y avait pas d'autres interventions cet après-midi, pas pour Sean, en tout cas.

— D'accord, merci, Jean. Pas de souci.

Quand Libby raccrocha, sa bouche était sèche. Où avait-il bien pu aller ? Qu'est-ce qu'il avait fait ?

Elle plissa les yeux, puis se dirigea de nouveau vers la cuisinière pour remuer la sauce, qui accrocha aux bords de la casserole.

— Merde, dit-elle en éteignant le feu.

Elle attrapa une cuillère propre et goûta sa préparation, en prenant soin de souffler dessus plusieurs fois d'abord.

— Merde, merde, merde... jura-t-elle en jetant la cuillère dans l'évier.

Le goût amer et âcre de fruits brûlés était clairement identifiable.

Mais Libby était trop préoccupée pour songer à une mission de sauvetage culinaire. Elle retira son tablier, vérifia que le gaz était bien éteint, et retourna au cottage. Elle s'élança sur les pavés, le visage trempé par la bruine, et entra dans la buanderie par la porte de derrière. Elle trouva la maison froide, comparée à la cuisine de la grange. *Froide et vide, sans nous trois*, pensa Libby en observant la cuisine non éclairée. Pendant un instant, elle s'imagina avec Sean, en train de bavarder, de rire, de raconter leurs journées, Alice installée à côté d'eux, en train de colorier ou de jouer sur l'un de leurs téléphones. « Mon rêve ultime... »

Elle secoua la tête et essaya de se convaincre que c'était toujours un rêve et qu'elle était en train de le vivre, qu'elle était la femme la plus chanceuse du monde : elle était mariée à Sean, elle avait sa petite Alice adorée, sans oublier qu'elle vivait dans une si belle maison, au sein d'un village chaleureux. Mais pour le moment, elle savait qu'elle n'avait que très peu de temps pour, pour...

— Pour quoi, au juste ? dit-elle à voix haute, s'agaçant elle-même en traversant la cuisine.

En se dirigeant vers le couloir, elle jeta un œil par la fenêtre pour regarder si Sean rentrait dans la cour. Mais elle n'aperçut que les voitures habituelles des voisins, la femme qui tenait le bureau de poste qui promenait son jack russell, et un cycliste qu'elle ne reconnaissait pas.

Libby monta l'escalier étroit et grinçant, puis entra dans leur chambre. Elle alluma la lumière et respira l'odeur des draps fraîchement changés. Ils avaient opté pour une teinte grise apaisante pour les murs et, avec le linge blanc, le parquet et les tapis en fourrure douce, ainsi que les miroirs anciens qui agrandissaient la pièce au plafond bas, la chambre était leur havre de paix à tous les deux.

Maintenant, alors qu'elle ouvrait la porte de l'armoire de Sean, elle avait l'impression de la souiller, d'y introduire du doute et de la méfiance là où ils n'avaient pas lieu d'être. *Est-ce qu'il remarquera quelque chose ?* se demanda-t-elle en glissant ses doigts le long des chemises et des vestes accrochées.

Elle commença par ses vestes. Il n'en possédait pas beaucoup, puisqu'il ne portait presque que sa blouse de travail ou, le plus souvent, un jean et une chemise avec un pull, et son ciré en hiver. Il gardait également des bottes de travail et une tenue de rechange dans le Land Rover au cas où il se tacherait lors d'une intervention.

À la maison, il portait principalement des jeans, des polos et son blazer préféré. Il mettait parfois une chemise habillée quand ils sortaient déjeuner le week-end ou rendaient visite à des amis. Sean était détendu et décontracté, tant dans ses choix vestimentaires que dans sa personnalité. C'était d'ailleurs ce qui avait plu à Libby au début : pas de chichis, pas de fausse modestie, ce qui le rendait encore plus attirant.

Libby sortit un mouchoir de la poche de son blazer. Elle s'apprêtait à le jeter à la poubelle, mais se ravisa. Il aurait pu se souvenir qu'il y était et se demander où il avait bien pu passer. Dans la même poche se trouvaient quelques reçus pliés, qui semblaient y être depuis un certain temps. En effet, la date inscrite dessus confirmait qu'ils provenaient de leur virée shopping à Oxford, pendant l'un de ses jours de congé, pour trouver un cadeau d'anniversaire pour Alice. Le ticket de caisse du vélo qu'ils lui avaient acheté y était, ainsi que celui des cafés qu'ils avaient pris dans la matinée et du déjeuner au bistrot qu'ils avaient décidé de s'offrir sur un coup de tête quand la pluie avait commencé à tomber. Son cœur fit un bond en voyant le reçu d'une boutique de lingerie : 45,99 livres pour un « ensemble push-up et culotte sexy ». Mais elle se détendit en se rappelant qu'ils étaient passés devant la boutique et que la vitrine avait attiré l'attention de Sean, qui lui avait serré le bras pour l'arrêter.

— Tu veux aller voir ? avait-il demandé en lui décochant son fameux sourire.

Il savait qu'elle aimait les belles choses. Ils étaient donc entrés et avaient parcouru les rayons de lingerie qui sortait du quotidien.

— Pour nos petites soirées, avait dit Libby avec un regard malicieux.

Ils prenaient régulièrement du temps pour eux ; Marion gardait Alice pour la nuit.

— Non, avait répondu Sean, tu devrais porter des trucs comme ça quand tu en as envie, pas seulement pour moi. Comme ça, je peux t'imaginer dedans quand tu es aux fourneaux, avait-il plaisanté, portant le joli sac parfumé et fermé par un ruban soigneusement noué, alors qu'ils quittaient la boutique, leurs doigts entrelacés.

Libby soupira et remit le reçu dans la poche de Sean. Elle ferma les yeux un instant, dégoûtée par ce qu'elle était en train de faire. Que s'attendait-elle à trouver ? Un numéro de téléphone ? Des mots doux ? Un préservatif ? Un portable secret ?

Libby remit la veste sur son cintre et ferma la porte de l'armoire avant de s'effondrer sur le lit. Sa tête s'enfonça dans les oreillers moelleux, et une bouffée de lavande l'enveloppa, apaisant son anxiété. *La méfiance n'a pas de place dans ma vie,* pensa-t-elle en fermant les yeux, espérant se convaincre elle-même.

5

Sean avait presque deux heures de retard. Plus tôt, Libby était allée chercher Alice chez Marion, puis l'avait ramenée à la maison en lui promettant que papa n'en aurait pas pour longtemps, qu'ils pourraient dîner tous ensemble, puis regarder un épisode de l'émission sur la nature qu'Alice aimait tant. Ensuite, elle pourrait prendre un bain chaud et papa pourrait lui lire une histoire, s'il n'était pas trop fatigué.

Trop fatigué de quoi ? se demanda Libby avec amertume en sirotant son sloe gin tonic, seule sur la banquette sous la fenêtre de la cuisine, guettant l'arrivée de la voiture de Sean dans la cour. Face à la faim et à l'agitation d'Alice, Libby l'avait déjà fait manger, lui avait donné son bain et l'avait installée en pyjama devant la télé. Elle refusait de monter se coucher tant qu'elle n'aurait pas vu son père. *Ça se comprend,* pensa Libby en reprenant une gorgée de l'alcool qu'elle avait préparé l'année précédente. Les glaçons tintaient dans son verre tandis qu'elle le faisait tourner, scrutant la pénombre chaque fois qu'une voiture passait lentement devant la maison.

Quinze minutes plus tôt, une petite Honda grise était passée dans le chemin étroit et s'était presque arrêtée juste devant le cottage. Les lumières de la cuisine étant éteintes, les lampadaires publics suffisaient pour laisser entrevoir une femme blonde au volant qui regardait par la fenêtre côté passager, comme si elle cherchait un endroit. *Ou quelqu'un*, avait pensé Libby. Puis, cinq minutes plus tard, la même voiture était repassée, après avoir fait le tour du village, ce qui avait fait frissonner Libby. L'intérêt que cette femme semblait porter à Chestnut Cottage était inhabituel. Mais elle avait enfin pu souffler lorsque la femme avait fini par se garer et entrer dans une maison un peu plus loin. Aucune des propriétés dans leur petite rue n'avait de numéro, juste des noms, et certains panneaux étaient ternis. Cheshunt House, où la femme était entrée, recevait souvent leur courrier, et vice versa.

Libby se leva pour se servir un autre gin tonic et jeta un coup d'œil par la fenêtre au-dessus de l'évier. C'est à ce moment-là que les phares du Land Rover illuminèrent la cour, éclairant la grange pendant quelques secondes avant de l'éblouir lorsqu'elle porta son verre à ses lèvres. Elle voulait sourire, ressentir une chaleur dans sa poitrine parce que Sean était enfin rentré. Mais parce qu'il était en retard et qu'il n'avait pas appelé – ni répondu à ses appels et ses messages –, elle avait la nausée.

Tout ça à cause du mot.

— Mon Dieu, j'ai besoin de ça, dit Sean en lorgnant le verre de Libby alors qu'il arrivait dans la cuisine par la porte de la buanderie.

Il déposa ses affaires, retira son manteau et s'approcha pour l'embrasser.

— Pas de souci, je t'en fais un, répondit-elle, s'écartant avant que ses lèvres n'atteignent les siennes.

Il resta figé un instant avant d'aller accrocher sa veste au portemanteau. Puis il revint, bras tendu pour prendre le verre que Libby venait de préparer, mais elle le posa sur la table de la cuisine.

— Ça a été, ta journée ? demanda-t-il en tirant une chaise pour s'asseoir.

On pouvait voir sur son visage qu'il avait passé une mauvaise journée, ou du moins un mauvais après-midi. Libby connaissait bien les signes : ses sourcils épais très froncés, ses lèvres pincées dans une expression de perplexité, et ses grandes mains massant ses tempes pour chasser un début de migraine. Cela arrivait généralement quand il n'avait pas pu aider un animal, ou quand il avait dû l'euthanasier. Pourtant, aujourd'-hui, quelque chose lui semblait différent. Était-il tendu parce qu'il culpabilisait ?

— Tu es obligé de faire ça à chaque fois ? lança-t-elle en le fixant, tout en s'installant sur la banquette sous la fenêtre.

C'était l'une de ses places préférées pour se détendre, en général avec une tasse de thé et un livre ; elle gardait un œil dehors pour saluer les gens qui passaient dans la rue. Mais à cet instant, s'y installer était une façon de ne pas s'asseoir trop près de Sean.

— Faire quoi ?

— Faire traîner la chaise. À chaque fois que tu t'assieds, tu la fais traîner au lieu de la soulever. Ça fait un bruit exécrable.

— Je n'avais même pas remarqué, répondit doucement Sean, fronçant davantage les sourcils. Pardon.

Libby détourna le regard, fixant la Honda grise garée de l'autre côté de la route, au bord de la place du village. Un frisson la parcourut en repensant aux histoires qu'elle avait lues plus tôt sur un forum en ligne, écrites par des femmes qui avaient été trompées. Certaines étaient dévastées, d'autres rongées par la colère ; certaines cherchaient à se venger, tandis que d'autres étaient prêtes à pardonner et à se réconcilier avec leur conjoint à tout prix, même si cela signifiait renoncer à leur dignité. Libby ignorait ce qu'elle ressentirait si l'impensable lui arrivait – ce qui était peut-être justement en train de se passer. *Sans doute un mélange de toutes ces émotions*, s'était-elle dit avant d'éteindre et de refermer d'un coup sec son ordinateur. Elle était incapable de lire un témoignage de plus.

— Tu as mangé ? demanda Sean, sortant Libby de ses pensées.

— Non, pas encore...

Elle voulut ajouter « Je voulais t'attendre pour manger », mais opta finalement pour « Je n'ai pas faim », avant de détourner le regard de nouveau.

Soudain, une main se posa sur son épaule. Elle se raidit.

— Qu'est-ce qu'il y a, mon amour ? Tu as l'air... contrariée.

Libby haussa les épaules et prit une gorgée de son verre.

— Parle-moi, insista Sean en s'agenouillant près d'elle. Il s'est passé quelque chose ?

Libby capta l'odeur légère de son gel douche, un soupçon de son après-rasage, ainsi que les odeurs habituelles de ferme qui l'accompagnaient souvent. *C'est bon signe*, pensa-t-elle, s'il était vraiment allé chez les Drake. *Mais pourquoi avait-il mis autant de temps, et qu'avait-il fait entre son départ de la clinique et son appel ?*

— Il ne s'est rien passé, dit-elle en le regardant enfin.

Si elle était trop silencieuse, trop distante, elle n'obtiendrait jamais de réponses. Elle pensa aux mots de Fran : « Fais comme si de rien n'était. »

Libby se leva, esquivant les bras de Sean qu'il tendait pour l'enlacer. Elle alluma le four pour réchauffer les lasagnes et sortit une laitue du frigo. Préparer une petite salade verte lui permettrait de penser à autre chose.

— On aurait vraiment dit, dit Sean en s'asseyant de nouveau à la table.

Libby leva les yeux et constata qu'il avait son téléphone en main, faisant défiler quelque chose tout en sirotant son verre. Elle savait qu'il n'était pas friand des réseaux sociaux ou du genre à envoyer beaucoup de messages. Parfois, les vétérinaires publiaient sur la page Facebook de la clinique pour évoquer des cas intéressants, des histoires inspirantes et divers sujets liés au bien-être des animaux. Mais, à sa connaissance, l'intérêt de Sean pour Facebook se limitait à cela. Du moins, c'était ce qu'elle pensait.

— Tout va bien chez les Drake ? demanda Libby.

Sean était absorbé par ce qu'il regardait sur son téléphone, un léger sourire sur le visage. Il ne répondit pas. Libby attaqua la laitue romaine avec plus de force que nécessaire.

— Pardon ? Qu'est-ce que tu as dit, ma puce ?

Il posa son téléphone, écran visible, sur la table, avant de changer d'avis et de le glisser dans sa poche.

— Je demandais comment ça s'était passé chez les Drake. L'intervention, tu te souviens ?

Elle ne put s'empêcher d'esquisser un sourire crispé.

— Une jument abandonnée avec une fourbure. Elle était mal en point. Ça a pris plus de temps que ce que je pensais.

— Ah, d'accord.

— Il a fallu que j'attende le maréchal-ferrant, et il a eu du retard. Impossible de partir avant qu'on lui ait mis un sabot en bois.

— D'accord.

— Après, Sally Drake m'a préparé une tasse de thé et a insisté pour que je goûte le gâteau qu'elle avait fait et...

Sean s'interrompit en voyant le visage de Libby. Elle ne coupait plus la laitue et le fixait, le couteau suspendu au-dessus de la planche à découper en bois, la pointe dirigée vers lui.

— Bon sang, Libby, dis-moi ce qui ne va pas. Quelque chose te tracasse et ça m'inquiète. Je peux peut-être faire quelque chose.

Sean se leva pour s'approcher de sa femme, retira le couteau de sa main et l'entoura de ses bras musclés. C'était un homme imposant : grand, bien bâti, sans être en surpoids. Sa stature attirait l'attention dans n'importe quelle pièce, et son attitude décontractée était ce qui donnait envie aux gens d'aller vers lui. Libby se demandait maintenant qui d'autre il avait pu attirer.

Il l'embrassa dans le cou, écarta ses cheveux tandis que ses lèvres effleuraient sa peau. Elle ferma les yeux, partagée entre l'envie de se retourner pour lui rendre son baiser et celle de le repousser.

— Sean... dit-elle, consciente que son corps était tendu, ne se collant pas au sien comme il le faisait en temps normal.

Il s'arrêta, la maintenant toujours par la taille, respirant son parfum.

— Oui, mon amour ?

— Il s'est passé quelque chose hier matin. Quelque chose de... perturbant.

Libby retint son souffle, regrettant aussitôt d'avoir prononcé ces mots. Avant même que Sean ne puisse poser la moindre question, elle se dégagea de son étreinte et attrapa l'un de ses nombreux livres de cuisine sur l'étagère. Elle feuilleta les pages, et le livre s'ouvrit à l'endroit où elle avait glissé le mot. Elle le prit, les mains légèrement tremblantes, et le déposa sur le plan de travail.

Elle resta silencieuse, les yeux rivés sur Sean qui regarda le papier plié, puis elle. Finalement, il prit le mot et l'ouvrit, mordillant sa lèvre en lisant les quatre mots qui hantaient Libby depuis qu'elle l'avait trouvé.

— C'est quoi, ce délire ? dit-il en le retournant.

Son torse se gonfla, ses épaules se haussant dans un geste exagéré.

— C'est ridicule, ajouta-t-il d'un ton calme et rassurant.

Il se mit à rire et jeta le mot avec mépris sur le comptoir.

— C'est pour ça que tu es si... bizarre ?

Sean retira le bouchon de la bouteille de sloe gin et en versa un peu plus dans son verre.

— Bon sang, Libby, ajouta-t-il face à son silence.

— Et toi, comment tu te sentirais si c'était *mon* prénom à la place du tien ? répliqua-t-elle en retenant ses larmes.

Elle retourna à sa salade, jetant les feuilles dans un saladier en verre, avant d'y ajouter du cresson.

— Ça vient d'où ? demanda Sean en y jetant un nouveau regard dédaigneux.

— Je l'ai trouvé sous l'essuie-glace de ma voiture avant d'emmener Alice chez ta mère hier matin.

— Hier matin ? répéta-t-il d'un air pensif.

Il marqua une pause avant de hausser les épaules.

— Des gamins, sûrement, dit-il en levant les yeux au ciel, avant d'aller vers la poubelle pour s'en débarrasser.

— Non, dit Libby en le lui arrachant. Ne le jette pas.

Leurs regards se croisèrent, chacun tenant le papier, les mots troublants suspendus entre leurs doigts. Sean lâcha prise avant qu'il ne se déchire, et Libby le glissa dans sa poche arrière.

— C'est vrai ? demanda-t-elle, le fixant toujours, son visage impassible.

Elle voulait voir sa réaction, lire chaque éclat dans ses pupilles, chaque mouvement inconscient, évaluer chaque tic nerveux. Avait-il touché son nez ? Passé ses doigts dans ses cheveux ? Détourné les yeux ou tout nié immédiatement ?

Sean soutenait le regard de Libby, d'une façon qui l'attirait vers lui. Son expression était un mélange de douleur, de compassion et d'un profond besoin de rassurer sa femme.

— Oh, mon amour, dit-il. Est-ce que je dois vraiment répondre à ça ?

— Oui. Oui, je veux que tu répondes à ça, répliqua Libby, détestant le ton glacial qu'elle adoptait et sa décision de le confronter.

Mais c'était plus fort qu'elle. Sean la regarda dans les yeux, affichant l'attitude d'un homme à la fois raisonnable et inquiet.

— Non, répondit-il d'une voix douce. Ce n'est pas vrai. Et même si ça m'embête que tu aies eu à demander, je comprends, continua-t-il en l'embrassant doucement sur le front. En fait, en même temps, ça me fait presque plaisir que tu me questionnes, que ça t'ait contrariée.

— Pourquoi ? demanda Libby, sentant une vague de réconfort et de soulagement la traverser.

— Parce que ça veut dire que ça t'importe, expliqua Sean. Ça m'aurait inquiété que tu ne le fasses pas.

Cette fois, lorsqu'il la serra dans ses bras, Libby laissa son corps épouser la forme du sien.

6

PRÉSENT

L'inspecteur Doug Jones rétrograde pour ralentir la voiture. Il tourne à gauche à un carrefour au sud du centre-ville et emprunte une ruelle étroite avant de déboucher sur une route plus large devant le poste de police. Je ne connais pas bien le coin, bien qu'en chemin nous soyons passés devant plusieurs endroits où Sean et moi avons passé de bons dimanches à parcourir des boutiques pittoresques, des magasins d'antiquités et des librairies d'occasion avant de grignoter quelque chose dans notre restaurant français préféré. Depuis l'arrivée d'Alice, il nous arrive bien sûr encore d'aller en ville, mais notre mission est très différente : elle consiste le plus souvent à divertir notre fille, et nous naviguons entre parcs, magasins de jouets et toilettes publiques.

Je regarde le commissariat par la fenêtre. La façade en pierre tendre de couleur sable, austère à première vue mais empreinte d'une sagesse résignée, donne l'impression que le bâtiment a tout vu au fil des années. On dirait qu'il pourrait pousser un soupir à tout moment et lever l'un de ses nombreux yeux de verre au ciel en signe d'exaspération, face au majestueux édifice en face. Mon cœur s'emballe lorsque j'aperçois l'inscription « Cour de la Couronne », gravée dans le portique de l'autre côté de la rue. Mon cou se tend pour l'apercevoir tandis que nous descendons lentement une rampe qui nous plonge dans un espace souterrain, nous faisant disparaître dans l'obscurité. Lorsque mes yeux s'y habituent enfin, je constate que nous sommes dans un parking sécurisé.

La voiture s'arrête devant une porte, et l'inspecteur coupe le moteur. Il sort et se dirige vers ma portière en enfilant sa veste. Ce n'est que lorsqu'il me bloque le passage que la policière sort à son tour et le rejoint, chacun se plaçant de part et d'autre de moi pendant que je sors lentement du véhicule. J'ai les jambes en compote, elles peinent à soutenir mon poids.

— Attention à la tête, dit l'inspecteur en saisissant doucement mes poignets menottés.

— Est-ce que je pourrai appeler mon mari ? dis-je alors qu'on me fait passer une lourde porte en acier.

Ma voix me semble étrangère. Elle tremble, plus haute d'une octave, bien loin de celle de la femme épanouie et sereine que j'étais il y a trois semaines. À l'intérieur, plusieurs autres policiers m'attendent. Ils m'entourent comme s'ils attendaient l'arrivée d'un kickboxeur, et non celle d'une mère de cinquante kilos de Great Lyne en Crocs et vieux sweat-shirt taché.

— Un agent s'occupera de tout ça, dit quelqu'un, bien que je ne sache pas exactement qui.

On me fait traverser une série de couloirs blancs ; je me sens étourdie. Le sol en lino gris brillant me donne l'impression que je marche sur l'eau, et une lumière bleue chatoyante longe le mur à mesure que nous avançons. Je pourrais être dans une grotte féerique ou... ou... en route vers l'enfer. Cela semble plus probable. La douleur de la peur et du stress envahit mon corps.

Je n'ai rien fait de mal...

— Vous allez devoir attendre quelque temps en cellule de détention provisoire, dit la policière, se tenant dans l'embrasure d'une porte, l'une des nombreuses qui donnent sur le couloir.

En cellule, pensé-je, en fixant la petite pièce vide derrière elle. Oui, c'était bien la route vers l'enfer.

Je suis comme paralysée en entrant. Le visage de la policière est impassible, même lorsque je passe devant elle, la suppliant du regard. « Vous avez des enfants ? ai-je envie de lui demander. Peut-être une fille, comme Alice ? » Sans son uniforme, elle pourrait être n'importe quelle autre mère à la crèche, quelqu'un avec qui je pourrais échanger quelques mots au parc. J'essaie, avec mes yeux seulement, d'allumer en elle une étincelle de solidarité, de femme à femme, pour qu'ils comprennent qu'ils se trompent. Sur toute la ligne.

Mais son expression reste neutre.

Je regarde nerveusement autour de moi pour découvrir mon nouvel environnement. La cellule fait à peu près la même taille que la petite chambre de Chestnut Cottage, mais sans aucune touche personnelle : pas de petit bureau trouvé dans une brocante, poncé et recouvert de peinture à la craie blanche avant d'être ciré, pas d'aquarelles représentant la campagne environnante, ni de tapis tissé à la main couvrant les larges planches de chêne. Et, bien sûr, il n'y a pas cette petite particularité de la porte, avec son linteau de travers, rongé par les vrillettes. Non, rien à voir avec Chestnut Cottage. C'est même tout l'opposé. Un lit simple est encastré dans un mur, avec un matelas en plastique bleu vif, une couverture grise pliée à une extrémité, et rien d'autre qu'une cuvette en inox fixée dans un coin, avec un lavabo et un sèche-mains juste à côté. Les murs sont peints d'un blanc plus éclatant que tout ce que j'ai pu voir avant, avec des traces de mains sales près du lit. Le plafond, plus haut que la normale, semble conçu pour empêcher toute pendaison. En levant les yeux, je vois un cercle noir : une caméra de vidéosurveillance braquée sur moi. Elle regarde. Elle juge.

Coupable ou non ?

Puis cette sensation de vertige revient, accompagnée d'une

nausée qui monte dans ma gorge. Je n'arrive pas à tout assimiler. À comprendre ce qui se passe. La gravité de la situation. Je sais que Sean sera bientôt là pour me ramener à la maison, pour leur dire qu'ils ont fait une énorme erreur. Je me précipiterai dans ses bras, et il arrangera tout, comme il l'a toujours fait. Comme il l'a fait depuis cette soirée tragique. Je me retourne et regarde les agents.

« Vous êtes en état d'arrestation pour le meurtre de Sasha Long. Vous avez le droit de garder le silence... »

— Vous pouvez vous asseoir si vous le souhaitez. Je ne sais pas combien de temps vous devrez attendre, dit la femme en jetant un coup d'œil à sa montre.

J'acquiesce, m'approche du lit étroit et m'y assieds avec une certaine appréhension. Le matelas en plastique laisse échapper un soupir. Si je ne dis rien, que peuvent-ils faire ? Je ne vais pas avouer quelque chose que je n'ai pas fait.

Une odeur de nourriture réchauffée au micro-ondes s'infiltre dans le couloir et pénètre la cellule par la porte ouverte. Les agents bloquent la sortie. L'inspecteur principal, adossé au cadre de la porte, regarde sa montre et scrute le couloir, observant ce qui se passe. La policière se tient un peu plus près, donnant l'impression de s'ennuyer, les bras croisés, me lançant des regards de temps à autre. Ils échangent une petite blague, dans un langage presque codé, sûrement celui qu'ils utilisent lorsqu'ils parlent dans leur radio fixée à l'épaule. Le sourire soudain de la policière la rend humaine un instant, comme si elle avait une vie comme la mienne : un foyer, une famille. Pourtant, elle sait qu'elle reverra les siens à la fin de son service, et je ne suis pas sûre de revoir les miens. Ma bouche est si sèche. Je suis assoiffée. Ma langue colle à mon palais. Peut-être devrais-je l'arracher avec mes dents. Ainsi, je ne pourrai pas dire un mot.

— J'ai soif, murmuré-je.

— On va commencer la procédure. Vous pourrez boire et manger quelque chose si vous avez faim.

L'odeur de nourriture réchauffée me parvient de nouveau, et m'évoque une sorte de sauce insipide dans laquelle flotteraient des morceaux de viande. Cela me rappelle ma cuisine, les plats que je me forçais à préparer pour le repas de ce soir, que j'avais accepté à contrecœur. Je pense à mes clients déçus, au fait que la rumeur sur la raison de mon absence se répandra bientôt.

— Lib, tu dois reprendre le cours de ta vie, m'avait dit Sean, m'expliquant que je ne pouvais pas continuer ainsi éternellement. Tu te laisses complètement aller. Les gens vont parler.

Il savait que j'étais profondément affectée – comme tout le monde dans le quartier –, mais il commençait à perdre patience et, à juste titre, voulait simplement que notre vie reprenne son cours. Lui aussi était touché, évidemment. Lors des premiers jours, il était tout aussi paralysé par le choc que moi. Cela s'était passé sous notre surveillance. La culpabilité était insoutenable.

« Vous êtes en état d'arrestation pour le meurtre de Sasha Long… »

Elle est donc bien morte, avais-je pensé en entendant le mot « meurtre », les yeux plissés, me demandant s'ils avaient enfin trouvé un corps.

Les nouvelles avaient été rares ces derniers temps, comme si les recherches avaient été ralenties, voire abandonnées. Comme si Sasha n'avait jamais existé.

Un frisson me parcourt alors que je porte mes doigts à mon nez, espérant y détecter l'odeur de l'ail que j'ai émincé tout à l'heure, ou peut-être le parfum enivrant du romarin ou du thym, ou même de l'eau de Javel que j'ai utilisée pour nettoyer l'évier. Tout ce qui pourrait me rappeler la normalité. Mais tout ce que je sens, c'est l'odeur métallique du sang sous mes ongles.

— C'est votre jour de chance, dit enfin l'inspecteur Jones

depuis l'embrasure de la porte, en me faisant un signe de la tête. Suivez-moi.

Je me lève lentement, soutenant son regard. Je trébuche et manque de retomber sur le lit, mais la policière attrape mon bras et m'oriente vers la porte de la cellule.

— Attention, dit-elle en me conduisant dans le couloir.

Nous avançons jusqu'à atteindre une zone plus spacieuse où se trouve un comptoir surmonté d'une cloison en verre. Un homme se tient derrière. Il nous regarde nous approcher, les yeux emplis d'une pitié qui laisse entendre que, contrairement à moi, il sait ce qui m'attend.

L'inspecteur explique rapidement à l'agent pourquoi j'ai été arrêtée et ce qui va maintenant se passer. Puis ledit agent, apparemment chargé des gardés à vue, me demande si je sais pourquoi je suis ici et pourquoi j'ai été arrêtée, et me répète les mêmes informations.

Bien que je ne comprenne pas tout, je hoche légèrement la tête, le regard fixé sur mes pieds.

« Je n'ai rien fait de mal ! » ai-je envie de crier encore et encore, mais je me rappelle que j'ai le droit de ne rien dire, de garder le silence. J'imagine ce que Sean me dirait s'il était là, me regardant tandis qu'on me retire les menottes.

« On a répété le déroulé de cette soirée mille fois, mon amour... Dis les choses comme elles sont... »

Je m'étire les bras et fais tourner mes poignets avant d'enserrer ma tête qui me fait mal. Je me laisse tomber en avant sur le bureau, mon front s'y cogne, et un sanglot m'échappe.

— Redressez-vous, s'il vous plaît, me dit-on.

J'obéis rapidement.

« Videz vos poches, s'il vous plaît. » « Retirez votre ceinture... » « Avez-vous consommé de l'alcool au cours des dernières vingt-quatre heures ? » « Avez-vous pris des médicaments non soumis à prescription médicale ? » « Suivez-vous un traitement régulier ? » « Qui est votre personne à contacter ? »

Les questions s'enchaînent et, bien que je puisse y répondre sans trop réfléchir, je sais qu'elles vont se compliquer.

— Qui est votre personne à contacter, s'il vous plaît ? répète l'agent en tapotant le comptoir.

— On était juste sortis dîner, murmuré-je, les larmes aux yeux. C'était censé arranger les choses. Apaiser les tensions.

Soudain, je suis retransportée au restaurant, près du feu qui crépite, nos sourires brûlant d'une chaleur plus intense encore alors que nous déchirons la focaccia encore chaude à côté d'une bouteille de vin rouge déjà à moitié vide, nos regards plongés l'un dans l'autre, conscients qu'en rentrant au cottage nous allions arracher nos vêtements et faire l'amour comme si nous étions seuls au monde. Le mot derrière nous, plus jamais mentionné. Il n'aurait fallu qu'une soirée.

Mais ce n'est pas ce qui s'est passé. Loin de là.

— Sean Randell. Mon mari, précisé-je, comme si c'était moi que j'essayais de convaincre.

7

PASSÉ

— Tu es magnifique, dit Sean en s'approchant de Libby par-derrière, faisant glisser ses mains le long de sa taille.

Il lui donna une légère tape sur les fesses et l'embrassa dans le cou. Libby les observa dans le grand miroir de la chambre. Elle posa sa main derrière sa nuque et serra son corps contre le sien. Ils avaient toujours formé un beau couple.

— Eh bien, merci, monsieur Randell. Vous n'êtes pas mal non plus.

Elle lui donna un baiser et y goûta le vin qu'ils avaient partagé en se préparant. Mais elle l'interrompit aussitôt pour ne pas gâcher son maquillage. Elle avait fait un effort particulier ce soir, consciente que cette soirée ne visait pas seulement à ce que Sean la rassure à propos du mot. C'était aussi l'occasion pour eux de se retrouver, de s'accorder un moment à deux. Depuis qu'elle l'avait confronté à ce sujet, l'atmosphère pouvait parfois être tendue – souvent par sa faute. Des complexes qu'elle pensait avoir enterrés depuis longtemps avaient refait surface. Elle n'avait pas pensé à David ou au chaos qu'il avait semé dans sa vie depuis des années.

— Sasha arrive à quelle heure ? demanda Sean en regardant sa montre.

Il avait réservé pour 20 heures, mais ils comptaient d'abord boire un cocktail au bar, comme ils en avaient l'habitude avant l'arrivée d'Alice. Libby s'apprêtait à répondre « d'une minute à l'autre » lorsqu'on frappa à la porte.

— Quand on parle du loup, dit Sean en ramassant les verres vides avant de descendre ouvrir à leur baby-sitter.

Libby se mit un peu de parfum, dans le creux de son cou puis dans ses cheveux, passant ses doigts dans ses longues mèches brunes. Elle attrapa sa veste, une pièce coup de cœur en fausse fourrure bleu indigo dénichée dans une friperie à Chipping Norton, qu'elle avait décidé de porter avec sa jupe noire, qui s'arrêtait juste au-dessus des genoux – une jupe achetée l'année précédente mais à peine portée. Elle savait que Sean adorait la voir dans cette tenue qui soulignait ses courbes, mais sans être vulgaire : juste assez pour mettre en valeur ce qu'il y avait en dessous. Libby jeta un dernier regard dans le miroir avant de descendre. Elle se trouvait élégante avec ses bottes montant jusqu'aux genoux et l'écharpe jetée autour de son cou. Elle savait qu'ils risquaient de croiser des connaissances, et elle voulait se montrer sous son meilleur jour : montrer au monde qu'elle était la femme de Sean, qu'elle était attirante, désirable, sexy. Juste au cas où l'autre femme – si elle existait – aurait les yeux braqués sur elle.

La barmaid, la serveuse, l'épouse de quelqu'un d'autre...

Si quelqu'un avait des vues sur Sean, elle n'allait pas se laisser faire. Elle ferait bien comprendre qu'elle était à Sean et que Sean était à elle. Qu'ils formaient une équipe, et que rien ne viendrait s'interposer entre eux. Pas même un mot anonyme ridicule.

Quelques jours plus tôt, Sean l'avait trouvée en pleurs dans la cuisine de la grange, en train de ciseler à l'aveugle des bouquets d'herbes fraîches. C'est là qu'il lui avait proposé de sortir dîner. Il l'avait saisie par les épaules avant d'essuyer ses larmes.

— Hé, avait-il murmuré. Tu n'as pas à t'inquiéter, d'accord ?

Puis il avait suggéré une soirée en tête à tête, rien que tous les deux, dans leur restaurant préféré. Ce serait romantique, avait-il assuré. Exactement ce dont ils avaient besoin. Un moment pour mettre fin à cette mascarade.

— Je te promets qu'il ne se passe rien, avait-il répété mille fois, le visage de Libby entre ses mains. Tu es la seule femme dans ma vie.

En retour, elle l'avait regardé, les yeux embués de larmes, cherchant dans les siens la vérité, ou d'éventuels mensonges. Mais tout ce qu'elle voyait, c'était l'homme qu'elle aimait. Comme depuis toujours.

— Je sais, avait-elle soufflé en reniflant, avant de l'embrasser à son tour. Je sais.

— Salut, Sash, dit Libby en entrant dans le salon. Comment ça va ? J'ai l'impression que ça fait une éternité que je ne t'ai pas vue.

En réalité, cela ne faisait qu'un peu plus d'une semaine que Sasha l'avait aidée, en tant que serveuse, lors d'un dîner pour un groupe de banquiers dans la grande maison entre leur village et Chipping Norton. Sasha ne l'avait jamais déçue. Elle était polie, attentive et efficace, des qualités qui plaisaient aux clients et qui étaient précieuses pour Libby. Elle avait essayé d'embaucher à temps partiel d'autres jeunes filles du coin, ainsi que quelques garçons, mais aucun ne travaillait aussi dur ni aussi bien que Sasha. Elle était encore au lycée, son tarif horaire était donc abordable pour Libby. Cependant, elle s'assurait toujours que Sasha reçoive une part des pourboires laissés par les clients.

— Salut, répondit Sasha en levant brièvement les yeux

depuis le canapé avant de retourner à ce qu'elle faisait. Tu es super jolie.

Elle avait déjà sorti quelques manuels de son sac à dos et les étalait sur la table en bois, juste devant le poêle. Le salon n'était pas très grand : juste assez d'espace pour un canapé confortable avec une table d'appoint, un fauteuil, une petite table, et une télévision au coin du feu. Mais pour eux trois, c'était parfait.

— Merci, répondit Libby en souriant, tout en faisant un tour sur elle-même. Une soirée en amoureux bien méritée, dit-elle à mi-voix avec un clin d'œil, s'attendant à ce que Sasha entre dans son jeu.

Quand elles travaillaient ensemble, elles rigolaient et discutaient de tout : de petits copains, de vêtements, ou même, une fois ou deux, de sexe, lorsque Sasha avait besoin de conseils. Sa relation avec Sasha était celle qu'elle voulait avoir avec Alice quand elle serait adolescente : honnête et ouverte, entre mère et fille. Elle savait que la mère de Sasha avait récemment eu des problèmes et qu'elle n'était pas toujours là pour elle.

Bien que Libby n'ait pas voulu se mêler de ce qui ne la regardait pas, elle avait souvent l'impression que Sasha venait chercher auprès d'elle des conseils que Jan aurait dû lui donner. Libby ne savait pas ce que Sasha savait exactement sur la situation de sa mère et espérait que les rumeurs qui couraient dans le village n'étaient pas parvenues jusqu'à ses oreilles.

Sasha fixa Libby, impassible. Elle ne fit aucun commentaire amusé sur « la soirée en amoureux » et ne la taquina pas comme elle l'aurait fait habituellement. Sasha n'avait peut-être que dix-sept ans, bientôt dix-huit, mais elle avait la conversation d'une personne qui en avait quarante.

— Sash ?

— Cool, répondit-elle à voix basse en sortant sa trousse de son sac.

Libby s'arrêta un instant, se demandant si l'ambiance chez Sasha n'était pas devenue plus tendue. Elle la trouvait un peu pâle, presque fatiguée, et espérait qu'elle ne s'endormirait pas pendant qu'elle gardait Alice. Ces derniers temps, sa fille avait pris l'habitude de descendre pour réclamer de l'eau, du lait ou simplement un peu d'attention. Elle était encore plus encline à le faire si elle savait que Sasha était là. Pour Alice, Sasha était comme une grande sœur, et elle adorait qu'elle la garde quand Marion n'était pas disponible.

Sasha ouvrit un manuel de maths, tapotant son stylo contre ses dents, le regard perdu dans le vide.

— Beaucoup de travail pour le lycée ? demanda Libby.

Elle savait que Sasha voulait aller à l'université pour devenir ingénieure.

— Ouais, répondit Sasha sans lever les yeux de son livre.

— Sash, reprit Libby en s'asseyant sur l'accoudoir du canapé, avant de poser une main sur le dos de la jeune fille. Tout va bien ? Tu as l'air un peu...

Libby ne savait pas vraiment comment le formuler, mais elle sentait que quelque chose n'allait pas.

Sasha tourna lentement la tête vers elle, les sourcils légèrement froncés. Elle était sur le point de dire quelque chose, mais un coup de Klaxon retentit à l'extérieur. Elle referma aussitôt la bouche.

— Ça doit être le taxi, dit Libby. Sean ? appela-t-elle en direction de la cuisine. Dépêche-toi, le taxi est là !

Sean s'était proposé de conduire, maintenant que le Land Rover n'était plus au garage, mais Libby avait insisté pour qu'ils en profitent tous les deux et partagent une bouteille de vin.

Elle n'eut pas de réponse. Pourtant, elle savait qu'il était là. Elle l'entendait s'agiter, comme s'il venait d'entrer par l'arrière du cottage et faisait maintenant quelque chose dans le frigo. Elle entendit le bruit des bouteilles quand il referma la porte. Libby s'apprêtait à l'appeler de nouveau quand il sortit enfin de la cuisine et entra dans le salon.

— Le taxi est là, mon cœur, dit-elle.

— Tu es prête ? répondit Sean, sa veste sur le dos et les clés de la maison à la main.

Il tapota sa poche, en sortit son téléphone, y jeta un coup d'œil avant de le ranger de nouveau. Puis il sortit quelques billets de sa poche intérieure.

— Tu peux mettre ça dans ton sac, mon amour ?

— Oui, oui, répondit Libby en se levant, ne détournant son regard de Sasha qu'au dernier moment.

Elle prit l'argent et le rangea soigneusement.

— Si tu as le moindre souci, appelle-moi, dit-elle en caressant doucement l'épaule de Sasha. Je t'ai laissé ce qu'il faut pour le dîner dans le frigo. C'est dans la boîte en plastique étiquetée.

Sasha hocha la tête et les regarda partir. Libby vit Sean lui lancer un dernier regard par-dessus son épaule avant de fermer la porte derrière lui.

8

— Bordel, j'avais oublié à quel point j'aime cet endroit, lança Sean, un sourire illuminant son visage, en payant le chauffeur de taxi avant d'entrer dans l'Old Fox.

Chalwell n'était qu'à quelques kilomètres de Great Lyne, mais c'était tout de même trop loin pour y aller à pied pour une soirée, surtout en bottes à talons. *Tiens,* pensa Libby en méditant sur ce que Sean venait de dire. *C'est trop loin pour moi à pied, mais apparemment pas pour lui.* Sean était rentré à travers champs en titubant plus d'une fois récemment, après avoir bu quelques pintes avec ses copains. Ce n'était pas quelque chose qu'il faisait souvent, et Libby n'y voyait pas d'inconvénient, mais quelque chose clochait dans ses propos.

— Je croyais que tu étais venu la semaine dernière ? dit-elle en se dirigeant vers le bar, tapotant la poutre pour rappeler à Sean de baisser la tête. Ça ne fait pas assez longtemps pour oublier que tu aimes cet endroit, si ?

Hésitante, elle le regarda s'approcher du comptoir. Elle se sentit soudainement étourdie, sans savoir si c'était à cause de la chaleur du feu qui crépitait ou de cette odeur de bière, imprégnée jusque dans les murs du bâtiment. D'habitude, elle trouvait cela réconfortant. Mais ce soir, elle en était presque dégoûtée, comme si c'était un relent de quelque chose d'étranger, plutôt que l'odeur familière de tout ce – et ceux – qu'elle avait appris à aimer ici, ces dernières années.

— C'était seulement la semaine dernière ? dit Sean en se tournant vers le bar.

Il n'attendait manifestement pas de réponse. Libby lui en donna une tout de même.

— Oui, c'était bien la semaine dernière, dit-elle.

Il fit semblant de ne pas entendre et se contenta de lui tendre la carte des cocktails avant de commander une pinte de bière pour lui. L'Old Fox était un pub typique des Cotswolds : une bâtisse en pierre brun clair avec un toit en tuiles de pierre, des poutres apparentes au plafond et des cheminées. Le patron aimait accueillir tout le monde, y compris les touristes. Il organisait régulièrement des soirées tapas, des soirées cocktails, des petits concerts, des barbecues en été. Il lui arrivait même d'accueillir des mariages lorsque la cérémonie était à l'église du village.

— Juste un verre de vin blanc pour moi, s'il te plaît, Mick, dit Libby au gérant en reposant la carte.

Elle n'avait soudain plus envie de cocktail.

— Tu es sûre ? demanda Sean en s'appuyant sur le bar.

Le hochement de tête de Libby lui fit froncer les sourcils. Ils allèrent s'asseoir à une petite table près du feu, qui réchauffait un côté du visage de Libby tandis qu'ils sirotaient leurs boissons. Elle balaya la salle du regard. Elle fit un signe de la main à un couple qu'ils connaissaient, installé à quelques tables d'eux, et dit bonjour à un agriculteur de Great Lyne. Il y avait plusieurs autres visages familiers ici et là : un couple passa près d'eux, et l'homme en profita pour donner une tape amicale dans le dos de Sean et échanger quelques mots sur une affaire de bétail dont il s'était occupé.

— Eh bien, dit Libby une fois enfin seuls. C'est sympa, non ?

Elle n'avait pas voulu le dire de cette manière. Ses mots étaient brusques et sa voix plus tendue encore alors qu'elle se redressait sur son tabouret, les jambes croisées. Elle prit une gorgée de son vin, se disant qu'elle aurait peut-être dû opter pour un des cocktails aux noms insolites du menu pour se mettre dans l'ambiance. Mais même son cocktail préféré de l'Old Fox – le Cotswolds Cosmo – ne la tentait pas plus que ça. Malgré ses efforts pour se contenir, son humeur avait été en dents de scie depuis la réception du mot.

— C'est parfait, répondit Sean chaleureusement

Ses yeux se plissèrent lorsqu'il tendit la main pour prendre celle de Libby. Elle la serra doucement.

— Ça allait avec Sasha tout à l'heure ? demanda-t-il en saluant d'un signe de tête le jeune homme du garage qui passait à côté d'eux pour aller aux toilettes.

— Je crois, répondit Libby. Mais je trouvais qu'elle n'était pas... Je ne sais pas, pas dans son assiette. Silencieuse et pensive. Tu as remarqué ?

Sean déglutit alors qu'il n'avait pas pris de gorgée.

— Pas vraiment. Elle a bientôt des examens ?

— Pas avant l'année prochaine, pour autant que je sache, dit Libby en éloignant son tabouret du feu pour se rapprocher de Sean.

Il sourit, pressant un peu plus fort sa main dans sa large paume.

— Tu connais les adolescentes, répondit-il.

— Ouais, dit-elle en lui souriant. Je sais.

Mais elle ne pouvait s'empêcher de remarquer qu'il n'arrêtait pas de retirer sa main pour se toucher le nez. Ses yeux étaient ailleurs, loin des siens.

— Ça va, mon vieux ? demanda Sean à quelqu'un que Libby reconnaissait vaguement et qui s'installait près de la fenêtre à côté d'eux.

Sa femme les rejoignit et se pencha pour faire la bise à Sean.

— Ça fait longtemps, mon Sean, dit-elle avec un large sourire aux lèvres rouge vif.

Elle jeta un coup d'œil furtif à Libby, qui s'apprêtait à sourire et à lui dire bonjour, mais la femme se tourna de nouveau vers Sean.

— Tu nous as manqué la semaine dernière. L'équipe n'était pas complète sans toi. J'aurai besoin de toi et de ta vivacité d'esprit la prochaine fois, d'accord ?

« Mon Sean... »

Quand elle se pencha un peu plus vers Sean, son décolleté laissa entrevoir son soutien-gorge. Les épaules de Libby se crispèrent. Elle cherche une remarque cinglante pour mettre fin à ce que la femme semblait considérer comme un moment intime avec son mari.

— Di, laisse-le tranquille, voyons, lança l'homme avec qui elle était, sauvant ainsi Libby.

Il leva les yeux au ciel et sourit à Sean.

— Elle est insortable, plaisanta-t-il.

Libby força un rire et croisa de nouveau le regard de la femme, qui lui adressa un léger sourire. *Presque un sourire de pitié*, pensa Libby.

— On se revoit vite, Seany, dit-elle en serrant l'épaule de Sean avant de rejoindre son mari.

Libby fixa Sean un instant, incapable d'arborer ne serait-ce qu'un léger sourire, ce qui aurait d'habitude été sa réaction face à une telle scène. Autrefois, cela l'aurait fait rire mais, depuis qu'elle avait reçu le mot, cela ne faisait que lui nouer l'estomac. Elle se pencha en avant pour frotter ses joues avec son pouce.

— Le rouge à lèvres, dit-elle doucement en essuyant ses pouces sur une serviette.

Quand elle prit son verre pour en boire une gorgée, elle remarqua que sa main tremblait. *Ne gâche pas la soirée*, se dit-elle. *Il essaie d'arranger les choses. Pourquoi se donnerait-il autant de mal s'il y avait une part de vérité dans ce mot ?* Cette pensée venait juste de lui traverser l'esprit mais, en écoutant Sean lui raconter sa journée, elle se rendit compte que c'était vrai. Un homme qui n'était plus investi dans son mariage, qui avait perdu tout intérêt pour sa femme, ne ferait pas tout pour qu'elle se sente en sécurité et désirée, si ? Si les rôles étaient inversés, elle ferait sans doute la même chose.

Alors que Sean détaillait une opération qu'il avait réalisée plus tôt, Libby commença enfin à se détendre. Peut-être était-ce le vin, la chaleur du feu, ou les visages familiers qui lui adressaient des signes et des sourires chaleureux à travers le bar. Ou peut-être était-ce tout simplement le fait d'être avec son mari. Quoi qu'il en soit, elle décida d'oublier le mot et de se concentrer sur l'homme qu'elle aimait de tout son cœur ; celui qui, elle le savait, l'aimait tout autant.

— Votre table est prête, dit une jeune serveuse en chemise blanche et jupe noire en s'approchant d'eux.

Libby ne put s'empêcher de la regarder de haut en bas. Elle n'avait pas plus de seize ans, un peu plus jeune que Sasha. Ses collants noirs étaient déchirés, et elle s'efforçait de tirer sur sa jupe courte et moulante pour couvrir la déchirure, mais elle remontait sans cesse.

— Souhaitez-vous que je prenne vos boissons ? ajouta-t-elle.

— S'il vous plaît, répondit Sean en attrapant leurs deux manteaux.

Il observa la jeune fille s'éloigner pour les guider vers le restaurant à l'arrière du pub. Aussi discrètement que possible, Libby suivit le regard de Sean pour voir où il se posait. Il était clair que ce n'était pas sur les jambes de la fille, bien qu'elle soit jolie – elle semblait d'ailleurs intéresser quelques jeunes hommes venus pour boire une bière.

— C'est ravissant, dit Libby une fois qu'ils furent installés à la table. J'ai une faim de loup.

— Moi aussi, répondit Sean en frottant son pied contre la

jambe de Libby. Je suis vraiment content qu'on ait trouvé du temps pour se faire ça.

— On a la tête un peu trop dans le travail en ce moment, non ?

Sean acquiesça.

— Je suis fier de ce que tu accomplis avec l'entreprise, déclara-t-il en prenant la carte que la serveuse leur avait apportée. Mais je ne veux pas que tu t'épuises.

— Ça va, répondit Libby, bien que son cœur se soit légèrement emballé à l'idée de tout le travail supplémentaire qu'elle avait accepté dernièrement. Je m'inquiète plutôt pour Alice. Je me demande si je passe assez de temps avec elle.

— Tu sais bien qu'elle adore être chez ma mère. C'est pour toi que je me fais du souci. Pourquoi tu ne demanderais pas à Sasha de faire plus d'heures le week-end ? Elle pourrait s'occuper de quelques tâches en cuisine pendant que tu prends un peu de temps pour toi. Je serai là pour garder un œil sur elle.

Libby réfléchit un moment à cette idée.

— Ça pourrait se faire. Mais tu peux parler, avec toutes les heures supplémentaires que tu fais en ce moment.

Elle lui donna un petit coup de pied taquin.

C'était vrai. Sean avait souvent été de permanence ces derniers mois, en plus d'être sollicité pour couvrir certains créneaux à la clinique. Mais ce n'était pas sa faute si, récemment, plusieurs vétérinaires juniors étaient arrivés et aussitôt repartis. Avec un autre associé en convalescence, tous les hommes devaient être mobilisés. *Les femmes aussi*, pensa Libby, sachant que la clinique n'était pas un environnement exclusivement masculin. Son cœur s'emballa de nouveau.

Sean consulta la carte des vins et commanda une bouteille de rioja qu'il savait être un vin que Libby adorait, ainsi que des focaccias et des olives à partager en attendant de choisir leurs plats. Quelques minutes plus tard, ils déchiraient le pain au romarin et à l'ail tout en dégustant un vin aux notes de prune. Une sensation de chaleur envahit Libby.

— Je suis contente que tu aies proposé de faire ça, dit-elle en se léchant le doigt. Après toute cette histoire…

Elle était hésitante, n'osant même pas verbaliser ses pensées.

— Tu n'as pas à t'inquiéter, Lib, répondit Sean. Je t'aime. Et, que ce soit bien clair, cette soirée ne sert pas à compenser un quelconque sentiment de culpabilité, qui n'existe pas. Je voulais juste passer du temps avec ma magnifique femme. Alors, ne parlons pas du tu-sais-quoi.

Ils rirent tous les deux, et Libby changea de sujet pour lui raconter une histoire qu'Alice avait dite à la garderie à propos d'un « tu-sais-quoi », dit Libby en essayant de ne pas renverser son vin.

— Madame Ludlow m'a dit que c'était son devoir de m'informer du « vocabulaire inapproprié » d'Alice.

Libby se couvrit la bouche, luttant pour ne pas s'étouffer avec sa nourriture.

— Tu aurais vu sa tête quand je lui ai dit que j'étais sûre qu'Alice aurait utilisé le terme correct, « pénis », au lieu d'un euphémisme.

Elle éclata de rire.

— Mais ne t'inquiète pas, j'ai réussi à la convaincre que c'était totalement innocent, que tu es vétérinaire et qu'Alice pose des questions sur l'anatomie des animaux.

Pendant les dix minutes qui suivirent, le couple rit et discuta, une anecdote en entraînant une autre. Leurs mains s'entrelacèrent sur la table ; on aurait dit que cela faisait une éternité qu'ils ne s'étaient pas parlé. La serveuse s'approcha et prit leur commande : un plateau de fruits de mer à partager en entrée, suivi d'un jarret d'agneau au céleri pour Sean et d'un risotto aux champignons et à la truffe pour Libby. Leur conversation reprit, passant de la réservation pour les vacances de

Pâques à leurs projets pour Noël, sans oublier les idées de Sean concernant le marketing d'All Things Nice.

— Je pense vraiment que tu devrais demander à Sasha de faire plus d'heures. Je suis sûr qu'elle ne serait pas contre le fait de gagner un peu plus d'argent, dit Sean en ouvrant une pince de homard.

Il la trempa dans une sauce à l'ail et porta la chair rose et blanche à sa bouche.

— Tu penses que je devrais appeler à la maison pour vérifier que tout se passe bien ?

Sean haussa les épaules et secoua la tête.

— Ce n'est pas la peine. Elle nous appellera s'il y a quoi que ce soit.

— C'est juste qu'elle avait l'air un peu trop... silencieuse tout à l'heure, dit Libby en sortant son téléphone de son sac. Et on capte mal ici.

— On finit toujours par recevoir les notifications de la messagerie vocale, répondit Sean. De toute façon, j'ai le wifi, elle peut toujours me contacter par WhatsApp. Elle n'est pas bête.

Libby marqua une pause.

— Ah, je ne savais pas qu'elle avait ton numéro.

Elle posa son téléphone sur la table, prit une crevette du plateau de fruits de mer et la décortiqua délicatement.

— Super, ajouta-t-elle, sachant très bien que Sasha n'était pas bête.

Loin de là, en réalité. Il y avait quelque chose chez cette fille qui la rendait très mature pour son âge : sa façon de gérer ses clients, sans jamais être envahissante. Elle débordait de bon sens et avait déjà sauvé Libby en cuisine à plusieurs reprises.

— C'était toi ou moi ? demanda-t-elle quelques instants plus tard, en s'essuyant les doigts pour prendre son téléphone. Elle avait entendu un bourdonnement, senti la vibration à travers la table jusque dans son poignet. Mais aucune notification n'apparaissait à l'écran.

— Détends-toi, répondit Sean en serrant sa main.

Il jeta un coup d'œil rapide sur son téléphone, ses yeux s'attardant une seconde ou deux dessus, avant de le glisser dans la poche de sa veste.

— Tu t'inquiètes trop.

— Tu as raison, admit Libby, résolue à profiter de la soirée.

Leur prochaine sortie à deux pourrait ne pas être planifiée avant un mois ou deux.

C'est seulement lorsque Libby aperçut ce qui semblait être la cinquième notification sur le téléphone de Sean – son écran allumé était clairement visible à travers le coton de sa chemise – qu'elle craqua.

— Tu vas répondre aux textos de ta copine, oui ou non ? dit-elle, regrettant immédiatement sa remarque en voyant l'expression de Sean. Mon Dieu, je... je suis vraiment désolée, ajouta-t-elle aussitôt en baissant les yeux sur la table.

Elle prit une nouvelle gorgée de vin – elle était déjà à son troisième verre – et vida son verre d'un trait. Elle les resservit tous les deux.

— C'est juste que je vois bien que ton téléphone reçoit des notifications et que tu ne les regardes pas. C'est peut-être Sasha ?

— Libby... dit Sean en prenant son téléphone.

Il le consulta rapidement, puis le remit dans la poche intérieure de sa veste, sur le dossier de sa chaise. Sa mâchoire se crispa et ses doigts s'entrelacèrent. Il prit quelques profondes inspirations, ses yeux remplis de ce qui, pour Libby, ressemblait à de la panique.

— Tu veux bien arrêter avec ça ? Je peux le supporter parce que je t'aime, mais tu te fais du mal pour rien à être parano à propos de tout. Je le vois bien... et tout ça, c'est à cause de ce fichu mot.

Libby resta silencieuse, ses ongles enfoncés dans ses paumes sous la table. Elle s'était toujours promis de ne pas être ce genre de femme : peu sûre d'elle, dépendante, méfiante.

— Crois-moi, les seules femmes dans ma vie, c'est toi et Alice, d'accord ?

Il prit les deux mains de Libby, lui serra les doigts, et fit tourner son alliance et sa bague de fiançailles. Il porta sa main gauche à sa bouche pour l'embrasser.

— Je t'ai donné ça pour une raison, non ?

— Oui, dit Libby, se sentant un peu idiote. Mais il y a bien une autre femme dans ta vie.

Elle réprima un sourire.

— Qui ? demanda Sean en épluchant une grosse crevette.

— Ta mère, voyons, répondit-elle en laissant échapper un rire étouffé par la crevette que Sean lui glissa entre les lèvres.

9

Dix minutes plus tard, le téléphone de Sean sonna.

Libby le dévisagea, sa fourchette chargée de risotto suspendue à mi-chemin de sa bouche. Sean ne détourna pas le regard, ses yeux devenant d'un gris glacial, et ses joues se vidant de toute couleur.

Après quelques instants, le téléphone cessa enfin de vibrer.

— C'était qui ? demanda Libby en lâchant sa fourchette.

Elle rebondit sur l'assiette et finit par terre. Libby l'y laissa et essuya les grains de riz tombés sur sa robe.

Sean resta silencieux.

— Vas-y, rappelle-la, qu'est-ce que tu attends ? Mieux encore, donne-moi ton téléphone, je vais le faire moi-même. Qu'est-ce que tu en dis ?

Libby commença à se lever pour ramasser la fourchette, mais elle fut devancée par la serveuse qui la remplaça par une propre. Libby l'ignora.

— Pourquoi tu ne l'invites pas à se joindre à nous, tant qu'à faire ? Tu es tellement distrait qu'on dirait qu'elle est déjà là, de toute façon.

Elle baissa la tête et cacha son visage avec ses mains. Elle détestait l'effet que ce fichu mot avait sur elle, sur *eux*. Mais elle ne pouvait contrôler ses émotions.

— Arrête, Libby...

La voix de Sean laissait deviner qu'il oscillait entre l'énervement et la tristesse. L'énervement de voir sa femme faire une scène et élever la voix, attirant les regards des autres tables, tandis que lui restait calme. Et la tristesse d'en être arrivés là : leur soirée en amoureux était gâchée par la jalousie de Libby.

— J'arrêterai quand *toi*, tu arrêteras, répondit-elle, passant à un murmure sec, tout en jetant un coup d'œil aux personnes qui les observaient, dont certaines qu'elle connaissait.

Il y avait même un de ses clients de l'autre côté de la salle, mais elle ne pensait pas qu'il ait entendu.

— Je vais aux toilettes, dit Sean en repliant sa serviette et en la posant sur la table.

Libby ne put s'empêcher de remarquer le tremblement de sa main lorsqu'il sortit son téléphone de la poche de sa veste.

— En espérant que tu te seras calmée quand je reviens.

Elle ne dit rien et le regarda se diriger vers les toilettes.

— Bon sang, murmura-t-elle en baissant de nouveau la tête.

Elle prit quelques grandes gorgées de vin avant de se servir un autre verre. Ils en étaient déjà à la deuxième bouteille. Mais qu'est-ce qui lui prenait, à péter les plombs comme ça ?

Elle tripotait ses ongles sous la table en attendant le retour de Sean. Elle n'aimait pas voir cette facette d'elle-même réapparaître, celle qu'elle croyait avoir laissée derrière elle après sa rupture avec David – cet homme qui l'avait manipulée, qui l'avait persuadée qu'elle était en train de devenir folle avec ses mensonges et ses tromperies. Elle tentait de se convaincre que ce qu'elle ressentait maintenant n'était que l'expression de l'amour qu'elle portait à son mari, que c'était à cause de ce fichu mot, et non la résurgence de vieilles blessures.

Mais ce mot était tangible. Il était *réel*. Et quelqu'un avait pris la peine de l'écrire et de le laisser sur sa voiture. Comment pouvait-elle faire comme si de rien n'était ? Il lui fallait plus qu'un bon dîner et des reproches de la part de Sean pour arranger tout ça.

Libby observa son mari revenir à la table et s'asseoir, dégageant une mèche blonde de son front. Elle détourna le regard, incapable de le regarder dans les yeux, de peur de se laisser aller à des excuses. Elle l'aimait tellement, c'était un supplice de ressentir tout ça. Une chaleur se répandit sur sa main. Les doigts de Sean, qui s'entrelacèrent avec les siens.

— Libby...

Elle le regarda, se faisant violence pour ne pas réagir à son contact, bien qu'elle en ait terriblement envie. Elle le fixa simplement, le regard vide.

— Sean, dit-elle tout bas. Est-ce qu'il y a une autre femme ? Regarde-moi dans les yeux et dis-moi la vérité.

Il prit une gorgée de vin sans détourner les yeux. Libby crut sentir un léger tremblement dans sa main.

— Non, répondit-il après un court silence.

Il prit une autre gorgée de vin tandis que Libby retirait sa main.

— Alors ils viennent de qui, tous ces appels ? Et ces messages ?

Elle le fixait, mais il ne dit rien.

— Bien. Tu me montres ton téléphone ?

Sean haussa les épaules et sortit son téléphone de sa poche pour le donner à Libby. En parcourant la liste des appels manqués, elle constata qu'aucun appel récent n'y figurait. Le dernier appel sortant, pour joindre la clinique vétérinaire, remontait à l'après-midi. Il n'y avait sinon que quelques appels entrants, les siens, à peu près à la même heure.

— Tu les as supprimés, dit-elle en passant aux messages.

Les derniers, datant de plus tôt dans la journée, provenaient de sa mère, elle ne s'y attarda donc pas.

— Et tu as supprimé les messages de je ne sais qui, ajouta-t-elle en ne voyant rien sur la dernière heure.

Il en était de même pour ses conversations WhatsApp, où il n'y avait que quelques messages de ses amis datant des jours précédents.

— Je n'ai rien supprimé du tout, bon sang, Libby.

— Alors pourquoi l'appel n'apparaît pas dans la liste ?

Sean haussa les épaules.

— Je n'en sais rien. La seule chose que je sais actuellement, c'est que tu es parano. Et, franchement, ce n'est pas beau à voir. Si tu veux tout savoir, c'était ma mère, mais je ne vois pas pourquoi je devrais me justifier ou culpabiliser.

Libby tenta de contenir la vague de colère qui menaçait de l'envahir.

— Tu transpires, dit-elle calmement, un calme qui l'effrayait plus que la colère qui grondait en elle. Et tu trembles, ajouta-t-elle, en fixant sa main posée sur la table.

— Tu serais dans le même état si on te faisait subir un interrogatoire, dit-il en essayant d'ajouter un rire, sans succès.

Il jeta son couteau et sa fourchette sur la table.

— Tu sais quoi, Libby ? J'ai essayé d'arranger les choses. J'ai essayé de te rassurer, mais je ne peux rien faire de plus, et...

— Mais si c'était vraiment ta mère, pourquoi tu n'as pas répondu ? insista Libby.

— Tu sais comment elle est, Lib. Je ne voulais pas qu'on discute maintenant et que ça gâche notre soirée, mais c'est raté, apparemment. Je l'ai rappelée aux toilettes. Elle culpabilisait de ne pas pouvoir garder Alice ce soir et voulait vérifier qu'on avait trouvé une baby-sitter. Elle nous souhaite une bonne soirée. Ça te va ?

Libby aperçut la mâchoire de Sean se contracter. Cela n'expliquait toujours pas que le coup de fil ne figure pas dans le journal d'appels, ni l'absence de messages sur son téléphone.

— Tu la connais aussi bien que moi, mon amour, ajouta-t-il. Toujours à me surveiller.

Libby savait exactement de quoi il parlait. Elle avait appris à tolérer l'implication de sa belle-mère dans leur vie de famille mais, parfois, cela devenait étouffant. Cela allait au-delà de la simple ingérence, c'était quelque chose de plus profond. Comme si elle avait un besoin irrépressible de tout savoir, d'être impliquée dans chaque aspect de leur vie, surtout celle de Sean.

— Donc ta mère est vraiment l'autre femme ? dit-elle en crachant presque les derniers mots.

— Comme toujours, dit Sean en coupant un morceau d'agneau qu'il mâcha lentement, un sourire en coin.

— Je ne te crois pas, finit-elle par dire.

Il n'en fallut pas plus. Sean se leva, attrapa sa veste posée sur le dossier de sa chaise, l'enfila en vitesse et récupéra son téléphone sur la table. Il fixa Libby pendant ce qui parut être une éternité avant de se retourner pour partir.

— Profite bien de la fin de ton repas, lança-t-il en se retournant brièvement. J'en ai assez.

Il quitta la salle à grands pas en direction du bar, en boitant d'une façon plus prononcée que d'habitude. Libby savait que son genou le gênait lorsqu'il était stressé.

Elle avait une envie folle de l'appeler, de lui dire d'attendre, de revenir, mais elle n'en fit rien. Au lieu de cela, elle engloutit le reste de son vin dès qu'il disparut de son champ de vision, repoussa son assiette sur le côté et enfila lentement son manteau, tout en essayant d'ignorer les regards des autres clients alors qu'elle suivait les pas de Sean entre les tables. Il n'y avait aucun signe de lui du côté du bar. Elle se dirigea donc vers le comptoir pour régler l'addition.

— Le repas s'est bien passé, Libby ? demanda Mick, le propriétaire, une pointe d'inquiétude dans la voix.

— C'était délicieux, merci, répondit-elle. Sean ne se sent pas très bien, alors on va rentrer. Mais tout était très bon, ajouta-t-elle malgré sa nausée. Je peux régler ?

Elle tendit sa carte.

— J'ai bien peur que la machine ne fonctionne pas, répondit-il. Mais ne t'inquiète pas...

— Pas de souci, dit Libby en jetant un œil à l'addition.

Elle sortit quelques billets de son porte-monnaie – ceux que Sean lui avait donnés un peu plus tôt – et les lui remit. Par chance, elle avait juste de quoi couvrir la note et laisser un pourboire.

Dehors, le parking était sombre, éclairé par un unique lampadaire dans la rue. Mais la lumière qui émanait des fenêtres du pub suffisait à illuminer les environs. Elle finit par repérer Sean, appuyé contre une voiture, dos à elle, le téléphone collé à l'oreille. Elle s'avança lentement, prenant soin de ne pas faire crisser le gravier sous ses pas. Mais à peine était-elle arrivée près de lui qu'il se retourna, mit immédiatement fin à l'appel et glissa son téléphone dans la poche de sa veste.

— Le taxi est en route, dit-il. Pas la peine de me cuisiner, je te le confirme, c'est bien lui que j'avais au téléphone à l'instant.

— Sean... dit Libby, tendant la main pour toucher son bras, mais il s'écarta. Je n'arrive pas à croire que la soirée se termine comme ça. Pourquoi est-ce qu'une mauvaise blague nous fait autant de mal ?

Elle aurait aimé qu'il la regarde. Et elle ne pouvait pas être sûre que le mot était une blague.

— Parce que tu ne me crois pas, voilà pourquoi, répliqua-t-il avec amertume alors qu'elle venait se poster face à lui.

Elle tremblait, mais ce n'était pas à cause du froid.

— Je ne sais plus ce que je dois croire, dit Libby. Si les rôles étaient inversés...

Elle hésita, essayant d'imaginer la situation opposée.

— Pense un peu à ce que je peux ressentir, Sean. C'est perturbant.

Sean scruta la pénombre, fit quelques pas hors du parking, puis s'engagea dans la ruelle pour jeter un œil de chaque côté, guettant le taxi. Libby le suivit de près.

— Tu sais ce qui m'ennuie dans tout ça ? lança-t-il soudain en se retournant vers elle.

Au loin, par-dessus son épaule, Libby aperçut les phares d'une voiture qui approchait. Elle secoua doucement la tête sans le lâcher du regard.

— Ça me rappelle trop Natalie.

— Tu penses que c'est elle qui a écrit le mot ? demanda Libby, sans réfléchir, ne saisissant pas immédiatement ce qu'il sous-entendait.

C'est une possibilité, songea-t-elle.

— Non, pas du tout, répondit Sean. Je parle de ton comportement. Je ne pensais pas que tu en étais capable, Libby, mais franchement, c'est...

Il marqua une pause lorsque le taxi se gara près d'eux. La vitre côté passager s'abaissa, laissant apparaître le conducteur, qui les observait.

— Ce genre de réaction lui ressemble trop, conclut-il en ouvrant la portière.

Libby resta immobile, bouche bée, tandis que Sean montait dans la voiture.

Natalie... pensa-t-elle, le cœur battant la chamade. La première femme de Sean. La femme qui ne lui avait causé que du chagrin et du souci pendant leur mariage et qui continuait de le faire en se servant de leur fils, Dan.

Libby monta dans la voiture et, une fois qu'ils furent sortis du village, loin des lumières, elle laissa les larmes rouler sur ses joues.

10

PRÉSENT

Cette cellule est légèrement différente de la précédente. La couverture est bleue, pas grise, et le matelas en plastique semble plus usé, sale à une extrémité, et plus étroit. Alors que l'agent m'accompagne à l'intérieur, je lève les yeux vers lui, le suppliant du regard pour lui faire entendre raison, pour qu'il me laisse partir, pour qu'il me dise qu'il s'agit d'une énorme erreur. Il n'en fait rien. Il me demande simplement de m'asseoir et d'attendre, en précisant que je serai interrogée en temps voulu.

— L'avocat commis d'office ne va pas tarder à arriver, dit-il d'une voix qui trahit sa lassitude.

C'est sûrement la fin de son service. Il veut juste rentrer chez lui. Et moi aussi.

Lorsque l'agent a demandé le numéro de mon contact d'urgence, j'ai donné celui de Sean, en précisant qu'il était vétérinaire et qu'il était peut-être au bloc ou en intervention, mais ça n'avait pas l'air de l'intéresser. En réalité, au moment de le taper, il a demandé un autre numéro, alors j'ai donné, à contre-cœur, celui de Fran comme solution de secours. Je ne voulais pas inquiéter Marion. Ensuite, il a dû effectuer plusieurs vérifications avant de pouvoir me placer en détention. J'ai été fouillée et photographiée. On a prélevé mon ADN et on a relevé mes empreintes digitales. Ils ont sorti tout ce que j'avais dans les poches : un mouchoir, mes clés de maison et les bonbons que j'avais pris à Alice la veille, quand elle avait refusé de se brosser les dents. Mon jean tombe désormais sur mes hanches, puisqu'on m'a également pris ma ceinture.

La porte claque derrière moi. Je tremble. Je suis debout, seule au milieu de la petite cellule. L'objectif noir de la caméra au-dessus de moi m'observe, scrute ma peur, capte mes pensées. Je suis trop terrorisée pour pleurer. Lentement, comme si mes jambes ne m'appartenaient pas, je fais quelques pas vers le lit. J'ai besoin de m'asseoir. De m'allonger. Sinon, je vais m'évanouir. Je me demande s'ils ont contacté Sean, s'il est en route, s'il va les incendier et insister pour qu'ils me libèrent, qu'ils me laissent partir. *Sean va tout arranger*, me dis-je. *Comme toujours.*

— Se-eaaan ! crié-je, me retournant brusquement pour me jeter sur la porte.

Je frappe des deux poings contre celle-ci, encore et encore, jusqu'à craindre de me casser quelque chose. Mes cheveux volent devant mon visage, se coincent dans ma bouche et se collent à mes lèvres alors que je continue à hurler son prénom.

Puis je me tais, épuisée, terrifiée par ce qui va m'arriver. Au bout du couloir, quelqu'un réagit en vociférant des obscénités pour que je me taise. Un détenu. Comme moi.

Je me redirige lentement vers le lit et m'effondre, la tête sur le plastique. Avec mes pieds, je tire la couverture et tente de l'étendre sur moi du mieux que je peux. Je tremble. J'ai froid. Ils vont sûrement penser que je suis coupable, maintenant.

— Je n'ai rien fait de mal, murmuré-je, mes mots entrecoupés par ma respiration saccadée.

J'essaie de me souvenir et de repasser dans ma tête tout ce qu'ils ont dit qui allait se passer. J'allais être interrogée, éventuellement détenue jusqu'à vingt-quatre heures, et je pouvais demander un avocat si je le voulais. Je m'étais contentée d'acquiescer, plaçant mes pieds sur les autocollants en forme d'empreintes sur le sol en lino comme ils me l'avaient demandé, tremblant sous les flashs de l'appareil photo.

Ouistiti !

Je couvre mon visage pour tenter de me protéger de la lumière des néons au-dessus de moi. Mais tout ce que je vois derrière mes paupières, c'est le doux visage de Sasha. Quand nous rangions après une longue soirée de travail, quand nous voulions juste partir, rentrer chez nous ; quand nous riions de tout et de rien en déchargeant ma voiture dans la cuisine de la grange, prêtes à laver toutes les assiettes et casseroles sales. Quand nous avions fini, elle retirait les gants en latex qu'elle portait toujours pour travailler, notamment quand elle m'aidait à cuisiner. Je lui donnais son enveloppe, parfois des restes à rapporter chez sa mère, avant de la ramener. Je l'ai toujours bien traitée.

— Oh, Sasha... murmuré-je, essayant de faire monter les larmes.

Mais aucune ne vient. Mes yeux restent secs, contrairement à lorsque j'étais dans le taxi sur le chemin du retour après ce dîner désastreux avec Sean à l'Old Fox. Là où tout a commencé. Je ferais tout pour être de retour là-bas, assise à côté de mon mari pendant que nous roulions sur les chemins de campagne, avec cette nausée, non pas à cause des routes sinueuses et des virages, mais parce que Sean ne m'avait pas adressé un seul mot pendant le trajet. Même quand j'avais tendu la main pour prendre la sienne, il l'avait retirée, croisant les bras sur sa poitrine, regardant par la fenêtre. J'étais allée trop loin.

— Mon cœur, avais-je dit tout bas.

Le chauffeur de taxi me paraissait familier, et je ne voulais pas qu'il soit au courant de nos problèmes. Les gens parlent, dans les villages.

— S'il te plaît... Écoute, je suis désolée.

Voilà, je l'avais dit. Je m'étais excusée, espérant la même chose en retour. Je me rattraperais d'une manière ou d'une autre – peut-être en préparant un repas spécial pour nous le lendemain soir, une fois qu'Alice serait couchée, avec un peu de musique et des bougies, pour que nous passions la soirée ensemble à discuter. De tout sauf du mot. J'avais juré qu'en rentrant, je le déchirerais et le brûlerais. Que je n'en parlerais plus jamais. Je voulais que ce truc sorte de chez moi et de ma vie. Je voulais revenir à la normale.

Lorsque le taxi s'était arrêté devant notre cottage, j'avais entendu Sean jurer tout bas, se tournant à moitié vers moi avec un regard noir. Le chauffeur tapotait du bout des doigts sur le volant, en rythme avec la radio. J'attendais que Sean brise le silence, même si ce n'était que pour demander si j'avais de quoi régler la course, mais il n'en avait rien fait. Il était simplement sorti de la voiture, son genou faiblissant alors qu'il se levait. Un soupir s'était échappé de ses lèvres, bien qu'il tente de dissimuler la douleur, comme toujours.

J'avais fouillé dans mon sac à la recherche de mon porte-feuille.

— Vous prenez la carte ? avais-je demandé au chauffeur, ayant dépensé la majeure partie de l'argent liquide au pub et souhaitant en garder pour payer Sasha.

Il avait hoché la tête et sorti son terminal de paiement. Le paiement accepté, je lui avais glissé quelques livres dans la main.

— Merci, avais-je lancé en sortant pour rejoindre Sean devant notre porte d'entrée.

Nous n'avions pris qu'un jeu de clés avec nous, et c'était moi qui les avais. Je m'étais rendu compte en les cherchant dans mon sac que j'avais laissé mon écharpe dans le taxi. Je m'étais retournée pour faire signe au chauffeur, agitant les bras frénéti-quement, mais il ne m'avait pas vue ; ses feux arrière avaient disparu au coin de la rue.

— J'appellerai l'entreprise demain pour la récupérer, avais-je annoncé à Sean. Je n'ai pas envie de la perdre. Tu me l'as offerte, tu te souviens ?

Il n'avait rien dit, se contentant d'attendre que je mette les clés dans la serrure et ouvre la porte. J'avais de nouveau senti les larmes me monter aux yeux, surtout à l'idée de devoir expliquer à Sasha pourquoi nous rentrions si tôt. Il n'était même pas 21 heures. Je comptais bien sûr lui payer toute la soirée et son trajet retour en taxi. Même si elle ne vivait qu'à un ou deux kilomètres, à Little Radwell, le village voisin, il était hors de question qu'elle rentre seule à pied la nuit.

J'avais ouvert la porte et pénétré dans le hall en accrochant au passage ma veste sur un des crochets en face de la porte d'entrée. Sean était passé devant moi et s'était dirigé directement vers la cuisine. Je l'avais entendu ouvrir le robinet et faire du bruit avec des ustensiles pendant que je me dirigeais jusqu'au salon pour parler à Sasha avant qu'il ne le fasse. La télévision émettait un bruit de fond ; sa lumière projetait des reflets dorés dans toute la pièce. Des manuels étaient encore ouverts sur la table basse.

— Coucou, Sash, on est rentrés un peu plus tôt que prévu. Ça a été avec Alice ? avais-je demandé en m'approchant du canapé, avant de m'arrêter net.

J'entends un bruit à l'extérieur de ma cellule, comme si quelqu'un allait entrer. Je me redresse et serre la couverture contre ma poitrine ; j'essaie de réguler ma respiration pour calmer les expirations laborieuses qui sortent de ma bouche. Mais tout ce que j'arrive à faire, c'est la retenir en attendant de connaître mon sort, en espérant m'évanouir et ne jamais me réveiller.

11

PASSÉ

— Sasha ? répéta Libby en balayant le salon du regard.

Elle se figea. La télévision était toujours allumée, diffusant un épisode de *Friends*, le volume baissé, et les manuels de Sasha étaient toujours éparpillés. Mais Sasha... eh bien, n'était *plus là*. Le cœur de Libby s'emballa immédiatement à l'idée qu'Alice n'aurait eu personne pour s'occuper d'elle si elle s'était réveillée.

Elle avait déjà crié son prénom plusieurs fois – « Sasha ! » –, mais il n'y avait eu aucune réponse.

Sean surgit de la cuisine.

— Bon sang, dit-il. Monte tout de suite voir si Alice va bien. Vite !

— Oui, oui, j'y vais, répondit Libby, peinant à respirer alors qu'elle se précipitait en haut de l'escalier, les jambes flageolantes.

Elle s'arrêta un instant sur le palier, les ongles enfoncés dans la rampe. Elle essaya de reprendre ses esprits, n'osant pas avancer. Lorsqu'elle ouvrit lentement la porte de la chambre d'Alice, une lumière douce inonda la pièce. Libby aperçut sa fille recroquevillée sur le côté, dormant à poings fermés, respirant calmement. Son chien en peluche était blotti sous son menton. Tremblante, elle poussa un soupir de soulagement et retint un sanglot, savourant l'image de sa fille adorée.

Elle referma la porte et regarda dans sa propre chambre pour voir si Sasha n'y était pas entrée pour emprunter quelque chose, ou pour utiliser sa salle de bains. À cet instant, elle ne savait pas quoi penser. Mais tout semblait être en ordre. Elle descendit à la cuisine et constata qu'elle était vide, tout comme le couloir et les toilettes. Toutes les lumières étaient éteintes.

— Alice va bien, Dieu merci, dit Libby, qui tremblait toujours.

Sean était assis sur l'accoudoir du canapé, entouré des affaires de Sasha.

— Qu'est-ce qu'on fait maintenant ? ajouta-t-elle, retenant ses larmes, les bras ballants.

Les yeux de Sean plongèrent dans les siens. Il secoua lentement la tête d'un air accusateur, comme pour lui faire passer un message.

— Qu'est-ce que ça veut dire ?

Il tenait la télécommande, la tapotant sans cesse contre sa paume. Elle voyait bien que son cerveau était en ébullition.

— Sean, elle... elle n'est *plus là*.

— Sans blague, répondit Sean d'un ton sec qui fit tressaillir Libby.

Elle savait qu'il y avait un sous-entendu, qu'à cet instant précis, il devait la détester de tout son être.

— Réfléchissons bien, dit-il en soupirant. Elle doit bien être quelque part, non ?

Il se leva, regardant intensément sa femme. Libby détestait son ton froid et accusateur, qui lui donnait l'impression que tout était sa faute. Au fond, elle savait que c'était vrai, mais elle savait aussi qu'il contrôlait la situation, comme toujours, et qu'il ferait tout rentrer dans l'ordre. À cet instant, déterminer ce qui avait bien pu arriver pour que Sasha ne soit plus là était plus important que ce qui se passait entre eux.

— Peut-être qu'elle est allée à la cuisine de la grange et qu'il lui est arrivé quelque chose, suggéra Libby, sachant que ça n'aidait pas.

Sasha n'avait aucune raison d'aller là-bas. Mais lorsque Sean hocha doucement la tête, elle comprit qu'il valait mieux qu'elle vérifie. Elle retourna à la cuisine, attrapa la clé accrochée dans le couloir du fond, puis traversa la cour pavée, éclairée seulement par la lumière des fenêtres de la cuisine.

Mais la grange était déserte, et il n'y avait aucune trace de Sasha.

— Sash ? appela-t-elle en retournant vers la maison. Tu es là ?

Le silence était presque total, seulement perturbé par deux voitures qui roulaient lentement le long du chemin et le hululement d'une chouette dans le champ derrière. Libby se couvrit brièvement le visage, puis trouva la force de retourner à l'intérieur.

Sean était de retour dans la cuisine, le visage livide. Il la prit par les épaules, lui lança ce regard qu'elle connaissait trop bien.

— Je ne comprends pas, dit-il, la voix prête à craquer. Vraiment, je ne comprends pas...

— Non... dit Libby en secouant la tête, soutenant son regard.

Elle avait l'impression d'être en transe, toute tremblante.
— Ça ne lui ressemble pas. Ce n'est vraiment pas son genre d'être aussi imprudente.

— Il faut qu'on réfléchisse. Tu devrais l'appeler.

Libby hocha la tête frénétiquement, consciente qu'il avait raison et soulagée qu'il lui adresse la parole, même si ce n'était que pour gérer la situation dans laquelle ils se trouvaient. Elle alla chercher son téléphone et composa le numéro de Sasha. Un téléphone se mit à sonner dans le salon. Ils retournèrent dans la pièce : le portable de Sasha était posé sur la table basse et vibrait, l'écran affichant le nom de Libby.

— Super, dit Sean en le récupérant, avant de le reposer au même endroit. On aura essayé.

— *Essayé ?* dit Libby en essayant de garder son calme, alors que sa voix tremblait. Le truc, c'est qu'elle est généralement collée à son téléphone. Si elle était partie quelque part, elle l'aurait pris avec elle. Surtout que...

Elle s'interrompit, ne voulant pas trahir la confiance de Sasha. Elle avait parlé à Libby des problèmes entre elle et Matt, son petit ami. Depuis que la relation entre ses parents s'était dégradée, elle se demandait si elle pourrait un jour faire confiance à un garçon. Libby l'avait écoutée et consolée, avec une folle envie de lui dire que dans dix ans, ou peut-être vingt, elle repenserait à son premier amour avec tendresse. Mais elle s'en était abstenue, levant les yeux au ciel. De toute façon, Sasha ne l'aurait pas crue. Libby savait que Matt n'avait pas été particulièrement tendre ces derniers temps : il ignorait ses appels et annulait leurs rendez-vous à la dernière minute. Pas vraiment un petit ami modèle.

— Surtout que quoi ? dit Sean en faisant les cent pas.

Il jeta un coup d'œil par la fenêtre de l'entrée. Libby secoua la tête.

— Ce n'est rien. Juste quelque chose qu'elle a dit. Ce n'est pas important.

Libby s'approcha du pied de l'escalier et tendit l'oreille. La dernière chose dont elle avait besoin, c'était qu'Alice se réveille. Elle revint, tremblante, souhaitant que cette soirée n'ait jamais eu lieu.

— Qu'est-ce qu'on fait maintenant ?

Sean se rassit, cette fois dans le fauteuil près du feu plutôt que sur le canapé où Sasha avait étudié. Penché en avant, les coudes sur les genoux, il tapotait ses doigts entre eux en regardant fréquemment sa montre.

— Laisse-moi réfléchir, bon sang, Libby. Je suis sous le choc, et il aurait pu arriver n'importe quoi à Alice, toute seule comme ça.

— Je sais... Je sais... Mais Sasha dans tout ça ? dit Libby.

Pour Sean, cette fille n'était qu'une simple baby-sitter, mais Libby s'était attachée à elle au fil de l'année. Et elle lui faisait entièrement confiance pour s'occuper d'Alice.

— Ce n'est pas notre faute, dit-il en se levant brusquement. Quoi qu'il lui soit arrivé, ajouta-t-il après coup.

Libby sentit le rouge lui monter aux joues.

— Elle n'a pas vraiment avancé dans ses devoirs ce soir, regarde, dit-elle en montrant les manuels. Elle n'a pas terminé ses exercices de maths.

— Bien vu, répondit Sean en réfléchissant aux différentes possibilités. Peut-être qu'une amie est passée dans la soirée et qu'elle est partie avec elle ? Si elle n'est pas là, ça semble plausible.

Libby pensa à Matt, et à ce jour où Sasha était arrivée au travail avec des traces de mascara sur les joues. Elle avait fait semblant d'avoir quelque chose dans l'œil, mais avait avoué plus tard que c'était parce que Matt lui avait raccroché au nez, et qu'il pensait qu'ils devaient arrêter de se voir. Libby savait à quel point Sasha tenait à lui. Ils se fréquentaient depuis le collège.

— Peut-être. Mais elle n'est pas irresponsable. Elle n'aurait jamais laissé Alice seule, même pour quelques minutes. Il y a quelque chose qui cloche, Sean.

— Oui, répondit-il en se frottant le visage. Ça ne va pas du tout.

Le couple attendait, rêvant de voir Sasha apparaître dans le salon pour se répandre en excuses, honteuse d'avoir laissé Alice sans surveillance. Une tension palpable flottait entre eux, grandissant de minute en minute. Et Sasha ne fit jamais son apparition.

Pour passer le temps, et en attendant de trouver un plan, Sean raviva le feu en ajoutant quelques bûches, tandis que Libby se dirigeait vers la cuisine pour préparer du thé. Lorsqu'elle posa la tasse devant Sean, il l'ignora et se dirigea vers le bar pour se servir un whisky.

— Tu en veux un ? demanda-t-il en levant un verre.

Libby acquiesça, les yeux rivés sur les flammes.

— Je remonte voir Alice, dit-elle en se levant, incapable de rester en place plus de quelques minutes.

— Non, tu sais qu'elle va bien. Laisse-moi réfléchir, bon sang.

Libby soupira.

— Et si l'un de nous allait faire un tour dans le village ? Au moins, on ferait quelque chose au lieu de rester ici à nous faire du mauvais sang.

Sean fronça les sourcils et jeta un œil à sa montre.

— On devrait sûrement faire ça. Ça fait un petit moment qu'on est rentrés.

Libby baissa la tête. Elle aurait tout donné pour que Sasha fasse irruption dans la maison, les yeux emplis de larmes et de regrets.

— Je vais faire un tour en voiture, dit Sean en avalant son whisky d'un trait et en lançant un regard noir à Libby.

— Tu ne peux pas conduire, tu es trop alcoolisé. Je vais y aller, j'ai moins bu que toi.

Ce n'était pas tout à fait vrai, mais il y aurait moins de conséquences si c'était elle qui perdait son permis. Un petit tour dans le village ne devrait pas poser de problème. Elle roulerait prudemment, et il fallait bien le faire. Tout le monde l'aurait fait. Elle alla enfiler son manteau.

— Sois prudente, d'accord ? dit Sean en lui prenant les épaules. Tu as ton portable sur toi ?

— Oui, répondit Libby, soulagée à son contact, même si ses mains tremblaient. Je ne serai pas longue. Je vais prendre Hunter's Lane et faire le tour par là. Tiens-moi au courant s'il y a du nouveau de ton côté.

— Bien sûr, dit Sean en lui déposant un baiser sur le front. Tout va bien se passer.

Libby soutint son regard un instant, détectant l'odeur de whisky dans son haleine. Puis elle hocha la tête et se dirigea vers sa voiture. Elle n'avait pas du tout l'impression que ça allait bien se passer.

12

Libby eut du mal à insérer la clé dans le contact. Elle démarra la Volkswagen et fit marche arrière, manœuvrant avec précaution dans l'étroit espace de la cour, surveillant l'aile avant pour ne pas heurter le 4×4 de Sean.

— C'est ma faute, murmura-t-elle en boucle alors qu'elle s'engageait sur la route, allumant le ventilateur pour désembuer la vitre. Si je n'avais pas été en boucle sur ce mot, on ne serait pas allés dîner pour se réconcilier et... et...

Elle laissa échapper un petit sanglot, mais elle se força à se ressaisir. Elle ne pouvait pas craquer maintenant. Un frisson la parcourut en pensant à Sasha. La nuit était fraîche et elle n'aimait pas l'idée qu'elle soit dehors. Elle n'arrivait pas à comprendre ce qui s'était passé. Ce n'était pas dans sa nature d'agir ainsi. Elle était toujours sensée et prudente. En remontant le chemin, elle retournait la situation dans sa tête, essayant aussi de se convaincre que ce n'était pas sa faute. Elle savait qu'ils devraient bientôt prévenir quelqu'un : sa mère, son père, ou peut-être Matt.

Elle n'arrivait pas encore à dire « la police ».

Libby suivit Hunter's Lane en contournant le village avec

prudence jusqu'à rejoindre Drover's Way. Elle roulait en deuxième, passait parfois en première, en se faufilant entre les voitures garées de chaque côté de la route étroite bordée de cottages en pierre aux sourcils bas de chaume ; on aurait dit qu'ils s'étaient regroupés pour la nuit. Jusqu'à présent, elle n'avait vu personne, mais, au loin, elle distingua une silhouette, peut-être accompagnée d'un chien en laisse. Elle ralentit et baissa la vitre. C'était Eric, qui vivait à quelques pas de chez eux. Il tenait Maisy, son épagneul, en laisse, et se baissait lentement pour nettoyer derrière elle. Il était encore actif pour ses quatre-vingt-deux ans.

— Bonsoir, Eric, dit Libby par la fenêtre, laissant le moteur tourner au ralenti. Comment ça va ?

Elle maudissait le tremblement dans sa voix.

Eric se tourna, une main dans le bas du dos. Quand il reconnut Libby, un large sourire illumina son visage marqué par les années. Des mèches blanc-gris s'échappaient de sa casquette.

— Libby, très chère, dit-il de ce ton qui lui était propre.

Il leva le sac plastique en riant.

— Tu m'as pris la main dans le sac, dit-il, laissant échapper une toux avec son rire.

— Tu n'aurais pas vu une jeune fille dans les parages, par hasard ? demanda Libby, sans être sûre qu'il connaisse Sasha. Sasha Long, de Little Radwell, ajouta-t-elle en voyant Eric froncer les sourcils. La fille de Phil et Jan. Elle a dix-sept ans, les cheveux blonds jusqu'ici, elle fait à peu près la même taille que moi, c'est une jolie fille.

Eric émit un bruit rauque, suivi de son rire habituel.

— Ah oui, la fille de Phil, dit-il en toussant et en hochant la tête. Ça fait bien longtemps que je ne suis pas parti à la recherche d'une jeune fille, ça, je peux te le dire.

Le bras d'Eric se tendit, entraîné par Maisy qui tirait sur la laisse. Son expression changea lorsqu'il vit l'inquiétude dans les yeux de Libby.

— Rien de grave, j'espère ?

— Oh, eh bien... commença Libby en déglutissant, hésitant à en dire plus.

Elle était tout de même soulagée d'avoir croisé quelqu'un à qui demander. Sean avait dit qu'il était important qu'elle s'arrête si elle voyait quelqu'un, pour savoir s'ils l'avaient vue. C'était une communauté soudée, et les habitants s'inquiéteraient.

— Elle faisait du baby-sitting pour nous, mais, à notre retour, elle...

Libby s'interrompit de nouveau. Le verbaliser rendait la situation trop réelle, trop sérieuse. Pourtant, elle savait qu'elle devait dire quelque chose.

— Je me demandais si elle était sortie un moment. Si quelqu'un l'avait vue.

Eric se redressa, grimaçant sous l'effort.

— Je n'ai vu personne dehors ce soir, ma puce, dit-il en passant sa main parcheminée sur sa barbe de plusieurs jours. Mais c'est étrange, je te l'accorde. Si je la croise, je lui dirai de te contacter. Je vais peut-être m'arrêter au Falconer pour un boire un coup sur le chemin du retour. Je poserai la question là-bas, au cas où.

Il fit un signe de la main en direction du bar.

Libby consulta l'horloge de la voiture. C'était presque l'heure de fermeture, mais elle savait qu'ils faisaient des exceptions pour les habitués comme Eric. Il lui suffirait de frapper à la fenêtre pour que lui et Maisy trouvent une place près du feu.

— Bonne soirée, Eric, dit Libby. Et prends soin de ton dos.

Elle lui adressa un petit signe de la main avant de remonter la vitre, enclencha la première et reprit la route en continuant à regarder de chaque côté. Mais il n'y avait personne d'autre aux alentours.

Juste après un virage, Libby freina brusquement, cherchant désespérément à percer l'obscurité. Elle aurait juré avoir aperçu quelque chose : un mouvement, une peau blanche ou des cheveux clairs derrière une voiture garée. Elle attendit quelques instants, mais il n'y avait rien. Sûrement son imagination qui lui jouait des tours. Elle serra fermement le volant pour se concentrer sur la route. Elle avançait à vingt kilomètres à l'heure, les yeux rivés sur la route, prête à réagir au moindre signe.

— Merde, merde, merde, marmonna-t-elle, regardant les commandes pour augmenter la ventilation.

Le pare-brise commençait à s'embuer de nouveau. Au même moment, son portable sonna. Elle baissa brièvement les yeux pour voir qui c'était. Le nom et la photo de Sean étaient affichés sur son écran.

— Ah ! s'écria-t-elle, sa tête soudain projetée vers l'avant.

Pendant une seconde, elle fut incapable de comprendre ce qui venait de se passer. Elle était stupéfaite, et littéralement secouée lorsque la voiture cahota avant de caler. En regardant par la fenêtre, elle se rendit compte qu'elle avait accroché l'arrière d'une voiture stationnée qu'elle n'avait tout simplement pas vue. La buée envahissait les vitres et, après tous ces verres de vin, son jugement n'était pas des plus fiables.

Son téléphone s'arrêta de sonner mais reprit aussitôt alors qu'elle redémarrait. Elle répondit en mettant le haut-parleur et avança pour s'arrêter juste devant la voiture qu'elle avait heurtée. Elle aurait dû sortir pour évaluer les dégâts, mais son souffle était court, chaque inspiration douloureuse, sa poitrine si serrée qu'elle avait l'impression qu'elle allait suffoquer. Elle priait pour qu'il n'y ait pas de traces de la collision. Sean serait tellement fâché contre elle. Ce n'était pas ce qu'il lui avait demandé de faire.

— Libby ? appela Sean. Tu es là ? Qu'est-ce qui se passe... Libby ?

Pendant un instant, elle demeura sans voix, la vision trouble, transie.

— Sean… ? murmura-t-elle. Tu es à la maison ? Tu as du nouveau ?

Sa voix était faible et haletante.

— Libby ? répéta Sean alors que la ligne coupait. Tu m'entends ?

— Oui, c'est bon, répondit-elle, une main sur le côté de sa tête. Je crois que je viens de percuter une voiture. Je ne sais pas s'il y a des dégâts.

Tout ce qu'elle savait, c'était qu'elle ne devrait pas être au volant avec autant d'alcool dans le sang. Si la police intervenait, ils sentiraient son haleine et la feraient souffler. Elle savait qu'elle était bien au-dessus de la limite. Elle ne pourrait pas supporter cette humiliation. Ça ne lui ressemblait pas ! Ce n'était pas sa vie !

On tapa à sa fenêtre.

— Je te rappelle, Sean, dit-elle précipitamment avant de raccrocher.

Une femme se tenait à côté de sa voiture et lui disait quelque chose à travers la vitre. Elle ne savait pas si elle était en colère.

— Je suis désolée, répondit Libby en cherchant le bouton de la fenêtre. Mon Dieu, dit-elle. J'ai mal évalué… Je suis vraiment désolée… Je… ne voulais pas…

— Ça va ? répondit la femme, l'air inquiète.

— Oui, oui, ça va.

Libby porta de nouveau sa main à sa tête. Il lui fallut un moment pour reconnaître Cath, la dame qui tenait le bureau de poste. Elle était arrivée dans le village depuis à peine dix-huit mois avec son mari et avait sauvé la petite boutique qui allait fermer.

— Ne vous inquiétez pas, ce n'est pas ma voiture que vous avez percutée. J'étais juste en train de rentrer chez moi et j'ai cru entendre quelque chose.

Cath se dirigea vers l'avant de la voiture de Libby. Son

visage afficha une expression de surprise à la lumière des phares. Elle croisa les bras et regarda l'autre voiture. Libby pensa qu'il valait mieux sortir. Elle tituba un peu en se levant et s'agrippa au toit.

— Je me sens mal. C'est la première fois que ça m'arrive.

C'était vrai, c'était une première. La femme marqua une pause et resserra son manteau autour d'elle.

— Vous êtes toute pâle... Liz, c'est ça ? Est-ce que ça va ?

— Libby, et oui, ça va. C'est juste un accident stupide. Je vais laisser mon numéro et revenir voir le propriétaire de la voiture demain. J'habite juste à côté, à Chestnut Cottage.

Libby s'efforçait de contrôler sa respiration, d'autant plus lorsque son téléphone se remit à sonner. Cath resta immobile un instant, les yeux rivés sur Libby, puis sur les deux voitures. Libby priait pour qu'elle ne sente pas son haleine.

— D'accord, dit enfin Cath. De toute façon, il n'y a pas trop de dégâts, ajouta-t-elle en passant la main le long du pare-chocs de l'autre voiture. Juste une petite rayure. Bonne soirée, Libby, dit-elle avant de s'éloigner en jetant quelques coups d'œil au-dessus de son épaule.

Libby se précipita dans l'habitacle et attrapa son téléphone à l'instant où il cessait de sonner, manquant l'appel. Elle resta assise un moment, la tête appuyée contre le dossier du siège, à se demander comment sa soirée avec Sean était passée d'un dîner romantique à un véritable cauchemar. La tête bourdonnante, elle fixa le clocher illuminé de l'église au bout de la ruelle, là où Sean et elle s'étaient mariés cinq ans plus tôt. Elle se souvenait d'avoir traversé le village dans sa robe en dentelle vintage, un large sourire aux lèvres tout au long de la journée, sous les regards de leurs amis et de leur famille. Elle avait refusé qu'on la conduise à l'église, car le mariage avait eu lieu en plein été et le bâtiment était proche. Mais surtout, elle voulait que tout le monde puisse la voir, entourée de ses demoiselles d'honneur ;

elle voulait que tout le monde sache que c'était elle qui épousait Sean.

C'était le plus beau jour de sa vie. Elle avait rencontré l'homme de ses rêves et, peu de temps après leur mariage, elle était tombée enceinte d'Alice. Le seul point noir de cette journée avait été la présence de Natalie, l'ex-femme de Sean, qui rôdait à l'extérieur de l'église après la cérémonie. Le visage rouge et marqué par les larmes, elle observait les nouveaux mariés se faire recouvrir de confettis au son des cloches.

Ni l'un ni l'autre ne lui avait adressé la parole, et elle s'était rapidement éclipsée à l'arrière de l'église, se faufilant entre les pierres tombales. Mais Libby savait qu'elle avait pris quelques photos avant de partir. Plus tard, lorsqu'ils en avaient discuté, Sean l'avait rassurée en lui expliquant que Natalie avait mal vécu leur divorce, dix-huit mois plus tôt, et qu'elle ne s'en était toujours pas remise. Heureusement, Dan, qui n'avait que dix ans à l'époque, était sorti de l'église derrière eux et n'avait pas vu sa mère.

La sonnerie de son téléphone la fit sursauter.

— Allô ? dit-elle en reniflant dans le combiné. Oui, ça va. Et Sasha ? demanda-t-elle, espérant des nouvelles. Tu es où ? Qu'est-ce qui s'est passé ?

Mais Sean lui dit simplement de rentrer, qu'elle était partie depuis longtemps et qu'ils devaient changer de stratégie. Libby acquiesça et reprit la route à contrecœur, en conduisant prudemment autour du village tout en continuant à scruter les alentours à la recherche de Sasha. Mais il n'y avait aucune trace d'elle.

13

Libby ôta son manteau et s'assit sur le bord du fauteuil. Elle leva les yeux vers Sean, qui faisait les cent pas, un autre verre de whisky à la main.

— Tu vas vraiment boire tout ça ? lança-t-elle en secouant la tête.

— Eh bien, tu vois, on s'amuse tellement ce soir que je n'ai pas pu résister.

Sean leva son verre dans sa direction, le visage impassible.

— Pardon, ajouta-t-il en secouant la tête à son tour.

Libby le dévisagea. Il avait l'air épuisé, stressé, à bout de souffle. Il portait toujours son manteau et, malgré la fraîcheur de la nuit, son visage était couvert de sueur. Elle tendit la main pour essuyer une marque sale sur sa joue, et il eut un mouvement de recul. En voyant les affaires de Sasha éparpillées et l'espace vide qu'elle occupait plus tôt, Libby ne put s'empêcher de trembler.

— Il est peut-être temps de passer quelques coups de fil ? dit-elle en jetant un œil à sa montre.

Ils savaient tous les deux qu'en parler aux autres rendrait la situation encore plus réelle.

— Ça me tue de devoir inquiéter Jan maintenant, ajouta-t-elle. La pauvre a déjà bien assez de soucis en ce moment. Mais on ne peut pas ne pas appeler sa mère ?

— Il le faut, dit Sean, l'air soucieux.

Aucun d'eux ne connaissait vraiment bien Jan Long, et Sean encore moins que Libby, même s'il connaissait Phil Long pour l'avoir fréquenté durant des parties de chasse au faisan sur le domaine de chasse et au pub du coin. Libby avait entendu des bribes de rumeurs évoquant les problèmes du couple, laissant entendre qu'il y avait peut-être un autre homme dans l'équation, ce qui expliquerait le départ de Phil. Mais elle ne s'en était pas mêlée, préférant éviter les bruits qui couraient. Ce qui l'inquiétait, c'était le bien-être de Sasha, et comment elle gérait tout ça, si c'était vrai.

— Et si on commençait par contacter son copain ? Si tu penses qu'il y a des tensions entre eux, il est tout à fait possible qu'elle soit allée le voir pour régler les choses, suggéra Sean.

— Bonne idée, acquiesça Libby. Il habite entre ici et Little Radwell, tu sais, la rangée de cottages près du pont ?

— Tu as son numéro ?

— Possible, dit Libby en parcourant sa liste d'appels. Sash m'a appelée une fois avec son téléphone, mais c'était il y a quelques mois.

Libby mordillait sa lèvre en continuant sa recherche.

— Mince. Les appels entrants ne restent pas enregistrés aussi longtemps. Je vais aller voir sur Facebook.

En moins d'une minute, Libby avait trouvé le profil de Matt en passant par celui de Sasha et lui avait envoyé un message. Ils n'étaient pas amis, mais elle savait qu'il le recevrait.

— Les gamins de nos jours ne lâchent jamais les réseaux, dit Sean en se frottant le visage. J'espère qu'il le verra assez vite.

— Mais on ne peut pas rester là à rien faire ?

Libby se dirigea vers la fenêtre et scruta la ruelle. Il n'y avait personne en vue. Elle jeta un coup d'œil à sa montre.

— Qui est-ce qu'on devrait contacter ensuite ?

— Peut-être qu'on devrait envoyer le même message sur Facebook à quelques-unes de ses amies proches ? Tu connais leurs prénoms ?

— Une ou deux, dit Libby, de nouveau absorbée par son téléphone. Mais je ne sais pas si ça sert à grand-chose. On doit vraiment parler à quelqu'un. Et après, il va falloir appeler la...

Libby s'interrompit. Ni elle ni lui n'avaient envie d'en arriver là, mais l'intervention de la police devenait de plus en plus inévitable.

— Écoute, dit Sean. Je n'ose pas imaginer l'inquiétude que ça va provoquer, mais je pense qu'il est temps d'appeler sa mère. Elle s'attend à ce qu'elle rentre bientôt, de toute façon.

Libby le regarda, le cœur battant à tout rompre. Elle essayait de se projeter dans le futur, imaginant Alice garder des enfants pour une famille du coin. Comment réagirait-elle si elle recevait un tel appel ? Elle serait sûrement prise de panique, et elle appellerait immédiatement la police.

— Tu es conscient qu'elle va débarquer directement ici ? dit Libby. C'est ce que je ferais à sa place.

— À moins qu'elle pense que Sasha est toujours sur le chemin du retour, répondit Sean en faisant tournoyer son verre avant de finir les dernières gouttes qui restaient dedans.

Il haussa les sourcils, elle hocha la tête, conscients qu'ils pensaient la même chose.

— Mais elle aurait pris ses affaires, dans ce cas-là, non ? Et elle nous aurait prévenus. Ou peut-être qu'elle m'a envoyé un message et qu'il n'est pas encore passé ? Le réseau n'est pas très fiable, par ici.

— J'y ai pensé pendant que tu étais partie. J'ai essayé d'accéder à son portable, mais il est verrouillé par un code.

Libby le regarda ; un frisson glacial lui parcourut l'échine. Sean la fixait aussi : ses yeux étaient rouges, sûrement à cause du whisky, et sans expression. Comme elle, il était inquiet et effrayé. Mais ils ne pouvaient pas rester là sans rien faire. On les accuserait de faire entrave à l'enquête, si enquête il y avait.

— Appelle Jan, lança Sean. On ne peut plus attendre, Libby.

Libby acquiesça et composa le numéro du téléphone fixe des Long. Elle n'avait pas le numéro de portable de Jan.

— Ça sonne, chuchota-t-elle.

Elle se tendit lorsqu'on décrocha et qu'elle entendit une voix féminine légèrement essoufflée.

— Sash ? demanda-t-elle.

— Bonsoir, madame Long ? C'est Libby Randell de Great Lyne. Sasha faisait du baby-sitting chez nous ce soir.

— Oh... bonsoir. Excusez-moi, je pensais que c'était Sasha qui appelait avec le téléphone de quelqu'un d'autre pour qu'on la ramène.

Libby perçut une pointe de déception dans la voix de la femme. Elle aussi semblait épuisée.

— Elle m'a dit qu'il faudrait peut-être pour que je vienne la chercher. Et j'attends pour aller me coucher, précisa-t-elle avec un petit rire.

— Je vois, répondit Libby en faisant une grimace à Sean. Elle se sentait détachée de la réalité.

— On est rentrés de notre dîner et, en fait, on se demandait justement si Sasha était déjà rentrée.

— Rentrée ? dit l'autre femme. Non, elle n'est pas rentrée. C'est pour ça que j'attends son appel. Elle a dit qu'elle ne voulait pas qu'on gaspille de l'argent pour un taxi, et elle et Matt... eh bien, il n'allait pas venir la chercher ce soir, alors je lui ai dit que j'attendrais.

Jan soupira.

— J'espère qu'elle ne rentre pas à pied. Qu'est-ce qu'elle vous a dit quand elle est partie ?

— C'est ça, le problème, poursuivit Libby, sentant la sueur perler sur son visage. Elle n'était pas là à notre retour. On ne l'a pas vue depuis qu'on est partis au pub, tout à l'heure. Elle a laissé Alice toute seule.

— *Quoi* ? s'écria Jan, sa voix montant dans les aigus. Comment ça, elle n'était pas là à votre retour ?

— Je ne peux pas vous dire grand-chose de plus, dit Libby, la voix tremblante. Elle n'était simplement pas là.

Elle contempla le salon, comme pour s'en assurer.

— Ce n'est pas le genre de Sasha. Je voulais être sûre qu'elle était bien rentrée.

— Non, non, elle n'est pas rentrée. Pas encore.

À l'autre bout du fil, Libby entendait l'autre femme fouiller quelque part et un bruit de clés qui s'entrechoquaient.

— Je vais prendre la voiture pour la récupérer entre ici et chez vous, dit Jan, essayant de dissimuler son inquiétude. Elle doit être en train de traîner son gros sac à dos le long de la route et de regretter de ne pas m'avoir appelée. Et, la connaissant, son téléphone ne doit plus avoir de batterie.

Le rire qu'elle laissa échapper était un peu trop fort, voire hystérique.

— À vrai dire, continua Libby, elle a laissé toutes ses affaires ici...

La ligne semblait avoir été coupée. Elle regarda son téléphone avant de le remettre contre son oreille.

— Jan ? appela-t-elle, pour être sûre. Elle a raccroché, dit-elle à Sean. Elle part en voiture pour récupérer Sasha sur le chemin entre chez eux et chez nous.

— Je vais faire chauffer de l'eau, annonça Sean avant de jeter un coup d'œil aux affaires éparpillées de Sasha. Est-ce qu'on ne devrait pas tout ranger pour qu'elle ne soit pas trop alarmée ?

— Bonne idée, dit Libby en tendant la main pour attraper un manuel. Mais... mais si... ?

Ils se regardèrent, pensant tous les deux à la même chose : s'ils finissaient par devoir appeler la police, il vaudrait mieux que rien n'ait été dérangé.

— Alors, ne touche à rien, dit Sean en se dirigeant vers la cuisine.

Libby le suivit. Il remplit la bouilloire et la mit à chauffer sur la plaque.

— Ça a tapé fort ? demanda-t-il en s'appuyant sur l'évier pour voir par la fenêtre s'il y avait des dégâts sur la voiture de Libby, après ce qui s'était passé.

— Non, ça va, finit-elle par répondre. J'étais tellement paniquée que je n'ai même pas trop regardé l'état de l'autre voiture. Cath, du bureau de poste, a assisté à l'accrochage et finira forcément par en parler. Je n'ai pas envie de me prendre la tête avec quelqu'un du village.

— Je sais, répondit Sean. Mais tu ne l'as pas fait exprès. Je ne pense pas que tu doives en parler à qui que ce soit.

Il l'enlaça. Libby se blottit contre lui alors qu'il lui caressait les cheveux et l'embrassait sur la tête. Elle était soulagée de voir les tensions disparaître.

— Et essaie de ne pas trop t'inquiéter pour Sasha, ajouta-t-il. Tout va bien se passer, tu verras.

— L'idée qu'elle soit dehors, toute seule dans le froid, c'est insupportable. Il fait tellement froid ce soir.

Libby frissonna dans les bras de Sean.

— Oui, je sais, dit-il. Ça ne m'enchante pas non plus. Mais concentre-toi sur le fait qu'Alice a été laissée toute seule. On ne peut pas l'ignorer.

— Tu as raison, murmura Libby contre l'épaule de Sean. Sur toute la ligne.

Elle ne voulait plus bouger, serrée contre lui, son parfum l'apaisant à chaque inspiration.

— Je t'aime, dit-elle en levant la tête. Et je suis vraiment désolée pour tout à l'heure. Par rapport au mot. Je te promets que je n'en parlerai plus.

Sean hocha la tête et l'embrassa. Puis il posa doucement son doigt sur ses lèvres.

Libby et Sean se dévisagèrent lorsqu'on frappa à la porte. Sean se leva pour aller ouvrir, tandis que Libby tendait l'oreille, craignant que ça ait réveillé Alice. Mais elle n'entendait que la voix de Jan Long à la porte, de plus en plus forte à mesure que Sean la guidait dans le couloir jusqu'au salon. Libby se leva, avec la sensation que ses jambes allaient flancher.

— Bonsoir, Jan, dit-elle, le visage empreint d'inquiétude.

Elle vit que la femme avait remarqué les affaires de Sasha.

— Vous l'avez trouvée ?

Libby connaissait déjà la réponse – Jan ne serait pas là si elle l'avait trouvée.

— Non, pas encore, répondit-elle d'une voix un peu plus calme qu'au téléphone. Ces foutus gamins, ajouta-t-elle en levant les yeux au ciel.

— Où est-ce que vous avez cherché ? demanda Sean en lui faisant signe de s'asseoir.

— Juste sur le trajet entre chez moi et ici, répondit Jan. Je me suis arrêtée chez Matt en passant, mais il n'y avait personne. Ses parents sont partis pour le week-end, et je pense que Matt est de sortie avec ses copains ce soir. Il n'y avait aucune lumière allumée.

Sean et Libby hochèrent la tête, ne sachant que dire.

— Est-ce que c'est dans ses habitudes ? demanda Sean, mais Libby savait que ce n'était pas le cas. De partir comme ça, sans prévenir personne ?

Sasha était la jeune la plus responsable que Libby connaissait, dans tous les domaines de sa vie, a priori. Lorsque l'entreprise de Libby avait commencé à décoller, elle avait mis des annonces dans les commerces locaux pour demander de l'aide. Elle était polie, travailleuse, faisait preuve d'initiative et avait un véritable intérêt pour la cuisine. Après quelques semaines, elle avait confié à Libby qu'elle avait toujours fait attention à ce qu'elle mangeait. « Je fais attention à tout ce que je mets dans mon corps », lui avait-elle dit alors qu'elles chargeaient la vaisselle dans la voiture.

Libby se souvenait bien de cet événement, car il y avait deux invités végans et un intolérant au gluten. Elle était habituée à gérer différents régimes alimentaires. Cependant, elle ne pouvait s'empêcher de se demander si Sasha ne souffrait pas d'un trouble alimentaire, ou était à la limite d'en avoir un. Elle était très mince, obsédée par la course à pied, et elle refusait souvent de manger pendant qu'elle travaillait pour elle. Libby pensait garder un œil sur la situation, et se disait qu'elle dirait quelque chose si celle-ci devenait vraiment inquiétante. Mais elle ne savait pas si elle devait en parler à Sasha ou à sa mère.

— Non, ce n'est pas du tout son genre, dit Jan en faisant tinter ses clés, assise sur le bord du fauteuil, légèrement penchée en avant. Enfin, elle est déjà partie une fois ou deux sans me dire où elle allait. J'ai appris ensuite qu'elle était avec Matt ; il a une voiture et, une fois, ils ont décidé sur un coup de tête de partir pour le week-end. Elle n'avait pas de chargeur de téléphone et s'amusait tellement qu'elle a oublié de nous prévenir, Phil ou moi.

Jan leva les yeux au ciel et esquissa un léger sourire, comme si ce souvenir apaisait la situation actuelle.

— Vous pensez qu'elle aurait pu partir avec Matt cette fois aussi ? demanda Sean, avec un air plein d'espoir. Si la maison était vide et que ses parents ne sont pas là, ils sont peut-être partis quelque part ? Ou ils sont sortis pour la soirée et rentreront chez lui plus tard ?

Libby voyait qu'il explorait toutes les pistes.

— Ils ont des soucis en ce moment, répondit Jan, exaspérée. Enfin, autant qu'on peut en avoir à leur âge.

Libby acquiesça. Cela correspondait à ce qu'elle savait aussi, à ce que Sasha lui avait dit.

— Matt la fait un peu tourner en bourrique en ce moment, poursuivit Jan. Il sort avec ses copains plus que d'habitude, et elle se sent un peu délaissée.

Elle poussa un soupir, son expression révélant qu'elle ne croyait pas totalement à cette histoire. Libby se demandait dans quelle mesure Jan projetait ses propres inquiétudes sur sa fille, surtout si les rumeurs étaient fondées. Mais Libby n'avait pas l'intention de s'en mêler. Jan avait l'air épuisée et, même si elle était d'une beauté indéniable – ses cheveux épais encadraient son visage, ses doigts fins se terminaient par un vernis parfaitement appliqué –, de femme à femme, Libby voyait très bien qu'elle n'en pouvait plus. Et si le contexte avait été différent, Libby leur aurait sûrement servi un verre de vin à toutes les deux pour en discuter.

— Sasha m'a déjà dit qu'elle pensait que Matt avait quelqu'un d'autre... Une autre fille, vous voyez, dit Jan.

— Ça ne doit pas être facile, dit Libby en faisant une grimace. Je sais qu'elle aime beaucoup Matt. Elle parle souvent de lui.

— Oui, elle l'aime vraiment beaucoup. Mais en tant que mère, j'ai déjà eu envie d'intervenir, de la prendre par les épaules et de lui dire de le quitter. Il n'a pas toujours été très correct.

Elle avait les yeux baissés et jouait avec ses clés.

— Bref... finit-elle par dire, visiblement gênée.

— Vous voulez une tasse de thé en attendant ? demanda Sean. À moins que vous ne pensiez qu'on devrait ressortir pour faire un tour dans le village ?

— « En attendant » ? répéta Jan. Je ne vais pas attendre plus longtemps.

Elle regarda sa montre et sortit son téléphone de la poche de son manteau.

— Je vais passer quelques coups de fil à ses amis, dit-elle. Et à son père, bien sûr. Une tasse de thé ne serait pas de refus, merci.

Sean hocha la tête et se dirigea vers la cuisine.

— J'ai envoyé un message à Matt sur Facebook tout à l'heure, dit Libby en vérifiant son téléphone pour la énième fois. Mais il ne l'a pas lu. Je n'avais pas son numéro, mais je pense que ça vaut le coup que vous l'appeliez.

Jan avait déjà son téléphone à l'oreille.

— Matt, oui, c'est Jan, bonsoir, dit-elle. Je vais bien, merci. Et toi ?

Elle fixa Libby en grimaçant. Celle-ci entendait la voix du jeune homme à l'autre bout du fil et avait l'impression qu'il avait du mal à parler. On entendait une musique forte, comme s'il était dans un bar ou dans une boîte de nuit.

— Je suis juste un peu inquiète pour Sash, poursuivit Jan. Tu m'entends ? Matt, est-ce qu'elle est avec toi ?

Elle retint sa respiration, puis relâcha ses épaules.

— Ah, d'accord, dommage. Quand est-ce que tu as eu de ses nouvelles pour la dernière fois ?

Jan éloigna le téléphone de son oreille pour vérifier le réseau.

— Allô ?

Elle secoua la tête ; la communication avait été coupée. Elle le rappela immédiatement, mais Libby entendit l'appel tomber directement sur la messagerie. Jan tenta encore une fois ou deux avant de laisser un message, lui demandant de la rappeler le plus vite possible.

— Ça n'a rien donné, j'imagine ? demanda Libby, juste au moment où Sean revenait avec un plateau de tasses.

Il s'apprêtait à le poser sur la table basse en écartant les livres, mais se ravisa et le posa plutôt sur la table d'appoint.

— Non, répondit Jan d'un air songeur, prenant la tasse de thé que Sean lui tendait. Il avait l'air... d'avoir bu, ajouta-t-elle.

— Eh bien, il est majeur et on est vendredi soir, dit Sean en se rasseyant. Est-ce que vous avez essayé de contacter les autres amis de Sasha ?

— Je pense que je vais plutôt appeler son père, avoua Jan à voix basse.

Sean et Libby ne dirent rien.

— Il ne passe pas beaucoup de temps à la maison en ce moment. Elle est peut-être passée le voir, ou même ses parents. Elle est proche de son père.

— Ah, d'accord, dit Libby sans poser plus de questions. Peut-être qu'il est venu la chercher ?

— C'est ce que j'espère, répondit-elle en composant le numéro et en attendant de nouveau qu'on décroche.

Libby et Sean échangèrent un regard. Il était de plus en plus probable que la police doive être impliquée, mais aucun d'eux ne voulait le suggérer. C'était à Jan de prendre cette décision, même s'ils étaient conscients que le temps était compté si quelque chose de grave était arrivé.

— Il ne répond pas, dit Jan en mettant fin à l'appel. Sûrement parce qu'il a vu que c'était moi.

— Vous pouvez lui envoyer un message ? suggéra Sean.

Jan était déjà en train de tapoter sur son écran pour envoyer un message au père puis à quelques amies de Sasha.

— Combien de temps je devrais attendre avant d'appeler la police ? demanda-t-elle en regardant sa montre. Il est déjà minuit passé. Ça ne lui ressemble vraiment pas. Et je sais qu'elle ne laisserait jamais votre fille toute seule volontairement. Je suis désolée qu'elle ait fait ça. Il a dû se passer quelque chose de grave. Oh...

Jan se couvrit le visage et laissa échapper quelques sanglots. Puis elle se pencha en avant pour prendre le téléphone de Sasha qui était posé sur la table.

— Et elle ne laisserait jamais ça. Elle est tout le temps dessus.

Jan appuya sur le bouton d'accueil de l'iPhone pour entrer le code d'accès.

— Elle utilise toujours le même code, et on se prête parfois nos téléphones quand le nôtre est déchargé, dit-elle en parcourant quelques applications, à commencer par le journal d'appels et les messages.

— On fait la même chose, répondit Libby en regardant Sean.

Cependant, elle ne pouvait s'empêcher de remarquer qu'il avait été plus protecteur envers son téléphone ces dernières semaines. Elle se dit qu'elle essaierait son code plus tard si elle en avait l'occasion, juste pour voir s'il l'avait changé.

— Il n'y a qu'un appel de vous, Libby, dit Jan en reposant le téléphone sur la table. Rien d'autre récemment.

— Écoutez, Jan, je ne veux pas vous inquiéter, mais je pense qu'il est vraiment temps d'appeler la police, maintenant, intervint Sean.

Ils savaient tous les deux que cela voulait dire qu'ils seraient impliqués, qu'ils devraient probablement faire des dépositions.

— Si ce n'est que pour demander leur avis, au moins ?

Jan hocha lentement la tête, reniflant pour retenir ses larmes.

— Oui, vous avez raison. Je continue à espérer qu'elle

appelle avec le téléphone de quelqu'un d'autre ou qu'elle arrive ici en s'excusant platement d'avoir laissé Alice toute seule.

Jan écarta les bras avant de les laisser retomber sur ses genoux. Sean chercha sur Google le numéro que Jan pourrait appeler. Le temps passait et, même si personne ne voulait le reconnaître, la disparition d'une adolescente dans ces circonstances était inquiétante, et chaque minute comptait.

Jan sursauta lorsque son téléphone sonna, et elle décrocha aussitôt.

— Allô, Phil, merci de me rappeler, dit-elle tout bas. Oui, je peux parler.

Elle marqua une pause pour écouter ce qu'il lui disait.

— Ah, d'accord. Eh bien, c'est inquiétant. Quand est-ce que tu l'as vue pour la dernière fois ?

Une autre pause.

— Non, ce n'est pas ce que je dis. J'ai juste demandé quand tu l'avais vue, pas qui d'autre tu as vu. Tu ne peux pas t'empêcher de tout ramener à toi, hein ? Et ce n'est pas *moi* qui t'accuse, je te rappelle.

Jan soupira et se mordit la lèvre.

Libby croisa le regard de Sean ; ils se demandaient tous les deux ce que Jan voulait dire par là. Puis elle se leva pour regarder par la fenêtre, à la recherche d'un signe de Sasha. Sean monta pour s'assurer qu'Alice dormait toujours.

— Non, dit Jan en élevant la voix, ce qui fit sursauter Libby. Je ne suis pas sortie ce soir et personne n'est venu à la maison, bon sang, Phil. Et quel est le rapport avec le fait de retrouver Sasha ? Je suis ravie de voir à quel point tu t'inquiètes pour notre fille...

Libby se rassit sur l'accoudoir du canapé et sirota son thé en attendant que Jan termine son appel.

— Écoute, tiens-moi au courant si tu as des nouvelles d'elle, d'accord ? Et si ça ne t'embête pas trop et que tu n'es pas trop saoul, tu pourrais peut-être prendre ta voiture et faire un tour pour la chercher. Ça serait d'une grande aide.

Elle regarda Libby d'un air désolé et leva les yeux au ciel.

— Oui, à plus.

Elle raccrocha et laissa tomber son téléphone dans son sac à ses pieds, poussant un grand soupir.

— Les hommes, murmura-t-elle juste avant que Sean ne revienne dans la pièce. Il n'a pas vu Sasha depuis le début de la semaine. Il n'a aucune idée d'où elle est, mais il était plus intéressé par ce que j'avais fait, moi.

Elle ajouta cette dernière remarque à voix basse, provoquant un nouvel échange de regards entre Sean et Libby.

— Il faut appeler le 101, dit Sean en lui montrant la page d'information qu'il avait trouvée sur le site de la police. Je pense qu'il faudrait signaler la disparition de Sasha, maintenant, Jan. Je suis vraiment désolé.

Jan acquiesça.

— Vous avez raison, je sais. C'est juste que le faire rend les choses tellement... réelles.

— Est-ce qu'elle ne devrait pas plutôt appeler le 999 ? demanda Libby, l'estomac noué à cette idée. Le 101, c'est pour les situations non urgentes, non ?

— Je suis sûr qu'ils redirigeront Jan s'ils estiment que c'est nécessaire, répondit Sean. C'est un début, on ne veut pas leur faire perdre leur temps.

— C'est vrai, approuva Jan en attrapant son téléphone pour composer le numéro.

Après quelques sonneries, quelqu'un décrocha. Jan commença à expliquer la situation à l'agent au bout du fil, en exposant ce qu'elle savait. Soit pas grand-chose.

15

— J'ai un numéro d'incident, dit Jan en raccrochant.

Son expression montrait qu'elle n'était pas tout à fait sûre de ce que cela signifiait, simplement que ça avait l'air sérieux.

— Ils... ils envoient quelqu'un.

Elle se rongeait un ongle.

— Ils ont dit qu'il valait mieux faire comme ça, ajouta-t-elle.

— C'est une bonne chose, dit Sean en tendant la main pour toucher celle de Jan, posée sur ses genoux.

Il la serra doucement.

— Une très bonne chose, ajouta Libby, remarquant le geste. Ils ont des ressources et des moyens que l'on n'a pas. Ils vont la trouver en un rien de temps, vous verrez.

Elle déglutit et détourna le regard. Jan acquiesça.

— Ils m'ont dit d'attendre ici. Je suis désolée de vous déranger. Mais quand j'ai expliqué ce qui s'était passé, quel âge elle avait et que ce n'était pas du tout son genre, ils ont dit qu'ils voulaient nous parler ce soir. Je peux peut-être leur demander de le faire chez moi, si vous préférez ?

— Ne dites pas de bêtises, répondit Sean, Libby approuvant

immédiatement. Il y aura des questions auxquelles il faudra répondre, et on est prêts à aider.

Il hocha la tête d'un air décidé.

— La vérité, c'est que je n'ai pas envie d'être seule. Nathan, le petit frère de Sasha, ne dort pas à la maison ce soir, donc je n'ai pas à m'en inquiéter. Il est allé au cinéma avec un de ses copains et sa famille.

Elle esquissa un petit sourire forcé à la pensée qu'au moins l'un de ses enfants était en sécurité.

— Je peux vous offrir quelque chose ? demanda Libby. De l'eau, quelque chose à manger ? Un verre, peut-être, pour vous détendre ?

Jan réfléchit un instant.

— Un petit verre ne me ferait pas de mal, merci. Ça m'arrive de temps en temps.

Son expression montrait que ça n'avait pas été facile pour elle ces derniers temps.

Sean se dirigea vers le bar et servit à Jan un petit whisky.

— Tenez, dit-il en lui tendant le verre.

— Merci, répondit-elle. Mais je dois rester lucide. Je veux reprendre la voiture pour continuer à la chercher.

Elle couvrit une partie de son visage avec sa main, la tête baissée.

— En fait, qu'est-ce que je fais là, assise à ne rien faire ?

Elle reposa son verre, se leva d'un bond et se précipita vers la fenêtre pour scruter la rue, jetant des regards nerveux dans chaque direction. La bruine qui tombait dehors floutait les vitres.

— Ma fille est quelque part dehors et moi, je suis ici à boire un verre.

Elle attrapa son manteau, prête à l'enfiler, mais Libby posa une main sur son bras.

— Jan, je pense qu'il vaut mieux que vous restiez ici et que vous attendiez la police. Vous savez combien de temps ils vont mettre ? demanda Libby.

— Pas longtemps, je pense, répondit Jan, laissant tomber son manteau avant de se rasseoir.

Ses épaules étaient voûtées, et son visage marqué par l'inquiétude.

— Ils ont demandé si elle était vulnérable, et quand j'ai dit que je ne pensais pas, mais que ça ne lui ressemblait pas du tout, qu'elle n'a que dix-sept ans et qu'elle faisait du baby-sitting, c'est là qu'ils ont dit qu'ils allaient venir. Comme si...

Jan resserra son gilet autour de sa silhouette amaigrie. *La même que sa fille*, pensa Libby.

— Comme s'ils savaient *déjà* que c'était grave, murmura-t-elle en descendant la moitié de son verre malgré tout.

— Écoutez, dit Sean, tout le monde sait que la plupart des gens que l'on pense disparus ne le sont finalement pas vraiment. Il y a sûrement une histoire que vous ne soupçonniez pas derrière tout ça. Vous savez comment sont les adolescents. Les jeunes font toutes sortes de choses derrière le dos de leurs parents, des choses que la majorité d'entre eux seraient horrifiés de découvrir. Parfois, il vaut mieux ne pas savoir.

Libby le regarda, tentant de lui faire signe de se taire, mais il ne remarqua rien, et elle en fut réduite à se demander s'il parlait de son expérience personnelle plutôt que de la situation actuelle, puisque Alice n'avait que quatre ans et que Dan, âgé de quinze ans, avait jusqu'à présent été un fils exemplaire.

Quarante-cinq minutes plus tard, une voiture de police se gara devant le cottage. Les phares illuminèrent la ruelle, et on frappa à la porte peu après. Sean se leva pour aller ouvrir, tandis que Libby continuait à réconforter Jan, qui n'avait pas réussi à joindre les amis de Sasha. Certains avaient répondu par message, mais simplement pour dire qu'ils savaient qu'elle gardait des enfants ce soir ou qu'ils n'avaient pas eu de nouvelles.

— Jan, la police est là, annonça Sean en guidant un homme de haute stature dans le salon.

L'agent en civil baissa la tête en entrant. Ses yeux scrutèrent immédiatement la pièce. Derrière lui, une policière en uniforme le suivait ; elle ôta son chapeau et se plaça derrière son collègue. Libby ne savait pas ce qui était le plus intimidant : les rides profondes sur le front de l'homme, sa barbe et sa moustache trempées par la bruine dehors et son regard impassible d'acier, ou bien l'uniforme de la policière plus jeune, le talkie-walkie grésillant sur son épaule et le jaune vif de sa veste. Libby décida que c'était bien l'uniforme et l'équipement de la policière qui rendaient la situation insoutenable.

— Asseyez-vous, je vous en prie, dit Sean aux deux agents en désignant le canapé. Je suis désolé, il n'y a pas beaucoup de place. Et pour votre information, on a retrouvé les affaires de Sasha comme ça. Donc si vous préférez, on peut apporter des chaises de la cuisine ou s'installer ailleurs.

Libby savait qu'il ne voulait pas insinuer qu'ils devaient éviter le canapé, sous-entendant qu'il s'y était passé quelque chose, mais il ne voulait pas non plus être la cause d'une contamination.

— Inspecteur Doug Jones, dit l'homme en tendant la main à Jan.

Sa voix grave et posée était étrangement rassurante. Il semblait avoir vécu cette situation des centaines de fois, et être convaincu que Sasha réapparaîtrait d'un moment à l'autre.

— Et voici l'agente Watts, ajouta-t-il. Je pense qu'on devrait s'installer ailleurs, s'il vous plaît.

Quelques instants plus tard, ils étaient tous assis autour de la table en pin de la cuisine, la bouilloire en marche. Libby avait presque l'impression qu'ils recevaient des amis pour l'apéritif, qu'ils devraient mettre un peu de musique et sortir un jeu de cartes. L'inspecteur, qui avait d'abord semblé inabordable, bourru et intransigeant, avait rapidement su détendre l'atmosphère. Il discutait avec Jan en attendant son thé, un sourire réconfortant se dessinant sous l'épaisseur de sa barbe et de sa moustache. Il se tourna vers Sean et Libby lorsque Jan mentionna que Sasha gardait leur fille.

— Ce n'est pas son genre de partir sans prévenir, poursuivit Jan. Je suis vraiment désolée de vous déranger. J'imagine que vous devez être très occupés le vendredi soir.

L'inspecteur ne répondit pas immédiatement. Il se contenta d'écouter attentivement en grattant sa barbe poivre et sel.

— Pas du tout, répondit-il en remuant son thé. Nous sommes là pour ça. Donc, Sasha faisait du baby-sitting ici à partir de quelle heure ? demanda-t-il en regardant tour à tour Jan, Libby et Sean.

— Elle est arrivée vers...

— Vers 19 h 30, dit Sean, coupant Libby.

L'agente Watts, carnet en main, prenait des notes. Elle s'interrompit brièvement pour couper le son de sa radio qui crépitait encore sur son épaule.

— Notre table était réservée pour 20 heures, mais ils ne sont pas très stricts sur les horaires, et on voulait prendre un verre au bar avant. Ce n'est pas loin d'ici, en taxi.

Libby hocha la tête pour confirmer les propos de Sean.

— À quelle heure Sasha a-t-elle quitté la maison ? demanda l'inspecteur Jones à Jan.

Pendant un instant, Jan sembla un peu perplexe.

— Elle est allée manger chez une amie juste après les cours, avant de venir ici. Je pense que c'est la mère de son amie qui l'a déposée. C'est bien ça ?

Jan paraissait gênée de devoir demander à Libby et Sean des précisions sur les déplacements de sa fille.

— Elle était seule quand j'ai ouvert la porte, dit Sean. Je n'ai pas vu de voiture et je ne lui ai pas demandé comment elle était venue. Je n'y ai pas pensé.

L'inspecteur acquiesça.

— Comment vous l'avez trouvée, quand elle est arrivée ?

— Ça allait, dit Sean immédiatement. On venait de finir de se préparer quand je suis descendu pour lui ouvrir. Elle avait un sac à dos avec plein de manuels et elle est allée directement dans le salon. Alice était déjà couchée.

Libby regarda Sean, se disant qu'elle devrait ajouter quelque chose.

— J'ai pris mon manteau, je suis descendue et je lui ai dit bonjour. Comme Sean l'a dit, ça avait l'air... d'aller. Elle avait sorti quelques livres pour étudier. Des maths, je crois. Ils sont toujours dans le salon.

L'agente continuait à prendre des notes, levant les yeux de temps en temps.

— Sash m'a dit que j'étais élégante, et j'ai mentionné qu'on avait prévu une « soirée en amoureux ». Je pense qu'elle a trouvé ça un peu, je ne sais pas, bête, peut-être. À notre âge. Elle doit nous trouver vieux.

Libby laissa échapper un petit rire, mais cela semblait déplacé ; elle se racla donc la gorge pour se reprendre.

— On est partis peu de temps après, car le taxi est arrivé.

— Et avant cela, quand l'avez-vous vue pour la dernière fois ? demanda l'inspecteur.

Ses mains étaient jointes devant lui, posées sur la table, un doigt tapotant la phalange opposée.

— Il y a environ une semaine, répondit Libby. Elle travaille parfois pour moi. Je cuisine des dîners privés pour des clients d'entreprises locales, des soirées, ce genre de choses. Sasha m'a aidée pour le service d'un dîner de banquiers. Ça avait l'air d'aller à ce moment-là aussi. Rien de particulier.

— Et la dernière fois que je l'ai vue, c'était...

Sean réfléchit un instant.

— Soit la dernière fois qu'elle a fait du baby-sitting pour nous, il y a peut-être un mois, ou lorsqu'elle était en cuisine, dans la grange, pour aider Libby. Elle passe souvent en coup de vent, donc c'est difficile à dire.

Il jeta un coup d'œil à Libby.

— On a transformé la petite grange derrière le cottage en cuisine professionnelle, ajouta Libby en voyant l'expression perplexe de l'inspecteur. C'est plus pratique du point de vue de l'hygiène que d'utiliser la cuisine du cottage. Vous savez, avec les normes et tout ça, expliqua Libby pour être sûre que les agents sachent qu'elle respectait toutes les règles.

Il acquiesça, donnant l'impression qu'il appréciait les détails qu'on lui fournissait.

— Et donc, vous êtes allés dîner... ?

— À l'Old Fox, à Chalwell, répondit Sean.

— Racontez-moi ce qui s'est passé à votre retour, quand vous vous êtes aperçus que Sasha n'était pas là.

Libby s'attendait à ce que Sean réponde mais, voyant qu'il restait silencieux, elle prit la parole.

— On a pris un taxi pour rentrer du pub et, en arrivant, Sasha n'était tout simplement pas là. Évidemment, on ne s'en est pas rendu compte tout de suite, parce qu'on ne s'attend généralement pas à ce que la baby-sitter ne soit plus là. Au début, je pensais qu'elle était peut-être en haut avec Alice ou aux toilettes.

Libby fit un geste en direction du couloir derrière la cuisine.

— Mais elle n'était nulle part. On a cherché partout, même dans la cuisine de la grange et dans le jardin, ajouta Libby. C'est vraiment bizarre.

Elle sentit sa gorge se nouer en repassant la scène dans sa tête.

— A-t-elle déjà agi de la sorte pendant qu'elle gardait votre fille ? Ou vous a-t-elle déjà fait faux bond dans le cadre de votre activité de traiteur, Libby ?

— Non, jamais, répondit-elle rapidement. C'est pour ça que c'est bizarre.

— Sash est une gentille fille, inspecteur, intervint Jan. Elle est sérieuse, travaille dur au lycée, et m'informe toujours de l'endroit où elle est. Enfin, presque.

— Presque ?

— Ça lui est déjà arrivé d'oublier de me donner des nouvelles ou de me prévenir d'un changement de programme. Mais c'était parce qu'elle n'avait plus de batterie ou qu'elle était emportée par l'effervescence du moment. Une fois, c'était avec Matt, son copain. Et je l'ai déjà contacté ce soir. Il n'a pas eu de nouvelles d'elle.

— Donc elle a laissé ses manuels et son téléphone, dit l'inspecteur. Ce qui pourrait indiquer qu'elle avait l'intention de revenir ou bien...

Ils attendirent tous qu'il termine sa phrase, mais il ne le fit pas. À la place, Jan, Libby et Sean imaginèrent chacun ce qu'il sous-entendait.

Ou bien qu'elle a été emmenée contre son gré...

— Quand on a compris qu'elle n'était vraiment pas là, dit Libby, on a su qu'on devait passer des coups de fil.

Elle espérait de tout cœur que l'inspecteur ne poserait pas de questions sur leur consommation d'alcool, qu'il ne les jugerait pas irresponsables.

— Quelle heure était-il à ce moment-là ? demanda l'inspecteur Jones.

Libby leva les yeux au plafond.

— J'imagine qu'il était 23 heures passées, dit-elle en jetant un regard à Sean pour qu'il corrobore ses dires.

— C'est ça, confirma-t-il. On espérait que Sasha reviendrait d'elle-même, donc on n'a pas paniqué tout de suite, même si on trouvait étrange qu'elle soit partie en laissant Alice seule.

Jan baissa brièvement la tête et couvrit son visage. Libby tendit la main pour la poser sur son bras.

— En voyant que ce n'était pas le cas, j'ai envoyé un message à Matt, son petit ami. Après ça, on savait qu'on devait appeler Jan. On se disait que Sasha était déjà sur le chemin du retour et qu'elle avait peut-être simplement oublié son sac à dos.

— Puis-je jeter un œil à ses affaires, s'il vous plaît ? demanda l'inspecteur, se levant avec un signe de tête. Ensuite, nous déterminerons les ressources à déployer et les étapes à suivre.

Il esquissa un sourire qui se voulait réconfortant, bien que personne ne semble particulièrement rassuré.

Dans le salon, ils montrèrent à l'inspecteur les affaires de Sasha. S'ils avaient pris soin de ne pas trop y toucher, l'inspecteur ne s'embarrassa pas des mêmes précautions, ramassant un objet ici et là.

— Qu'est-ce qu'elle étudie ? demanda-t-il à Jan, qui se tenait derrière lui, les bras croisés sur la poitrine.

— Elle révise pour son bac, répondit-elle tout bas. Principalement les mathématiques et la physique-chimie. Elle veut intégrer une université pour devenir ingénieure.

L'inspecteur hocha la tête et s'éclaircit la gorge en feuilletant un manuel jusqu'à la couverture.

— Mathématiques avancées, lut-il à voix haute. Elle est brillante, n'est-ce pas ?

— Oui, confirma Jan. Elle tient ça de son père.

— Où est son père en ce moment ? demanda l'inspecteur Jones en ramassant un bloc-notes A4 de Sasha.

Il parcourut ses notes et ses ratures, page par page.

— On est séparés depuis peu, répondit Jan. Il vit dans l'un des cottages inoccupés du domaine de chasse pour le moment. J'imagine qu'il est au pub ce soir. Comme d'habitude, ajouta-t-elle à voix basse.

Puis elle s'effondra dans le fauteuil et éclata en sanglots.

— Oh, Jan, essayez de rester forte, dit Libby en lui caressant l'épaule.

— Ce que je ne comprends pas, c'est pourquoi elle aurait laissé toutes ses affaires, dit Sean. Surtout son téléphone.

— Exactement, dit l'inspecteur Jones. Madame Long, est-ce que vous savez si elle ou l'un de ses amis a des ennuis en ce moment ? Est-ce qu'il y a quelque chose qui pourrait la pousser à tout laisser derrière elle et partir, seule ou accompagnée ? Réfléchissez bien. Ça peut même être quelque chose qui vous a semblé insignifiant sur le moment.

— Non, il n'y a rien du tout, pas que je sache, répondit-elle. Je... Je ne comprends pas du tout.

— À votre retour, avez-vous remarqué des signes d'effraction, à l'avant ou à l'arrière de la maison ? demanda-t-il à Sean et Libby.

— Non, répondit rapidement Libby. Je n'ai rien vu qui puisse faire penser à un cambriolage quand on est arrivés.

— Très bien, dit l'inspecteur. Il est temps que je passe quelques coups de fil pour voir si nous pouvons retrouver cette jeune fille avant demain matin.

16

— Je ne peux pas rester là sans rien faire, dit Sean, assis sur le lit, observant Libby jeter des affaires au hasard dans un sac de voyage.

L'expression sur le visage de sa femme – les yeux humides, les lèvres entrouvertes, les joues pâles – lui indiquait qu'elle n'avait pas les idées claires, et qu'elle ne se souciait pas vraiment de ce qu'ils emporteraient. Elle entra dans la salle de bains attenante et revint avec leurs brosses à dents et un tube de dentifrice qu'elle jeta dans le sac, ne s'embêtant pas avec ses cosmétiques. Quelques paires de chaussettes, des sous-vêtements, un pull chacun, et une brosse à cheveux. Puis Libby ferma la fermeture Éclair du sac.

— Il faut que je m'occupe des affaires d'Alice, dit-elle sans regarder Sean.

Il lui attrapa le poignet lorsqu'elle passa près du lit.

— Je vais vous emmener toutes les deux chez ma mère et, après, je sortirai chercher Sasha, dit-il.

— À quoi bon ? répondit-elle, les larmes aux yeux, tandis qu'il s'accrochait à elle.

Jan était encore en bas avec l'agente Watts.

— La police s'en charge maintenant. Tu ne peux rien faire de plus.

— Ça ne peut pas faire de mal, si ? dit-il en la relâchant.

— De toute façon, je ne pense pas qu'on devrait réveiller ta mère à cette heure-ci, dit Libby, jetant un coup d'œil à sa montre.

Elle n'avait pas manqué de remarquer combien Marion semblait fatiguée ces derniers temps. Tout ce qu'elle savait, c'était que l'inspecteur Jones leur avait demandé de préparer quelques affaires, car ils allaient devoir quitter le cottage. Il ferait probablement appel à la police scientifique, et il ne savait pas combien de temps cela prendrait. En attendant, il ne voulait personne dans le salon, ni dans les autres pièces, si possible.

— Elle n'y verra pas d'inconvénient, répondit Sean. Tu sais qu'elle adore rendre service.

Libby acquiesça. C'était vrai.

— On peut sûrement rester en haut en attendant qu'ils... fassent ce qu'ils ont à faire, ajouta Libby, sans vraiment savoir de quoi il s'agissait.

Dans sa tête, elle imaginait les policiers en combinaisons blanches, inspectant chaque recoin de leur maison, la passant au peigne fin pièce par pièce, ce qui leur en dirait sûrement bien plus sur leur vie que sur les quelques heures que Sasha avait passées au cottage.

— Il vaut mieux qu'on fasse ce qu'on nous demande, mon amour, dit Sean en se levant pour l'enlacer.

C'était l'endroit préféré de Libby au monde : dans les bras de son mari. Elle ressentit soudain une envie irrépressible de réveiller sa fille, de la serrer entre eux et de ne plus jamais la lâcher.

— Même si ça veut dire rester dans la voiture quelques heures, jusqu'au matin. C'est affreux, horrible, mais c'est comme ça.

« Mais c'est comme ça... »

C'étaient les mots que Sean avait prononcés la première fois qu'elle avait rencontré Natalie, son ex-femme. Cela faisait six mois que Libby et Sean se fréquentaient quand il avait décidé qu'il était temps de la présenter à son fils, Dan. Libby avait vite compris que le garçon avait bien vécu la séparation de ses parents. Il les préférait même séparés, comme il le lui avait un jour confié. « Au moins, je n'ai plus à les entendre se disputer tout le temps », avait-il dit. Mais Libby n'avait jamais cherché à connaître la nature des disputes. En revanche, Natalie n'avait pas aussi bien pris les choses. Même après des années, elle n'arrivait toujours pas à accepter que Sean se soit remarié. Non seulement elle avait transformé leur divorce en une bataille juridique de trois ans, avec des frais d'avocat qui avaient fini par engloutir une bonne partie de l'argent en jeu, mais elle s'était également servie de Dan comme d'un pion. Un pion dans les procédures, mais aussi lorsqu'un droit de visite avait été mis en place pour que Sean puisse voir son fils. Il aimait profondément Dan, et le voir ainsi manipulé lui brisait le cœur. Généralement, Natalie obtenait tout ce qu'elle voulait, que ce soit une augmentation de la pension alimentaire, une nouvelle voiture ou une aide pour rembourser son prêt immobilier. Si Sean refusait, il ne pouvait pas voir Dan, et ils devaient retourner au tribunal.

C'était pour cette raison que Sean restait amical avec Natalie, qu'il lui donnait tout ce qu'elle voulait, qu'il faisait preuve de courtoisie et de gentillesse, au point que Libby s'était parfois demandé s'il avait encore des sentiments pour elle.

« Mais c'est comme ça avec Natalie », lui avait-il dit la première fois qu'il avait parlé en détail de son ex-femme à Libby.

Ils se connaissaient depuis deux mois, à ce moment-là. Avant cela, ils n'avaient pas vraiment ressenti le besoin de parler de leurs anciennes relations. Ils étaient trop concentrés l'un sur l'autre, et savouraient l'excitation d'une nouvelle relation. Bien sûr, Libby savait que Sean était séparé et techniquement toujours marié à l'époque, mais il vivait chez ses parents depuis la rupture. Cela lui permettait d'économiser afin de s'acheter un nouveau chez-soi, en attendant que l'aspect financier du divorce soit réglé. Entretemps, il s'était consacré à son travail et au bien-être de son fils.

— Nat a du mal à accepter...

Il s'était interrompu, se tirant les cheveux, ce qui, Libby l'apprit plus tard, était un signe de stress. Ça, et son boitillement qui devenait plus prononcé.

— À accepter que ce soit fini entre nous. Je pense juste qu'elle ne s'attendait pas à ce que je trouve quelqu'un d'autre. Surtout une femme comme toi.

— Elle est au courant pour nous deux ?

Sean avait alors détourné le regard et rougi sous les lumières tamisées du bar. *Ou peut-être était-ce la lueur du feu*, avait pensé Libby. Dans tous les cas, elle voyait bien qu'il ne savait pas trop quoi répondre. Finalement, il avait fini par être franc.

— Elle l'a découvert par elle-même, avait-il dit en prenant la main de Libby pour atténuer le choc.

— Ah. Attends, *quoi* ?

— Ce qu'il faut que tu comprennes avec Natalie, c'est que...

Il avait laissé sa phrase en suspens pour réfléchir.

— C'est qu'elle ne supporte pas de ne pas tout savoir. C'est sûrement une question de contrôle. Enfin, je ne sais pas, je ne suis pas son psy.

Il avait lâché un petit rire à ce moment-là pour essayer de dissiper l'inquiétude qui se lisait sur le visage de Libby.

— Découvert par elle-même ? avait répété Libby, tentant de garder un ton léger et désinvolte.

Mais elle voulait vraiment savoir.

— Elle nous a observés ? Elle *m'a* observée ?

— Voilà, c'est Nat, avait dit Sean en lâchant un autre rire, bien que moins convaincant. Je te l'ai dit, c'est comme ça.

La porte de la chambre s'ouvrit lentement et ramena Libby à la réalité. Elle pensa d'abord que c'était l'inspecteur Jones ; elle savait qu'il était toujours dans le cottage, ainsi que la policière. Mais ce fut Alice qui entra en traînant les pieds et en se frottant les yeux, dans sa chemise de nuit rose.

— Coucou, ma puce, dit Libby en se détachant des bras de Sean.

Elle se pencha vers sa fille, la prit dans ses bras et la cala sur sa hanche.

— J'arrive pas à dormir, dit Alice en regardant autour d'elle, clignant des yeux. Il y a trop de bruit dans ma tête.

Libby regarda Sean.

— Oh, mon petit cœur, dit-il en prenant Alice dans ses bras. Viens ici faire un câlin à papa. Ne t'inquiète pas pour le bruit, ma puce. C'était sûrement juste un cauchemar.

Alice enfouit son visage dans le creux du cou de son père, glissa son pouce dans sa bouche tout en jouant avec ses cheveux, et enroula ses jambes autour de sa taille. Mais elle se redressa ensuite pour s'accrocher à ses épaules.

— Non, c'était pas un cauchemar, papa. Il y a eu des gros bruits en bas et ça m'a réveillée. Il y avait un bricoleur ?

— Un cambrioleur, tu veux dire ? dit Sean en lui touchant doucement le menton. Non, il n'y avait pas de cambrioleur. Ne t'inquiète pas. C'était peut-être juste quelqu'un dans la rue, qui garait une voiture ou quelque chose comme ça.

Alice fronça ses sourcils clairs en mordillant sa lèvre inférieure.

— C'était pas une voiture. C'était dans la maison et... et... et j'avais peur, alors j'ai demandé à M. Chamallow de me sauver. On a fait une tente sous la couette pour pas entendre.

Libby croisa de nouveau le regard de Sean.

— Quand est-ce que tu as entendu ces bruits, ma puce ? demanda Libby en caressant le pied d'Alice.

— Ça chatouille, dit-elle en retirant sa jambe. C'était cette nuit, ajouta-t-elle, l'air confus. C'étaient de gros bruits géants.

— Ne t'inquiète pas, dit Sean. Papa et maman sont rentrés et il n'y a rien à craindre. En fait, dit-il en prenant une grande inspiration, que dirais-tu d'aller chez mamie pour le petit déjeuner ? Elle te fera des pancakes, et tu pourras peut-être aller avec elle chercher des œufs frais dans le poulailler.

Alice enfouit de nouveau son visage dans l'épaule de Sean et acquiesça.

— Oui, s'il te plaît ! dit-elle d'une voix étouffée.

« Qu'est-ce qu'on fait ? » articula silencieusement Libby à l'adresse de Sean. Il haussa les épaules.

— Et si je te remettais au lit un petit moment, et quand on est prêts on vient te réveiller pour aller chez mamie ? Tu pourras rester en pyjama, si tu veux.

Alice acquiesça de nouveau, déjà à moitié endormie. Mais dès qu'il se mit à avancer en direction de sa chambre, elle se raidit et poussa un cri.

— Ton lit, papa, pleurnicha-t-elle.

— D'accord, d'accord, répondit Sean en tirant la couverture pour la coucher en dessous. Tu peux dormir ici.

Il la borda et éteignit la lampe, faisant signe à Libby de le rejoindre dans le couloir.

— On devrait peut-être prévenir l'inspecteur ? murmura Libby en croisant les bras.

— Pas la peine, dit Sean en se frottant le visage. Ce n'est pas vraiment important. Alice a fait un cauchemar, c'est tout.

Libby hocha la tête.

— Sûrement. Mais réfléchis une minute. Peut-être qu'il y avait vraiment quelqu'un dans la maison qui a fait du mal à Sasha ? Mon Dieu, avec Alice juste au-dessus.

Elle secoua la tête pour essayer de se débarrasser de cette image.

— Je ne peux même pas l'imaginer, souffla-t-elle en regardant son mari, se demandant s'il était d'accord.

— L'inspecteur n'a pas mentionné de signes de lutte quand il a fait le tour de la maison, dit Sean en jetant un coup d'œil vers l'escalier.

Il baissa le ton.

— Je ne crois pas qu'il soit dans l'intérêt d'Alice de subir un interrogatoire.

— Si tu en es sûr, répondit Libby, les yeux sur la porte de leur chambre.

— J'en suis sûr, affirma Sean, alors que la policière montait l'escalier, tenant la rampe en tournant dans l'angle.

Ils fixèrent la policière, conscients que la porte de leur chambre s'ouvrait derrière eux. Ils entendirent les petits reniflements d'Alice se rapprocher.

— Monsieur et madame Rand...

— Maman, maman, j'arrive pas à dormir ! se plaignit Alice en pleurant à chaudes larmes alors qu'elle accourait pour agripper la jambe de Libby.

La tête levée vers la policière, elle criait presque.

— J'ai... j'ai peur que la méchante dame revienne...

Avant que Libby ne puisse la reprendre dans ses bras, Alice s'était laissée tomber au sol, couvrant sa tête de ses bras, les épaules secouées par ses sanglots.

17

L'avocate est élégante, mince, et plus jeune que moi. Depuis quinze minutes, je la fixe en silence, absorbée par ses yeux pétillants, ses longs cils et sa peau noire parfaite. Elle ne donne pas l'impression d'être de mon côté, même si elle a répété à plusieurs reprises qu'elle était là pour m'aider et me conseiller. Mais elle n'a pas l'air de comprendre que je ne devrais pas être là, qu'une énorme erreur a été commise. Elle ne sait rien de moi : ma vie, ma maison, Alice, Sean, le village, mon entreprise, Marion, la ferme, et tout ce qui me définit. C'est pourtant simple. Mais comment le lui dire ? Comment expliquer et démêler tout cela pour qu'elle et la police comprennent que je suis innocente ?

J'ouvre la bouche pour dire quelque chose, mais je me ravise et la referme.

— Il va être difficile de vous conseiller si vous ne parlez pas, Libby, dit-elle.

Ses lèvres sont charnues et brillantes, et ses cheveux lisses sont tirés en arrière, attachés en une épaisse queue-de-cheval noire. Ses yeux brillants me fixent. L'intelligence qu'ils dégagent m'intimide et, avant même d'avoir prononcé un mot, je redoute de dire quelque chose de travers.

Elle est de mon côté...

— Libby ?

Sa voix est nette et précise, à son image. Mes yeux se posent sur ses mains : dans la droite, elle tient un stylo au-dessus d'un bloc-notes. Le même type de carnet A4 que celui que Sasha utilisait ce soir-là.

Tout revient toujours à Sasha.

— Bon, dit-elle avec un léger soupir. Vous comprenez que vous allez être interrogée au sujet du meurtre de Sasha Long ?

Je fais un petit signe de tête, le premier depuis qu'on m'a fait entrer dans cette salle d'interrogatoire. Un endroit gris et terne, à l'image du paysage qui habite mon esprit : désolé et vide.

— J'ai discuté avec l'agent qui a procédé à votre arrestation. Il m'a présenté quelques éléments de preuve. J'insiste bien sur le mot « quelques », car il est rare qu'ils révèlent tout ce qu'ils ont à ce stade, surtout dans une affaire comme celle-ci. Mais j'aimerais entendre votre version des faits, que vous me disiez ce qui s'est passé. Ensuite, nous pourrons décider de la marche à suivre. Ça vous convient, Libby ?

Je hoche de nouveau la tête.

L'avocate – Claire quelque chose, je crois – me regarde, légèrement penchée en avant. Je peux sentir son parfum, doux et fleuri, avec une pointe de quelque chose d'autre. Quelque chose de fort, d'obscur. Comme elle.

— Et il y aura d'autres éléments de preuve, Libby, soyez-en certaine. Ils sortiront sûrement leurs meilleurs atouts à la fin de l'interrogatoire, pour essayer de vous déstabiliser, de vous piéger avec ce que vous aurez déjà dit – si vous décidez de parler. Vous n'avez pas été arrêtée pour rien, et le crime présumé est grave. Très grave, Libby. Alors si vous êtes innocente et que vous voulez sortir d'ici sans qu'il y ait de poursuites contre vous, vous devez démentir toutes leurs accusations en donnant votre version des faits.

Elle marque une pause.

— Je peux aussi vous aider à formuler des aveux, si cela s'avère pertinent.

Elle se renfonce dans son fauteuil. Son chemisier couleur chair s'ouvre légèrement sur le devant, me laissant entrevoir le bord de son soutien-gorge clair. Sa jupe crayon noire, ses escarpins, son maquillage discret mais impeccable, ses mains parfaitement manucurées ; tout cela contraste avec l'état dans lequel je me trouve. Pas lavée, pas maquillée, épuisée et terrifiée. Je suis l'opposé de la femme assise en face de moi.

— Vous avez bien sûr le droit de garder le silence, de dire que vous préférez ne pas répondre à tout ce qu'ils demandent pendant l'interrogatoire. Mais gardez à l'esprit que si votre dossier va devant le tribunal et que vous souhaitez vous appuyer sur des éléments de preuve que vous ne fournissez pas maintenant, cela ne jouera pas en votre faveur. Pas du tout.

— Mais quelles preuves ? dis-je, mes pensées se traduisant en véritables mots.

De tout petits mots, à peine audibles.

— Ils m'accusent de quelque chose que je n'ai pas fait.

Je couvre mon visage pour qu'elle ne voie pas mes larmes.

— Ce n'était qu'un dîner. Un simple dîner au pub, puis tout s'est transformé en un véritable cauchemar. Et cette pauvre Sasha… volatilisée.

J'essaie de contenir mes sanglots en reniflant, mais je ne peux plus les retenir. Ma tête tombe sur la table.

— Je ne peux pas imaginer ce que Jan et sa famille traversent. Je n'arrive pas à croire que tout cela leur soit arrivé, à eux et à Sasha. Mais comment ma vie peut-elle passer de parfaitement normale et merveilleuse à ça ? Je n'ai rien fait de mal. Je le jure.

Je lève les yeux, pleurnichant, et m'essuie le nez avec le revers de ma manche.

— On est juste sortis dîner.

— D'accord, dit Claire en sortant un mouchoir propre de son sac à main pour me le tendre. C'est un bon début. Maintenant, racontez-moi tout ce qui s'est passé ce soir-là, continue-t-elle en jetant un coup d'œil à ses papiers. Le soir où Sasha Long a disparu.

— On ne sait jamais ce dont il faudra se rappeler, dis-je après m'être mouchée, essuyé le visage et avoir bu quelques gorgées d'eau.

Pendant l'interrogatoire, je n'aurai qu'à leur dire ce qui s'est passé. Exactement comme Sean et moi l'avons fait depuis le début.

Sean, pensé-je, en imaginant le visage de mon mari alors que je fixe l'avocate. Il est souriant, debout devant moi, ses grandes mains fermement posées sur mes épaules. Il me regarde droit dans les yeux et me dit quelque chose, je vois sa bouche bouger, son visage est superposé à celui de Claire, qui est assise en face de moi. Comme toujours, je sais qu'il me soutient, qu'il est à mes côtés. Il me dit que nous allons traverser cette épreuve ensemble, que ce n'est pas notre faute, que nous regarderons un jour en arrière et que nous saurons que cela nous a rendus plus forts, plus unis, plus amoureux que jamais. J'essaie de lire sur ses lèvres, avec l'envie folle d'entendre : « Je vais te sortir de là, Lib, ne t'en fais pas... » Mais tout ce que je décode, c'est : « C'est comme ça... », encore et encore.

— Sean et moi sommes sortis pour passer une « soirée en amoureux », lui dis-je en reniflant. Ça peut paraître bête, je sais, mais... il s'est passé quelque chose juste avant qui m'a fait... eh bien, qui m'a fait perdre confiance en moi. C'était stupide de ma part, et complètement injustifié, je m'en rends compte maintenant. Sean savait que je n'avais pas le moral, alors il a proposé un dîner à l'Old Fox à Chalwell, le vendredi soir. On avait tous les deux beaucoup travaillé et on avait besoin de passer du temps ensemble.

— Pouvez-vous m'en dire plus sur ce qui vous a fait perdre confiance en vous ? demande Claire tout en prenant des notes. Ai-je raison de penser qu'il s'agissait peut-être d'une... question de confiance *entre* vous ?

Je marque une pause, pense de nouveau à Sean. J'essaie de lire sur ses lèvres ce qu'il me dit de dire.

— Ce n'est pas vraiment pertinent, dis-je. Mais c'est la raison pour laquelle on est sortis ce soir-là.

Le visage de Claire s'adoucit légèrement. Ses yeux se plissent juste assez pour laisser apparaître les plus infimes pattes d'oie, et ses lèvres se pincent, non par pitié, mais plutôt par compréhension, par empathie. Comme si elle savait exactement ce que je ressentais ce soir-là.

— C'était un malentendu tout bête. Et la confiance était au cœur du problème, oui. C'est pour ça que Sean a réservé la table. Pour qu'on arrange les choses.

— Vous avez dit qu'il s'était passé quelque chose dans les jours ayant précédé le dîner. Vous pouvez m'en dire plus ?

— C'est nécessaire ?

— Libby, l'inspecteur va vous poser toutes sortes de questions. Et il ne sera pas aussi sympa que moi. Comme je l'ai déjà dit, vous n'êtes pas obligée de répondre, mais je vais avoir du mal à vous conseiller si je n'ai pas connaissance de tous les éléments pertinents.

Claire tourne son poignet pour regarder sa montre.

— Nous devons aussi faire attention au temps.

— D'accord, dis-je, le cœur battant. J'ai des raisons de croire que Sean me trompe. C'est bête, je sais. Et ce n'est pas vrai, mais quelque chose m'a interpellée, m'a fait douter.

— Qu'est-ce qui vous a interpellée ?

— Un mot, dis-je en levant à moitié les yeux au ciel et en

haussant les épaules. Quelqu'un a laissé un mot sous l'essuie-glace de ma voiture disant que Sean avait une liaison.

Voilà. C'est dit.

— Je suis désolée, Libby. L'avez-vous mentionné dans vos précédentes déclarations à la police ?

Claire feuillette des papiers et scrute les documents devant elle.

— Non, dis-je, lui épargnant ce travail. Je ne pensais pas que c'était nécessaire.

Elle s'arrête, me regarde, puis prend d'autres notes sur son carnet.

— Donc vous êtes sortis dîner pour arranger les choses après que vous avez reçu le mot ?

— Oui.

Elle reste silencieuse un instant. Ses yeux s'attardent sur mon visage pendant quelques secondes avant de se replonger dans ses papiers. Elle tapote sa lèvre du bout de son stylo tout en lisant, passe son doigt sur les lignes, tourne les pages.

— Et quand vous êtes revenus du pub, Sasha n'était pas chez vous. Alice, votre fille de quatre ans, dormait à l'étage. Vous avez pris la voiture pour aller à la recherche de Sasha...

Elle émet un bruit en parcourant les documents à toute vitesse, son doigt suivant rapidement les mots.

— Ensuite, vous avez contacté le petit ami de Sasha, quelques amis, sa mère, puis la police... enquête... marmonne-t-elle en feuilletant un autre document à côté d'elle.

Elle lève les yeux, pose son stylo et se penche en avant en prenant appui sur ses bras.

— Une partie des éléments de preuve de la police concerne les incohérences et contradictions entre votre déclaration et celle de votre mari, Libby. Il y a des choses qui ne collent pas.

— Quoi ?

Je tousse, m'étouffant avec l'eau que je bois.

— Comment ça, des incohérences ? dis-je en me couvrant

brièvement la bouche. On sait tous les deux exactement ce qui s'est passé. On était tous les deux.

— Libby, parlez-moi de la relation entre votre mari et Sasha. Par exemple, est-ce qu'ils se connaissaient bien ?

Je reste là à la regarder, bouche bée, les yeux écarquillés.

— Pourquoi est-ce que vous ne faites que répéter mon prénom ? demandé-je, un peu étourdie et nauséeuse, comme si je n'étais pas réelle. Vous le répétez en boucle. Comme si vous cherchiez à me piéger. Ou à me rendre folle.

Je me lève à moitié et me penche en avant sur la table. Mes bras tremblent, mes yeux sont écarquillés. Je me rassieds quand je vois Claire s'éloigner.

— Vous n'êtes pas de mon côté, hein ? chuchoté-je, en sueur. Vous essayez juste de me prendre en défaut.

— Non, Libby, et c'est une question simple. Une question que l'inspecteur vous posera forcément.

L'avocate tapote son stylo sur le bord de la table, ses yeux plongés dans les miens. *Tap, tap, tap...*

— Votre mari. Sasha. Et vous, l'épouse jalouse.

Elle incline la tête sur le côté.

— Bordel ! dis-je en me levant et en m'approchant du mur, lui tournant le dos. Vous ne savez pas de quoi vous parlez. Sasha et Sean ?

Je me retourne, les bras croisés sur la poitrine, les longues manches du sweat-shirt tirées sur mes mains. Le sweat-shirt de Sean. Je sens ses bras autour de moi ; il me donne de la force, comme il l'a toujours fait.

— C'est notre baby-sitter, bon sang. Et elle m'aide parfois dans mon activité. Elle est lycéenne et elle n'a que dix-sept ans.

— Et elle pourrait aussi être morte, Libby, dit Claire, me donnant l'impression que le sol se dérobe sous mes pieds. Il se peut qu'ils aient trouvé un corps.

18

PASSÉ

Marion les dévisagea, un flacon de comprimés dans la main, alors qu'ils se tenaient dans l'embrasure de la porte. Alice était perchée sur la hanche de Sean, les bras enroulés autour de son cou. La ferme, située à une poignée de kilomètres de Great Lyne, n'était qu'à quelques minutes de route, mais Alice s'était endormie dès que Sean avait démarré la voiture de Libby.

— Mon Dieu, tout va bien ? demanda Marion en glissant les comprimés dans sa poche.

Libby pensa qu'ils devaient avoir l'air de réfugiés : Alice encore en chemise de nuit et enveloppée dans une robe de chambre et un manteau ; Libby en vieux survêtement et un gilet par-dessus un tee-shirt, les premiers vêtements qu'elle avait pu trouver quand il était devenu évident qu'ils devaient quitter le cottage. Elle ne voulait plus porter sa robe. Ses cheveux étaient en bataille, et le maquillage de la veille formait des ombres sous ses yeux. Il était 5 h 40, et ni elle ni Sean n'avaient dormi. Ce dernier n'avait pas meilleure mine et avait aussi changé de vêtements. Avant de partir, Libby avait lancé une machine, espérant se distraire avec des tâches banales, en vain.

— Désolé de te déranger à cette heure-ci, maman. On peut entrer ?

— Oui, bien sûr, répondit Marion, le visage crispé par l'inquiétude, en s'écartant pour les laisser entrer.

Libby devait de toute façon déposer Alice chez elle à 9 heures, pour qu'elle s'occupe des préparatifs du repas du soir et que Sean aille à la clinique pour une opération dans la matinée. Mais elle ne s'attendait pas à les voir arriver tous les trois à cette heure-ci.

— Pas de souci. Vous savez que je suis debout de bonne heure, de toute façon, ajouta-t-elle en caressant doucement le dos d'Alice, tandis que Sean entrait dans la cuisine. Vous êtes tous les deux blancs comme des cachets d'aspirine. Qu'est-ce qui se passe ?

Elle tira deux chaises et poussa des papiers et autres bricoles entassées au bout de la grande table de la cuisine.

— Je vais faire chauffer de l'eau.

— Merci, maman, dit Sean en s'installant sur la chaise, en prenant soin de ne pas réveiller Alice.

Libby resta silencieuse. Comment Sean allait-il annoncer que Sasha avait disparu et que leur cottage allait bientôt être envahi par une équipe de la police scientifique ?

— Comment s'est passé votre dîner à l'Old Fox ? demanda Marion en attrapant des tasses. Vous n'avez pas dû rentrer très tard si vous êtes déjà debout à cette heure.

— C'était sympa, merci, Marion. Exactement ce dont on avait besoin, et les plats sont toujours délicieux, dit Libby, voyant que Sean ne disait rien.

— Tu nous connais, on n'est plus des gros fêtards, dit Sean en lançant un regard à Libby. Mais il s'est passé quelque chose d'assez étrange, maman. C'est pour ça qu'on est là.

— Ah ? dit Marion en se figeant. Ça a l'air grave. Vous allez bien, tous les trois ? Vous n'êtes pas malades ou en danger ?

Marion était généralement calme et stoïque, mais Libby perçut l'inquiétude dans son regard quand il se posa sur Sean.

— On va bien, maman. Mais comme je l'ai dit, il s'est passé quelque chose hier soir.

Sean attendit que Marion finisse de préparer le thé. Elle les servit, les mains tremblantes, et se dirigea ensuite vers le frigo pour sortir une brique de jus pour Alice, qui s'était réveillée et grognait sur les genoux de Sean.

— Alice, ma puce, tu veux aller regarder la télé pendant qu'on discute avec mamie ? dit Libby en prenant sa fille dans ses bras.

Alice se débattit un moment contre Libby en gémissant, mais la promesse de biscuits et de dessins animés pour le petit déjeuner l'emporta.

— Je ne vais pas tourner autour du pot, maman, expliqua Sean à sa mère quand Libby se rassit à table. Quand on est rentrés du pub, Sasha avait disparu.

— Mon Dieu, murmura Marion en portant une main à sa bouche un court instant. Quand tu dis « disparu », tu veux dire qu'elle a… littéralement disparu ?

— Oui, répondit Sean. Elle n'était plus là.

— On a cherché partout, bien sûr, ajouta Libby. Alice était seule à l'étage. Elle dormait, Dieu merci.

— La fille l'a abandonnée comme ça ? Elle est allée où ? Elle s'est excusée, au moins ?

— On ne sait toujours pas où elle est, en fait, maman. Personne ne l'a vue. Jan, sa mère, est venue aussitôt et, finalement, on a dû appeler la police.

— La police ? répéta Marion.

Elle dévisageait son fils par-dessus sa tasse, qui trembla légèrement quand elle la porta lentement à ses lèvres.

— C'est pour ça qu'on est là, dit Libby. Ils doivent…

— Ils doivent examiner le cottage, termina Sean, lorsque la voix de Libby faiblit.

— Je n'arrive pas à croire ce qui est en train de se passer, dit Libby en regardant par la fenêtre de la cuisine, vers la cour de la ferme.

On commençait à distinguer les premières lueurs rouges au-dessus de la grange la plus éloignée.

— Eh bien, je suis sidérée par son irresponsabilité, dit Marion en secouant la tête. Rien n'excuse le fait qu'elle ait laissé une petite fille de quatre ans toute seule. Vous devez être furieux.

— Je pense qu'il n'y a pas lieu d'être en colère contre elle, dit Libby. Ça ne lui ressemble pas. Je connais bien Sasha, et elle n'aurait jamais fait une chose pareille sans une très bonne raison.

— Ou sans y être forcée, ajouta Sean.

— Je ne sais pas quoi dire.

Marion ajouta du sucre à son thé et le remua plus longtemps que nécessaire.

— Je savais que j'aurais dû annuler ma réunion à l'église hier soir pour garder Alice. On travaillait juste sur les plannings. Franchement, ils auraient pu se passer de moi, et rien de tout cela ne serait arrivé. Je culpabilise.

— Ce n'est pas ta faute, maman, dit Sean. Je vais réunir quelques gars de la chasse pour partir à sa recherche, fouiller les environs. Si elle s'est perdue dans le noir, il a pu se passer n'importe quoi. Elle pourrait être tombée dans un fossé et s'être cassé une cheville, si ça se trouve. Et personne ne connaît mieux la campagne du coin que les rabatteurs.

Marion acquiesça. Elle fixait Sean, les yeux écarquillés et incrédules, mais avec une pointe d'adoration pour son fils.

— Pendant ce temps, toi et Alice restez ici avec moi, d'accord ? dit-elle à Libby. Aussi longtemps que vous le voulez.

— Merci, répondit Libby, se demandant comment elle allait bien pouvoir s'occuper du dîner le soir même ou, dans le pire des scénarios, comment annoncer à ses clients qu'elle devrait probablement tout annuler.

Il faisait jour, et Sean était parti depuis presque deux heures. Libby, ayant oublié d'apporter son chargeur et souhaitant préserver la batterie de son téléphone, n'avait ni envoyé de messages ni appelé pour savoir s'il y avait du nouveau. Marion, qui préférait garder son vieux téléphone à clapet, n'avait pas de câble pour iPhone. En plus, Libby savait que Sean l'appellerait s'il y avait quelque chose à signaler.

Alors qu'elle essayait tant bien que mal d'occuper une Alice grincheuse et somnolente sur le canapé, Libby imaginait Sean rassemblant quelques agriculteurs et leurs ouvriers pour l'aider. Certains d'entre eux allaient sûrement utiliser des quads pour couvrir plus de terrain rapidement. Avant de partir, Sean avait passé plusieurs appels pour informer quelques-uns des gars avec qui il chassait de la situation. En tant que garde-chasse local, le père de Sasha, Phil, était bien sûr impliqué. La saison des faisans venait à peine de commencer, et ils disposaient de cinq ou six épagneuls qui pourraient suivre une piste. Les rabatteurs habituels, qui connaissaient parfaitement le coin grâce aux battues, parcouraient la campagne à pied devant les chiens. Beaucoup de gens s'étaient mobilisés autour de Phil pour retrouver Sasha. Si quelqu'un pouvait la trouver, c'était bien eux.

— Tant que cela n'entrave pas le travail de la police, avait dit Libby à Sean alors qu'il enfilait sa grosse veste pour se préparer à partir.

Il avait gelé pendant la nuit. Sean avait ouvert la porte de derrière : tout était recouvert d'un givre blanc éclatant, et un silence étrange pesait sur la cour de la ferme.

— Ils ont parlé de faire intervenir un maître-chien, lui avait-elle rappelé. Il faudrait éviter de les gêner.

— Ne t'inquiète pas pour ça, avait répondu Sean en la regardant intensément.

Elle avait resserré son peignoir autour d'elle en frissonnant. Puis il s'était penché et l'avait embrassée en serrant sa main.

— Tout va bien se passer, avait-il dit, avant de se retourner et de partir.

— Marion, c'est toi ? appela soudain Libby depuis le canapé, après avoir entendu un bruit.

Elle se demanda si Sean était de retour. Elle jeta un coup d'œil à sa montre. Il était presque 10 heures, et elle somnolait près du feu dans le salon, Alice blottie contre elle pendant que des dessins animés passaient à la télévision.

Aucune réponse de Marion. Le bruit se répéta. On frappa à la porte – apparemment, celle de derrière, qui donnait sur la cuisine. Marion était partie aider à la ferme. Elle y allait lorsqu'elle s'en sentait capable, même si elle se limitait à nettoyer le poulailler ou à ranger l'atelier de Fred. Libby savait que ses problèmes de santé la ralentissaient, mais Marion était du genre à ne jamais en parler, persuadée que si elle ignorait ses maux, ils finiraient par disparaître. Libby lui avait proposé de l'accompagner à ses rendez-vous à l'hôpital, mais Marion avait refusé catégoriquement ce soutien et ne se confiait même pas à Sean.

— Attends-moi un instant, ma puce, dit-elle à Alice en se dégageant doucement de sous sa fille. Je vais voir qui c'est.

Le cœur battant, Libby s'avança vers la porte. Elle pensa d'abord que c'était la police qui venait avec des nouvelles de Sasha. Mais lorsqu'elle ouvrit, il lui fallut quelques secondes pour comprendre qui se tenait devant elle. Et ce n'était certainement pas la police.

— Ah. Bonjour, Libby, dit la femme.

Les coins de sa bouche se soulevèrent, et un éclat de supériorité brilla dans ses yeux. Elle ajusta la lanière de son élégant sac, qui pendait sur son manteau en laine beige immaculé, ouvert sur un jean moulant. Ses bottes en cuir noir semblaient interminables sur ses longues jambes.

— Je ne pensais pas te voir ici.

Libby la fixa.

— Natalie, dit-elle enfin, le prénom s'échappant de ses lèvres avec une pointe de fragilité.

C'était la dernière personne qu'elle voulait voir.

— Comment... comment vas-tu ?

— C'est Marion que je viens voir, en fait, dit-elle en entrant sans y avoir été invitée. La nuit a été difficile ? ajouta-t-elle en regardant Libby de haut en bas.

Ses longs cheveux blonds se balancèrent sur ses épaules lorsqu'elle déposa son sac sur la table de la cuisine en retirant ses immenses lunettes de soleil. Elle les mit sur sa tête et révéla des yeux bleus scintillants, mis en valeur par des sourcils parfaitement dessinés. *Une beauté naturelle, comme toujours*, pensa Libby, bien que ce soit le cadet de ses soucis. Natalie qui se venait se pavaner ici n'avait, au fond, aucune importance.

— Marion est dans les parages, mais je ne sais pas où exactement, dit-elle.

Elle n'avait aucune idée de ce que l'ex-femme de Sean pouvait bien vouloir à son ex-belle-mère. Elle avait toujours eu l'impression que Marion lui préférait cette femme. Après tout, c'était elle qui avait organisé la rencontre entre elle et Sean, des années auparavant. Sean n'avait jamais raconté toute l'histoire, mais Libby savait que les parents de Natalie, également agriculteurs et propriétaires terriens, étaient de bons amis de Marion et Fred. Eux aussi avaient très mal vécu la demande de divorce de Sean.

— Je vais l'attendre ici, alors. Ça ne la dérangera pas.

Natalie retira son manteau, révélant un chemisier en mousseline de soie blanc soigneusement rentré dans un jean qui soulignait ses hanches fines et son ventre plat. Elle tira une chaise et s'installa, croisant ses jambes interminables. Libby se racla la gorge.

— Un café ? proposa-t-elle en remontant son bas de survêtement.

Elle aurait préféré que cette femme s'en aille, mais elle ne voulait pas paraître impolie. Après tout, Natalie était la mère du fils de Sean, et elle ferait toujours partie de leur vie d'une manière ou d'une autre. Autant essayer de s'entendre.

— Un espresso, s'il te plaît, dit-elle.

— Désolée, il n'y a que du café instantané ici, répondit Libby en remplissant la bouilloire et en la posant sur la plaque plus fort qu'elle ne l'aurait voulu. Tout ce que je peux te proposer, c'est du lait et du sucre.

Le cœur battant à toute vitesse, elle croisa les bras et s'appuya sur le bord de la cuisinière. Il était hors de question que Natalie remarque à quel point elle tremblait — à cause du manque de sommeil et de l'audace de cette femme. Elles se croisaient rarement, et Sean servait généralement de tampon lorsqu'il fallait ramener Dan chez Natalie ou aller le chercher, assister à une pièce de théâtre ou un concert de Noël à l'école, ou encore avoir affaire aux avocats. Libby n'avait jamais été seule avec elle auparavant. Et le fait qu'elle avait une mine affreuse et manquait de sommeil tandis que Natalie semblait sortir tout droit d'un magazine de mode n'arrangeait pas les choses.

— Noir, sans sucre, merci, dit Natalie en consultant brièvement son téléphone. Ah, j'ai croisé Sean sur la route, ajouta-t-elle sur un ton que Libby interpréta comme sarcastique. On s'est arrêtés pour discuter. Il avait l'air épuisé, lui aussi.

Libby se figea. Y avait-il du nouveau ? Il aurait pu se passer n'importe quoi depuis son départ. Elle fit un bref signe de tête en guise de réponse, au cas où Natalie faisait allusion à autre chose.

— Et il y avait des policiers partout dans le village.

Non, c'était bien ça.

— Je ne devrais peut-être pas me mêler de ce qui ne me regarde pas, Libby, poursuivit-elle. Mais est-ce que tout va bien entre toi et Sean ? J'ai eu l'impression que...

Natalie rejeta ses cheveux en arrière et leva le menton, mettant encore plus en valeur sa mâchoire anguleuse.

— Que c'était peut-être un peu compliqué entre vous ?

— Tout va bien, merci, répondit Libby en passant ses mains sur son visage.

Elle ne se préoccupait plus de son mascara qui coulait ni des cernes sous ses yeux. Elle n'avait qu'une envie : dire à Natalie de s'occuper de ses affaires et de partir. Mais elle se contint.

— On a tous les deux beaucoup tra...

— Maman... dit Alice, surgissant soudain de l'autre pièce et s'accrochant aux jambes de Libby.

Elle fixa Natalie avant de pousser un gémissement et d'enfouir son visage dans le vieux gilet de Libby, marmonnant encore au sujet de cauchemars et de monstres dans la maison.

— Oh, tu as les mêmes cheveux bouclés que ton papa, dit Natalie d'une voix de bébé, la tête inclinée sur le côté. Quelle petite beauté tu deviens !

Alice leva brièvement les yeux avant de repartir en courant quand Natalie évoqua sa ressemblance avec son demi-frère, Dan, au même âge. Libby n'avait jamais été aussi heureuse de voir Fred, son beau-père, enlever ses bottes en entrant par la porte de derrière qu'à cet instant. Une bouffée d'air glacial l'accompagna à l'intérieur.

— Bonjour, Nat ! lança-t-il de sa voix forte habituelle, cette fois accompagnée d'un large sourire qui révélait ses dents manquantes.

Libby essaya de ne pas se préoccuper du fait qu'il l'avait complètement ignorée et qu'il était allé directement vers Natalie pour la serrer dans ses bras. Après tout, il avait mis un terme à ce moment gênant, et elle lui en était reconnaissante.

— Désolé, je sens un peu mauvais, continua-t-il en riant. J'étais en train de réparer l'épandeur de fumier.

Il essuya ses grandes mains sur sa combinaison avant de se tourner vers Libby.

— Est-ce qu'il y a du café prêt ? demanda-t-il sans même la saluer.

Elle ne l'avait pas encore vu ce matin, car il était déjà parti travailler à leur arrivée. Fred était froid et distant avec la plupart des gens ; c'était dans sa nature. Mais cela n'inquiétait pas trop Libby, car elle savait qu'il avait une certaine tendresse pour elle. Cependant, en cet instant, il semblait que cette tendresse était davantage tournée vers Natalie.

— Bien sûr, Fred, répondit Libby d'une voix douce, soulagée de voir Marion entrer dans la cuisine.

Après avoir servi les cafés, elle s'éclipsa pour rejoindre Alice.

Libby referma la porte du salon derrière elle et se laissa tomber sur le canapé. Elle aurait tant voulu que Sean soit là, tant voulu remonter le temps jusqu'à la veille – non, jusqu'à la semaine précédente, même – pour retrouver une vie normale.

— Maman, pourquoi elle est là, la dame ? Je l'aime pas. Elle fait peur, dit Alice en se blottissant contre elle.

— C'est Natalie, la maman de Dan, répondit-elle vaguement, les yeux rivés sur son téléphone, cherchant à passer le temps. Tu sais bien.

— C'est une méchante dame, non ? Elle m'a fait peur hier soir quand toi et papa vous étiez partis.

— Pardon, ma puce ?

Libby regarda sa fille et fronça les sourcils en se rendant soudain compte de ce qu'elle venait de dire. Mais Alice ne semblait pas vouloir en parler davantage et était déjà de nouveau absorbée par la télévision.

Libby laissa sa tête tomber en arrière, les yeux au plafond. Elle soupira au son des rires et des bavardages qui provenaient de la cuisine ; la voix stridente de Natalie résonnait. Elle finit par envoyer un message bref à Sean.

Du nouveau ?

Puis, en l'absence de réponse, elle envoya un message à Fran.

Il faut que je te voie...

19

— S'il te plaît, Lib, dit Sean en faisant les cent pas. Ce n'est que pour une nuit ou deux. Pourquoi tu compliques tout ?

— Pardon ?

Libby le fixa, les mains sur les hanches et la bouche grande ouverte.

— Il est arrivé quelque chose à Sasha, j'ai dû quitter ma maison pour que la police puisse la passer au peigne fin, ma fille est épuisée et bouleversée par quelque chose, aucun de nous n'a dormi, j'ai dû annuler le dîner de ce soir, et ton ex-femme se pavane en me disant qu'on a des problèmes de couple tout en se faisant un malin plaisir de me voir ressembler à une épave. Tu ne crois pas que c'est plutôt ça qui complique tout ?

— Libby, dit Sean en secouant la tête. Tu es stressée. Calme-toi. Tu te soucies vraiment de ton apparence dans un moment pareil ?

Il se pencha pour essayer de tourner la vanne récalcitrante du radiateur sous la fenêtre à petits carreaux de la chambre du fond – celle de son enfance. Ils étaient tous les deux gelés.

— Non, bien sûr que je me fiche de mon apparence, mais

j'ai eu l'impression qu'elle me regardait de haut et je n'ai vraiment pas besoin de...

— Libby, répéta calmement Sean. Je te l'ai dit. Si tu te laisses submerger par ton stress, ça n'aidera personne. Surtout pas toi. Alice a besoin que tu sois forte. *J'ai* besoin que tu sois forte. Tiens le coup, mon amour. Tu as pensé à ce que Jan doit ressentir en ce moment ? Sa fille semble s'être volatilisée.

Libby marqua une pause, ses épaules se relâchant.

— Tu as raison, désolée, dit-elle en se laissant tomber sur le lit.

Il était ferme et bosselé, et l'édredon avait une odeur de renfermé. Mais Marion avait eu la gentillesse de les accueillir pour quelques jours, ou aussi longtemps que la police aurait besoin d'être au cottage, alors elle ne comptait pas se plaindre.

— Je devrais appeler Jan, voir si je peux faire quelque chose pour l'aider. Même si ce n'est que lui apporter quelque chose à manger. J'ai plein de plats surgelés.

— Je préfère, dit Sean en prenant son visage entre ses mains. Tu n'étais pas obligée d'annuler l'événement de ce soir, si ? Il vaut mieux faire comme d'habitude, non ? On ne peut pas vraiment se permettre que tu perdes des clients.

Libby fixait le sol, ses yeux suivant les roses de mai vertes et rouges du motif. Elle imaginait Sean jouer avec ses voitures dessus lorsqu'il était petit. Il lui avait dit que la chambre n'avait pas changé depuis son départ, il y a une vingtaine d'années. D'après ce qu'elle savait – c'est-à-dire pas grand-chose –, Marion avait eu du mal à laisser partir son fils unique. Il avait vingt-trois ans quand il avait enfin quitté le nid pour aller suivre une formation de vétérinaire. Libby savait qu'il s'était passé quelque chose entre la fin du lycée et le choix de sa voie, mais elle ne savait pas quoi. Il passait cette période sous silence, comme si elle n'avait jamais existé, et esquivait ses questions chaque fois qu'elle en parlait.

— Je sais, tu as raison. Mais je ne me sens pas capable de bien faire les choses pour mon client sans sommeil et avec tout ce chaos autour de nous. Je devrais déjà être en train de préparer les ingrédients, mais je n'arrive même pas à y penser, alors le faire... De toute façon, la police doit sûrement être en train de fouiller la maison.

Libby se laissa tomber sur l'oreiller.

— Je leur ai dit que je leur préparerais un autre dîner sans frais. Ils ont été très compréhensifs, mais ça n'aide pas l'entreprise.

Sean la fixa un instant avant d'acquiescer. Il se mordillait la lèvre, l'air pensif.

— Il faut que je te dise quelque chose, Libby, déclara-t-il d'une voix grave.

— Ah ? répondit Libby en se redressant.

— Mack a trouvé une chaussure pendant nos recherches tout à l'heure, expliqua-t-il en baissant brièvement la tête.

Il se dirigea vers la fenêtre et regarda dehors, le front contre le cadre.

Libby n'avait pas eu l'occasion de l'interroger quand il était revenu, car elle ne s'était toujours pas remise de la présence de Natalie. Heureusement, Sean avait fini par encourager son ex-femme à partir.

— Mon Dieu, dit Libby en se levant du lit. Ça a dû être horrible.

— Oui, répondit Sean après un long silence.

Il se retourna lentement, sa silhouette se découpant sur la lumière du soleil du matin.

— Et ce n'était pas à l'endroit où l'on s'y attendait.

— Je vois, murmura Libby en s'approchant.

Elle n'osait pas imaginer ce que cela signifiait.

— C'était... c'était celle de Sasha, j'imagine ?

— Ils ne l'ont pas encore confirmé. À notre retour au village, Mack l'a remise à un agent qui était devant chez nous. Il a attaché son écharpe à un poteau près de l'endroit où il l'a trouvée pour qu'ils puissent y retourner. C'était près de Blake's Hill.

Le ton de Sean était sérieux.

— Oh non, mon Dieu.

Libby leva la tête et plongea ses yeux dans ceux de Sean.

— C'était juste une chaussure ? Qui perd une seule chaussure, Sean ? Elle était de quelle couleur ?

Elle tenta de se souvenir de ce que Sasha portait la veille : un jean, son sweat-shirt préféré et sa parka, qui était encore posée sur le canapé du cottage.

— C'était une basket blanche, dit Sean. Du 38. Et oui, il n'y avait qu'une chaussure.

Le regard qu'il lança à Libby montrait qu'il pensait la même chose qu'elle : ce n'était pas une bonne nouvelle. Toutefois, ils restèrent silencieux.

L'inspecteur Jones paraissait d'autant plus imposant dans la cuisine de la vieille longère au plafond bas. Comme à son habitude, Marion s'affairait, proposait du thé et des biscuits ; elle se plaignait en disant que si elle avait su qu'elle aurait autant de visiteurs, elle aurait acheté quelque chose de mieux que de simples biscuits digestifs.

— Ça va, maman. Je ne pense pas que l'inspecteur soit là pour les biscuits.

Sean serra la main de Doug Jones et le présenta rapidement à Marion.

— Du nouveau ? demanda-t-il, assez discrètement pour que Marion, dans son dos, ne l'entende pas par-dessus le bruit de la bouilloire et les cliquetis des tasses qu'elle disposait sur un plateau.

— Est-ce qu'on peut parler en privé ? demanda l'inspecteur. Avec votre femme ?

— Bien sûr, répondit Sean en cherchant Libby par-dessus son épaule.

Elle était là un instant plus tôt, avec Alice, mais elle semblait s'être éclipsée.

— Maman, je vais discuter un moment avec l'inspecteur dans le bureau de papa, si ça te va.

— Je vous en prie, dit Marion en attachant sa longue chevelure grise en queue-de-cheval, qu'elle noua avec un élastique.

Ses yeux passèrent de Sean à l'inspecteur.

— Je vous apporte le thé.

— Sean ? appela Libby, s'arrêtant net lorsqu'elle le vit avec l'inspecteur dans le vestibule.

Elle lui prit le bras et le serra.

— Qu'est-ce qui se passe ?

Elle se préparait à ce qu'ils aient trouvé un corps. Depuis la veille, des pensées horribles et des images sinistres se bousculaient dans sa tête, impossibles à chasser. Elle s'imaginait Sasha gisant, livide, dans un fossé isolé, les yeux fixés sur le ciel étoilé, la bouche entrouverte ; ou bien arrachée de force de Chestnut Cottage, ses affaires abandonnées derrière elle tandis qu'on l'emmenait vers un sombre destin. Chaque scène la faisait frémir.

— L'inspecteur veut nous parler, mon amour, lui dit Sean. Pour faire le point sur ce qu'on sait.

Libby déglutit.

— Bien sûr, répondit-elle en resserrant les pans de son gilet autour d'elle, tandis que Sean ouvrait la marche.

Elle n'était allée dans le bureau de Fred que deux fois auparavant et trouvait que qualifier la pièce de « bureau » était un peu exagéré, vu les piles de papiers et le désordre qui encombraient cette petite pièce. Malgré cela, ils y trouvèrent tous les trois un endroit où s'asseoir : Libby et Sean sur un vieux canapé affaissé, et l'inspecteur Jones sur une chaise bancale devant le bureau à cylindre de Fred.

— Comme vous avez dû le deviner, personne n'a encore eu de nouvelles de Sasha, dit l'inspecteur Jones.

Libby était surprise par son ton neutre, vu les circonstances. Il sortit un stylo de la poche de sa veste et posa un bloc-notes sur son genou. Quelques feuilles y étaient attachées, et, tout en parlant, il prenait des notes.

— Donc, évidemment, nous prenons cette affaire très au sérieux. Nous avons officiellement ouvert une enquête pour disparition.

Libby se rapprocha de Sean pour tenter de se calmer.

— Je n'arrive pas à y croire, murmura-t-elle. C'est horrible. Inimaginable. Sash devait m'aider pour un dîner ce soir... Évidemment, j'ai annulé, mais... Je ne comprends pas comment...

L'inspecteur leva les yeux de ses notes.

— Je sais qu'il se passe beaucoup de choses dans votre tête, Mme Randell, mais on peut peut-être y aller étape par étape ?

Libby acquiesça et s'efforça de mettre de l'ordre dans ses pensées, s'empêchant d'anticiper comme elle en avait l'habitude. Ne pas penser au pire. Ça lui rappelait le jour où Sean était rentré inhabituellement tard du travail, quelques années auparavant. Elle l'avait appelé, lui avait envoyé des messages sans relâche. Quand ses appels à Marion et à deux de ses amis n'avaient rien donné, elle avait pris le risque de se ridiculiser en appelant son patron, plusieurs collègues et, pour finir, deux ou trois hôpitaux locaux, au cas où il aurait eu un accident. C'était comme s'il s'était volatilisé. Libby était folle d'inquiétude. Avant cela, il l'avait toujours prévenue en cas de retard.

Il était 2 heures du matin lorsque Libby avait entendu frapper à la porte du cottage. Elle n'avait pas pu dormir et était assise, bien droite, sur le canapé, son téléphone à la main, tandis qu'un programme sans intérêt passait à la télévision, le volume baissé. Elle s'était levée d'un bond, priant pour que ce soit Sean. En le voyant appuyé contre le cadre de la porte, à peine capable de tenir debout, son cœur avait failli se désintégrer sous l'effet du soulagement.

Elle l'avait aidé à entrer alors qu'il titubait.

— Sean, qu'est-ce que tu foutais ?

— Libby, ne... J'ai pas besoin de ça, j'étais juste... Ça va, laisse-moi tranquille, bordel. J'étais... Je vais bien, je t'aime, il faut juste que je dorme un peu et ça ira, laisse-moi juste...

Il l'avait bousculée, ses mains glissant le long du mur alors qu'il trébuchait sur les dalles inégales. Dans la cuisine, il avait ouvert le robinet et s'était penché pour boire, en s'en mettant plein le visage et les cheveux. Libby ne l'avait jamais vu dans cet état.

— Tu étais où, Sean ? Tu es complètement saoul. Qu'est-ce qui se passe ?

Bien sûr, au cours des quatre ou cinq années déjà passées ensemble, ils avaient partagé quelques soirées entre amis un peu arrosées, parfois trop, et ils l'avaient regretté le lendemain matin. Mais Libby n'avait jamais vu Sean – un homme respectable, avec une carrière et des responsabilités – se comporter de la sorte. C'était une ivresse profonde, délibérée, comme s'il tentait d'échapper à ses émotions. Comme s'il était un homme totalement différent de celui qu'elle connaissait.

— Ça va, il faut juste que j'aille me coucher...

— C'est tout ? avait dit Libby. Aucune explication sur là où tu étais et pourquoi tu ne m'as pas appelée ? J'étais super inquiète, Sean.

Il l'avait alors regardée comme s'il ne la connaissait pas. Il y avait quelque chose dans ses yeux qui ne lui appartenait pas, comme s'il ne voulait pas être lui. À cet instant précis, elle ne reconnaissait pas l'homme qu'elle connaissait et aimait. Le souvenir de toute cette soirée était resté gravé dans sa mémoire mais, ce qui l'avait le plus troublée, c'était la façon dont il l'avait regardée, sans vraiment la voir.

Comme s'il était avec quelqu'un d'autre.

20

L'inspecteur Jones prenait le temps d'écrire tout ce dont Sean et Libby se souvenaient concernant les événements de la veille, s'arrêtait pour écouter ou clarifier un détail si l'un d'eux bafouillait ou hésitait. Ils veillaient à rester cohérents dans leur récit, mais Libby craignait qu'à force de se répéter elle ne finisse par oublier un détail important, ou par ajouter involontairement un élément qu'elle aurait imaginé pour atténuer la gravité de la situation. Elle se rendait compte que c'était, d'une certaine manière, une forme de déni face à tout ce qui venait de se passer.

Et elle n'arrêtait pas de trembler.

— Donc, avant de partir, vous avez dit à Sasha que vous seriez de retour vers 23 heures ? demanda l'inspecteur Jones.

— Oui, confirma Sean.

— C'était le même horaire de retour que les autres fois où Sasha a gardé Alice ?

Libby acquiesça.

— Ça nous est arrivé de rentrer un peu plus tard, si on allait à une soirée ou à Oxford avec des amis, peut-être vers 1 ou 2 heures du matin. Mais on lui disait toujours qu'elle pouvait dormir sur place dans ces cas-là. Et c'était toujours le week-end, jamais un soir de semaine.

— Vous ne lui avez pas proposé de rester dormir hier soir ?

— On savait qu'on ne rentrerait pas trop tard, donc ça ne nous semblait pas nécessaire, dit Sean. Parfois, son petit ami Matt vient la chercher et la ramène chez lui. Ce n'est pas loin. Sinon, on lui appelle un taxi ou, selon notre consommation d'alcool, l'un de nous la raccompagne. Ça n'a jamais posé de problème.

L'inspecteur, silencieux, continua à prendre des notes.

— Je ne comprends juste pas pourquoi elle a laissé toutes ses affaires, dit Libby, les larmes aux yeux.

— À quelle heure êtes-vous rentrés hier soir ? demanda l'inspecteur en les regardant tour à tour.

— C'est difficile à dire exactement, répondit Sean. Mais ça devait être juste avant qu'on commence à appeler les gens. Lib, tu as ton téléphone sur toi ? Tu peux vérifier l'heure des appels.

Libby hocha la tête et sortit son téléphone de la poche avant de son gilet. Elle força ses doigts à cesser de trembler et ouvrit le message qu'elle avait envoyé à Matt sur Messenger.

— C'était à 23 h 27, dit-elle en regardant Sean. Ensuite, j'ai appelé Jan, la mère de Sasha, à 23 h 32.

Elle tendit son téléphone à l'inspecteur, qui y jeta un bref coup d'œil.

— Et c'était après avoir constaté l'absence de Sasha dans la maison et sur la propriété ?

— Oui, répondit Sean. La maison n'est pas très grande, alors on s'est vite rendu compte qu'elle n'était pas là. On a d'abord pensé qu'elle était peut-être allée voir une amie dans le village, qu'elle allait revenir d'un moment à l'autre avec un air penaud en nous voyant déjà rentrés, mais non...

Il ferma les yeux un instant.

— Vous êtes sortis chercher dans le village ? demanda l'inspecteur Jones en tapotant son bloc-notes avec son stylo.

— Non, répondit Sean sans hésiter.

Libby lui lança un regard.

— Euh... Si, enfin, moi, je suis sortie. Tu te souviens, Sean ? Je me suis dit que je ne perdais rien à faire un petit tour, au cas où.

L'inspecteur les observa attentivement, s'attardant sur Sean.

— Oui, pardon, Libby a raison. J'avais oublié, dit Sean en se frottant le front. Mais tu n'es partie que quelques minutes au plus, mon amour. J'avais déjà bu quelques verres à ce moment-là, alors je suis resté à la maison, expliqua-t-il en haussant les épaules et en jetant un coup d'œil à Libby.

— Vous voulez dire... que l'alcool vous a fait oublier que votre femme était sortie en voiture chercher Sasha, ou que vous ne pouviez pas y aller vous-même car vous aviez bu ?

— Eh bien, les deux, en fait, répondit Sean avec un petit rire, suffisamment discret pour convenir aux circonstances.

— Vous aviez bu aussi, Mme Randell ? demanda l'inspecteur Jones à Libby.

— Juste un verre de vin ou deux en début de soirée. Au moment où j'ai pris le volant, j'étais en état de conduire.

Libby pensa à la voiture qu'elle avait éraflée, et à Cath. Elle déglutit.

— À part Eric, qui promenait son chien, je n'ai vu personne. Et lui non plus n'avait pas vu Sasha.

Elle revoyait encore l'image de Sean quand elle était rentrée : debout dans le couloir, manteau sur le dos, essoufflé, le visage rougi par le froid.

— D'accord, dit l'inspecteur Jones en s'enfonçant dans sa chaise, une expression de gêne sur le visage quand il s'étira le dos. Il y a une équipe de la police scientifique chez vous en ce moment. Ils vont évidemment vouloir tout examiner minutieusement – on n'a qu'une seule occasion de le faire – donc je ne peux pas vous donner de délais précis, mais j'espère que vous pourrez rentrer chez vous demain. Lundi, au plus tard.

— Pas aujourd'hui ? demanda Sean, d'un ton plus bourru que nécessaire.

— C'est peu probable, répondit l'inspecteur. Si vous avez besoin de quelque chose, dites-moi où c'est, et je demanderai à l'un des agents de vous le récupérer.

— Merci, dit Libby, l'estomac noué. Faites ce que vous avez à faire.

— Ce que j'aimerais faire, c'est parler à votre fille, Alice, dit-il en les regardant tour à tour.

— Tu m'as contredit, dit Sean.

Ils étaient dans la cour de la ferme, emmenant Alice se promener pour voir les canards et les poules. Tout le monde avait besoin de prendre l'air.

— Bien joué, Lib.

— Tu voulais que je *mente* à la police sur ma sortie en voiture ? répliqua Libby, secouant la tête. Je ne pouvais pas, Sean.

— Tu as bien menti sur le nombre de verres que tu avais bus, rétorqua-t-il.

Alice s'éloigna en trottinant. Ses boucles rebondissaient sur ses épaules. Malgré la fatigue, elle avait retrouvé un peu d'énergie après le déjeuner que Marion lui avait préparé. Heureusement, elle ne semblait pas avoir été trop affectée par sa brève rencontre avec l'inspecteur Jones, qui, malgré tous ses efforts, n'avait pas réussi à lui faire décrocher un mot.

— Ça n'a rien à voir, dit Libby. Je ne voulais pas dire à un policier que j'avais pris le volant après avoir bu une bouteille de vin. Je pensais que c'était la bonne chose à faire. Et quand Alice a refusé de parler, tu n'as pas non plus mentionné ce qu'elle avait entendu.

Elle baissa la tête, se demandant dans quel genre de pétrin ils s'étaient mis. Voir sa fille enfouir son visage dans le creux du cou de Sean, se tortiller et replier ses jambes quand l'inspecteur lui posait des questions simples lui avait brisé le cœur. Aucun enfant de quatre ans ne devrait faire face à ça. Elle était toutefois reconnaissante que l'inspecteur n'insiste pas trop et propose plutôt de faire appel à un agent spécifiquement formé pour interroger les enfants, si cela devenait nécessaire.

— Sean, je pense qu'Alice a vu Natalie au cottage hier soir, dit Libby en levant les yeux vers lui.

— Natalie ? dit-il en lâchant un grand soupir. Alice a juste fait un cauchemar. Il n'y a aucune raison de lui faire subir un interrogatoire par la police.

— Mais...

— J'ai essayé de te couvrir parce que tu as percuté une voiture. Saoule. Tu n'as pas trouvé Sasha, donc le fait que tu sois sortie ou non n'avait pas d'importance. J'essayais de te sauver la mise, Lib.

— Je pensais que ce serait utile de mentionner que j'avais demandé à Eric s'il avait vu Sasha, comme tu l'as dit. Pour confirmer l'histoire, tu vois ?

Libby le regardait, bouché bée. Elle ne l'avait jamais vu comme ça auparavant : la mâchoire serrée, les yeux exorbités. Il marchait d'un pas décidé, les mains enfoncées au fond de ses poches.

Les larmes lui montèrent aux yeux. C'était plus fort qu'elle. Elle s'arrêta brusquement, se retourna et cacha son visage pour qu'Alice ne la voie pas. Mais une douleur profonde lui serrait le cœur, en faisant jaillir toutes les émotions négatives qu'elle ait jamais ressenties, et elle dut rassembler toutes ses forces pour rester debout malgré ses jambes flageolantes.

Elle se serait écroulée si des mains fortes ne l'avaient pas attrapée par-derrière pour la soutenir.

— Hé, dit Sean en posant son visage contre son cou. Allez, mon amour. Je sais que c'est dur, mais on va s'en sortir, d'accord ?

Libby leva la tête.

— Comment tu peux dire ça ? répondit-elle, les joues inondées de larmes. C'est entièrement ma faute. C'est sûr. Si seulement... si seulement...

— Calme-toi, dit-il en l'enlaçant. Il faut que tu restes forte. Toute la famille a besoin de toi, Libby. Tiens le coup. Pense à cette pauvre Sasha.

— Je... je ne pense qu'à ça, répondit Libby en reniflant, tout en regardant par-dessus l'épaule de Sean pour essayer de repérer Alice.

Elle l'aperçut près de l'étang aux canards, ses petites bottes roses que Marion lui avait achetées pour la ferme à moitié enfoncées dans la boue au bord de l'eau. Elle déchirait des morceaux de pain rassis pour les lancer aux palmipèdes.

— Attention, Alice, appela Libby, la gorge nouée.

Elle chercha un mouchoir dans ses poches, mais finit par s'essuyer le visage avec sa manche. Sean secoua la tête.

— Écoute, mon amour, ça ne fait même pas vingt-quatre heures et regarde-toi... Répète après moi : « Ce n'est pas notre faute. Ça aurait pu arriver à n'importe qui. »

— Sean, arrête... répondit Libby en se dégageant de son étreinte.

Elle le fixa.

— Je la connaissais très bien, d'accord ? C'était une fille adorable, avec toute sa vie devant elle, et maintenant... voilà ce qui lui est arrivé. Chez nous.

— Tu la *connais* très bien, Libby. Pas « connaissais ». Et *c'est* une fille adorable. Au présent, mon amour. D'accord ? Sois optimiste. Ils n'ont pas retrouvé de corps.

Mais quand elle tourna la tête vers l'étang, Libby se moquait bien de ces considérations linguistiques.

Alice n'était plus là.

Libby se précipita vers le bord de l'eau, trébuchant et glis-

sant. Elle s'approcha en hurlant : les canards et les oies s'épar-
pillèrent en battant des ailes et en poussant des cris.

— Alice ? Alice... Où es-tu ?

Elle balayait les environs du regard en essayant de ne
manquer aucun recoin de la ferme. Alice n'était ni près de
l'étang, ni en train de courir entre les arbres, ni perchée sur le
vieux portail à moitié décroché, ni sous la remorque... Elle
n'était nulle part.

— Aaaa-lice !

Cette fois, les jambes de Libby cédèrent : elle s'effondra au
sol, le visage entre les mains. Un caillou s'enfonçait dans son
genou, mais elle s'en moquait. Elle laissa les larmes couler. Tout
son corps tremblait.

— Lib, Lib, mon amour... Ressaisis-toi. Tu es à bout de nerfs,
et ça ne te ressemble pas.

Elle releva la tête et vit Sean au-dessus d'elle, Alice perchée
gaiement sur sa hanche, frappant ses bottes pleines de boue
contre son jean.

Libby émit un son à mi-chemin entre la colère et le soulagement, plissant les yeux en faisant glisser ses doigts sur son visage.
Derrière ses paupières, elle ne voyait que Sasha – seule, terrifiée,
traînée hors du cottage par un monstre. Et pire encore : Alice
qui dormait à l'étage pendant ce temps-là. Tout aurait pu arriver.

C'*était* arrivé.

— Tiens, tu pourrais aller faire de la balançoire, ma puce ?
dit Sean en posant Alice par terre.

Il l'orienta vers les cordes que Fred avait accrochées à une
branche l'été dernier pour sa petite-fille, et qui remplaçaient la
vieille balançoire pourrie avec laquelle il jouait quand il était
enfant. Alice y courut avec enthousiasme.

Sean s'accroupit près de Libby, qui était à genoux dans la
boue. Il lui toucha l'épaule. Elle tressaillit à son contact.

— Elle était juste derrière le poulailler, à chercher des œufs.

Il marqua une pause, attendant qu'elle dise quelque chose, mais elle resta silencieuse. Ses sanglots étaient bloqués dans sa gorge.

— Je m'inquiète pour toi, Lib. Si tu es déjà dans cet état... On ne sait pas combien de temps ça va durer.

Libby avait envie de crier encore plus fort, mais elle réussit à se contenir.

— Tu as raison. C'est juste qu'il aurait pu arriver n'importe quoi à Alice hier soir, et... et...

Elle craqua de nouveau.

— Et tout de suite aussi...

— Écoute, mon amour... Je ne suis pas le seul à avoir remarqué que tu étais à bout, ajouta Sean. Natalie a dit qu'elle était inquiète pour toi aussi, que tu n'avais pas l'air d'être toi-même.

Libby se redressa et trébucha de nouveau.

— Et qu'est-ce qu'elle en sait, Natalie ? dit-elle, abattue, tandis que les larmes continuaient à couler.

— Elle voulait juste se rendre utile et...

Il jeta un coup d'œil par-dessus l'épaule de Libby ; son expression changea, et il se tut.

— C'est elle qui a écrit le mot, n'est-ce pas ? s'exclama Libby en écarquillant les yeux.

Elle plaça sa main devant son front pour se protéger des rayons du soleil d'automne, qui surgit soudain de derrière un nuage.

— C'était bien Natalie, je me trompe ?

Mais Sean ne répondit pas. Il se dirigea vers l'endroit où Alice jouait en secouant la tête, incrédule. En suivant son regard, Libby remarqua que Marion était sortie. Elle s'était figée juste derrière Alice, et avait les yeux braqués sur eux.

21

De l'extérieur, Chestnut Cottage ne ressemblait plus vraiment à la maison que Libby connaissait. Trois voitures de police occupaient les places devant la petite rangée de chaumières, et un agent en uniforme se tenait à côté de la porte verrouillée, sa tête atteignant presque l'auvent du porche.

Ses clés de voiture à la main, Libby regardait la scène, se demandant si les silhouettes en combinaisons blanches qu'elle apercevait à peine à travers les vitraux étaient en train de tout saccager à l'intérieur. Elle n'était venue au village que par curiosité mais, maintenant qu'elle était là, elle ressentait l'envie irrésistible de courir à l'intérieur, de crier à tout le monde de sortir, de laisser leurs affaires tranquilles, de tout remettre en ordre.

Elle jeta un coup d'œil à sa montre, qui indiquait 16 h 20. Hier, à la même heure, elle réfléchissait à ce qu'elle porterait pour aller dîner et espérait avoir le temps de se laver les cheveux, s'accrochant encore à l'idée qu'une soirée suffirait à réparer sa relation avec Sean. Elle s'était convaincue que tout irait mieux entre eux une fois rentrés du pub, que les tensions seraient apaisées. L'idée que ses doutes aient pu faire souffrir Sean à ce point lui était insupportable.

— Bonjour, dit Libby en s'approchant timidement de l'agent. Est-ce qu'ils...

Elle regarda la fenêtre et la pointa du doigt avec appréhension.

— Est-ce qu'ils sont vraiment occupés à l'intérieur, ou est-ce que je peux rentrer pour récupérer quelques affaires ? Je suis Libby Randell, au fait. J'habite ici.

— Mme Randell, répondit l'agent en hochant la tête. J'ai besoin d'une autorisation du CE pour cela. L'enquête scientifique est en cours.

— CE ?

— Chef d'enquête, expliqua-t-il.

Un frisson parcourut Libby. Elle supposa qu'il faisait référence à l'inspecteur Jones. Lorsqu'il avait quitté la ferme de Fred et Marion quelques heures plus tôt, elle avait espéré ne jamais avoir à le recroiser.

— L'inspecteur Jones a mentionné qu'on pouvait récupérer quelques affaires si besoin. On a dû partir un peu à la hâte. J'ai une petite fille de quatre ans, et elle réclame certaines choses.

— Bien sûr. Je vais m'assurer de transmettre votre demande, Mme Randell, et on vous tiendra informée.

Libby acquiesça, une sensation de malaise montant en elle. Puis la porte d'entrée s'ouvrit, et une femme vêtue d'une combinaison blanche jetable sortit, un gros appareil photo noir accroché autour du cou. Elle retira son masque et s'adressa à l'agent près de la porte avant de s'étirer et d'apercevoir Libby. Elle ôta ses gants en latex et ses couvre-chaussures, qu'elle déposa dans une boîte à côté de la porte. Puis elle se dirigea vers une voiture banalisée garée dans la rue. Libby la regarda sortir une Thermos et se verser une boisson chaude.

— Je les laisse se débrouiller un moment, dit-elle à l'agent en remontant la ruelle. Il n'y a pas grand-chose à faire, mais ils examinent tout et font le marquage. J'ai quelque chose de prévu ce soir, donc j'aimerais qu'ils se dépêchent.

Puis elle posa ses yeux sur Libby. Il était clair qu'elle se demandait qui elle était et pourquoi elle traînait près du portail du jardin.

— Vous savez combien de temps ça va prendre ? demanda Libby, déterminée à retenter sa chance.

Elle se balançait d'un pied sur l'autre, l'air affligé et les bras serrés autour de son corps. Qu'avaient-ils bien pu trouver d'assez important pour prendre des photos ?

— Mme Randell habite ici, expliqua l'agent. Elle a besoin de récupérer quelques affaires.

— Ah, je vois, répondit la femme en combinaison. Je peux aller chercher ça pour vous, qu'est-ce qu'il vous faut ?

Libby sentit le rouge lui monter aux joues.

— Eh bien, le chargeur de mon iPhone serait utile. Il est branché à côté de mon lit dans la chambre principale. Et il y a une trousse de maquillage sur l'étagère de la salle de bains dont j'aurais vraiment besoin. C'est assez urgent, dit-elle en riant, le doigt pointé sur son visage. Oh, et ça peut sembler bête, mais il y a un livre de recettes dans la cuisine que je voulais prendre. Je suis cheffe cuisinière, et je dois prévoir quelques menus. Je ne veux pas décevoir mes clients.

Elle décocha un bref sourire.

— Vous devriez le trouver sur les étagères, après les placards. C'est celui avec un dos vert.

— D'accord, je vais voir ce que je peux faire, dit la femme.

— Vous n'aviez pas dit que vous vouliez quelque chose pour votre fille, aussi ? demanda l'autre agent.

— Oh, si. Si vous trouviez un chien brun touffu, de cette taille, avec un nez en velours bleu, vous rendriez une petite fille de quatre ans très heureuse, dit Libby. Il doit être sur son lit. Elle ne peut pas dormir sans.

La femme fit un petit signe de tête et enfila une paire de couvre-chaussures propres qu'elle prit dans un autre contenant à côté de la porte. Puis elle disparut à l'intérieur du cottage, revenant cinq minutes plus tard avec un sac plastique rempli d'objets.

— Merci beaucoup, dit-elle doucement.

Elle jeta un œil dans le sac et aperçut le livre de recettes qu'elle avait demandé. Elle se retourna pour partir, et son téléphone sonna alors qu'elle se dirigeait vers sa voiture.

— Salut, Fran, dit-elle en s'installant sur le siège du conducteur, luttant contre l'envie de fondre en larmes et de tout raconter à sa meilleure amie.

Au lieu de cela, elle ferma la porte et inclina la tête, la gorge nouée.

— Oui, j'aimerais bien te voir aussi, merci, répondit-elle en reniflant, reconnaissante pour cette lueur de normalité.

Au moment où elle raccrochait, la batterie de son téléphone rendit l'âme, et elle se mit à sangloter.

Libby regardait les champs qui l'entouraient. La campagne vallonnée qu'elle avait appris à connaître et à aimer avait pris une tout autre teinte, comme si elle avait été peinte dans une palette de couleurs habituellement invisibles à l'œil nu. Du moins, à *son* œil. Tout avait une nuance étrange et sombre, comme si elle voyait le monde à travers un filtre. À travers la *tristesse*. Elle baissa la vitre pour vérifier si les sons restaient les mêmes. Elle avait besoin de se raccrocher à quelque chose, de se convaincre qu'il y avait un moyen de sortir du tourbillon qu'était devenue sa vie.

Le silence.

Pas même le chant d'un oiseau ou le bruit des sabots d'un cheval. Pas un souffle de vent ou le grondement d'un tracteur dans un champ lointain. Même la route principale à proximité, que l'on pouvait parfois entendre d'ici, sur la colline, était silencieuse et sinistre, comme si la terre savait qu'un drame s'était produit.

Elle n'était qu'à environ deux kilomètres de Great Lyne, garée à l'entrée d'un chemin – l'endroit où elle et Sean se rendaient généralement pour leurs promenades dominicales quand Marion venait, comme elle avait souvent l'habitude de le faire, s'occuper d'Alice.

— Ne lui en veux pas, lui avait dit Sean un jour. C'est rare, les grands-parents qui aident autant qu'elle. On a besoin d'elle, Lib. On a de la chance.

Mais Libby ne pouvait s'empêcher de se demander si elle venait vraiment voir Alice ou s'il s'agissait plutôt pour elle de vérifier qu'elle s'occupait bien de Sean et de la maison, qu'elle arrivait à tout gérer.

— Qu'est-ce que ça fait si je n'utilise pas le même assouplissant qu'elle ? avait-elle râlé auprès de Sean, après un commentaire de Marion. Connaissant ta mère, je suis surprise qu'elle n'utilise pas carrément de l'eau de Javel pour faire sa lessive. Et pour ce qui est de critiquer les déjeuners que je te prépare, eh bien...

Libby s'était littéralement mordu la langue jusqu'au sang après cette remarque.

— Lib, avait dit Sean en prenant son visage entre ses mains.

Son sourire chaleureux neutralisait les dernières remarques de Marion.

— Ce n'était pas une critique. Les plats que tu me prépares donnent envie à tous mes collègues. Tout le monde n'a pas la chance de pouvoir ramener des restes de dîners gastronomiques au travail, si ?

Il avait alors pressé ses joues avant de l'embrasser délicatement.

— Et mes vêtements sont tellement doux qu'un bébé pourrait les porter, alors arrête de t'inquiéter. Tu sais comment est ma mère.

Il avait ri à ce moment-là, mais Libby ne savait pas si c'était de sa mère ou d'elle.

— Je sais, avait-elle répondu, un peu plus calme. Et je suis désolée. Mais je suis une adulte et parfaitement capable de gérer mes propres...

— Tu te souviens de ce que je t'ai dit il y a un petit moment ?

Libby avait levé les yeux au ciel et tenté de cacher son sourire.

— Comment oublier ?

Elle lui avait souri, se sentant toujours un peu spéciale lorsqu'elle se rappelait ce qu'il lui avait dit, comme si elle avait réussi un test.

— Écoute, je suis un peu réticent à l'idée que tu la rencontres, d'accord ? avait avoué Sean avec un sourire gêné, environ trois mois après le début de leur relation.

— *Réticent* ? avait dit Libby en riant. Mais c'est juste ta mère, Sean. Elle a l'air très sympa.

Il avait alors fait une grimace, mi-sérieuse, mi-amusée.

— Eh bien...

— Eh bien *quoi* ?

Libby s'était blottie un peu plus contre lui, les jambes par-dessus les siennes alors qu'il était allongé sur son canapé, dans le petit cottage deux pièces auquel elle avait droit avec le poste qu'elle avait accepté à l'hôtel White House Barns. C'était pour ce travail qu'elle s'était installée dans la région, et c'était là-bas qu'elle avait vu Sean pour la première fois. Ils avaient échangé des regards timides pendant leur entraînement à la salle de sport et, lorsqu'ils s'étaient revus dans un pub du coin, Sean l'avait abordée.

— C'est juste que...

Libby avait souri et lui avait donné un petit coup dans les côtes, tout en se resservant du vin. Dans l'âtre, le feu crépitait ; les flammes dansaient autour de quelques bûches. C'était Noël, et les lumières du sapin scintillaient, se reflétant dans les yeux de Sean. Des yeux larmoyants, se souvint-elle avoir pensé. Elle s'était demandé pourquoi il était si ému à l'idée qu'elle rencontre sa famille.

— C'est juste que, par le passé, quand j'ai présenté quelqu'un à ma mère...

— Une petite amie ?

Sean avait haussé les épaules et détourné le regard.

— J'attends...

— Eh bien, elles finissent généralement par...

Il avait esquissé un sourire forcé. Libby savait qu'il essayait de minimiser les choses, mais elle discernait une pointe de douleur.

— Elles finissent généralement par trouver une raison de rompre peu après.

Il avait ri et pris une grande gorgée de bière avant d'attraper la télécommande pour chercher quelque chose à regarder à la télévision.

— Tu penses que si je rencontre ta mère, je vais te quitter ? avait demandé Libby en posant sa main sur son poignet.

— Exactement.

— C'est absurde. Ne dis pas de bêtises.

Sean l'avait fixée, comme pour essayer de lui faire passer un message. Un avertissement. Libby n'était pas sûre de savoir lequel. Tout ce qu'elle savait, c'était que peu importe comment était sa mère, leur rencontre ne la pousserait pas à rompre.

— Et ton ex-femme ? avait soudain demandé Libby, après y avoir réfléchi un moment. Elle a bien dû rencontrer ta mère, non ?

Sean était resté pensif un instant.

— Oui, bien sûr, avait-il admis en continuant à zapper, avant de s'arrêter sur les infos. Mais dans ce cas, c'est ma mère qui m'a présenté Natalie. Elle disait qu'on serait parfaits l'un pour l'autre. Que Natalie était différente.

Libby remonta la vitre et contempla la campagne, le côté de la tête appuyé contre la fenêtre. Sean devait sûrement être en train d'essayer de la joindre, se demandant où elle était. Mais son téléphone n'avait plus de batterie, et elle savourait ces quelques minutes de solitude, surtout après avoir vu sa maison envahie par la police. Perchée ici, sur cette colline, elle s'offrait une pause. Elle pouvait presque se convaincre que rien de tout cela n'était réel, qu'elle revenait simplement du marché et qu'à son retour, tout serait de nouveau normal.

— Normal, murmura Libby, laissant son souffle former un cercle de buée sur la vitre.

Elle prit une inspiration, secoua la tête et tendit la main vers les clés sur le contact. Mais son regard se posa sur le sac en plastique posé sur le siège passager, d'où le nez bleu du chien en peluche adoré d'Alice dépassait. Elle attrapa le livre de cuisine et le feuilleta jusqu'à la page où elle avait caché le mot. Elle voulait le lire une dernière fois avant de le déchirer et de le brûler. Il avait déjà fait assez de dégâts.

Mais le mot n'était pas entre les pages du milieu, où elle était persuadée de l'avoir glissé. Elle feuilleta le reste du livre, page par page, mais rien. Elle le retourna, le secoua frénétiquement avant de poser sa tête sur le volant et d'éclater en sanglots. Ce n'est que lorsqu'un passant frappa à sa fenêtre pour vérifier qu'elle allait bien qu'elle entendit le Klaxon, complètement étouffé par le bruit de ses pleurs.

22

— Libby !

Avant de pouvoir comprendre ce qui se passait, Libby sentit des bras l'enlacer fermement par-derrière, lui faisant presque perdre l'équilibre. Elle trébucha et reprit son souffle.

— Ça me fait trop plaisir de te voir. Il y a une éternité que tu n'es pas venue ici !

Lorsqu'elle parvint enfin à se retourner, prisonnière de cette emprise, elle découvrit Trish, son ancienne patronne, avec un sourire radieux sur le visage, ses longs cheveux d'un bleu éclatant. Depuis que Libby la connaissait, Trish était passée par toutes les couleurs de l'arc-en-ciel.

— Salut, Trish, répondit Libby, en se libérant et en resserrant son manteau autour d'elle.

Elle croisa les bras sur sa poitrine.

— Contente de te voir aussi. J'ai juste été très occupée... Tu sais ce que c'est.

Elle baissa la tête.

— Mais Fran a insisté pour que je vienne boire un petit café.

Elle jeta un coup d'œil à sa montre. Elle ne voulait pas être impolie mais préférait éviter de parler de la pluie et du beau temps.

— Tu nous manques sacrément, ici, ma vieille, dit Trish d'une voix forte, ponctuant sa déclaration par plusieurs hochements de tête emphatiques.

Dans le hall spacieux et ouvert du White House Barns, ses mots résonnaient. Libby était convaincue que tout le monde pouvait l'entendre. Elle regarda autour d'elle et repéra quelques habitués et des visages familiers. Un feu crépitait dans la cheminée, tandis que des clients se détendaient sur les canapés en cuir avec un café ou un cocktail pour l'apéritif.

Cet hôtel avait autrefois été une grande partie de la vie de Libby, et la raison de son déménagement dans la région. Pendant ses années en tant que cheffe cuisinière, le White House Barns avait été sa maison. C'était l'endroit où elle et Sean s'étaient rencontrés. Ils y avaient même organisé la réception de leur mariage.

— Il y aura toujours une place pour toi ici, ma belle, dit Trish en tirant sur sa veste de cuisine.

— Ne me tente pas, répondit Libby sans trop réfléchir.

Un revenu régulier les soulagerait beaucoup et, elle devait bien l'admettre, le White House Barns lui manquait. En n'utilisant que des produits locaux, elle avait apporté une nouvelle dimension aux menus de l'hôtel. L'entreprise, déjà florissante, n'avait cessé de grandir, jusqu'à ouvrir une épicerie bio et un service traiteur sur place pour permettre aux fournisseurs locaux de vendre leurs produits. Tout cela était le résultat du travail de Libby, qui avait accompli beaucoup en quelques années seulement.

— Mais ce n'est pas évident avec les gardes de Sean, et Alice, ajouta Libby, la voix teintée de nostalgie.

Elle était consciente que la santé de Marion ne lui permettait pas de s'occuper d'Alice sur des horaires décalés.

— Je peux choisir mes soirées de travail maintenant, poursuivit-elle, en pensant au fait qu'un jour ils voudraient agrandir la famille. Je ne pourrais plus faire ces longs services.

Trish plissa les yeux.

— Je te ramènerai dans ma cuisine, quoi qu'il arrive. Même si je dois te séparer de Sean pour t'avoir rien qu'à moi, lança-t-elle en riant aux éclats, attirant quelques regards.

Libby esquissa un petit sourire, n'entendant que les mots « te séparer de Sean » qui résonnaient dans le hall.

— Bon, finit-elle par dire, il faut que j'aille retrouver Fran. Elle va se demander ce que je fais.

Elle posa une main sur le bras de Trish.

— Ça m'a fait plaisir de te voir, déclara-t-elle avant de se diriger vers l'orangerie.

— Mon Dieu, tu as une mine affreuse ! s'exclama Fran après avoir servi une tasse de thé à Libby.

Elle venait tout juste d'arriver et avait commandé une théière d'Earl Grey et quelques pâtisseries. Elle connaissait les goûts de Libby.

— Qu'est-ce qui se passe, Lib ?

Elle lui glissa une tasse et une soucoupe, avant de lui tendre l'assiette de macarons et de carrot cake.

Libby refusa d'un geste de la main. Elle détourna légèrement la tête.

— Peut-être plus tard. Je... je ne me sens pas très bien, là.

— T'es pas enceinte, si ? demanda Fran en élevant la voix. Tu te souviens comment t'étais malade avec Alice ?

Mais Libby secouait déjà la tête.

— Non, non, je ne suis pas enceinte.

Fran plissa les yeux.

— C'est à cause de ce foutu mot, pas vrai ? J'espère que tu as fini par le jeter.

— Eh bien, pour commencer, ce « foutu mot » n'est plus là, effectivement.

— Bien, dit Fran en sirotant son thé.

Ses joues étaient légèrement rosées, d'un blush à la couleur encore accentuée par la lumière de l'orangerie. Le contraste avec le teint pâle de Libby était frappant.

— Alors, tu l'as jeté ?

Libby secoua la tête en prenant une gorgée.

— Non. Il a juste disparu.

— Ah. C'est bizarre, répondit Fran, les yeux rivés sur Libby, sa tasse suspendue à mi-chemin de ses lèvres. Tu as vérifié dans les autres livres de cuisine ? Peut-être que tu l'as rangé dans le mauvais. Ou bien tu l'as caché ailleurs ?

Libby regarda vers le parc derrière l'orangerie. Au loin, un groupe de cerfs trottaient à vive allure entre les arbres.

— Comment tu sais que j'ai mis le mot dans un livre de cuisine ? demanda-t-elle en se retournant vers Fran.

Son cœur s'emballa, et le rouge lui monta aux joues – rien à voir avec l'éclat délicat et soigné du visage parfaitement maquillé de Fran. Celui de Libby était maintenant écarlate.

— Je t'ai vue le cacher, voyons. Ou alors tu m'as dit où tu l'avais mis, je ne sais plus trop.

Fran croqua dans un macaron et observa Libby, mâchant et avalant difficilement. Elle reprit une gorgée de thé, comme pour faire passer la bouchée.

— Tu ne voulais pas que Sean tombe dessus, tu te souviens ?

Fran marqua une pause, attendant une réaction. Face au silence de Libby, elle lui prit la main.

— Tu as l'air chamboulée, Lib. Qu'est-ce qui ne va pas ?

Libby retira sa main.

— Non, tu n'as pas vu où j'ai mis le mot, Fran. Et je ne te l'ai pas dit non plus.

— Libby, tu te montes encore la tête.

Fran pencha la tête sur le côté.

— Juste avant de partir de chez moi, tu m'as rendu le mot et je l'ai mis dans la poche de mon jean. Je l'ai recaché après.

Fran lança un regard plein de pitié à Libby.

— Alors j'ai dû voir d'où tu l'avais sorti quand tu me l'as montré pour la première fois, dit-elle, son ton devenant impatient. Ce n'est pas grave, Lib. Ce qui l'est, c'est l'état dans lequel ça te met. Qu'est-ce qui se passe ?

— Tu n'es pas au courant ?

— Non. Quoi ?

Fran fronça les sourcils et secoua la tête. Libby prit une profonde inspiration.

— Sasha Long, tu sais, la fille qui travaille parfois pour moi ? Elle... elle a disparu vendredi soir.

Elle ferma les yeux une seconde et prit une autre inspiration.

— Elle gardait Alice et, quand on est rentrés, elle n'était pas là. Personne ne l'a vue depuis.

— Oh mon Dieu, c'est horrible, dit Fran, abasourdie par ce que Libby venait de dire.

— Je suis surprise que tu ne sois pas au courant. Et que tu n'aies pas vu toutes les voitures de police à Great Lyne. Sean dit que ça passera sûrement aux infos ce soir. La radio locale en a parlé rapidement, mais je n'ai pas pu écouter. C'est trop dur.

— Il s'est passé tant de choses et tu ne m'as pas appelée ? Je suis désolée que tu traverses tout ça. Mais... et Alice ? Est-ce qu'elle a vu quelque chose ? Bon sang...

Elle prit un moment pour réfléchir à ce que cela impliquait.

— Est-ce que la police a une idée de ce qui s'est passé ? Mon Dieu, pauvres parents. Je sais qu'on entend sans cesse parler de gens qui disparaissent, mais quand c'est chez nous... souffla Fran. C'est choquant.

— On a dû partir de chez nous. Ils fouillent la maison. Dieu sait ce qu'ils cherchent. Manifestement, Sasha n'y est pas.

Un frisson la parcourut, et elle eut la chair de poule.

— Je ne suis pas sûre de pouvoir un jour y retourner.

— Je comprends, dit Fran.

— J'imagine qu'ils cherchent des signes d'effraction ou d'intrusion, qu'ils essaient de reconstituer les faits et gestes de Sasha dans la maison pendant qu'on était sortis.

— C'est incroyable ce qu'ils peuvent faire maintenant, avec tous les outils de la police scientifique, dit Fran. La femme de mon patron est flic. Les histoires qu'ils racontent sur la façon dont ils trouvent des pistes à partir de rien sont incroyables. Personne ne peut s'en tirer comme ça, de nos jours.

Libby la dévisagea.

— C'est vrai ?

Elle marqua une pause, clignant des yeux.

— Espérons que ça se passe comme ça alors, dit-elle en décidant finalement de prendre une part de gâteau. Les pauvres parents de Sasha traversent déjà une période difficile. Ils n'avaient pas besoin de ça.

— C'est vrai, dit Fran. Je connais son père, Phil Long. J'ai une amie qui travaille avec lui sur le domaine de chasse. C'est un...

Fran s'interrompit.

— C'est un quoi ?

— C'est un homme bien, tu sais. C'est très compliqué pour lui en ce moment. Je ne dis pas que la mère de Sasha n'est pas une bonne personne ; je la connais à peine. Mais d'après ce qu'on m'a dit...

Elle s'arrêta, levant la main.

— Écoute, peu importe. Je ne suis pas une commère.

— Quoi, Fran ? Tu ne peux pas commencer une phrase comme ça et ne pas la finir.

Son amie soupira tout en grimaçant.

— Déjà, Phil m'a dit que...

— Il t'a parlé de Jan ?

Fran acquiesça.

— Il m'a dit qu'elle était à la limite de l'alcoolisme, très difficile à vivre. Enfin, bon, Phil n'est pas non plus un sain. Il fume de l'herbe et...

Libby ne savait rien de tout cela, mais elle n'était personne pour juger, surtout pas dans un moment comme celui-ci.

— Bref, continua Fran. Disons que, d'après Phil, ça fait un moment qu'ils sont trois dans leur mariage.

Elle fixa Libby en se mordillant la lèvre.

— Mais c'est sûrement de la paranoïa. Tu connais les effets de la consommation de ce genre de chose.

Soudain, Libby eut froid ; son corps tout entier tremblait. Elle fronça les sourcils et toucha son front.

— Non, je n'ai jamais touché à ça.

« Sean a une liaison. »

— Et donc maintenant, ils doivent gérer cette histoire avec Sasha... dit Fran, une expression de sympathie sur le visage.

Libby émit un bruit censé exprimer un mélange d'accord et de grande réflexion.

— Fran, tu penses que Jan et Sean... ?

Libby se ravisa, engouffrant la dernière bouchée de son carrot cake plutôt que de terminer sa phrase. Mais il était trop tard. Elle et Fran se connaissaient depuis assez longtemps pour pouvoir presque lire dans les pensées de l'autre.

— Non, Lib. Ce n'est pas ce que je pense. Et tu ne devrais pas le penser non plus.

Elle se leva pour fouiller dans son sac.

— De toute façon, il se passe des choses bien plus graves en ce moment avec la pauvre Sasha.

Elle tâta la poche de son manteau à la recherche de son briquet.

— Je fais vite. Mon addiction m'appelle.

Libby hocha la tête, honteuse d'avoir ne serait-ce qu'imaginé ce qu'elle avait sous-entendu. Elle observa Fran sortir par les baies vitrées, en direction de l'espace fumeurs. Elle se renfonça dans sa chaise et regarda par les grandes fenêtres de l'orangerie, tout en finissant son thé. Il avait commencé à bruiner, ce qui brouillait la vue de la zone du parc où elle avait aperçu les cerfs. Évidemment, Fran avait raison. Elle était égoïste et projetait ses doutes sur Sean, alors qu'il y avait des choses bien plus importantes. Ce n'était pas comme s'il...

Une vibration la sortit de ses pensées. Elle vérifia dans son sac, mais l'écran de son téléphone était noir. Elle remarqua alors que Fran avait laissé le sien sur la table, juste à côté de la théière. Libby y jeta un coup d'œil furtif, mais Fran arriva et s'en saisit avant qu'elle n'ait eu le temps de bien voir.

— Je le laisse toujours traîner, dit-elle, un sourire aux lèvres.

Libby ne répondit pas. Elle se contenta de fixer Fran, puis baissa les yeux sur le téléphone dans sa main. L'écran n'avait affiché aucun numéro ni nom complet. Mais Libby aurait pu jurer que le téléphone affichait les initiales « SR ».

23

PRÉSENT

Les mots de l'avocate me frappent de plein fouet.

— Vous pensez qu'ils ont trouvé un corps ? C'est Sasha ? Ils vous ont dit quelque chose ?

J'agrippe le bord de la table.

— En fait, je n'en sais rien, répond Claire. Mais c'est possible.

Elle m'adresse de nouveau ce regard, entre pitié et incrédulité. Je me demande si elle se méfie de tous ses clients, si elle les considère tous coupables jusqu'à preuve du contraire.

— Mais l'inspecteur Jones ne va pas tout me dire, poursuit-elle. Pas encore. Il est connu pour attendre son heure. Et ils n'ont pas besoin de corps pour procéder à une arrestation s'ils ont d'autres preuves irréfutables.

— Ils n'ont pas pu retrouver son corps. Est-ce que c'est pour ça qu'ils m'ont fait venir ? S'il vous plaît, mon Dieu, non !

Je secoue la tête, de plus en plus vite, jusqu'à en avoir mal au crâne. Mes cheveux volent sur mon visage et ma vue se brouille ; les couleurs ternes grises et beiges de la pièce se mélangent et le néon au-dessus de moi clignote et bourdonne.

Mais le visage de Claire reste net alors que je la fixe – ses yeux brillants, sa moue de compassion. *Elle est là pour m'aider*, me dis-je. Elle les convaincra de mon innocence, et je pourrai rentrer chez moi. Auprès de Sean et d'Alice. Et faire comme si tout cela n'était qu'un mauvais rêve.

Je laisse ma tête tomber sur la table, mon front contre la surface grise et froide.

— Nooon... gémis-je, avec des sanglots hystériques. Mon Dieu, non. Pas Sasha.

Je griffe le dessus de la table, et mes doigts se posent sur les documents de Claire. Elle essaie de les écarter, mais je les saisis fermement, les tire vers moi, froissant quelques pages dans mon poing.

— Arrêtez, Libby. Vous ne pouvez pas...

— Ne me dites pas d'arrêter ! hurlé-je, en relevant la tête.

Je montre les dents, mes cheveux collés à mon visage humide. Je peux voir dans ses yeux qu'elle pense que je suis folle, que je suis une menace. Elle jette un coup d'œil nerveux vers la sortie.

« Mon amour, dis les choses comme elles sont. Dis-leur ce qui s'est passé. »

— Sean ? dis-je en me retournant. Sean ?

Je me lève, regarde derrière moi, fixe la porte comme s'il venait d'entrer. Mais mes jambes flanchent, et mes poumons me brûlent à chacune de mes inspirations courtes et saccadées. Je retombe sur ma chaise.

— Sean, c'est toi ?

— Mme Randell. Libby, calmez-vous, s'il vous plaît, ou je vais devoir appeler quelqu'un. Je ne peux pas vous aider si vous...

— Mais j'ai entendu la voix de Sean, je le jure. Il était là, non ? Il est venu me chercher ?

— Non, Libby, il n'est pas là. Personne n'est entré.

Je me glisse sous la table pour voir s'il est là. Puis je me redresse sur ma chaise pour voir s'il ne s'est pas glissé derrière moi, s'il n'est pas sur le point de poser ses mains sur mes épaules, de me dire qu'il est temps de rentrer à la maison, qu'ils ont commis une énorme erreur, que Sasha n'est pas morte, qu'on sort dîner ce soir, que Marion va garder Alice, que... que...

— Qu'est-ce qu'ils vous ont dit ? demandé-je, en imaginant qu'ils l'ont trouvée, et ce à quoi elle devait ressembler – pâle, froide, un visage doux et figé.

Était-elle nue ? Blessée ? Était-elle cachée dans un buisson ou laissée pour morte dehors, à la merci du monde ?

— Je crains de ne pas encore avoir de détails. Mais je suppose qu'ils ont des preuves solides, étant donné le motif de votre arrestation.

Claire reprend son stylo.

— Écoutez, je dois vous poser une question, Libby, et je vous prie de ne pas le prendre mal, mais je dois m'assurer de votre état psychologique. Entendez-vous souvent des voix quand il n'y a personne ? A-t-on déjà diagnostiqué une maladie mentale chez vous ?

— Quoi ? dis-je.

Sa question est si ridicule que je retrouve ma lucidité pendant un moment.

— Non, bien sûr que non. Il n'y a rien qui cloche chez moi. Je... J'ai juste cru entendre...

Je secoue la tête.

— Écoutez, ces dernières semaines ont été très stressantes. Pour tout le monde dans le village, d'une manière ou d'une autre. Jan, la mère de Sasha, a complètement craqué. Phil, son père, aussi. Sean et moi, on... on se sent tellement coupables. C'est l'enfer pour nous aussi. Vous comprenez ça ? Cette pauvre fille était chez nous quand c'est arrivé.

Claire acquiesce et adopte un ton compatissant.

— Je comprends. Mais quand l'inspecteur vous interrogera, si vous n'avez rien à dire ou que vous ne pouvez pas répondre à une question, je vous conseille d'éviter ce genre de réaction, dit-elle en grimaçant. Ça ne vous rendra pas service.

J'ai l'impression de me faire disputer, comme une mauvaise élève.

— D'accord, dis-je calmement. Pardon.

— Le mot que vous avez mentionné tout à l'heure, Libby. Celui que vous avez trouvé sur votre voiture. Vous savez qui l'a écrit ?

— Non, dis-je, hésitant à évoquer le deuxième mot, qui a lui aussi disparu. Quelqu'un qui cherche à semer la zizanie, j'imagine.

Je pense alors à Natalie, se tenant devant moi dans l'une de ses tenues parfaitement coordonnées, me regardant de haut. Ses cheveux brillent et son vernis est impeccable.

— Je ne vois pas en quoi c'est pertinent.

— Qui voudrait semer la zizanie, selon vous ?

Je fixe le plafond. Sean et moi en avons bien évidemment parlé. Nous avons passé en revue des milliers de fois les personnes qui auraient pu laisser ce mot. Correction : *je* les ai passées en revue des milliers de fois.

— Ça n'a rien à voir avec Sasha, dis-je.

— Libby, recevoir ce mot vous a poussée à sortir avec votre mari, ce qui a conduit Sasha à garder Alice, puis à disparaître. Je pense que l'inspecteur trouvera ça très pertinent. C'est inhabituel. À moins que vous ne receviez ce genre de mots tout le temps ?

— Bien sûr que non.

Je me mords la lèvre.

— Bon. Sean a été marié avant. Avec Natalie, la mère de son fils, Dan. Ils se sont séparés il y a quelques années, mais elle n'a jamais digéré qu'il l'ait quittée. Elle ne supporte pas l'idée qu'il m'ait épousée et qu'on ait un enfant ensemble.

Claire me regarde, le visage impassible. Pourtant, derrière

ce masque neutre, je perçois son mépris et sa pitié, et je sens qu'elle remercie sa bonne étoile de ne pas être à ma place.

— Je pense que c'est Natalie qui a écrit le mot, mais je ne peux pas en être sûre. J'ai essayé de le faire comprendre à Sean, mais je refuse d'être ce genre de femme. La femme jalouse. Je lui en ai déjà fait assez voir. Et puis, le dîner avec lui était censé enterrer toute rancœur. *Ma* rancœur.

— Et qu'est-ce que le mot disait ? demande Claire.

— Honnêtement, je ne me souviens plus vraiment, dis-je, les quatre mots gravés dans ma tête.

« Tout va bien se passer », m'avait dit Sean, les mains posées sur mes épaules comme il a l'habitude de le faire. J'avais acquiescé, d'accord avec lui. « Et ne complique pas les choses. Tiens-t'en aux faits pertinents. N'oublie pas que, nous aussi, on veut que Sasha soit retrouvée vivante le plus vite possible, d'accord ? Comme tout le monde. »

Je lui faisais totalement confiance, j'étais soulagée que nous affrontions cette épreuve ensemble. Nous avions déjà fait une longue déclaration à l'inspecteur, mais il revenait sans cesse avec de nouvelles questions. « Un petit échange informel », nous avait-il dit. Nous avions répondu à toutes les questions, cela va de soi, parfois séparément. Personne ne voulait plus que nous que Sasha revienne en vie.

— Vous ne vous souvenez pas de ce que disait le mot qui vous a mise dans cet état ? dit Claire.

— J'ai essayé de l'oublier. Ça insinuait juste que Sean... enfin, qu'il n'était pas totalement clair. Mais c'est un homme bien, il ne me ferait jamais de mal, dis-je en haussant les épaules. J'ai un peu honte d'avoir réagi ainsi.

— Où est le mot, maintenant, Libby ?

Claire tapote la table avec son stylo.

— Il y a de fortes chances qu'ils vous posent toutes ces questions. S'ils ne l'ont pas déjà en leur possession, l'inspecteur vous demandera sûrement de le lui donner.

— Je l'ai jeté. Ce n'était pas vraiment un souvenir précieux.

— Je comprends, dit Claire après avoir fait une pause pour relire ses notes.

Elle pose son stylo et s'enfonce dans sa chaise.

— Si vous êtes innocente, racontez simplement ce qui s'est passé. Par contre, si vous n'êtes pas sûre de vous, si vous vous emmêlez les pinceaux, il vaut mieux que vous leur disiez : « Je préfère ne répondre. » Mais pas si vous voulez mentionner quelque chose dans le cadre de votre défense au tribunal. *Si* vous allez au tribunal, je précise.

— D'accord, dis-je en fermant les yeux.

Mais tout ce que je vois, c'est Sean à notre retour du pub ce vendredi soir, son visage près du mien, ses yeux plantés dans les miens. Il était en colère : j'avais du mal à comprendre ce qu'il disait. Puis sa main a surgi de nulle part.

J'ai vacillé et je me suis retrouvée contre le mur, la joue qui brûlait et picotait, avec la sensation qu'on m'avait arraché les dents. J'ai posé ma main sur ma joue, à l'endroit où il m'avait giflée.

— Sean ? ai-je dit en retenant mes larmes. Sean, s'il te plaît...

Il s'est assis sur l'accoudoir du canapé, tête baissée. Je ne sentais plus ma joue et un de mes yeux me piquait. Il n'avait jamais levé la main sur moi auparavant. Quand il a relevé la tête, ses yeux brillaient aussi. Je me suis approchée de lui.

— Qu'est-ce que tu as fait ? a-t-il dit en me regardant.

Je pouvais voir la haine dans ses yeux. Je ne comprenais pas pourquoi.

— Comment ça, qu'est-ce que *j'ai* fait ?

J'allais le prendre dans mes bras pour tenter d'apaiser la douleur que je devinais chez lui, mais je me suis arrêtée.

— Tu viens de me gifler.

— Tu étais hystérique. Il fallait te faire taire. Ne retourne pas la situation.

Il s'est détourné en secouant la tête. Son corps entier tremblait. En y repensant, je me rends compte que j'étais dans le même état : incontrôlable. Pourtant, comme toujours, Sean avait une longueur d'avance sur moi. En général, ça n'avait pas d'importance. En réalité, c'était l'une des choses que j'aimais le plus chez lui : son intelligence, sa capacité à anticiper les prochaines étapes avec aisance. Comme dans une partie d'échecs, il pensait toujours six coups à l'avance. Cela me donnait un sentiment de sécurité, comme s'il veillait sur nous. Sa famille.

— Je suis désolée, ai-je dit en baissant la tête, consciente que je le méritais.

C'est à ce moment-là que je l'ai vu, par terre, à moitié sous le canapé. Au début, je n'ai pas compris ce que c'était, mais en m'approchant et en me penchant pour le ramasser, je n'ai plus eu de doute.

— C'est à Natalie, non ? ai-je dit en brandissant le bracelet en argent.

Il était orné de breloques.

— Je suis sûre que c'est le sien. Je l'ai vu à son poignet.

Au fil des années, chaque rencontre avec Natalie m'avait laissé une forte impression. Elle faisait partie de ces rares personnes qui laissent une trace indélébile, surtout chez les autres femmes.

Sean s'est levé du canapé pour me prendre le bracelet des mains.

— Donne-le-moi.

Il l'a tourné entre ses doigts.

— Je ne sais pas à qui c'est, a-t-il dit. Sûrement à Sasha.

Il l'a laissé tomber sur la table basse, parmi toutes les autres affaires de Sasha, comme s'il était contaminé.

— Non, ce n'est pas à elle, ai-je répliqué. Je ne l'ai jamais vue avec.

C'était vrai, et ce n'était clairement pas quelque chose qu'elle aurait porté, ou qu'elle aurait pu s'offrir.

— Mais je me rappelle l'avoir vu sur Natalie, et...

— Non, Libby. Tu ne t'en souviens pas. Tu as tort, d'accord ?

Sean a plongé ses yeux dans les miens. Puis il s'est approché et m'a fait tressaillir lorsqu'il a levé la main. Mais ce n'était que pour la passer dans ses cheveux. J'ai remarqué la sueur sur son front et sa lèvre supérieure.

— Va voir si Sasha est dans la grange, m'a-t-il ordonné d'un ton plus calme.

J'ai voulu protester, mais je savais qu'il avait raison. — Oui, ai-je dit en me dirigeant vers la cuisine.

J'ai pris la clé accrochée dans le couloir et suis sortie, trébuchant sur les pavés. Le vin m'était monté à la tête et brouillait mes pensées.

Il faisait noir ; la cour n'était éclairée que par un carré de lumière qui émanait de la fenêtre du cottage.

— Sash ? ai-je pris soin d'appeler en ouvrant la porte de la grange et en entrant. Tu es là ?

Il n'y avait aucun bruit, à part celui de deux voitures qui passaient sur la route et le cri d'un hibou dans un arbre derrière la grange. Des frissons m'ont parcouru le dos.

C'est alors que j'ai entendu un bruit.

— Il y a quelqu'un ? ai-je lancé en me retournant vers la cour.

J'ai haussé les épaules, allumé les lumières et me suis dirigée vers le garde-manger, sans fermer la porte. Je lui avais laissé un repas dans le frigo du cottage et lui avais dit de se servir ; elle n'avait donc aucune raison de venir ici. J'ai refermé la grange à clé. Il était évident que Sasha n'y était pas.

Encore ce bruit. Une lumière s'est allumée chez les voisins.

— Qui va là ? a appelé une voix.

C'était Arn, notre voisin, toujours sur ses gardes depuis le cambriolage de son garage l'année dernière. On lui avait volé tous ses outils.

— C'est moi, Arn, ai-je répondu. Libby. Désolée pour le dérangement.

— Tout va bien ? a-t-il demandé en étirant le cou pour passer la tête par-dessus le mur en pierre.

Il sortait parfois pour discuter ainsi, par-dessus le mur, quand il m'entendait dehors en train d'étendre le linge ou de jouer avec Alice.

— Oui, tout va bien, ai-je dit.

Et s'il avait vu Sasha plus tôt ? Et s'il savait quelque chose ? J'aurais dû lui poser la question. Je n'avais pas les idées claires.

— Bonne nuit, Arn, ai-je dit en me dépêchant de retourner au cottage.

En fermant la porte de derrière, je l'ai vu disparaître de nouveau, et la lumière de dehors s'est éteinte.

— Tu as bien regardé ? a dit Sean, adossé à l'évier de la cuisine. Tu as bougé des trucs pour voir si elle n'était pas cachée ?

— Bien sûr, ai-je répondu en frissonnant.

Il a acquiescé.

— J'ai revérifié là-haut. J'ai même fouillé les placards, au cas où elle s'y cacherait. J'ai un peu foutu le bazar.

— D'accord, très bien, ai-je murmuré, pensant que le bazar était le cadet de nos soucis.

Nous sommes retournés dans le salon, et Sean a ravivé le feu. Il a fixé les flammes pendant un long moment. Je me souviens avoir pensé : *Comment peut-il faire un truc aussi futile dans un moment pareil ?* Puis je suis allée préparer du thé. C'était tout aussi futile, quoique réconfortant, face à cette situation de plus en plus inquiétante. À mon retour, Sean buvait un verre de whisky. Il m'en a proposé un, ignorant le thé. J'ai accepté sans hésiter, le buvant d'un trait.

— Je remonte voir Alice, ai-je dit.

Mais Sean m'a arrêtée, m'affirmant que ça tournait à l'obsession.

— Je pense que l'un de nous devrait aller faire un tour dans le village, ai-je suggéré, connaissant déjà sa réponse.

J'ai jeté un coup d'œil à ma montre.

— Ça fait un moment qu'on est rentrés. Je vais y aller. J'ai beaucoup moins bu que toi.

Il m'a ensuite tourné le dos, a lancé une remarque sur le fait qu'après une soirée comme celle-ci, il ne pouvait que se tourner vers l'alcool. Je n'ai pas pu retenir mes larmes. Tout ce que je voulais, c'était sortir de la maison, avoir un moment pour réfléchir. Trouver une solution. Même si cela semblait compliqué.

— Sois prudente, d'accord ? a dit Sean en posant ses mains sur mes épaules après que j'avais mis ma veste.

Là encore, j'ai tressailli quand il a enfilé la sienne.

— Tu as ton téléphone ?

— Oui, ai-je répondu en hochant la tête.

Puis je lui ai indiqué où j'allais aller, je ferais juste un petit tour dans le village.

— Si je croise des gens, je leur demande s'ils l'ont vue, ai-je ajouté, répétant ses instructions.

Sur mes épaules, les mains de Sean tremblaient au rythme de mes frissons.

— C'était un accident, dis-je en m'agrippant de nouveau au bord de la table.

L'avocate s'interrompt et penche la tête sur le côté. Avec les images de cette nuit-là qui passent en boucle dans ma tête, je n'ai pas écouté ce qu'elle disait.

— Pardon, Libby ? dit-elle. Qu'est-ce qui était un accident ?

Je la fixe, la scène défile toujours dans ma tête. Sur la route, je regardais par les fenêtres de la voiture. Partout où je regardais, je voyais Sasha. Son visage était imprimé sur ma rétine alors que je me torturais l'esprit. Mais elle restait introuvable. Je transpirais, ma vision était brouillée par le vin, et l'alcool s'emparait de mes sens.

— Il faisait noir. Les vitres étaient pleines de buée. C'était un accident.

« Sois prudente, tu as bu aussi », m'avait dit Sean avant que je parte. Il m'avait ensuite murmuré quelque chose à l'oreille, et j'avais acquiescé.

— Un accident ? dit Claire de sa voix douce et sincère. Quel genre d'accident ?

Je la regarde, sachant que je m'apprête à la décevoir, que ce qu'elle veut, c'est un après-midi tranquille, ne pas rester tard, rentrer chez elle. Elle se fiche bien que je sois inculpée ou non, elle veut juste s'assurer que tout se passe dans les règles, que mes droits soient respectés, et qu'on la paie pour son travail.

— Vous avez un mari ? demandé-je soudain. Ou un partenaire ? Un ou une petite amie ?

L'avocate fronce les sourcils. Je la déteste. J'ai envie de la frapper. Elle peut sortir d'ici. Moi, non.

— Nous ne sommes pas là pour parler de moi, dit-elle. Vous avez fait du mal à Sasha par accident ? C'est ce que vous essayez de dire ?

— Non, dis-je, en hésitant à mentionner la voiture que j'ai percutée. Bien sûr que non. C'est ça, votre boulot ? Manipuler les gens pour qu'ils disent ce qui vous arrange ?

— Non, Libby. Mais là, vous n'aidez personne. Ni vous, ni moi. C'est difficile de vous conseiller.

— Désolée, dis-je rapidement, comme je l'avais répété mille fois à Sean ce soir-là.

Il aurait fallu me ramasser à la petite cuillère, je ne tenais pas le choc.

— Je n'ai rien fait de mal. Je le jure, ajouté-je tandis que Claire retrousse lentement les manches de sa chemise, dévoilant un joli bracelet en argent orné d'un petit cœur. Je le regarde et me demande ce qu'il est advenu du bracelet de Natalie, si Sean le lui a rendu.

24

PASSÉ

— Tu es sûr que c'est une bonne idée ? demanda Libby, le plat en équilibre sur ses paumes.

Son sac glissait sans cesse de son épaule, et ses cheveux lui tombaient sur le visage et se coinçaient dans sa bouche. Elle souffla pour les repousser et leva les yeux vers Sean.

— Bien sûr, répondit-il en regardant droit devant lui, avant de sonner de nouveau. C'est la meilleure chose à faire. Tu voudrais avoir l'impression que personne ne se soucie de nous si Alice venait à disparaître ?

— Arrête, Sean, dit Libby, un frisson la parcourant à cette pensée.

Elle ferma les yeux pour chasser l'image de son esprit, mais le visage de Sasha s'imposa aussitôt. Elle l'imaginait morte, la peau bleu-gris, abandonnée quelque part. Un petit sanglot lui échappa.

— Et tâche de ne pas pleurer, ajouta Sean. Ce n'est pas ton histoire, mais celle des pauvres gens qui vivent ici.

— *Des* gens ? répéta Libby, alors qu'elle entendait enfin du bruit à l'intérieur. Je croyais qu'ils s'étaient séparés ?

Sean jeta un coup d'œil derrière lui. La voiture de Jan était dans la ruelle, mais d'autres véhicules y étaient garés.

— C'est la camionnette de Phil, là-bas.

— Ah, d'accord...

Libby se retourna vers la porte en entendant le bruit de la chaîne, puis du verrou.

— Jan, dit-elle, affichant aussitôt une expression de compassion en la voyant.

Jan portait une robe de chambre bleu délavé, ouverte sur un vieux tee-shirt et un legging. Elle était pieds nus, et ses cheveux, qui n'étaient pas brossés, étaient attachés en une queue-de-cheval qui commençait à se défaire.

— Libby, dit-elle, sa voix n'étant guère plus qu'un croassement.

Elle leva lentement les yeux vers Sean, et haussa un sourcil lorsqu'il la salua à son tour.

— Je croyais que c'était la police. Avec du nouveau.

— Désolée, répondit Libby. On a apporté de quoi manger pour vous... pour vous et Phil. On se disait que vous n'auriez pas envie de cuisiner.

Elle lui tendit le plat en terre cuite enveloppé dans du papier aluminium. C'était un tajine d'agneau marocain qu'elle avait dans le congélateur, les restes d'un dîner.

— Merci, dit Jan avant de tourner les talons pour rentrer à l'intérieur, laissant la porte ouverte.

Libby regarda Sean, qui inclina la tête, comme pour l'encourager à la suivre. Hésitante, elle franchit le seuil de la maison mitoyenne des années soixante-dix et pénétra dans le couloir. Quelques maisons de Little Radwell avaient été construites à cette période, notamment Mason Close, mais le reste du village était composé de maisons en pierre typiques des Cotswolds. Sasha avait grandi ici, fréquenté l'école primaire du coin, avant d'aller au collège, puis au lycée voisin. Libby s'arrêta un instant pour regarder autour d'elle. Elle remarqua les manteaux aux patères, les paires de chaussures posées sur l'étagère en dessous. Certaines semblaient être celles de Sasha : des baskets blanches, des Converse, des Adidas, des Nike. Un frisson la parcourut en voyant des manteaux et une écharpe qui lui appartenaient.

— Entrez, dit Jan en les conduisant au-delà de l'escalier, jusqu'au salon.

Des rideaux à motifs floraux encadraient une fenêtre en aluminium, et le feu vacillait dans le foyer à gaz encadré de brique claire. La moquette brune montrait des signes d'usure près de l'entrée, et un tapis bordeaux à motifs recouvrait presque tout le centre de la pièce, entouré de canapés en velours vert. Sur la table basse, plusieurs bougies parfumées étaient allumées aux côtés de quelques bâtons d'encens. *On dirait un sanctuaire*, pensa Libby.

— Asseyez-vous, je vous en prie.

Sean et Libby s'assirent côte à côte, le plat toujours dans les mains de Libby.

— Tenez, dit-elle en se levant brièvement. Je le mets au frigo ? Ça pourrait vous dépanner plus tard.

— Laissez, je m'en occupe, dit Jan en prenant le plat, avant de disparaître dans la cuisine et de revenir quelques instants plus tard. C'est très gentil, Libby. Merci.

Libby hocha la tête.

— On est navrés que Sasha ne soit pas encore rentrée, dit-elle. On voulait vous dire qu'on est prêts à aider de toutes les manières possibles. On fera tout ce qu'on peut et, bien sûr, on coopérera entièrement avec la police. On est complètement dévastés.

— Épargnez-vous cette peine, répondit une voix derrière eux.

Libby et Sean se retournèrent. Phil se tenait derrière eux. Libby le connaissait vaguement : elle l'avait croisé au pub à quelques occasions ou l'avait vu lorsqu'il venait chercher Sean pour des parties de chasse. C'était un homme grand et carré mais, aujourd'hui, il semblait diminué. Brisé.

— Bonjour, Phil, dit Libby en se levant.

Elle s'approcha de lui pour le prendre dans ses bras, mais il resta figé et se laissa simplement enlacer. Puis elle se tourna vers Jan pour faire de même, prenant conscience qu'elle ne l'avait pas encore vraiment saluée. Dans un moment pareil, ils devaient savoir qu'ils n'étaient pas seuls, qu'ils avaient du soutien.

— Je suis désolée pour ce qui s'est passé. Personne ne peut imaginer ce que vous traversez. Pas vrai, Sean ? ajouta-t-elle en se tournant vers lui. C'est inconcevable, et on veut tous retrouver Sasha saine et sauve.

Sean avait la tête baissée et était penché en avant, les avant-bras sur les cuisses et les yeux rivés sur la moquette. Libby était consciente qu'elle bafouillait, mais il était difficile de trouver les mots justes. Sean, lui, ne disait rien.

— Merci, Libby, dit Phil, d'une voix grave mais fragile. On attend juste des nouvelles. C'est une torture. On se sent tellement impuissants. J'ai cherché partout, parlé à tous ses amis, à toutes les personnes à qui j'ai pensé. Ce n'est pas son genre. Elle ne ferait jamais ça. Et ça fait déjà quatre jours.

— Libby, redites-moi comment elle était vendredi soir, demanda Jan, le visage marqué par l'inquiétude.

Ses mains étaient fines et osseuses, et ses clavicules étaient visibles même à travers son tee-shirt.

— Vous êtes les derniers à l'avoir vue. Elle était de quelle humeur ? Qu'est-ce qu'elle a dit ? Est-ce qu'elle vous a déjà parlé de quelconques problèmes ? Je sais qu'elle vous apprécie beaucoup.

Elle parlait vite, et ses mots se bousculaient.

— Honnêtement, ça avait l'air d'aller, répondit Libby. Elle est arrivée à l'heure, on avait allumé la cheminée pour elle. Elle a tout de suite sorti ses manuels et s'est mise à travailler. Je crois qu'elle révisait ses maths, et elle avait l'air de bonne humeur. On lui a dit quand on rentrerait, puis...

Libby s'interrompit. Ils n'avaient pas besoin de savoir ce qui s'était passé à leur retour.

— Sean, regarde, avait dit Libby ce soir-là, en fouillant le sac à dos de Sasha, dont la plupart des affaires étaient éparpillées sur le sol.

Elle tenait un paquet de tabac et des feuilles à rouler.

— Je ne savais pas, avait-elle ajouté en secouant la tête.

Ils avaient ramassé quelques-unes de ses affaires pour les remettre en place : son porte-monnaie, le badge de son lycée et sa trousse de maquillage, elle aussi ouverte et renversée. Il y avait une règle, deux stylos, des mouchoirs et un exemplaire abîmé du magazine *Take a Break*, ouvert à la page des jeux. On aurait dit que quelqu'un – Sasha ? – s'était dépêché de chercher quelque chose.

— Les adolescents fument parfois en cachette, Lib, avait dit Sean en aidant à ranger les affaires. C'est tout à fait normal. Il doit sûrement y avoir un pochon de shit quelque part là-dedans, si tu regardes bien.

— Est-ce que la police a des pistes ? demanda Sean à Jan, tout en jetant un coup d'œil à Phil.

Les parents de Sasha étaient assis dans des fauteuils se faisant face.

— Pas vraiment, dit Phil avant que Jan ne prenne la parole. Ils n'ont que la chaussure retrouvée samedi matin. Ça peut paraître horrible, mais elle a tellement de paires de baskets que ni Jan ni moi ne pouvons dire si c'est bien la sienne. Elle est en train d'être analysée. On a un... Comment ça s'appelle, Jan ? La personne qui vient pour nous tenir au courant ?

— Un agent de liaison, répondit Jan. Un agent de liaison *familiale*. Plutôt ironique, ajouta-t-elle, la mâchoire crispée.

— Ils partent toujours du principe qu'elle est partie de son plein gré, poursuivit Phil en ignorant la remarque de Jan. Bien qu'ils cherchent aussi des signes de lutte.

— Eh bien, c'est plutôt une bonne chose, non ? dit Libby en regardant Sean. Si elle est partie de son plein gré ?

— Je crois qu'ils cherchaient des traces de sang, dit Jan. Et ils nous ont déjà interrogés une douzaine de fois, vous vous rendez compte ?

— Jan, dit Phil d'un ton ferme. Arrête.

— Quelqu'un a dit aux flics qu'on avait des *problèmes*, c'est ça, Phil ? continua-t-elle, l'ignorant. Comme si ça faisait de nous des suspects.

— Je pense que c'est normal de questionner toutes les personnes proches de Sasha, dit Sean avant que Phil ne puisse répondre. Ils ont fait la même chose avec nous, alors ne vous inquiétez pas trop.

Phil secoua la tête en poussant un soupir. Il releva les manches de sa chemise en jean, et Libby remarqua les traces de saleté sur ses grandes mains rugueuses qui tremblaient légèrement. Sa tête était baissée et ses avant-bras, posés sur ses genoux. Il avait travaillé dehors toute sa vie, à la ferme et maintenant à la gestion de la chasse sur les terres du grand domaine local. Un jour, Sasha avait dit à Libby que son père avait toujours rêvé d'avoir sa propre ferme, mais qu'il n'avait jamais pu se le permettre, vu les prix dans la région.

— Prions pour que ce ne soit qu'une petite crise et qu'elle soit partie se réfugier chez une amie pour quelques jours, dit Phil, les yeux au plafond. Mon Dieu, faites que ce soit ça...

Il posa son poing sur son cœur, puis baissa de nouveau la tête, ses larges épaules secouées par ses pleurs. Sean était le plus proche de lui et s'apprêta à le réconforter, mais il se ravisa. Lorsque Libby vit que Jan ne bougeait pas, elle se pencha et lui tendit la main, ainsi qu'un mouchoir.

— Pardon, pardon, dit-il, le visage rouge et marqué, serrant la main de Libby. Je n'en peux plus. Je n'en peux plus de ne pas savoir. C'est la pire des tortures.

— Je sais, dit Libby.

Au même moment, elle eut un coup au cœur en voyant une voiture de police se garer devant la maison. Une agente en uniforme en sortit et se dirigea vers l'entrée. La sonnette retentit.

— On devrait peut-être partir ? dit Libby à Sean. Laissons Jan et Phil parler à la police.

— Bien sûr, dit Sean en se levant alors que Jan se dirigeait vers la porte. Prends soin de toi, mon vieux, dit-il à Phil en lui donnant une petite tape sur l'épaule. Et dites-nous si on peut faire quoi que ce soit.

Phil acquiesça sans lever la tête. Libby et Sean se dirigèrent vers la porte et croisèrent l'agente en sortant. Elle affichait une expression extrêmement sérieuse.

25

— Assieds-toi et ne bouge pas, ordonna Marion alors que Sean était en haut pour donner son bain à Alice.

Libby ne se fit pas prier : elle tira une chaise de la table de la cuisine et observa Marion débarrasser les assiettes. Pendant qu'ils étaient chez Jan et Phil, elle avait fait un gratin de pâtes, sachant que c'était le plat préféré d'Alice, et leur en avait servi chacun une portion à leur retour. Libby n'avait pas d'appétit et avait à peine touché à son assiette, mais elle avait fait l'effort de manger un peu pour ne pas paraître ingrate. Ce qu'elle voulait, c'était un grand verre. Rien de mieux pour calmer le rythme effréné de son cœur. Elle ne croyait pas pouvoir un jour effacer l'image du visage dévasté de Jan de son esprit. La pauvre semblait... complètement *vidée*.

— Merci beaucoup pour tout ce que tu fais, Marion, dit-elle. Nous laisser rester ici, nous accueillir, t'occuper d'Alice.

Sa belle-mère se détourna de l'évier, les mains toujours plongées dans l'eau savonneuse. Elle hocha la tête et esquissa un sourire timide. Libby savait qu'elle était dans son élément.

— Ne me remercie pas, répondit-elle en rinçant une assiette après l'autre. C'est une période difficile.

Marion avait augmenté le chauffage dans la longère, contrairement à ses habitudes, pour que tout le monde soit à l'aise. D'après la police, ils pouvaient retourner au cottage depuis la veille, mais Marion avait insisté pour qu'ils restent au moins jusqu'au lendemain. Leur présence à tous les trois semblait lui redonner un but, le sentiment d'être utile.

— Quel drame, vraiment, dit-elle en essuyant les couverts avant de les ranger dans le grand tiroir du buffet. La pauvre bichette. On entend parler de ce genre d'histoires, mais on ne s'attend jamais à ce que ça se passe chez soi.

— Exactement, répondit Libby en sirotant la tasse de thé que Marion lui avait préparée.

Elle sentit le sucre et grimaça, mais ne dit rien.

— C'est comme à l'époque, le fait d'avoir Sean ici, dans son ancienne chambre, dit Marion avec un grand sourire. C'est assez chauffé là-haut, ma puce ? Je ne veux pas que vous ayez froid. Je sais que cette vieille maison n'est pas un hôtel cinq étoiles, mais...

— C'est très bien, dit Libby, en voyant que les yeux de Marion brillaient.

— Je n'arrête pas de me dire que c'est ma faute, continua-t-elle en abandonnant la vaisselle et en tirant une chaise pour s'asseoir à côté de Libby.

— Ne dis pas de bêtises, répondit Libby. Ce n'est la faute de personne.

Marion lui prit la main. Libby remarqua sa peau fine, ses taches de vieillesse et ses ongles fragiles, coupés court. Marion avait toujours été une travailleuse acharnée. Libby sentait qu'elle avait un besoin constant de venir en aide aux autres, comme si, sans elle, tout s'effondrerait. Elle lui était reconnaissante pour son aide avec Alice, mais elle ne pouvait s'empêcher de penser que c'était davantage pour satisfaire ses propres besoins que les leurs. Ou plutôt, se corrigea-t-elle en regardant Marion se servir une tasse de thé, les besoins de Sean. On aurait dit que Marion n'avait jamais vraiment lâché prise, qu'il y avait quelque chose en lui qu'elle avait besoin de réparer.

— Je... je suis passée devant chez vous ce soir-là, tu sais, dit Marion en regardant Libby par-dessus le bord de sa tasse, tout en buvant de petites gorgées nerveuses. Vendredi.

— Ah bon ?

— Je n'ai rien remarqué d'anormal. C'est ce que j'ai dit à la police, en tout cas. Comme tout le monde, je veux juste aider, être utile.

— Tu nous aides beaucoup, Marion, répondit Libby. En prenant soin de nous.

En réalité, même s'ils pouvaient maintenant rentrer chez eux, Libby n'en avait pas envie. Et si l'équipe scientifique avait trouvé des signes de lutte ? Un cheveu de Sasha coincé dans la charnière d'une porte, ou des traces de sang sur le tapis parce qu'on l'avait traînée dehors ? Elle avait vu toutes ces séries à la télé et savait que les experts pouvaient reconstituer un drame à partir du moindre indice, aussi insignifiant qu'il paraisse. Elle priait pour qu'ils ne trouvent rien à Chestnut Cottage, espérait de tout cœur que rien n'indiquerait autre chose qu'une simple fugue d'adolescente. Elle n'arrivait pas non plus à oublier l'expression de l'agente de liaison familiale lorsqu'ils avaient quitté Jan et Phil. Depuis, elle n'avait reçu aucun message et hésitait à leur écrire pour demander des nouvelles.

— C'est un plaisir de vous avoir, ma puce, répondit Marion avec une tendresse inhabituelle. La vie est bien trop courte, tu sais, et je me sens chanceuse d'entendre la petite Alice courir partout et s'amuser ici. J'ai l'impression que c'était hier que Fred installait la balançoire pour Sean.

Marion laissa échapper un léger rire et essuya une larme du doigt.

— Sean adorait l'utiliser. Un jour, il m'a dit qu'il allait se balancer si haut qu'il pourrait toucher les nuages du pied pour faire tomber la pluie.

Libby sourit.

— Ça ressemble bien à mon Sean, dit-elle. Il est plein de douceur, même s'il ne le montre pas souvent.

Elle rit et, pendant un instant, oublia tout.

Marion ne parlait pas souvent du passé, de l'enfance de Sean, de comment il était quand il était petit. Ou, quand elle le faisait, cela ressemblait aux petits morceaux de souvenirs que Sean lui avait déjà confiés. Comme cette fois où Marion lui avait raconté qu'il avait donné un coup de poing à un garçon lors de son premier jour au lycée, la seule fois où il s'était défendu. Libby n'avait jamais su pourquoi et, quand elle demandait des détails à Sean, il répondait simplement que sa mère exagérait, qu'il avait seulement bousculé un petit dur par accident, et qu'il s'était donc fait traiter de tous les noms pendant plusieurs jours.

— Il ne l'a pas toujours caché. Il était adorable avec tout le monde, petit. Quand il faisait de la balançoire, il disait qu'il essayait de faire tomber la pluie sur les gens méchants, parce qu'il ne supportait pas l'idée de leur rendre les coups comme son père lui avait dit de faire. Mais ensuite...

Elle s'interrompit.

— C'est vrai ? dit Libby. C'est trop mignon.

Marion hocha la tête.

— On ne le croirait pas en le voyant aujourd'hui, mais c'était un garçon sensible. Il ressentait les choses différemment. Il *voyait* les choses différemment, aussi.

— J'ai bien remarqué. Je comprends. Et il adore les animaux, peut-être même plus que les gens, parfois. Par contre, il ne sait rien refuser à Alice. Et bien sûr, il ferait n'importe quoi pour toi, ajouta-t-elle, en se demandant où, exactement, elle se situait sur la liste des priorités de Sean.

Elle n'avait jamais douté d'être tout en haut avec Alice, et elle essayait de se convaincre qu'elle ne remettait pas ça en question. Mais elle ne pouvait s'empêcher de penser que sa réaction à propos du mot l'avait écartée de la première place.

— Les mères et leurs fils, dit Marion en lançant un regard à Libby.

— Peut-être que je connaîtrai ça un jour, répondit celle-ci en lui souriant. On ne veut pas qu'Alice soit fille unique.

En voyant l'expression de Marion, Libby se crispa jusqu'au bout des orteils et enfonça ses ongles dans ses paumes. Sean lui avait dit un jour que sa mère avait rêvé d'une maison pleine d'enfants, mais que la vie en avait décidé autrement. Il n'y avait eu que lui.

— C'est difficile d'élever un enfant unique, continua Marion, faisant comme si la remarque ne l'avait pas touchée. En tant que mère, je me sentais... presque insuffisante. Il n'avait pas cette rivalité fraternelle pour le façonner, pour se mesurer à quelqu'un, pour avoir un modèle ou, au contraire, pour en être un.

Elle poussa un soupir et prit un mouchoir qui était glissé dans la manche de son pull pour se moucher.

— C'était Fred qui le disait, d'ailleurs. Que s'ils avaient été deux... S'il avait eu un modèle à suivre, alors...

Elle s'interrompit et secoua la tête, un profond froncement de sourcils se dessinant sur son visage.

— Ce que j'essaie de dire, ma puce, c'est que je pense avoir surcompensé. D'une certaine manière, j'avais l'impression que le fait de ne pas avoir un autre enfant était un échec. Que ce qui s'était passé était ma faute.

Marion secoua la tête et se retourna, comme si elle en avait trop dit.

— Oh, Marion, dit Libby en lui reprenant la main. Tu es loin d'avoir échoué. Si ça peut te rassurer, je suis souvent dans le flou avec Alice.

Voir Marion montrer autre chose qu'une force implacable peu importe les épreuves et être aussi émue était... étrange.

— Je me souviens d'avoir eu l'impression d'être la pire mère du monde quand il...

Marion laissa sa phrase en suspens encore une fois. Elle se leva pour aller dans l'arrière-cuisine et revint avec une petite bouteille.

— Pour les urgences, dit-elle en les servant toutes les deux. Je ne suis pas censée boire avec les médicaments que je prends, mais un petit verre ne me fera pas de mal.

Libby prit le sien avec plaisir et en but une petite gorgée. Marion avala l'autre cul sec. Elle resta là, manipulant son verre vide.

— C'est drôle, reprit-elle en se resservant. Encore aujourd'-hui, je le sens quand Sean... Quand il souffre.

— Ah oui ? répondit Libby, prenant une autre gorgée.

La boisson lui brûla la gorge, la faisant tousser.

— L'instinct maternel ? ajouta Libby.

Elle remarqua le regard de Marion, qui paraissait perdu au loin, comme si elle était replongée dans le passé.

— C'est depuis ce jour-là, poursuivit Marion. J'aurais dû être là, faire quelque chose pour empêcher l'accident. Mais je n'étais pas là. Depuis, je jure que j'ai tout fait pour arranger les choses, mais parfois...

Elle s'interrompit de nouveau, jeta un regard furtif vers la buanderie, comme si elle avait entendu un bruit.

— Parfois, tout ça ne suffit pas, murmura-t-elle.

Libby se retourna lorsqu'elle vit le changement d'expression de Marion. Ses yeux s'étaient écarquillés, étaient devenus vitreux, sa bouche était entrouverte. Elle sentit un frisson parcourir son dos.

— Ah, bonjour, Fred, dit Libby en voyant son beau-père observer la scène dans sa veste de travail. Tu dois être épuisé.

Libby se leva, attrapa un gant de cuisine et s'approcha de la cuisinière.

— On t'a gardé des restes.

Elle fit signe à Marion de ne pas bouger.

— Non, je m'en charge. Tu en as fait assez.

Elle sortit le reste de gratin du four et en mit une portion dans une assiette.

— On parlait du bon vieux temps, expliqua-t-elle à Fred, tandis qu'il retirait sa veste et s'asseyait. Quand Sean était petit et... et...

Elle se tut face au silence de ses beaux-parents, soulagée de voir Sean arriver dans l'encadrement de la porte, le jean sale d'Alice dans les mains.

— L'instinct maternel, c'est bien joli, mais ça n'a pas servi à grand-chose pour cette pauvre fille qui a disparu, finit par dire Fred en lançant un regard noir à son fils, une remarque qui montrait qu'il avait écouté la conversation de Libby et Marion plus longtemps qu'elles ne le pensaient.

Il marqua une pause avant de vider une quantité généreuse de ketchup dans son assiette, puis engloutit une grosse bouchée.

— Bon, je vais aller mettre ça à laver, dit Sean à voix basse après s'être raclé la gorge.

Alors qu'il s'éloignait, les deux hommes ne se quittaient pas du regard.

26

— Je suis gelée, dit Libby en se blottissant contre Sean.

Emmitouflée dans son pyjama et un gilet, elle se tourna sur le côté. Les couvertures et la couette dégageaient une odeur de renfermé. Sean ne portait qu'un tee-shirt et un caleçon, ce qui arrangeait bien Libby, car elle pouvait profiter de sa chaleur corporelle.

— Chochotte, la taquina Sean en passant son bras autour de ses épaules.

Il la rapprocha de lui.

— Tu n'as pas été élevée à la dure.

— C'est marrant, répondit Libby. C'est ce que ta mère a dit de toi tout à l'heure. Que tu étais une chochotte.

— C'est pour ça que j'avais les oreilles qui sifflaient.

Libby se serra encore plus contre lui et respira son odeur – celle, familière, de son gel douche, mêlée à une autre. Elle crut la reconnaître.

La peur.

— Qu'est-ce que ma mère disait ?

Libby crut le sentir se crisper un peu, la courbe de son épaule se contractant.

— Oh, pas grand-chose, juste que quand tu étais petit, tu étais du genre sensible.

Libby attendit qu'il dise quelque chose, mais il resta silencieux.

— C'était bizarre, j'avais l'impression que ta mère se sentait... qu'elle craint de ne pas avoir été à la hauteur, d'une certaine manière. Enfin, je ne sais pas trop ce qu'elle voulait dire.

— C'est ma mère, quoi.

Sean laissa échapper une petite toux et tourna la tête pour regarder l'heure sur son téléphone.

— Il est tard. Il faut qu'on dorme un peu.

Libby pressa son corps contre le sien. Il posa son bras libre sur elle et lui déposa un baiser sur le front. La pièce était plongée dans le noir. Seul le clair de lune entrait par une fente entre les rideaux, éclairant le papier peint Anaglypta d'une teinte bleue indéfinissable et les toiles d'araignée dans les coins. Elle ferma les yeux, tout en sachant qu'elle était loin de s'endormir. Derrière ses paupières closes, elle voyait les silhouettes fantomatiques de l'équipe scientifique inspectant leur maison, ses doigts arrachant le mot de son pare-brise gelé, et Sasha.

— Marion a parlé de ton accident, murmura Libby, consciente qu'on pourrait les entendre. Tu avais quel âge ?

Elle mourait d'envie d'en savoir plus. Sean gémit.

— Il est tard, Lib.

— Tu ne peux pas me raconter rapidement ce qui s'est passé ?

Libby connaissait le rythme de la respiration de Sean – ce moment entre l'éveil et le sommeil. La façon dont ses souffles lents et réguliers se transformaient rapidement en râles détendus et naturels, et parfois en un léger ronflement. Elle se sentait toujours apaisée quand il se laissait aller. Une fois, lorsqu'elle s'était gentiment plainte de ses ronflements plus forts, il lui avait répondu que ce n'étaient pas des ronflements, mais plutôt une façon de la protéger ; qu'il faisait fuir toute personne susceptible de lui faire du mal pendant la nuit.

— C'est un grognement, Lib, pour te garder en sécurité, pour éloigner les méchants.

Elle n'avait pas pu s'empêcher de sourire, de l'aimer encore plus.

Mais à cet instant, Libby savait que Sean n'en était pas à ce stade de l'endormissement. Même si elle voyait à la lumière de la lune que ses yeux étaient fermés, elle sentait qu'il était bien éveillé, attentif, l'esprit en ébullition. Cela transparaissait dans sa respiration : régulière, mais ponctuée d'un léger soupir toutes les deux inspirations. Il avait quelque chose en tête.

— Qu'est-ce qu'il y a ? demanda-t-elle en lui donnant un petit coup de coude.

— Rien.

— Arrête, je vois bien que tu réfléchis à quelque chose.

— Je suis fatigué.

— Sean, tu ne peux pas juste tout refouler. Ça ne marche pas comme ça, dit Libby d'une voix douce.

Ils ne bougeaient pas d'un poil, mais Libby percevait la tension dans le corps de Sean ; en haut de ses épaules et de ses bras, au niveau de son ventre, et jusqu'à ses mollets et ses pieds, contre lesquels Libby avait collé les siens.

— L'accident, insista-t-elle. Raconte-moi.

— Bon sang, Libby, dit Sean en retirant son bras. Je ne sais pas. Je suis sûrement tombé et je me suis écorché le genou, un truc comme ça. Tu sais comment est ma mère.

— Non, justement, je ne sais pas, le contredit Libby. J'ai vu un côté d'elle ce soir que je ne connaissais pas. Quelque chose de... différent. De tendre, même.

Sean laissa échapper un ricanement.

— Tu la critiques souvent alors qu'au fond, tout ce qu'elle veut, c'est veiller sur toi, prendre soin de toi.

— J'ai trente-neuf ans. Je n'ai pas besoin qu'on prenne soin de moi.

Libby soupira lorsque Sean se retourna. Elle se retrouva face à son dos, recouvert par son tee-shirt. Elle glissa ses doigts le long de sa colonne vertébrale, puis remonta pour masser la base de sa nuque et les muscles contractés de ses épaules. Il frissonna malgré lui, laissant échapper un léger gémissement, et glissa sa main derrière lui sur la cuisse de Libby.

— Ce n'était rien, marmonna-t-il. Juste un accident agricole. Maman s'en est voulu, c'est tout.

— Je suis désolée, chuchota Libby en se redressant légèrement pour lui embrasser le cou.

Un autre gémissement. Elle comprit qu'il n'avait aucune envie d'en parler et choisit de ne pas insister. Pourtant, quelque chose lui pesait sur le cœur. Malgré leur fatigue, elle voulait en parler. Elle se serra un peu plus contre son dos.

— Sean, murmura-t-elle en déglutissant.

Elle avait la bouche sèche.

— Mon amour, je suis crevé, OK ?

— Je sais, mais... Je suis passée au cottage l'autre jour, juste après l'arrivée de la police scientifique. Je ne savais pas combien de temps ils allaient rester, et j'avais besoin de mon chargeur.

— Mmh, dit Sean. D'accord, Lib. Bonne nuit.

— C'est à propos du mot, continua-t-elle, le souffle court. En fait, j'avais vraiment besoin du livre de cuisine. Pour préparer le dîner de la semaine prochaine. J'ai trop de retard. J'avais glissé ce fichu mot à l'intérieur, mais, quand j'ai feuilleté le livre, il n'y était plus. Je ne sais pas où il a bien pu passer, et je me demande si la police...

Sean pivota brusquement pour faire face à Libby. Elle grimaça lorsque son bras passa juste au-dessus de sa tête. C'était un grand gaillard, toujours attentif à ses mouvements lorsqu'il se tournait dans le lit. Mais pas cette fois. Elle toucha sa tempe là où le revers de sa main l'avait touchée par accident.

— Tu es toujours là-dessus ? dit-il. Après tout ce qui s'est passé ?

Il se redressa sur un coude, dominant Libby. Ses lèvres étaient pincées, ses yeux réduits à deux fentes qui, au clair de lune, semblaient presque diaboliques.

— Je trouvais juste bizarre qu'il ne soit plus là. Tu l'as pris ? Jeté, peut-être ? demanda Libby, toute tremblante.

— Il est à sa place, répliqua Sean. À la poubelle. Tout comme cette conversation.

Libby hésita.

— Pourquoi est-ce que tu es toujours sur la défensive ? Tu ne vois pas à quel point ça m'affecte ? Après tout ce qui s'est passé, tu pourrais être un peu plus compréhensif, Sean. Je suis ta femme, merde. Ce serait bien que tu prennes mes sentiments en compte. Parce que là, tout ce que je vois, c'est que tu te préoccupes des sentiments de quelqu'un d'autre. Qui qu'elle soit.

Elle plissa les yeux pour empêcher les larmes de couler. Elle sentit le souffle de Sean sur sa joue, puis la secousse du lit lorsqu'il se retourna en laissant retomber sa tête sur l'oreiller.

— Tu n'as pas les idées claires, dit-il. S'il te plaît, ressaisis-toi.

— Tu parlais à qui tout à l'heure ? demanda Libby, bien consciente qu'elle allait trop loin.

Mais elle n'en avait plus rien à faire. Elle sentait qu'elle allait bientôt éclater en sanglots.

— Quoi ?

Sean poussa un long soupir, qu'elle n'arrivait pas tout à fait à déchiffrer. Tout ce qu'elle savait, c'était qu'elle ne pouvait pas laisser passer ça, comme si elle avait eu un déclic.

— Tu parlais à qui au téléphone ? Tu as raccroché dès que je suis entrée dans la pièce.

— Non.

— Si.

— Libby, je ne vais pas discuter de ça alors que la police est en train de chercher Sasha.

— Et quand ils la retrouveront ? insista-t-elle. Tu répondras à ma question ?

— *S'ils* la retrouvent, ajouta Sean, au ralenti.

C'était ce que tout le monde craignait.

— Ils la retrouveront, dit-elle. La question, c'est quand et où.

Elle tendit le bras pour prendre son verre d'eau sur la table de nuit.

— Et cet appel de l'autre numéro. Juste avant le dîner, quand Alice était sur tes genoux. Tu l'as refusé. Tu ne refuses jamais les appels.

— Si, si c'est quelqu'un à qui je n'ai pas envie de parler, répondit Sean.

— C'est faux. Tu réponds toujours, même aux appels indésirables. Je te connais, Sean Randell. Pourquoi tu l'as refusé ? C'était un numéro qui n'était pas enregistré dans tes contacts. Ensuite, il y a eu un autre appel sur le fixe que tu as aussi...

Libby étouffa un cri alors que le verre s'envolait de sa main. Il lui fallut un moment pour comprendre que Sean lui avait donné un coup, projetant le verre contre le mur d'en face où il s'était brisé en mille morceaux.

Un silence s'installa. Juste leurs respirations. Courtes, saccadées, irrégulières. Leurs cœurs battaient la chamade. Libby tendit l'oreille pour essayer d'entendre Alice dans la chambre d'à côté, ou Fred et Marion, chacun logé dans l'une des chambres en face. Ils ne partageaient plus le même lit depuis des années.

— Je n'en peux plus, Libby, lâcha Sean, furieux.

— Moi non plus, répondit-elle, respirant à peine.

Elle était restée figée, la main encore levée, comme si elle tenait toujours le verre. Son cœur était en feu.

— C'était *elle* ? dit Libby, d'une voix étrangement calme,

quand bien même le reste de son corps indiquait qu'elle ne l'était pas.

Elle avait encore dépassé les bornes.

— Qui, bon sang ?

— Celle avec qui tu as une liaison. Celle qui a écrit le mot. C'est à elle que tu parlais ?

Libby sentit soudainement le poids de son mari sur elle, lui coupant le souffle. Son visage était tout près du sien : ses yeux grands ouverts, qui sortaient presque de leurs orbites, étaient emplis de quelque chose qu'elle n'avait jamais vu auparavant. Ses bras étaient plaqués de chaque côté d'elle, la maintenant fermement. Elle ne savait pas si ce qu'elle voyait dans son regard était de la haine, de l'amour ou du regret. Elle savait seulement qu'elle ne pouvait pas bouger.

— Il n'y a pas d'autre femme, dit-il d'une voix monotone. Quand est-ce que tu vas comprendre ?

À côté d'elle, les doigts de Sean agrippèrent le drap.

— Je ne comprends pas comment tu peux être aussi égoïste dans un moment pareil.

Face au silence de Libby, Sean appuya sa bouche contre la sienne et l'embrassa avec passion. Sa langue pénétra sa bouche plus profondément que jamais, et ses mains tenaient son visage si fermement qu'elle avait l'impression que son crâne allait se fendre. Il ne s'arrêta que pour lui arracher son pyjama. Elle finit par se laisser aller, permettant à son corps de répondre avec la même intensité, dans une ardeur partagée.

Lorsqu'ils eurent terminé, épuisés et en sueur, allongés chacun de leur côté, aucun d'eux ne prononça un mot. Libby ne ferma pas l'œil de la nuit, occupée à réfléchir à ce que son mari essayait de cacher. Ou, plutôt, à *qui* il essayait de cacher.

27

Libby observait Chestnut Cottage depuis la place du village. Elle repensait à la première fois où elle avait vu la maison. Il neigeait, et Sean tenait sa main emmitouflée, tout excité à l'idée de lui faire découvrir son projet.

— Elle est inhabitable, avait-il dit quand il lui en avait parlé. Je l'ai eue pour une bouchée de pain à cause de la pourriture, du toit, tout ça. Mais ce n'est rien qu'on ne puisse pas arranger avec quelques années de boulot acharné et un budget trois fois plus élevé que prévu, avait-il plaisanté.

Libby avait lu dans ses yeux sa passion pour ce bâtiment classé, son désir de s'en occuper, presque autant que de ses patients à quatre pattes. Sean avait ce don de percevoir la vie là où il n'en restait presque plus. Elle se demandait si c'était ce qu'il avait vu chez elle, la première fois où leurs regards s'étaient croisés, comme dans un film, au milieu de ce bar. Elle n'était pas au meilleur de sa forme, toujours marquée par la rupture douloureuse avec David quelques mois plus tôt. Mais elle s'était juré de se relever, de ne pas laisser cette relation toxique et étouffante gâcher son avenir. Sean était arrivé au bon moment. Et elle ne pouvait pas nier l'attirance qu'elle ressentait pour cet homme qu'elle avait déjà vu de loin à la salle de sport.

— C'est magnifique, avait-elle dit en cette journée enneigée.

Elle était restée bouche bée devant la maison. Pas parce qu'il faisait froid et que les flocons de neige se posaient sur sa langue. Mais parce que le toit de chaume débordait un peu au-dessus d'une des fenêtres de l'étage et lui donnait l'impression que la maison lui faisait un clin d'œil amical, l'encourageant à entrer.

— Comment est-ce que tu as réussi à trouver un logement pareil ?

— Ah, ça... avait-il dit sur un ton taquin. J'ai des amis bien placés. Les maisons à Great Lyne ne sont presque jamais mises sur le marché. Ici, tout repose sur le piston, avait-il conclu en tapotant le côté de son nez.

— Je suis impressionnée, avait-elle répondu en contemplant la place pittoresque du village, avec son pub et la petite école en face, faits des mêmes blocs de pierre couleur miel irréguliers ressemblant à du toffee éponge.

— Et qui sont ces amis exactement ?

Elle lui avait lancé l'un de ces sourires qui, selon lui, avaient attiré son attention lors de leur première rencontre.

— Si je te le dis, je serai obligé de te tuer, avait-il plaisanté en serrant sa main et en la guidant jusqu'à la porte d'entrée. En vrai, ce sont des personnes qui travaillent dans l'immobilier. Le grand propriétaire foncier du coin possède la plupart des maisons du village, beaucoup sont louées, mais celle-ci a été mise en vente, et elle est à moi, rien qu'à moi. Une beauté, non ?

Libby avait levé les yeux vers lui, rayonnante. Elle ne pouvait pas être plus amoureuse. Chaque instant passé avec Sean avait été parfait, mais voir ce cottage... Cela symbolisait un avenir. Un avenir parfait. Ensemble.

— Rien qu'à nous, devrais-je dire, s'était corrigé Sean. Tiens, à toi l'honneur.

Il lui avait tendu un trousseau de clés.

— Vraiment ? s'était-elle émerveillée en lui prenant des mains, avec le sentiment d'être incroyablement spéciale.

Des flocons de neige se déposaient sur ses cils alors qu'elle glissait la grosse clé dans la serrure, ses mains rendues un peu maladroites par ses moufles. Elle avait senti le vieux mécanisme s'actionner avant d'appuyer sur la poignée et d'ouvrir la porte. Mais avant même qu'elle ait pu voir ce qui se cachait derrière, Sean l'avait soulevée pour la porter et franchir le seuil, tout en baissant la tête pour entrer. Libby n'avait pu s'empêcher de pousser un cri et de rire. Pendant qu'elle observait les lieux, son nez avait capté une odeur de moisi et de pourriture, mais elle l'avait rapidement oubliée grâce au potentiel qu'elle voyait partout autour d'elle. Tout était resté pratiquement intact depuis un siècle. Dans la cuisine, une ancienne cuisinière noire trônait encore dans la cheminée, avec un petit four intégré sur le côté, et l'évier en pierre d'origine n'avait qu'un seul robinet d'eau froide, sans doute inutilisé depuis des décennies. Le carrelage rouge sang était parsemé de taches de moisi d'un blanc duveteux, et les murs étaient couverts d'un papier peint décollé. Libby se rappelait encore la sensation des toiles d'araignée sur son visage, qu'elle avait tenté d'arracher en grimaçant, ce qui l'avait brièvement déséquilibrée dans les marches de l'escalier branlant qui les avait menés à ce qui deviendrait leur chambre. Ils avaient alors été ravis de découvrir une autre pièce cachée juste derrière, qui était finalement devenue leur salle de bains privative.

— Bon sang, murmura Libby en empruntant ce même chemin à travers la place du village vers la porte d'entrée de Chestnut Cottage, les poings serrés et les yeux plissés.

Elle n'avait pas pu se garer directement devant. Cette fois-ci, ce n'était pas à cause des voitures de police, mais parce que toutes les places étaient occupées, et elle n'avait pas voulu non plus se garer dans la cour. Elle aurait eu l'impression de « rentrer à la maison », et elle n'était pas encore prête pour ça.

Elle frissonna en déverrouillant la porte d'entrée avec cette vieille clé que Sean lui avait donnée la première fois qu'elle avait vu l'endroit – bien qu'ils aient installé une deuxième serrure, bien plus moderne, maintenant.

Libby ôta son manteau et le suspendit à l'un des crochets du couloir. Elle remarqua que la petite veste en jean rose d'Alice n'était à sa place habituelle ; c'était le premier signe qu'on avait déplacé des choses.

Dans le salon, Libby regarda autour d'elle. Elle fixa le canapé et la table basse, où les livres de Sasha ne se trouvaient plus. Elle se dit qu'ils auraient peut-être dû dire à la police qu'ils avaient ramassé et fourré dans son sac à dos ce qui en était tombé. Mais tant que les affaires étaient là pour que la police puisse les voir et les examiner, rétrospectivement, elle se dit que cela n'avait pas vraiment d'importance.

Le cottage semblait froid, délaissé. La cheminée était encore remplie de cendres : les restes du feu de vendredi dernier. À en juger par l'état du foyer, on aurait dit que la police était passée par là et avait fouillé dans les braises. Libby saisit le tisonnier et remua ce qui restait. Elle ne vit rien d'autre que des cendres et quelques morceaux de bois calcinés. Elle fixa les débris, les sourcils froncés, puis balaya du regard le reste de la pièce. À première vue, il ne manquait rien, à part, bien sûr, les affaires de Sasha.

Libby traversa la cuisine pour allumer les lumières. Ici aussi, il faisait froid, bien qu'elle entende le *tic-tic* des tuyaux de chauffage et le doux ronronnement de la chaudière dans le placard de la buanderie. Elle s'arrêta, saisie par la sensation de la présence de la police qui flottait toujours dans le cottage. Elle n'aimait pas ça.

— Putain ! hurla soudain Libby en s'agrippant les cheveux, les tirant avec force.

Les yeux fermés, un grondement grave monta dans sa gorge et résonna dans la pièce aux poutres apparentes. Sans vraiment le décider, elle mit un coup dans les verres sales posés sur la table de la cuisine, qui s'envolèrent et s'écrasèrent au sol. En voyant les éclats brillants répandus au sol, elle se rendit compte de ce qu'elle venait de faire et porta la main à sa bouche. Un morceau de verre à vin, marqué de son rouge à lèvres, s'immobilisa près du frigo. Un rappel du petit verre qu'elle et Sean avaient bu avant de sortir, vendredi soir.

Libby frappa du poing sur la table, faisant sauter et vaciller le vase garni d'un bouquet d'automne fané qui s'y trouvait.

— Non, non, non, non, non ! cria-t-elle. Je n'en peux plus. Je n'en peux plus !

Elle fit les cent pas, passant ses mains partout : les plans de travail, les murs, la cuisinière… La cuisine qui l'avait vue préparer et cuisiner des centaines de repas pour elle, Sean et Alice. Ce qu'elle détestait par-dessus tout, c'était que la maison qui avait été son chez-elle depuis trois ans ne lui semblait plus du tout être sa maison. Elle paraissait dépourvue de toute âme. Il ne restait plus rien d'eux.

Libby tomba à genoux devant les placards de la cuisine. Les étagères étaient remplies de livres de recettes, dont certains qu'elle possédait depuis ses dix-sept ans. Elle commença à les retirer un par un, avant de tout jeter sur le sol. Elle en attrapa plusieurs et laissa les pages se déployer pendant qu'elle les secouait. Elle scruta tout ce qui pouvait en sortir, au cas où elle se serait trompée sur l'endroit où elle avait caché le mot. Puis elle les parcourut de nouveau, feuilleta frénétiquement les pages avec ses doigts, retira les vieux marque-pages et les recettes découpées, toutes aplaties par les années passées coincées dans les couvertures rigides.

Rien.

Elle se redressa, tremblante, ses genoux endoloris par le sol froid. Elle n'avait que deux choses en tête : Sasha, et la personne qui avait laissé ce mot sur sa voiture. Et comme les deux occupaient son esprit de manière égale, elle ne pouvait s'empêcher de penser qu'il s'agissait d'un seul et même problème ; que ces deux choses étaient liées d'une manière ou une autre.

— Mon Dieu ! s'écria-t-elle, s'appuyant contre le plan de travail, la tête enfouie dans ses mains.

Elle fit tomber un paquet de biscuits par terre, celui qu'elle avait acheté pour Sasha, sachant qu'elle ne mangeait que cette marque. En le ramassant, elle constata qu'il n'était pas ouvert. Puis elle ouvrit la porte du frigo pour voir ce qu'il y avait à l'intérieur. La même chose que d'habitude : les salades dans le bac, du fromage, des œufs, un jambon cuit maison qu'elle tranchait finement chaque matin pour les sandwichs de Sean. Des légumes, dont une aubergine qu'elle avait prévu de griller pour accompagner les steaks qui étaient encore emballés sur l'étagère du bas. Le dîner du samedi soir. Intact. Bien sûr, le plat qu'elle avait laissé pour Sasha n'était plus là.

Libby sortit les steaks et quelques légumes qui avaient moisi. Elle les enveloppa dans du papier journal et sortit les jeter dans la poubelle, qu'elle traîna jusqu'à la rue. Elle avait oublié de la sortir pour la dernière collecte, et elle débordait presque.

Elle retourna à l'intérieur, dans la petite pièce qu'elle et Sean utilisaient comme bureau. C'était surtout un espace pour lui, un lieu dédié au travail qu'il devait faire à la maison – généralement des articles à écrire pour diverses publications. Ces derniers temps, elle l'avait souvent trouvé penché sur son ordinateur portable après minuit, la lueur de l'écran illuminant son visage. Maintenant, elle se demandait ce qu'il faisait, si tard dans la nuit. À qui il parlait.

Elle ouvrit l'ordinateur et tenta de se connecter. Ils connaissaient tous les deux leurs mots de passe, les codes de leurs téléphones, les identifiants de leurs réseaux sociaux... et ce, depuis toujours. Après trois tentatives infructueuses avec le mot de passe qu'elle connaissait par cœur, Libby comprit que ce n'était pas une simple faute de frappe. Le mot de passe avait été changé. Elle fixa l'écran de veille : un selfie d'elle, Alice et Sean sur la plage à Rock, l'été dernier. Elle plissa les yeux et ferma brutalement l'ordinateur.

28
PRÉSENT

— Vous ne m'avez pas dit si vous aviez un mari, murmuré-je à Claire pendant qu'on nous escorte à la salle d'interrogatoire.

Ça me permet de me distraire, de faire comme si tout était normal, malgré la sensation que mes jambes sont sur le point de céder.

Après mon entretien avec Claire, ils m'ont ramenée dans ma cellule pour une heure, peut-être plus, où j'ai somnolé. Le dos douloureux sur le matelas fin en plastique, je fixais la caméra placée dans le coin de la pièce. Puis on m'a dit que je serais interrogée par les inspecteurs, en présence de mon avocate. *Bien*, avais-je pensé, *ils vont se rendre compte que je n'ai rien fait de mal, et je pourrai donc vite rentrer chez moi.*

— Je ne suis pas mariée, murmure Claire en déplaçant les papiers une fois que nous sommes assises.

Je comprends qu'elle me répond uniquement par politesse, que je ne suis qu'un visage de plus en garde à vue. Peut-être un peu différent des autres : une mère de classe moyenne, cheffe d'entreprise, avec une adorable petite fille et un mari avec une profession stable. Mais, à ses yeux, je reste une potentielle criminelle. Une meurtrière.

Je lui lance un regard, comme si nous étions déjà de grandes amies, comme si nous avions déjà créé un lien, alors que nous ne nous connaissons que depuis quelques minutes. Mais, à cet instant, elle est tout ce que j'ai. Je me demande si Sean a reçu un coup de fil, s'il est dans la pièce d'à côté en ce moment même, en train d'organiser ma libération. Je sais qu'il doit être rongé par l'inquiétude et qu'il fera tout son possible.

— Vous êtes déjà tombée amoureuse, peut-être ? lui demandé-je, entendant des voix dans le couloir, mêlées aux cris occasionnels des ivrognes provenant des cellules plus loin.

Je n'ai aucune idée de l'heure qu'il est – il n'y a pas de fenêtres –, mais il doit être tard. Est-ce leur tactique ? Attendre que je sois épuisée et désorientée pour que je ne sois plus cohérente ? Je ne sais même pas depuis combien de temps je suis ici.

Claire laisse échapper un petit rire.

— Bien sûr, dit-elle. Mais parfois, l'amour ne suffit pas.

J'y réfléchis un instant. Qu'est-ce qui pourrait suffire, alors ? La loyauté, l'engagement, l'honnêteté, la confiance... la fidélité ?

— Vous avez peut-être raison, murmuré-je, tandis que l'agent de garde à vue ouvre la porte de la salle d'interrogatoire.

Claire se racle la gorge et se lève. L'inspecteur Jones entre d'un pas décidé, les mains chargées de paperasse, les manches froissées de sa chemise retroussées sur des avant-bras épais où l'on peut discerner le bout d'un tatouage vert bleuté, délavé. Je reconnais la femme qui l'accompagne, celle qui est venue au cottage avec lui. Elle aussi est en civil. Elle porte un pantalon noir cintré, large en haut pour accommoder sa taille, et une chemise blanche rentrée dans le pantalon avec un débardeur gris en dessous. Ses cheveux noirs sont tirés en arrière en une queue-de-cheval serrée, quelques mèches s'échappant sur les côtés, des racines grisonnantes apparaissant aux tempes. Des doigts épais, des membres trapus, dés yeux qui se braquent sur moi dès qu'elle entre et s'assied, et une bouche pincée qui semble prête à cracher les pires accusations. Je sens qu'il vaut mieux éviter de se frotter à elle.

Oh, Sean, pleuré-je dans ma tête, l'imaginant à mes côtés, tenant ma main, m'indiquant ce qu'il faut dire. J'aimerais qu'il soit là et, même si ce n'est pas le cas, j'ai l'impression qu'il est près de moi, que lui aussi pense à moi.

— Inspecteurs, dit Claire en leur serrant brièvement la main lorsqu'ils s'asseyent.

Je ne bouge pas. Je ne *peux pas* bouger. Je baisse la tête et, en fixant mes genoux, j'espère me réveiller à tout moment.

— Mme Randell, dit l'inspecteur Jones.

Il m'avait toujours appelée Libby auparavant.

— Monsieur, dis-je, osant à peine lever les yeux, me demandant si c'est ainsi que je dois l'appeler.

— Comme vous le savez déjà, voici l'inspectrice McCaulay, poursuit-il. Vous pouvez commencer à enregistrer, s'il vous plaît ? lui demande-t-il.

Lorsque le dispositif est activé, il annonce où nous sommes, l'heure – il s'avère qu'il est seulement 20 h 20 – puis son nom et son numéro d'identification, et demande à l'autre inspectrice de faire de même.

— Également présente...

Il regarde mon avocate.

— Claire Swithland, avocate chez Raby, Swithland and Stone, dit-elle.

— Pouvez-vous annoncer votre nom complet et votre date de naissance, Libby ? dit-il, revenant à mon prénom.

— Elizabeth Mary Randell, 24 février 1979.

— Merci. Vous êtes en état d'arrestation pour le meurtre de Sasha Long, et nous allons vous interroger à ce sujet. Nous allons nous assurer que vous connaissez tous vos droits et vous poser quelques questions, est-ce clair ?

Je hoche la tête, les yeux rivés sur mes doigts qui tournent mon alliance dans tous les sens. Je laisse les mots de l'inspecteur m'atteindre sans vraiment les absorber. Il m'explique à quoi m'attendre, ce à quoi j'ai droit, et répète qu'il enregistrera l'intégralité de l'entretien.

— OK, commençons.

Il parcourt des documents.

— Parlez-moi de votre relation avec votre mari, Libby, dit-il en se renfonçant dans sa chaise.

Pour la première fois, je remarque qu'il a une bedaine. Elle n'est pas énorme, mais la façon dont il est assis – mains jointes sur la poitrine, jambes légèrement écartées, chaise inclinée vers l'arrière – montre qu'elle force un peu sur les boutons de sa chemise.

Je le regarde dans les yeux et essaie de sourire. Sean m'a dit qu'il était important d'être poli et amical lorsqu'on avait affaire à la police.

— Qu'est-ce que vous voulez savoir ?

— Eh bien, le quotidien, votre entente, si vous vous disputez, ou peut-être que vous êtes une fine équipe ?

L'inspecteur Jones esquissa un sourire plissé.

— Je pense qu'on est un couple ordinaire, dis-je, avec l'envie de demander en quoi cela est pertinent.

Mais il faut que je reste calme, que j'évite de dériver, que j'écoute les questions auxquelles je ne veux pas répondre. Je lance un regard à Claire, qui me fait un petit signe de tête pour me rassurer.

— On ressemble à n'importe quel couple marié.

— Donc vous avez des hauts et des bas ? poursuit l'inspecteur Jones.

— Bien sûr, dis-je. C'est normal. On est normaux.

— Qui porte la culotte à la maison ? Vous ou votre mari ? intervient l'inspectrice McCaulay.

— Pardon ?

— Qui est le patron ? Il y a toujours une personne plus dominante que l'autre, vous ne pensez pas ?

Je fronce le nez en les regardant tous avant de me retourner vers Claire. Elle me fait un nouveau signe de tête.

— Je ne sais pas, dis-je. Nous deux ?

— C'est nous qui posons les questions, dit l'inspectrice McCaulay.

— Nous deux, répété-je sans l'interrogation. On est égaux. On prend les décisions ensemble et on élève Alice ensemble. On travaille dur tous les deux et on partage toutes les responsabilités.

Mon dos est en sueur et mon cœur s'accélère. Mais c'est exactement ce qu'ils veulent. Je prends une inspiration.

— Avez-vous déjà eu une liaison, Libby ? continue l'inspectrice McCaulay.

— Pardon ?

— Une relation extraconjugale. En avez-vous déjà eu une ?

— Non ! dis-je.

Peut-être que j'aurais dû dire : « Je préfère ne pas répondre. »

— Depuis combien de temps êtes-vous mariés ?

— Presque cinq ans, et ensemble depuis bientôt sept, dis-je.

— Avez-vous été mariée avant ?

— Non, Sean est mon premier mari. J'étais en couple pendant plusieurs années avant de le rencontrer, mais ça... ça n'a pas marché.

— Pouvez-vous me dire pourquoi ? demande l'inspectrice McCaulay, en levant les yeux de ses notes.

Je regarde Claire et avale ma salive. Elle marmonne quelque chose, mais l'inspecteur Jones parle en même temps.

— Avez-vous eu une liaison, Libby ? demande-t-il en passant sa main sur son nez. Est-ce que c'est la raison pour laquelle votre relation précédente a pris fin ?

Je le fixe, et mes pensées me renvoient à l'époque où j'étais avec David, à notre rencontre, au fait qu'il ne nous avait fallu que quelques semaines pour savoir que nous voulions passer le reste de notre vie ensemble. On se correspondait parfaitement ; nos corps et nos esprits étaient en osmose, comme si nous étions littéralement faits l'un pour l'autre. En tout cas, c'est ce que David avait dit lors de notre premier rendez-vous. Puis, au bout de trois mois, il m'avait convaincue de rendre mon appartement et d'emménager avec lui. Ce n'est pas longtemps après que cela a commencé : il faisait des crises quand je sortais avec des amis, fouillait dans mon téléphone, me suivait au travail, m'appelait cinquante fois par jour. Il était convaincu que je le trompais.

— Non, dis-je catégoriquement, alors que de vieilles émotions me traversent.

Celles qui me poussaient à me demander si je devenais folle, si, peut-être, j'avais eu un comportement ambigu avec un collègue et que j'avais *vraiment* eu une liaison sans m'en rendre compte. Je pensais parfois que je ferais aussi bien de lui dire que c'était le cas, pour qu'il arrête de le rabâcher. Au moins, il m'aurait mise à la porte. Parce qu'il n'y avait aucune chance qu'il me laisse partir autrement.

— Est-ce que le nom David Toft vous dit quelque chose ?

— Oui, c'est la personne avec qui je vivais avant de rencontrer Sean. Je ne vois pas en quoi...

— David Toft dit que vous aviez une liaison, intervient l'inspectrice McCaulay. Et que c'est la raison pour laquelle vous vous êtes séparés.

— Non !

Je me couvre le visage et baisse la tête.

— Vous lui avez parlé ? C'est de l'histoire ancienne, en ce qui me concerne. Il ne connaît même pas Sasha. Il me manipulait et...

Je m'arrête juste à temps mais, avec l'adrénaline, je ne peux pas empêcher mes joues de rougir et mes épaules de se crisper.

— Écoutez, dis-je en essayant d'empêcher ma voix de trembler, sachant très bien qu'ils veulent que je perde mon sang-froid. David était convaincu que j'avais une liaison. Mais ce n'était pas le cas.

Claire se penche vers moi pour me chuchoter quelque chose à l'oreille.

— Avez-vous écrit le mot qui a été laissé sur votre pare-brise, Libby ? demande l'inspecteur Jones.

— Quoi ?

J'ai la tête qui tourne : comment connaissent-ils l'existence de ce mot ? Sean et moi nous étions mis d'accord pour ne pas en parler, étant donné que ce n'était pas pertinent et, selon ses propres termes, « franchement humiliant ». Mais il avait peut-être changé d'avis.

— Pourquoi je ferais ça ?

J'ai l'air essoufflée, paniquée.

« Reste calme, Lib », m'avait dit Sean quand la police était partie de chez Marion après une énième visite, pour ce que l'inspecteur Jones appelait un « échange informel ». Ils étaient également allés rendre visite à Jan et Phil, et à une ou deux autres personnes du village. La nouvelle s'était répandue. Les langues s'étaient déliées.

— Je vais vous reposer la question. Avez-vous écrit le mot qui a été laissé sur votre pare-brise et qui déclarait que votre mari avait une liaison ?

Claire se penche de nouveau, murmure quelque chose.

— Je préfère ne pas répondre, dis-je à contrecœur, me retenant de crier.

— Pouvez-vous me dire qui est Angus Prior ? demande l'inspectrice McCaulay.

Mes yeux passent d'un inspecteur à l'autre, qui me fixent tous les deux intensément.

— Je...

Ma bouche est tellement sèche que j'ai du mal à articuler.

— J'imagine que c'est David qui vous a parlé de lui, non ? Eh bien, malgré ce que vous avez dû entendre, Angus était un ami. Un bon ami, rien de plus. Il m'a aidée à sortir d'une… d'une période difficile.

Je ne comprends pas pourquoi ils mêlent le passé et le présent.

— À votre connaissance, David Toft a-t-il eu une liaison ?

Mon cœur se serre, une douleur qui va et vient.

— Très probablement, dis-je. Il m'inventait souvent des liaisons, et je pense qu'il projetait sa propre culpabilité sur moi. Mais je ne vois toujours pas ce que…

Je secoue la tête. Je ne dois pas être sur la défensive. Je dois jouer le jeu.

— Oui, je pense qu'il en a eu une.

Les signes étaient là, mais j'avais choisi de les ignorer. Je ne me le pardonnerai jamais.

— On peut donc dire que cela vous a profondément blessée, au point que vous soyez naturellement méfiante, voire suspicieuse, envers vos partenaires par la suite ?

— J'imagine, dis-je. Mais je fais confiance à Sean.

— Vous lui faites confiance, ou vous lui *faisiez* confiance ?

Je secoue la tête et retourne mes mains.

— Je lui fais confiance.

Je ferme les poings pour essayer de dissimuler leur moiteur.

— Est-ce votre écriture, Libby ? demande l'inspectrice Mc-Caulay en sortant une pochette en plastique transparente qui contient une demi-feuille de papier A4 légèrement froissée.

Elle la fait glisser jusqu'à moi. En me penchant, je constate qu'il s'agit d'une liste de courses.

— Oui, c'est bien la mienne, dis-je après un bref coup d'œil.

Sean plaisante toujours sur le fait que mon écriture est très soignée et bien différente de son griffonnage.

— Et ici ? poursuit-elle en sortant une autre feuille dans une pochette similaire.

C'est une lettre que j'ai commencé à écrire pour ma tante, que je n'ai jamais terminée ni envoyée. Elle adore recevoir des nouvelles et des photos d'Alice par courrier. Ils ont dû la trouver dans le bureau.

— Oui, j'ai écrit ça aussi.

— Et avez-vous écrit ça ? demande l'inspectrice en glissant une autre feuille de papier devant moi.

Je la regarde. Je ne sais pas quoi penser.

— Je... je...

Je tends la main vers la pochette en plastique, que je prends entre mes doigts. Mes yeux parcourent le mot.

Je te préviens une nouvelle fois à propos de ton mari. Il a une liaison.

Le deuxième mot.

— L'avez-vous écrit ? reprend l'inspecteur Jones, faisant écho à sa collègue.

J'ai les joues en feu.

— Ce n'est pas le papier que j'ai trouvé sur ma voiture. Je... je ne comprends pas.

— Répondez, s'il vous plaît, Libby. Avez-vous écrit ceci ? Est-ce votre écriture ?

Je déglutis.

— Je... je préfère ne pas répondre, dis-je calmement, la tête baissée, en me rappelant l'avoir caché parmi d'autres papiers sur mon bureau, avec l'intention de le brûler plus tard.

J'avais décidé de ne rien dire à Sean, sachant que cela ne ferait qu'empirer les choses, mais, au moment où j'avais voulu m'en débarrasser, il avait disparu. Comme le premier mot. Je ne veux pas croire que Sean l'ait pris, mais il n'y a pas d'autre explication. Et s'il a donné ce mot à la police, pourquoi pas le premier ?

« Tout va bien se passer... Fais juste ce que je te dis... »

— Vous semblez plutôt sûre pour les deux premiers échantillons. Mais moins pour celui-ci.

L'inspecteur Jones aligne tous les échantillons devant moi.

— Je préfère ne pas répondre, dis-je.

— Le problème, Libby, c'est que nos experts affirment qu'ils ont tous été écrits par la même personne. Sans exception. Comment l'expliquez-vous ? J'ai l'impression que vous ne me dites pas toute la vérité, et c'est très grave. Savez-vous pourquoi ?

Je secoue légèrement la tête, les épaules tendues.

— Je vais vous le dire, annonce-t-il en se penchant au-dessus de la table. Parce que je me demande sur quoi d'autre vous mentez.

Il me parle comme si j'étais une enfant, en appuyant sur chaque syllabe et en étirant chaque mot. Je regarde de nouveau les échantillons.

— Mais l'écriture ne ressemble pas à la mienne, murmuré-je en montrant les capitales sur le mot. Le J penche dans l'autre sens ici, regardez, dis-je doucement en touchant ma liste de courses. Et le G n'est pas pareil. En plus, mon écriture est bien plus petite. Je ne trouve pas qu'ils se ressemblent du tout. Je suis désolée, je n'ai pas d'explication.

— Je pense que je vais me fier à l'avis de mon expert, si vous n'y voyez pas d'inconvénient, Libby, déclare l'inspecteur, marquant une pause. Essayiez-vous de dissimuler votre écriture, Libby ? De faire croire que cela a été écrit par quelqu'un d'autre ?

Je secoue la tête.

— Je préfère ne pas répondre.

Je ferme les yeux, mais tout ce que je vois, c'est le visage de David tout près du mien, m'accusant sans cesse d'avoir couché avec d'autres hommes, de les contacter en secret, d'aller prendre des verres avec eux, ou même de les regarder, que ce soit à la télévision ou dans la rue.

— Est-ce le mot que vous avez trouvé sur votre voiture, Libby ?

— Non.

— Alors, où est le mot que vous avez trouvé sur votre voiture, et qu'est-ce qu'il disait ?

— Quel est le rapport avec Sasha ? Je croyais que c'était pour ça que j'étais ici, pas pour ce fichu mot.

Je me lève à moitié, agrippant la table, mais je me rassieds rapidement lorsque l'inspectrice McCaulay bouge. Je cache mon visage, étouffant un sanglot.

— Répondez à la question, s'il vous plaît, dit l'inspecteur.

— Il... il disait « Sean a une liaison ». Quelque chose comme ça.

Même si les mots ont été gravés dans ma mémoire dès que je les ai vus, c'est presque comme s'ils n'avaient jamais existé, comme si je les avais rêvés.

— Et je ne sais pas où il est.

— Essayons autrement, poursuit l'inspecteur Jones. Serait-il juste de dire que la personne qui a écrit le mot que vous affirmez avoir trouvé sur votre voiture a aussi écrit celui-ci ?

— Je ne sais pas, dis-je. Je préfère ne pas répondre.

J'entends Claire soupirer et gigoter à côté de moi.

— Libby, où avez-vous trouvé ce qui semble être un deuxième mot ?

— Nulle part. Je n'ai jamais... Ce n'était pas...

Je me tais, me rappelant le stylo qui tremblait dans ma main alors que j'essayais de dissimuler mon écriture.

— Je préfère ne pas répondre.

— Passons à autre chose un instant, dit l'inspecteur Jones en ramassant les pochettes plastique. Vous êtes allée dîner avec votre mari le vendredi 19 octobre à l'Old Fox à Chalwell, c'est bien ça ?

— Oui.

« On vous l'a dit mille fois », ai-je envie de crier.

— Était-ce pour une occasion particulière ?

« Ça aussi, on vous l'a dit ! »

— C'était pour apaiser les tensions.

— C'est-à-dire ? demande l'inspectrice McCaulay.

Je soupire.

— J'étais contrariée après avoir trouvé le mot.

— Et est-ce que cela a fonctionné ?

— Oui.

Je me force à esquisser un léger sourire pour ne pas trahir la vérité, c'est-à-dire que c'était pire après le dîner. Mille fois pire.

— Vous souvenez-vous de ce que vous avez mangé ce soir-là ?

— Oui, on a commencé par un plateau de fruits de mer à partager : des crevettes, deux huîtres chacun, des calamars frits, des coquilles Saint-Jacques et des pinces de crabe. Ensuite, j'ai pris un risotto aux champignons et à la truffe, et Sean a commandé un jarret d'agneau.

— Avez-vous bu du vin ?

— Oui, un peu, dis-je en sentant le rouge me monter aux joues.

— Avez-vous pris un dessert ? demande l'inspectrice Mc-Caulay, tripotant son stylo.

— On n'avait plus de place pour un dessert, dis-je. Les plats étaient copieux.

— À quelle heure diriez-vous que vous êtes partis de l'Old Fox ?

Je contemple le plafond. Je lui ai déjà raconté tout ça plusieurs fois.

— C'est difficile à dire précisément. On a papoté avec des amis au bar d'abord, puis on a mangé notre repas tranquillement, en prenant notre temps entre chaque plat. Et on est restés longtemps à discuter après. Je dirais juste avant 23 heures. Peut-être un peu plus tard, ajouté-je, la voix de Sean résonnant dans ma tête.

— Vous avez l'air sûre de ce que vous avez mangé, mais beaucoup moins de l'heure de votre départ.

— Je ne peux pas être plus précise.

— Comment avez-vous payé l'addition ?

— Est-ce que c'est pertinent ? demandé-je, regrettant immédiatement ma question. Est-ce que ça peut aider à retrouver Sasha ? Si c'est le cas, ça ne me dérange pas, mais je ne vois pas...

— Comment avez-vous payé l'addition ? répète l'inspecteur.

— En espèces. C'était plus rapide.

— Vous étiez pressés ? demande l'inspectrice McCaulay. Pourquoi ?

— En fait, non, ça me revient. Le TPE ne fonctionnait pas quand je suis allée au comptoir pour payer. C'est pour ça que j'ai payé en espèces. Je n'étais pas pressée.

— Vous êtes allée au comptoir pour payer l'addition ? Ce n'est pas à la table qu'ils font payer, d'habitude ? La dernière fois que j'ai emmené ma femme à l'Old Fox, c'est comme ça qu'ils fonctionnaient.

Je secoue la tête et hausse les épaules.

— Je crois que le service était un peu lent. Je ne me souviens plus. Je me suis sûrement dit qu'il valait mieux que je paie au comptoir.

— En espèces.

— Oui.

— Comment êtes-vous rentrés ? demande l'inspectrice McCaulay.

— En taxi.

Je croise les doigts pour empêcher mes mains de trembler. Ça ne fonctionne pas.

— Comment avez-vous payé le taxi ?

— Ah...

Je réfléchis et me souviens de Sean sortant de la voiture, me laissant gérer le paiement, un malaise palpable entre nous.

— Je ne me souviens pas. Il était tard. Sûrement en espèces aussi. Peut-être que c'est Sean qui s'en est occupé.

— Est-ce que cela vous dit quelque chose ? demande l'inspectrice McCaulay en faisant glisser vers moi une autre pochette plastique contenant une photo.

— Je crois, oui. Est-ce que c'est mon écharpe ?

— C'est à vous de nous le dire, rétorque-t-elle.

— On dirait bien, oui.

Je regarde de plus près.

— Oui, c'est bien mon écharpe. Je croyais l'avoir perdue.

— Vous l'avez oubliée dans le taxi, dit l'inspecteur Jones.

Je suis sur le point de les remercier de l'avoir retrouvée, mais ma bouche se ferme aussitôt.

— Le taxi que votre mari a commandé à 21 h 12 ce soir-là et que vous avez payé à 21 h 32 avec votre carte bancaire Lloyds se terminant par 4803.

Je fixe le mur derrière l'inspecteur. C'est comme un écran de cinéma sur lequel défilent tous mes souvenirs de cette soirée : moi, suivant Sean dans la maison après que nous étions descendus du taxi, lui, s'éloignant d'un pas furieux pendant que j'appelais Sasha pour lui dire que nous étions rentrés plus tôt et lui demander si tout s'était bien passé avec Alice. Je sursaute en repensant à la façon dont il m'avait attrapée peu après, à mes cris et à la manière dont il m'avait hurlé dessus dans le salon quand je me suis effondrée. Puis il m'avait giflée.

— Libby ? dit l'inspecteur Jones.

Je lui lance un regard, une main sur ma joue, que je sentais presque encore chaude.

— Je pense qu'il est temps que vous nous disiez la vérité, déclare-t-il, la tête inclinée sur le côté, les bras croisés sur la poitrine, penché en arrière. Vous ne croyez pas ?

— Je préfère ne pas répondre, dis-je en fixant de nouveau le mur.

29

PASSÉ

Libby s'installa dans le fauteuil de bureau de Sean. Qu'est-ce qu'elle faisait, à essayer d'accéder à son ordinateur ? Tous les doutes qu'elle avait à son sujet détruisaient sa confiance, déchiraient leur mariage. Elle fixa le tout petit visage d'Alice sur une photo posée sur la cheminée. Elle l'avait prise juste au moment où sa fille ouvrait la bouche pour lécher la glace à la fraise qu'elle tenait dans ses mains. Son visage et ses épaules étaient couverts de sable, conséquence de sa chute sur la planche à voile que Sean lui avait appris à utiliser, et ses cheveux mouillés s'enroulaient autour de son cou.

Libby prit une inspiration et se leva. Il était temps que les choses reviennent à la normale, bien qu'elle doive admettre que la maison de Marion avait été une sorte de refuge, ce qu'elle n'aurait jamais pensé dire un jour. Tout ce qu'elle savait, c'était qu'elle n'était pas enthousiaste à l'idée de rentrer au cottage. Cela faisait des jours qu'elle avait à peine la force de s'habiller, mais avec un peu de persuasion de la part de Marion, quelque chose l'avait poussée à prendre une douche, à enfiler des vêtements, à se coiffer et à aller voir l'état du cottage. Si elle ne faisait pas au moins l'effort d'essayer d'en refaire leur chez-soi, elle n'était pas sûre de pouvoir y revenir un jour.

Dans la cuisine, elle balaya les morceaux de verre et nettoya chaque surface en l'aspergeant frénétiquement de désinfectant. Elle astiqua même toutes les poignées de porte et tout ce que les policiers avaient probablement touché, comme si eux-mêmes étaient contaminés. En parcourant minutieusement la pièce, elle remarqua de plus en plus de traces d'un genre de poudre noire – celle qui avait servi à relever les empreintes, supposa-t-elle. En frottant énergiquement la porte, le devant du frigo, elle se demandait ce qu'ils avaient bien pu trouver.

Dans le salon, elle nettoya la cheminée et jeta les cendres dans la poubelle qui se trouvait dehors. Elle les tassa jusqu'à ce qu'un nuage de poussière lui éclate au visage. De retour à l'intérieur, elle remit les coussins du canapé en place, dépoussiéra et cira les meubles, puis passa l'aspirateur.

À l'étage, Libby se tint dans l'encadrement de la porte de la chambre d'Alice, le cœur serré devant le désordre. Elle était certaine que la chambre de sa fille était plutôt bien rangée mais, à présent, on aurait dit qu'Alice avait sorti presque tous ses jouets et tous ses vêtements. Les tiroirs de la commode étaient ouverts, les petits tee-shirts en débordaient, et il en était de même pour l'armoire, dans laquelle les vêtements tombaient de leurs cintres. Elle se mit à ranger comme elle l'avait fait en bas, s'assurant que toutes les surfaces soient bien récurées et que le sol soit propre.

La chambre de Libby et Sean n'était pas en meilleur état. On y avait même dépouillé le lit de ses draps. Libby grimaça en voyant les tiroirs des tables de chevet à moitié ouverts. Heureusement, les affaires personnelles qu'elle et Sean y rangeaient étaient toujours à leur place.

— Je ne comprends pas le besoin de fouiller dans nos vêtements, soupira Libby en remettant sur cintres les chemises et chemisiers qui étaient tombés.

Le placard au-dessus de la penderie semblait avoir été particulièrement bien fouillé, et quelques affaires en étaient tombées. Elle y rangeait des sacs à main, des ceintures et deux ou trois chapeaux ; Sean y avait glissé des haltères tout au fond. Il y avait également une boîte à chaussures remplie de dessins et de petites créations qu'Alice avait faits pour eux et qu'ils n'avaient jamais eu le cœur de jeter.

Libby tira une chaise, attrapa quelques affaires et les remit dans le placard du haut. Elle tenta de refermer les portes, mais elles se rouvraient sans cesse. Quelques objets tombèrent de nouveau, l'obligeant à tout réarranger jusqu'à ce que la sueur perle sur son front – non pas à cause de l'effort, mais plutôt à cause de la frustration de devoir faire cela en premier lieu.

— Punaise, dit-elle quand un objet frôla son visage.

Elle se baissa pour le ramasser et constata qu'il s'agissait d'un petit sac cadeau avec une étiquette. À l'intérieur, quelque chose était enveloppé avec soin dans un papier doré et noir : un objet de petite taille, à peu près de celle des minipaquets de céréales qu'Alice aimait.

Libby s'assit sur le lit et examina l'étiquette. Les mots « Avec toute mon affection XX » y étaient inscrits, rien de plus. Aucun nom. Elle reconnut l'écriture de Sean : son gribouillage démesuré et brouillon, comme si sa main ne faisait pas vraiment partie de lui lorsqu'il tenait un stylo. Elle sentit sa respiration accélérer et ses mains trembler en retirant l'objet de son emballage. Sean avait-il caché un cadeau qu'il lui avait acheté ? Elle ne voyait pas de raison. Son anniversaire n'était que dans quelques mois, tout comme la fête des mères ou leur anniversaire de mariage. Sachant qu'il faisait tout à la dernière minute, il était bien trop tôt pour qu'il pense aux cadeaux de Noël. Il était plutôt du genre à s'y prendre deux jours avant ; c'était même souvent à elle de s'occuper des cadeaux de toute la famille.

Il voulait peut-être m'offrir quelque chose sans raison parti-

culière, se dit-elle, son cœur battant un peu plus fort. *Peut-être pour se faire pardonner après tout ce qui s'est passé.* Elle parvint même à esquisser un léger sourire à l'idée de ce geste spontané et culpabilisa d'être tombée dessus, même si c'était par accident. Sean avait toujours été plutôt du genre à lui offrir un bouquet de fleurs – et pas une composition insipide trouvée en supermarché. Il lui arrivait de se rendre chez le fleuriste près du cabinet vétérinaire à l'heure du déjeuner et de la surprendre avec un bouquet fait spécialement pour elle lorsqu'il rentrait à la maison.

À moins que ce ne soit pas pour moi, pensa-t-elle en tournant le cadeau dans ses mains.

Sans l'ouvrir, il n'y avait aucun moyen de le savoir. Aucun bruit ne s'en échappait, aucune odeur ne s'en dégageait, et, même en le palpant, rien ne laissait deviner son contenu. C'était une simple boîte rectangulaire.

Ce cadeau était-il pour *elle* ? Pour l'autre femme ? Cette pensée lui donna envie de le jeter à travers la pièce. Elle gratta un bout de l'adhésif soigneusement posé, en faisant de son mieux pour le décoller proprement, mais le papier commença à se déchirer. Si elle le déballait, il serait presque impossible de le refermer correctement. Sean saurait qu'il avait été ouvert.

Sur un coup de tête et sans se soucier des conséquences, Libby arracha le papier. Elle découvrit une boîte noire et or, assortie au style du papier. Elle n'avait même pas besoin d'ouvrir la boîte pour savoir que l'objet à l'intérieur était de haute qualité. Elle souleva le couvercle et mit un moment à comprendre de quoi il s'agissait. Le briquet en argent était dans un écrin de satin gris. Elle le prit entre ses doigts : c'était un briquet à clapet à l'ancienne, orné d'une inscription gravée sur le côté. L'objet avait l'air coûteux.

Libby l'examina. Ce cadeau ne pouvait pas être pour elle, c'était une évidence. Elle n'avait jamais fumé une cigarette de sa vie.

Elle contempla le symbole, ou ce qui semblait en être un, gravé sur le côté, les larmes lui montant aux yeux. Elle ne savait pas ce qu'il représentait, mais il lui rappelait quelque chose. Elle n'arrivait pas à mettre le doigt dessus. Il ressemblait à un M majuscule, le trait vertical droit se terminant par une flèche pointant vers la droite.

C'est peut-être un cadeau pour Fred, supposa Libby, pleine d'espoir.

Mais elle n'avait vu Fred fumer un cigare que deux ou trois fois à Noël. De plus, lui et Sean n'étaient pas du genre à s'échanger des cadeaux. Elle observa le symbole, se disant qu'elle se trompait peut-être. Ce pouvait être un N et non un M ? Peu importe l'angle sous lequel elle le regardait, cela la rendait malade.

Pourquoi Sean avait-il acheté un briquet à quelqu'un ? Il était fumeur, mais elle savait qu'il ne l'aurait jamais acheté pour lui-même. Et il n'aurait certainement pas écrit les mots « Avec toute mon affection » sur l'étiquette.

Non, ce cadeau était destiné à quelqu'un d'autre. Quelqu'un d'important.

Les mains de Libby tremblaient. Devait-elle le remballer et le remettre à sa place ? Ou bien le montrer à Sean et exiger des explications ? Finalement, elle ne fit ni l'un ni l'autre. Elle resta immobile, les larmes aux yeux, jusqu'à ce qu'elle entende la porte d'entrée s'ouvrir – le *clac* familier du vieux loquet du rez-de-chaussée.

— Sean ? appela-t-elle en cachant rapidement le sac cadeau et le briquet sous la couette.

Elle devrait le remballer correctement plus tard.

— C'est toi ?

Mais il n'y eut aucune réponse.

30

— Jan, souffla Libby, debout dans l'embrasure de la porte du salon après être descendue discrètement.

Elle relâcha le souffle qu'elle retenait.

— Vous m'avez fichu une de ces trouilles.

Déjà sur les nerfs, Libby tremblait, mais était tout de même soulagée. Quand personne ne lui avait répondu, elle avait imaginé le pire : un intrus. Elle était agacée de ne pas avoir fermé la porte d'entrée à clé, mais la pauvre femme était désemparée.

Jan était agenouillée et la dévisageait, les joues noyées de larmes. Les mains posées à plat sur les coussins du canapé, elle laissa sa tête retomber sur le siège. Libby vit ses épaules trembler quand elle se remit à pleurer.

— Oh, Jan, dit-elle en s'approchant d'elle. Je sais... Je sais.

Elle détestait la voir souffrir autant.

— Pardon, j'aurais dû frapper. Je n'ai pas réfléchi, dit Jan en relevant la tête, reniflant. Je voulais juste être près du dernier endroit où elle était. Ou du moins, où on l'a vue pour la dernière fois. Me rapprocher d'elle d'une manière ou d'une autre. Vous comprenez ?

— Bien sûr, répondit Libby en lui frottant le dos. Vous voulez un thé ?

Jan secoua la tête.

— Qu'est-ce qui s'est passé, Libby ? Où est-elle ? Je n'en peux plus !

Elle était soudain debout, le visage ravagé par l'inquiétude.

— Où sont passées toutes ses affaires ? Qu'est-ce qu'on en a fait ?

Il y avait maintenant de la colère dans sa voix, et ses bras s'agitaient dans tous les sens. Elle n'avait pas les idées claires.

— La police les a prises, dit Libby. Je suis sûre qu'ils vous les rendront une fois qu'ils n'en auront plus besoin.

— Vous voulez dire quand ils trouveront un *corps*. Pas vrai ?

Jan se leva et se dirigea en trombe vers la fenêtre à vitraux. Elle regarda vers l'extérieur, les paumes plaquées contre la vitre.

— Et qu'est-ce qu'il veut, lui ? lança-t-elle en se penchant en avant, tendant le cou pour mieux voir la rue.

Sa respiration formait de la buée sur les carreaux.

— Qui ça ?

Libby s'approcha d'elle.

— Phil ! Je viens de le voir. Il est passé juste là, en regardant ici, dit-elle. Il doit me suivre pour toujours savoir où je vais. On est censés être séparés, bon sang, mais je ne peux plus supporter sa paranoïa et ses soupçons. Je ne peux plus... Pas en ce moment.

Jan fondit de nouveau en larmes. Quand Libby la serra dans ses bras pour la réconforter, elle ne voyait plus qu'une seule chose : le visage hargneux de David, des années plus tôt, qui l'accusait et l'épuisait jusqu'à ce qu'elle ne sache plus où elle en était.

— Merci de m'avoir sauvée tout à l'heure, dit Libby à Sean. Jan était dans un sacré état.

Il n'y avait pas grande conviction dans sa voix, mais c'était la vérité : Sean était arrivé au moment idéal pour calmer l'agitation croissante de Jan, surtout après avoir vu Phil rôder dehors.

Libby et Sean étaient à la ferme, installés à la table de la cuisine, tandis que Marion lisait une histoire à Alice avant de la coucher. Fred était parti au pub – comme tous les vendredis soir – et ne rentrerait pas de sitôt. Libby releva l'ourlet de son tee-shirt pour s'y essuyer le nez et fit une grimace à Sean en voyant le regard qu'il lui lança. Elle s'en fichait si cela le dégoûtait. Ils avaient dépassé ce stade.

— « Merci de m'avoir *encore* sauvée », tu veux dire ?

Son ton était aussi aigre que le whisky qu'ils partageaient. Contrairement à ses habitudes, Sean était rentré plus tôt avec une bouteille, et Libby se sentait déjà ivre. Ce n'était pas ce léger vertige agréable qu'elle appréciait parfois après quelques verres de vin. Il s'agissait plutôt d'une brûlure vive qui lui traversait le cerveau, qui la désorientait et lui faisait oublier tout ce qu'elle avait en tête.

Elle le fixa, ignorant son commentaire.

— Je ne pense pas pouvoir un jour rentrer à la maison, tu sais. Ce n'est plus pareil.

— Ne dis pas de bêtises, dit Sean en leur resservant du whisky. Il faut bien qu'on rentre.

Comment pourrait-elle un jour revoir Chestnut Cottage comme avant, surtout après avoir trouvé le briquet ? Ses épaules se crispèrent quand elle repensa à l'étiquette... « Avec toute mon affection. » Il avait choisi d'écrire ces mots, avait consciemment pris la décision d'acheter un cadeau pour quelqu'un, de l'emballer et de l'étiqueter, avec l'intention de le donner avec toute son affection. Ce dont elle était certaine, c'était que ça ne lui était pas destiné.

— Donne-moi ton téléphone, dit soudain Libby, très calmement, en tendant la main.

— Quoi ?

— Je veux voir qui tu as appelé et à qui tu as envoyé des messages. Donne-moi ton téléphone.

— Bon sang, dit Sean en se levant. Tu ne vas pas recommencer, Lib. Tu ne penses pas qu'il y a des choses beaucoup plus importantes en ce moment ?

Il rapprocha son visage du sien, si près qu'elle pouvait sentir son haleine chargée de vapeurs de whisky. Puis il commença à faire les cent pas dans la cuisine, lui lançant des regards furieux à chaque fois qu'il passait devant elle. Il attrapa son verre et le vida d'un trait.

Libby se mordait la langue pour s'empêcher de parler du cadeau. Elle savait qu'il nierait tout, qu'il aurait déjà une excuse prête : qu'il le gardait pour un ami, ou que ce n'était pas à lui, qu'il l'avait trouvé quelque part. Ou encore qu'il l'avait acheté pour quelqu'un bien avant leur rencontre et qu'il l'avait oublié. Il essaierait de la convaincre qu'elle perdait la tête, qu'elle était folle, parano, qu'elle n'avait pas les idées claires. Et il aurait peut-être raison.

Sans dire un mot, Libby se dirigea vers les toilettes du rez-de-chaussée, s'appuya sur le lavabo et plongea son regard dans le miroir. Elle y vit une femme émaciée et fatiguée, qu'elle avait du mal à reconnaître. Manger avait été la dernière de ses préoccupations cette semaine, et le sommeil n'était venu que par intermittence. Lorsqu'elle parvenait enfin à s'endormir, elle se réveillait en panique, les pensées déchaînées, le corps trempé de sueur. Elle était pâle et avait de grands cernes sous les yeux.

Pour ce qui était de s'occuper d'Alice comme elle l'aurait fait d'habitude, elle frémit à l'idée d'avoir laissé Marion tout faire. Mais Marion était comme ça. Pour une fois, Libby était reconnaissante qu'elle fasse les choses à sa manière, même si elle avait l'impression d'être moins mère.

Alors que Libby s'aspergeait le visage d'eau froide, elle comprit que sa vie telle qu'elle la connaissait était en train de s'effondrer. S'*était* effondrée. Contre l'avis de Sean, elle avait annulé les dîners de ses clients de cette semaine, malgré le besoin d'argent. Elle n'avait même pas trouvé la force de se brosser les dents, et encore moins de préparer un repas pour des dizaines de personnes. Elle n'était allée au cottage qu'après un bon sermon de Marion. C'était le choc de trouver la maison dans un tel désordre après le passage de la police scientifique qui l'avait poussée à ranger un peu, jusqu'à la découverte du cadeau. L'idée d'y retourner, après tout ce qui s'était passé, était inimaginable. La maison était marquée, souillée de souvenirs indélébiles.

Libby s'essuya le visage avec la petite serviette et retourna dans la cuisine.

— Ah, salut, Dan, dit-elle en s'arrêtant dans son élan.

Le fils de Sean se tenait là, son sac à dos suspendu à l'épaule. Libby se sentit tout de suite gelée et resserra ses bras autour de son corps.

— Salut, Libby. Maman m'a déposé, dit-il.

Libby n'eut pas le temps de répondre : Sean entra dans la pièce, suivi de près par Natalie. Libby aperçut la marque de rouge à lèvres sur la joue de Sean et, une fois de plus, se mordit la langue.

— Marion est là ? demanda Natalie d'un ton enjoué, tout en posant son sac à main rose pêche sur la table.

Il heurta le verre de whisky de Libby et manqua de le faire tomber. Libby se précipita pour rattraper le verre et aperçut le contenu du sac : une trousse de maquillage, les poils d'une brosse à cheveux sous celle-ci. Un porte-monnaie en cuir assorti au sac. Un paquet de cigarettes. Libby serra le verre de whisky entre ses mains, craignant qu'il ne se brise sous la pression. Natalie était certainement du genre à utiliser – non, à *exiger* – un briquet hors de prix.

— Comment s'est passé son rendez-vous à l'hôpital ? demanda cette dernière en regardant Libby droit dans les yeux.

— Son rendez-vous ? répondit-elle, furieuse que Natalie en sache plus qu'elle.

Elle jeta un coup d'œil à Sean.

— Très bien, je crois, prétendit-elle en déglutissant.

— Maman est dans le coin, dit Sean en glissant une main autour de la taille de son ex-femme pour passer à côté d'elle. Tu veux un verre, Nat ?

Natalie dévisagea Libby, avec un regard qui montrait qu'elle faisait de son mieux pour ne pas la regarder de haut en bas. Elle se contenta d'afficher un air de pitié.

— Non... Non merci, dit-elle lentement. Je ne peux pas rester longtemps. Mais on dirait que quelqu'un a déjà commencé.

Elle fixa le verre que Libby tenait dans ses mains.

— On a tous les deux déjà commencé, répondit Libby en cherchant des yeux le verre de Sean, qui avait disparu. Ces derniers jours ont été compliqués, ajouta-t-elle en prenant une grande gorgée, essayant de ne pas s'étouffer.

— Ah, te voilà, maman, dit Sean en jetant un œil derrière Libby, presque comme si elle n'était pas là. Nat est ici. Tu n'aurais pas trouvé un bracelet, par hasard ? Tu sais, celui avec toutes les breloques en argent ?

Les yeux rivés sur Sean, Libby sentit son estomac se nouer. Qu'est-ce qu'il faisait ? Dan tira une chaise tandis que sa grand-mère l'accueillait en l'embrassant sur le front. *La famille parfaite*, se dit-elle en les observant tous les quatre. Elle n'avait pas l'impression de faire partie d'une famille ; encore moins d'une famille parfaite. Ses yeux se posèrent ensuite sur les manuels de Dan, notamment un cahier d'exercices. Elle regarda son écriture soignée. Elle contourna la table pour aller voir de plus près, ses pensées tentant de rattraper son cœur qui battait à toute vitesse.

— Oh non, ne me dis pas que tu as perdu ton joli bracelet,

Nat ? dit Marion en fronçant les sourcils. Il est rempli de merveilleux souvenirs.

— Je sais, j'en suis malade, Marion. Le fermoir a toujours été un peu lâche et j'avais l'intention de le faire réparer. Je ne sais pas où et quand je l'ai perdu, ce qui n'aide pas. Je vérifie partout où je suis passée.

— Oh, ma pauvre, je suis désolée, dit Marion, jetant quelques regards à Sean. Je te le ferai savoir, si je le retrouve.

Libby regarda Sean, Marion, Natalie, puis Dan et ses manuels, le corps tendu. Pour éviter de dire quelque chose qu'elle regretterait pour la troisième fois en moins d'une heure, elle avala la fin de son whisky et s'éclipsa. En retenant ses larmes, elle se dirigea à l'étage pour se préparer un bain.

Dix minutes plus tard, elle s'enfonçait dans l'eau. Est-ce qu'elle devenait folle ? Est-ce qu'elle voyait des choses qui n'existaient pas ? Ou est-ce qu'elle voyait ce qu'elle *voulait* voir, n'importe quoi sauf la réalité ? Ne sachant que croire, Libby se laissa glisser dans la baignoire et s'immergea dans l'eau. Ses cheveux flottaient autour d'elle. Elle priait pour que tous ses soucis restent dans l'eau lorsqu'elle referait surface.

31

— Tiens, dit Marion en tendant à Libby une tasse de tisane à la camomille.

Après le départ de Natalie, Sean avait décidé d'aller boire quelques pintes au pub. Libby ne pensait pas qu'il parlerait avec son père : lorsqu'ils y étaient tous les deux, chacun préférait s'installer à un bout différent du bar et discuter avec ses amis respectifs. Sean avait à peine dit un mot avant de partir ; Libby l'avait regardé enfiler sa veste Barbour en silence, et s'était sentie soulagée à son départ. Il lui avait marmonné un « Ne m'attends pas » bourru avant d'envoyer un message rapide à quelqu'un et de remettre son téléphone dans sa poche. Il avait refermé sèchement la porte derrière lui, son boitillement plus prononcé que jamais. Libby n'était pas sûre qu'il avait voulu la claquer.

— Bois, ça t'aidera à te détendre, dit Marion en prenant un plaid en crochet posé sur l'accoudoir du canapé.

Elle le déposa sur Libby qui, après son bain, avait enfilé un pyjama propre. Elle avait rapporté quelques affaires supplémentaires du cottage, ce qui montrait bien qu'elle n'avait aucune intention d'y retourner de sitôt, malgré l'insistance de

Sean. La ferme, bien que rustique et dépourvue des commodités de chez elle, semblait soudain être un endroit sûr.

— Merci, dit Libby, les yeux plongés dans sa tasse.

Elle écrasa le sachet de thé avec la cuillère.

— Je sais que c'est difficile, mon amour, mais tu dois rester forte.

— Sean essaie de faire bonne figure, mais je sais quand il est stressé, répondit Libby en soufflant sur son thé. Son genou empire.

— Ça a toujours été comme ça, révéla Marion. Quand il était plus jeune, je pensais qu'il boitait pour attirer l'attention. Mais je sais maintenant que ce n'est pas le cas.

— Parle-moi de son accident, dit Libby.

Le bain chaud l'avait plongée dans un état de détente inhabituel, comme si, l'espace de quelques minutes, elle pouvait tout oublier.

— Il ne l'évoque jamais.

Marion eut l'air mal à l'aise.

— C'était il y a bien longtemps, éluda-t-elle. Il y a des choses qu'il vaut mieux oublier.

— Mais je veux savoir, dit Libby, décidée à ne pas se laisser faire. C'est mon mari, après tout.

— Alors il vaut peut-être mieux qu'il te raconte ça lui-même, non ? répondit Marion.

Mais Libby ne comptait pas en rester là.

— Il avait quel âge quand c'est arrivé ?

Marion se toucha la tête.

— Dix-sept ans, si je me souviens bien.

— Il avait bu ? demanda Libby, un sourire aux lèvres. J'ai entendu parler de ces garçons du village : lui, Chris, Dean, Tony et Phil. Sean m'a dit qu'ils étaient passés directement des scouts au bistrot du coin.

Sean était resté en contact avec beaucoup de ses amis d'enfance – il les connaissait depuis l'école primaire –, bien que tous n'aient pas connu la même réussite que lui. Pourtant, malgré des trajectoires de vie bien différentes, ils étaient toujours amis et se retrouvaient dès qu'ils le pouvaient. Lorsqu'elle et Sean s'étaient mis ensemble, ils l'avaient accueillie dans leur cercle. Elle n'aurait pas pu rêver mieux.

— Non, ma puce, il n'avait pas bu, malgré les vauriens avec qui il traînait à l'époque, dit Marion avec un sourire crispé. Mais la plupart d'entre eux ont fini par s'en sortir, du mieux qu'ils ont pu, en tout cas.

— Tu dois être très fière de Sean, dit Libby. C'est un excellent vétérinaire et un papa formidable.

Marion sourit de nouveau.

— Bien sûr, répondit-elle. J'aimerais juste que Fred pense la même chose.

Elle porta la main à sa bouche, comme si elle en avait trop dit.

— Ah ?

Libby savait qu'il y avait des tensions entre père et fils, mais, à chaque fois qu'elle questionnait Sean, il changeait de sujet. Elle ne savait pas s'il s'agissait d'une rivalité saine ou de quelque chose de plus profond. Marion soupira et serra les mains autour de sa tasse.

— Fred a toujours voulu que Sean fasse son service militaire, comme lui, son grand-père et son arrière-grand-père. Après l'armée, Fred comptait lui céder la ferme. Il avait tout planifié. Ça a toujours fonctionné comme ça dans cette famille.

— L'armée ? dit Libby. Sean ne m'en a jamais parlé. Il n'a pas de mal à mettre son bras dans le derrière d'une vache, mais je ne le vois pas en tenue de camouflage à plat ventre dans la boue avec un fusil.

Elle laissa échapper un petit rire.

— Depuis sa naissance, Fred avait des projets pour lui. On a vite compris qu'il serait notre seul enfant.

Marion toucha brièvement son ventre. Libby se doutait que ses problèmes de santé n'étaient pas récents.

— Fred est un peu vieux jeu. Il pensait qu'on n'était pas un homme tant qu'on n'avait pas servi son pays. Mais après, avec l'accident...

Marion s'interrompit et détourna le visage.

— Dis-moi, dit Libby en remarquant les larmes dans les yeux de Marion.

Celle-ci secoua la tête et renifla.

— Sean et quelques-uns de ses amis étaient dehors en train de faire des ballots de paille. On venait de passer aux grands ballots ronds, tu vois ? Fred était ravi de la nouvelle presse. Lui et les garçons étaient dans les champs pour les ramasser et les stocker. Fred proposait aussi ses services aux autres fermiers locaux. Il était sur le tracteur et soulevait les ballots avec la fourche à l'avant pour les mettre dans la remorque. Sean conduisait des tracteurs et travaillait à la ferme depuis l'âge de dix ans. Il savait tout ce qu'il y avait à savoir.

Elle s'arrêta, prit une inspiration et une gorgée de thé.

— C'est après le déjeuner que ça s'est passé. Je leur faisais toujours des sandwichs qu'ils emportaient. C'était les vacances d'été et ça leur permettait de se faire un peu d'argent en plus. Sean était censé conduire le tracteur avec la remorque, où tous les ballots étaient empilés, pour les ramener au hangar.

Libby aperçut quelque chose dans les yeux de Marion ; quelque chose qui lui donna envie de poser une main sur son bras et de lui dire de s'arrêter là, de ne pas ressasser ces souvenirs douloureux si c'était trop difficile. Mais il y avait quelque chose de fascinant, bien que sinistre, dans la manière dont elle racontait l'histoire. Libby voulait tout savoir.

— Enfin, bref, reprit Marion en secouant la tête comme pour se retenir de trop en dire. De toute façon, l'armée ne l'aurait jamais engagé avec sa blessure au genou. C'est ce que Fred disait. Qu'il serait un handicap ; qu'il valait mieux que Sean se fasse discret, qu'il vive avec nous jusqu'à ce que ça passe.

— Donc il n'a même pas postulé pour s'engager ?

— Non, ma puce, dit Marion. Pas après... après tout ça. Après l'accident. C'est là que... Enfin, c'est là que les choses se sont gâtées entre Sean et son père. Sean avait... C'était juste un accident de parcours. Fred a fini par s'en convaincre, et moi aussi. Ce n'était qu'une petite bêtise. Finalement, il avait raison.

Marion adressa son plus grand sourire à Libby et posa sa main sur son bras.

— Tout s'est bien terminé.

— Je vois, dit Libby, sans tout à fait comprendre.

Fred avait toujours été réservé, un peu bourru et inaccessible, mais elle avait toujours pensé qu'il éprouvait une certaine affection pour elle, qu'il l'appréciait.

— Enfin bon, tu ne peux pas savoir à quel point nous étions heureux quand tu es entrée dans sa vie, continua Marion. Après Natalie, tu es la meilleure chose qui lui soit arrivée.

32

Libby fixa le contenu de son frigo de traiteur dans la grange, n'ayant aucune idée de quoi jeter en premier. C'était un rappel de ce qu'était la vie avant la disparition de Sasha, quand les ingrédients étaient achetés, les menus planifiés, les réservations enregistrées. Tout était normal.

— Merde, murmura-t-elle en attrapant un récipient rempli de sauce qu'elle avait mis de côté.

Elle vit son reflet dans le film plastique qui recouvrait la surface visqueuse du liquide foncé. Elle le versa dans l'évier en inox, ouvrit le robinet et observa le liquide couleur prune tourbillonner.

Du sang, pensa Libby en voyant le jus disparaître en spirale dans le siphon.

Les nerfs à vif, elle attrapa un plat après l'autre, un sachet après l'autre et les jeta dans la grande poubelle près de la porte de la grange. Elle regarda l'espace vide à côté de sa voiture. Sean était encore au travail alors qu'il était presque 19 heures. Marion avait accepté qu'Alice reste à la ferme quelques nuits de plus, jusqu'à ce que les choses se tassent à la maison.

Libby n'avait pas voulu revenir au cottage ce matin-là, mais elle s'était résolue à aller jusqu'à la voiture, où Sean l'attendait, transportant le peu d'affaires qu'ils avaient dans des cabas et un fourre-tout. Elle s'était sentie contrainte de rentrer chez elle, mais ils en avaient longuement parlé en se couchant la veille et, au fond, elle savait que Sean avait raison. Plus ils restaient à la ferme, plus il serait difficile de rentrer.

Quand le frigo fut débarrassé des ingrédients périmés, Libby se mit à déballer les provisions qu'elle avait achetées au supermarché un peu plus tôt dans l'après-midi. Elle avait manqué de temps et n'avait donc pas eu le luxe de choisir des produits locaux et bios, et elle avait raté la journée des grossistes en début de semaine. Ce qu'elle avait pu trouver dans les rayons devrait suffire pour son prochain client – elle trouverait de bonnes recettes. Si elle annulait encore une prestation, la nouvelle se répandrait rapidement. Son entreprise reposait sur sa réputation ; elle ne pouvait pas se permettre de perdre plus de travail.

— Ne sois pas si dure avec toi-même, Lib, lui avait dit Sean. Maman est aux anges avec Alice. Tu as dû faire faux bond à quelques clients, mais tu as toujours des réservations pour cette semaine, non ? Et pourquoi ne pas prendre un peu de temps pour toi ? Peut-être aller te faire faire ta manucure ? Ça te ferait du bien.

Libby avait acquiescé, les yeux rivés sur sa poitrine pendant qu'il la tenait délicatement dans ses bras.

— Mais comment vais-je pouvoir un jour regarder quoi que ce soit dans la cuisine sans penser à Sasha ? dit-elle, la voix tremblante.

— Tu devrais peut-être faire le vide, dans la cuisine et dans ta tête. Ce sera plus facile à oublier ensuite. C'est la seule solution, Lib. Tu me fais confiance ?

— Oui, je te fais confiance, avait-elle répondu en plongeant son regard dans le sien.

Sean avait toujours été le pilier, le réparateur, celui qui trouvait les solutions.

— Vraiment, ajouta-t-elle, pour qu'il n'ait pas de doute.

Libby écoutait souvent de la musique pendant qu'elle cuisinait, de David Bowie à Mozart, et tout ce qui se trouvait entre les deux. Elle avait déjà essayé plusieurs fois d'élaborer le menu du lendemain en musique, tantôt à plein volume, tantôt à faible volume, mais rien n'y faisait. Le silence était tout aussi assourdissant quand elle dressa la liste des ingrédients qu'elle avait oublié d'acheter plus tôt. Si la cuisine était propre et bien rangée, les ingrédients périmés jetés à la poubelle, son esprit, lui, ne reflétait pas l'ordre de la pièce.

Les yeux rivés sur le carnet où elle notait ses idées, stylo en main, elle priait pour que son cerveau se remette à marcher comme un peu plus d'une semaine plus tôt. Tout en tapotant le plan de travail avec son stylo, elle hésitait quant à la meilleure manière de répondre aux exigences alimentaires de ses clients sans compromettre l'entrée et les amuse-bouches. L'expérience lui avait appris que les personnes allergiques ou intolérantes à certains aliments n'aimaient pas être mises à part, c'est pourquoi elle s'efforçait toujours de préparer des plats similaires pour tout le monde, dans la mesure du possible. C'était dans des moments comme celui-ci qu'elle se félicitait d'avoir congelé quelques sauces véganes et autres plats spéciaux pour de telles situations. Ils étaient parfaits comme solution de secours, car elle n'avait tout simplement pas le temps de faire plusieurs versions du même plat.

Ce n'est qu'en touchant sa joue qu'elle s'aperçut qu'elle pleurait. Elle attrapa un mouchoir pour s'essuyer le visage et se moucher, les yeux dans le vide pendant ce qui lui sembla être une éternité. Puis elle eut un déclic. Elle ferma la cuisine, retourna au cottage, attrapa son téléphone, son sac à main et ses clés, et monta dans sa voiture. Elle n'arrivait pas à se concentrer sur son travail.

Libby se rendit directement chez Fran. Elle savait qu'elle ne lui en voudrait pas de débarquer à l'improviste, et elle avait besoin de parler à quelqu'un. Ne trouvant pas de place de parking juste devant, elle fit plusieurs fois le tour du pâté de maisons avant d'en repérer une à quelques rues de chez son amie. Elle appuya sur la clé pour verrouiller la voiture et se dirigea, presque en pilote automatique, vers la maison victorienne pour sonner à la porte. Elle retenait encore ses larmes quand la porte s'ouvrit, mais craqua complètement lorsque Fran ouvrit ses bras et lui fit signe d'entrer.

33

— Allez, dit Fran. Assieds-toi, mange, bois. Pas forcément dans cet ordre.

Elle poussa Libby à s'asseoir sur une chaise à la petite table de la cuisine.

— Tu es toute maigre. Quand est-ce que tu as avalé quelque chose pour la dernière fois ?

Libby ne put s'empêcher de rire ; un mélange d'hystérie et de soulagement.

— Dit celle qui a une clope au bec.

— Touchée, dit Fran en faisant tomber ses cendres par la porte de derrière. Mets-toi ça dans le ventre.

Elle lui tendit du pain de campagne et une assiette garnie de petites choses piochées dans le frigo : salami, olives, fromage.

— Tiens, ça aussi, ajouta-t-elle en lui donnant un grand verre de vin. Tu peux rester dormir ici.

Libby lui avait déjà expliqué qu'Alice était chez Marion.

— Peut-être, répondit Libby. Sean... Il va sûrement finir tard, encore une fois. J'ai l'impression qu'il ne supporte plus de m'avoir dans les pattes, et moi je ne supporte plus d'être seule à la maison.

— C'est pour ça qu'on va mettre des draps propres dans la chambre d'amis et s'occuper d'elle, dit Fran en levant la bouteille de vin. Et de celle-là aussi, ajouta-t-elle en désignant une autre bouteille sur l'étagère.

— Je t'aime, dit Libby, la voix pleine d'émotion. Je ne sais vraiment pas ce que je ferais sans toi en ce moment.

— Tu ne crois pas que je me suis dit la même chose à ton sujet toutes ces années ?

Fran esquissa un sourire, écrasa sa cigarette et prit l'assiette et la bouteille de vin. Elle guida Libby dans son petit salon, où elle alluma la cheminée à gaz et ferma les rideaux.

— Ce soir, on emmerde le reste du monde. C'est juste toi, moi, et toute la misère qu'on décide de faire entrer. D'accord ?

— D'accord, répondit Libby en souriant et en se laissant tomber sur le grand canapé.

En s'essuyant les yeux, elle ne put s'empêcher de remarquer que la photo encadrée de Fran et Chris, son défunt mari, n'était plus à sa place habituelle sur la cheminée. Elle était maintenant à peine visible sur une table d'appoint près de la fenêtre. Peut-être était-ce la preuve que Fran était en train de passer à autre chose, de laisser partir le seul homme qu'elle avait vraiment aimé et, d'après elle, qui l'avait vraiment aimée en retour.

— Et je suis désolée, ajouta Libby. Tu n'as pas besoin de ça.

— Je ne compte pas les points, Lib, mais tu as largement donné de ton côté, alors relève la tête et crache le morceau. Qu'est-ce qui se passe, mis à part ce à quoi on pense toutes les deux ? Je te connais mieux que tu ne le crois.

Libby esquissa un sourire. C'était vrai. À l'époque où elles vivaient ensemble – deux jeunes filles naïves qui finissaient tout juste l'université, confrontées à la transition entre la vie étudiante et la vie d'adulte –, Libby était toujours l'épaule sur laquelle pleurer, celle qui ramassait les morceaux du cœur brisé de Fran.

— Tu le donnes trop facilement, lui avait-elle dit après une rupture particulièrement douloureuse. Tu as attendu combien de temps, cette fois ? Trois semaines, et tu lui as dit que tu l'aimais ?

— Il me l'a dit en premier, avait dit Fran en reniflant. Et je l'ai cru.

— Je sais, avait répondu Libby en la berçant doucement sur le lit. Mais ne te fie pas à ce que te disent les hommes, Franny. Fie-toi à ce qu'ils te montrent.

— Le truc évident... ? dit Libby, revenant à elle, sirotant son vin. C'est le mot. Je n'arrive pas à me le sortir de la tête. C'est comme si... mes pensées étaient un tas de linge dans le sèche-linge. Elles tournent en boucle et s'emmêlent de plus en plus. Chaque fois que je pense à Sasha, ça me rappelle pourquoi on est sortis dîner en premier lieu. Puis je reviens au mot, à me demander qui l'a écrit, et Sasha me revient en tête, et ça tourne en rond sans arrêt. J'en suis même venue à soupçonner Sash...

La voix de Libby s'éteignit et elle secoua la tête.

— Lib ? dit Fran après un moment de silence.

Elle se pencha en avant pour leur resservir du vin.

— Tu ne penses pas que... ?

Les deux femmes se dévisagèrent.

— Ça m'a traversé l'esprit, bien sûr, répondit-elle.

— Mais elle est... C'est... une gamine, bafouilla Fran. Sean ne ferait pas ça, quand même ?

— Non, je ne pense pas, répondit Libby. Je suis sûre que non.

Elle se tut et prit une olive qu'elle porta à sa bouche.

— Si tu veux mon avis, dit Fran, j'ai l'impression que tu te montes encore la tête, ma belle. Le mot et Sasha n'ont absolument aucun rapport.

— J'ai trouvé autre chose, avoua Libby, qui ressentait le besoin de se confier. Ne me juge pas, mais Sean a été très secret ces derniers temps. Et il est tout le temps scotché à son téléphone.

— Tu as trouvé quoi ?

— À part le fait qu'il ait changé le mot de passe de son ordinateur ?

Fran haussa les épaules, affichant une grimace comme si c'était sans importance.

— J'ai trouvé un cadeau. Il était caché dans notre chambre.

— Veinarde, répondit Fran. Tu vois ? C'est un bon gars, Lib. Chris faisait pareil... Toujours à me surprendre avec des petites attentions.

Libby attendit que les larmes dans les yeux de Fran se dissipent.

— C'est un peu différent. Le cadeau était emballé et il a écrit « Avec toute mon affection » sur l'étiquette. Il y avait même un cœur.

Elle étouffa un sanglot, consciente que Fran avait aussi les yeux embués.

— Et quel est le problème ?

— C'était un briquet, Fran. Un briquet qui avait l'air de coûter cher. Gravé.

— Ah, dit Fran à voix basse, en se levant. Dans ce cas, je ferais mieux de nous réapprovisionner.

Elle se dirigea vers la cuisine pour y chercher l'autre bouteille de vin.

Un instant plus tard, Libby sentit une légère odeur de fumée de cigarette se frayer un chemin jusqu'à l'intérieur. Elle savait que Fran devait être là, debout près de la porte de derrière, soufflant la fumée dans l'obscurité. Elle avait essayé d'arrêter plusieurs fois, mais n'y était jamais parvenue. Libby ne la sermonnait plus comme elle avait pu le faire par le passé — l'année écoulée avait été difficile, après tout. Difficile pour tout le monde, mais surtout pour Fran. Perdre Chris avait été un coup dur auquel personne ne s'attendait. Il était mort peu de temps après l'annonce du diagnostic.

— Il ne voulait pas que je le voie souffrir, tout comme il ne voulait pas souffrir, avait dit Fran. C'était la personne la plus courageuse que j'aie jamais connue.

Fran était à ses côtés au moment de son décès, et Sean l'avait vu juste une heure avant. Sean connaissait Chris depuis l'école maternelle ; il faisait partie de la bande. Il faisait partie des « bons gars », avait-il dit à Libby lorsqu'il la leur avait présentée quelques années plus tôt. Sean avait joué les entremetteurs, mais c'était Libby qui avait orchestré la rencontre entre Fran et Chris. Elle savait qu'ils seraient parfaits l'un pour l'autre et, lorsqu'une opportunité professionnelle avait amené Fran dans le coin, tout semblait parfait. « Trop parfait », avait un jour admis Fran, qui craignait que cela ne se termine comme ses autres relations.

— Je veux juste que tu arrêtes de te torturer, dit Fran en revenant avec plus de vin. Je sais que c'est la merde en ce moment – la grosse merde –, mais tout ça n'est pas ta faute et tu ne peux rien y changer. Tu es une femme magnifique avec un cœur en or et tu m'as aidée à traverser la période la plus dure de ma vie. Je ne veux pas que tu rentres dans une spirale de...

— Tu as entendu ? dit Libby, en tendant l'oreille.

— Non. Et arrête de changer de sujet. Reste concentrée, Lib. Ne te laisse pas distraire par le mot et laisse la police faire son travail. C'est un vrai drame et j'espère de tout cœur qu'ils retrouveront cette pauvre fille. Je suis l'affaire aux infos. Ils ont trouvé une chaussure ou quelque chose comme ça, et...

— Est-ce qu'ils ont confirmé que c'était celle de Sasha ? demanda Libby, toujours à l'affût du moindre bruit. C'est l'un des gars que Sean a recrutés pour partir à sa recherche qui l'a trouvée.

— Oui, ils ont dit que c'était la sienne, confirma Fran. Et en ce qui concerne tes doutes envers Sean, laisse-le souffler un peu. C'est un homme bien et tu as de la chance de l'avoir. Fais-moi confiance là-dessus. La vie est trop courte et... et...

Elle prit une gorgée de vin, sans chercher à cacher ses larmes.

— Désolée, je me sens tellement seule et...

— Oh, Fran, dit Libby en allant la serrer dans ses bras.

Elle tendit l'oreille de nouveau.

— Tu as fermé la porte de derrière ? demanda Libby en se tournant vers la cuisine. Je jurerais avoir entendu quelque chose.

— Oui, je l'ai bien fermée. Mais la chaudière fait des bruits bizarres, répondit Fran en reniflant. Ça fait un moment qu'elle est en fin de vie. Chris avait l'habitude de la bidouiller, mais je ne sais pas ce qu'il faisait. Je voulais appeler quelqu'un pour la réparer...

— Tu entends ça ? dit Libby, une main levée. Je vais vérifier.

Elle se leva, mais s'arrêta avant même d'être sortie de la pièce.

— Désolée, Fran... Je ne veux pas paraître insensible. Je sais que tu es encore en deuil. Et je sais à quel point tu dois te sentir seule, mais c'est tout un processus, ça prend du temps.

Elle marqua une pause, arborant un air compatissant, avant de se diriger vers la cuisine. Ses yeux s'écarquillèrent en découvrant que la porte de derrière était grande ouverte.

34

Libby retourna dans le salon raconter à Fran ce qu'elle venait de voir, mais s'arrêta net.

— Sean... dit-elle, bouche bée.

C'était la dernière personne qu'elle s'attendait à trouver là, avec Fran, qui venait visiblement de lui ouvrir la porte de devant et de le faire entrer.

Fran s'essuya les yeux avec un mouchoir froissé, tentant de paraître normale.

— Entre, Sean, dit-elle calmement. Ne dis pas de bêtises, tu ne déranges pas. Assieds-toi. Tu veux boire quelque chose ?

Elle avait l'air nerveuse.

— Qu'est-ce que tu... Qu'est-ce que tu fais ici ? demanda Libby, détestant le ton qu'elle employait – accusateur, suspicieux.

Mais il n'y avait aucune raison que Sean vienne chez Fran, encore moins sans prévenir. Elle ne comprenait pas.

— Je passais par là et j'ai vu ta voiture dehors, dit-il sans hésiter. Je pensais que tu étais à la maison à cuisiner, donc je voulais m'assurer que tout allait bien, tu vois.

— Non, je ne vois pas, répondit Libby, les yeux rivés sur lui.

Elle vit sa mâchoire se contracter, ses yeux analyser la situation.

— J'étais à la maison, mais je n'arrivais pas à me concentrer alors je suis venue voir Fran.

Elle avait voulu ajouter « pour parler en privé », mais s'était ravisée.

— Bref, où est-ce que tu as vu ma voiture ?

— Dehors, répondit-il vaguement, en agitant son bras vers la fenêtre.

— Où dehors ? insista Libby, à peine consciente que Fran lui avait glissé un autre verre de vin dans les mains.

— Tiens, toi aussi, Sean, dit Fran, d'un ton beaucoup trop enjoué pour la situation. Tu peux boire un verre, non ?

Sean l'ignora.

— Je ne sais plus exactement, mon amour, mais pas loin. Qu'est-ce que tu me fais, c'est un interrogatoire ? dit-il en riant. Je suis juste venu m'assurer que tu allais bien.

— Oui, c'est un interrogatoire, exactement. Dis-moi ce que tu fais là.

— Vous pouvez peut-être en parler une autre fois, Lib ? dit Fran en la poussant à s'asseoir. Vous êtes tous les deux fatigués.

Libby lança un regard noir à son amie et se tourna de nouveau vers Sean.

— Tu es venu voir Fran, n'est-ce pas ? Tu ne savais pas que j'étais là.

Elle savait que sa voiture était garée au bout d'une impasse, à plusieurs rues d'ici. Sean passa une main sur son visage et jeta un bref coup d'œil à Fran ; un regard qui, aux yeux de Libby, était lourd de sens. Elle ne savait juste pas lequel.

— Tu es stressée, ma belle. Calme-toi un peu. Je...

— Je ne suis pas stressée, Fran. Je suis parfaitement calme.

Libby se surprit à adopter une attitude composée, distante, comme si elle parlait de quelqu'un d'autre.

— Dis-moi où tu as vu ma voiture.

— Je ne me souviens pas exactement, mais...

— C'est parce que tu ne l'as pas vue du tout, je me trompe ? Tu n'as aucune idée de l'endroit où elle est. Tu mens. Qu'est-ce que tu fais ici, Sean ? Dis-moi.

Libby posa son verre un peu trop brusquement, éclaboussant la table basse de vin. Elle croisa les bras et le défia du regard.

— Si tu ne me réponds pas, je ne rentre pas à la maison.

Elle grimaça en prononçant cette menace, non seulement parce qu'elle n'avait pas envie de la mettre à exécution, mais également parce qu'elle la savait irréaliste. Elle ne pouvait pas abandonner Alice, son travail, toutes ses affaires. De plus, elle n'avait nulle part où aller. Et si ce qu'elle pensait était vrai, rester chez Fran ne semblait plus approprié.

— Merci pour le verre, Fran, mais je ferais mieux d'y aller, dit Sean, en lâchant un long soupir et en secouant la tête. Désolé, je ne voulais pas interrompre votre soirée ni causer de tracas. Je ne pensais pas que Libby...

Il s'arrêta, l'air triste.

— Aucun problème, répondit Fran calmement, en reprenant le verre de vin qu'il n'avait pas touché. Je te raccompagne.

Le cœur de Libby se serra en voyant Sean quitter la pièce. Elle s'assit, tendant l'oreille alors que Fran et Sean restaient un instant dans le hall. Mais elle n'entendit que quelques mots à voix basse, puis la porte d'entrée s'ouvrir et se refermer.

— Qu'est-ce que tu m'as fait, là ? dit Fran en revenant dans la pièce. Belle démonstration de la vie conjugale, Lib.

Libby la fixa, son esprit troublé essayant de rassembler ses pensées aussi vite que possible. Faisait-elle erreur ? Voulait-elle risquer sa plus longue amitié, son mariage, pour ce qui pourrait encore être un malentendu ? Mais bon sang... Les initiales de Sean qui s'étaient affichées sur le téléphone de Fran, sa soudaine apparition... Plus elle y pensait, plus deux et deux faisaient quatre plutôt que cinq. *Ou*, pensa-t-elle, *trois*. Le nombre de personnes dans son couple.

— Rien, dit-elle, en fermant les yeux un instant. Ce n'était rien. Écoute, je ferais mieux d'y aller. Je n'ai bu qu'un verre ou deux. Je suis fatiguée et...

— Oh. D'accord, très bien, répondit Fran, l'air mal à l'aise. Mon Dieu, j'espère que tu ne penses pas...

Elle s'interrompit pour se lever en même temps que Libby, et la regarda enfiler son manteau.

— Non, non, bien sûr que non, dit Libby calmement. Je ne pense plus rien, en fait.

Elle sortit ses clés de sa poche et vérifia qu'elle avait bien son téléphone. Puis elle rit. Un petit rire pathétique qui, pour elle, sonnait comme une capitulation.

— Tu vois, c'est bizarre, c'est la première fois depuis longtemps que j'ai *vraiment* envie de rentrer chez moi.

Plus tard, Libby était assise dans le bureau de Chestnut Cottage, les yeux rivés sur l'écran de son ordinateur. Sean était dans le salon, son ordinateur posé sur ses genoux, et Alice était toujours chez Marion. En passant derrière lui, elle avait aperçu l'article qu'il lisait à propos de Sasha, ni l'un ni l'autre ne prononçant un mot alors qu'elle se retirait dans le bureau.

— Ce n'est pas ce que tu crois, avait-il dit lorsqu'elle était arrivée à la maison peu de temps après lui.

Il l'avait saisie par les épaules alors qu'ils se croisaient dans la cuisine, la regardant droit dans les yeux.

— Je m'inquiète pour toi, Lib. Tu n'es vraiment pas toi-même.

Il avait soupiré, comme s'il était sur le point de faire une confession.

— Écoute, Fran est ta meilleure amie. Je pensais qu'elle

pourrait me donner quelques conseils pour t'aider. C'est pour ça que je suis passée chez elle, d'accord ?

— Je ne te crois pas.

C'était tout ce que Libby avait dit, ses yeux plongés dans les siens, avant de se dégager de son emprise. Ils ne s'étaient pas adressé la parole depuis.

Dans le bureau, Libby faisait défiler les symboles qui apparaissaient sur son écran, des caractères arabes, des signes païens, des hiéroglyphes égyptiens. Mais rien ne correspondait à l'inscription qu'elle avait vue sur le briquet. Peut-être avait-elle mal formulé sa recherche. Ce dessin lui était étrangement familier ; elle aurait juré l'avoir déjà vu quelque part, elle n'arrivait juste pas à se souvenir où, quand, ni dans quel contexte. Elle essaya une nouvelle fois, tapant « M avec une flèche », une description plus succincte, pensant qu'il ne s'agissait peut-être que d'une initiale stylisée que Sean avait fait graver.

Elle pensa à toutes les personnes qu'elle connaissait dont le prénom commençait par M. Marion était la plus évidente, mais elle n'avait pas besoin d'un briquet aussi cher. Dans le coin, elle connaissait bien une Michelle, une autre maman de la garderie d'Alice. Elle ne pensait pas que Sean l'ait déjà rencontrée, mais, s'ils avaient une liaison, il y aurait peu de chances qu'elle en soit informée. Il y avait Mary, la voisine de leurs voisins, mais, étant dans la soixantaine, elle était sûrement trop âgée pour Sean. Puis elle se souvint de Molly Farrow, la directrice de l'école primaire, une très belle femme qui avait à peu près leur âge. Libby n'avait pas oublié que Sean l'avait fait se retourner lorsqu'ils l'avaient rencontrée pour la première fois, lors d'une journée portes ouvertes avec Alice, en prévision de son entrée à l'école l'année suivante. Mais tout ça semblait si incohérent et incertain qu'elle savait qu'elle finirait par se rendre folle si elle s'y attardait plus longtemps. Elle s'était *déjà* rendue folle, se dit-elle en se couvrant le visage de ses mains.

Elle se creusa la tête, se mordillant les lèvres, avant de se connecter à Facebook pour vérifier la liste d'amis de Sean. Mais ses paramètres de confidentialité étaient stricts et, même si elle était amie avec lui, elle ne pouvait pas voir qui figurait sur la liste. De toute façon, il utilisait rarement Facebook.

— C'est ridicule, murmura-t-elle en s'affalant sur sa chaise.

Elle crut entendre Sean bouger et tendit l'oreille... mais il n'y avait pas un bruit, à part le faible son de la télévision allumée dans la pièce d'à côté.

— Réfléchis, réfléchis, réfléchis, dit-elle en se demandant pourquoi le prénom Meryl lui disait soudain quelque chose.

Elle ne pensait pas connaître de Meryl. Si ?

— Meryl, Mercedes, Meredith...

Elle l'avait sur le bout de la langue.

— *Merveille*, murmura-t-elle enfin, des frissons dans le dos. Ma petite *Merveille*... dit-elle en enfonçant ses ongles dans sa paume.

Elle n'avait fouillé, mais, peu après leur emménagement ensemble, il était naturel qu'elle veuille trouver de la place pour ses affaires. Et le tiroir de la commode avait besoin d'un bon tri ; il était plein de vieilles factures, de cartes de vœux et de bric-à-brac inutile. Pour une raison quelconque, Sean avait gardé une carte d'anniversaire d'une personne qui se faisait appeler « ta petite Merveille ». Naturellement, elle lui avait demandé qui c'était, et Sean lui avait expliqué, un peu gêné, qu'il s'agissait de Natalie. « Merveille » était le surnom qu'il lui donnait, parce qu'elle adorait les choses qui brillaient et portait toujours plein de bijoux.

— Dès qu'elle voyait quelque chose de joli, il fallait qu'elle l'ait, avait-il dit avec un rire un peu trop affectueux au goût de Libby.

Libby secoua la tête, essayant de chasser ses peurs. Elle était en train de se faire des idées. En y réfléchissant davantage, elle sentit ses épaules se détendre et son estomac se dénouer. Sean avait sûrement acheté le briquet pour Natalie des années auparavant et ne lui avait jamais donné, probablement au moment où leur relation s'était détériorée.

Elle poussa un soupir de soulagement, se disant qu'elle devrait probablement aller dans l'autre pièce et lui parler. Ils avaient des choses à se dire, des choses à régler. Et cela n'impliquait pas sa jalousie pour un fichu cadeau. Plus que jamais, ils devaient être une équipe. Mais, alors qu'elle s'apprêtait à fermer son ordinateur, elle remarqua les images affichées à la suite de sa recherche « M avec une flèche ».

— Ah, dit-elle, ses doigts suspendus au-dessus du pavé tactile. Attends... c'est... c'est *ça*... murmura-t-elle en cliquant sur le premier lien.

Soudain, le M pour Merveille ne semblait plus aussi probable et, lorsqu'elle lut la description de la signification du symbole, Libby commença à réfléchir à des dates. Des dates de naissance. Parce que le M avec une flèche pointant vers la droite était apparemment le symbole du signe astrologique du Scorpion.

— Pouvez-vous m'expliquer pourquoi nous avons trouvé du sang appartenant à Sasha dans votre salon, Mme Randell ? demande l'inspecteur Jones.

— Du sang ? dis-je, horrifiée.

J'entends Claire bouger à côté de moi.

— Je... Je préfère ne pas répondre, balbutiai-je.

— Vous n'avez donc aucune idée de la façon dont le sang de Sasha a pu se retrouver dans votre salon ?

— Je préfère ne pas répondre.

— Le sang a été découvert sous un coin de votre table basse en bois et sur les franges de votre tapis.

— Je préfère ne pas répondre.

— Dans votre déposition, vous affirmez que Sasha n'était pas dans la maison lorsque vous êtes rentrés de votre dîner. Est-ce exact ?

Je ne me sens pas bien ; une nausée profonde et irrépressible grandit en moi à la pensée de Sasha saignant dans mon salon.

— Oui. Enfin... je préfère ne pas répondre.

Mes épaules se voûtent, et je serre les coudes le long du corps et entrelace mes doigts pour essayer de me calmer.

— Je suis vraiment désolée... ajouté-je, la voix moins audible.

— « Désolée » ? intervient l'inspectrice McCaulay. Désolée de quoi, exactement ?

— Que... qu'il y ait du sang. Il a dû arriver quelque chose de grave à Sasha. Mon Dieu, et Alice était en haut...

Je m'attends à ce qu'ils me disent qu'ils ont trouvé un corps, qu'ils me montrent des photos de Sasha – en sang et sans vie, peut-être couverte de bleus et de blessures. Je ne sais pas comment et où ils l'ont retrouvée, mais je sais que je n'aurai pas la force de regarder.

— Vous dites que vous êtes allée dans la cuisine de la grange pour chercher Sasha, poursuit l'inspecteur Jones.

— Oui.

— Est-ce que quelqu'un vous a vue ?

— Je... je préfère ne pas répondre.

J'y repense, le goût du vin et des fruits de mer encore présent dans ma bouche, l'odeur âcre de la peur me montant au nez alors que Sean me criait dessus sans relâche dès notre retour du pub. Je n'avais pas les idées claires – à cause de l'alcool, du comportement soudain de Sean envers moi, de ce mot et de mes soupçons omniprésents, jusqu'au choc de ce qui s'était produit ce soir-là. Rester debout était déjà un exploit ; alors penser de manière rationnelle...

« Personne ne t'a vue, d'accord ? » avait dit Sean plus tard, me postillonnant sur la joue.

— Non, personne ne m'a vue. Je vous l'ai déjà dit, dis-je à l'inspecteur, tout en revoyant le visage d'Arn qui surgit au-dessus du mur, inquiète qu'il puisse le discerner dans mes yeux.

— Le problème, continue l'inspecteur Jones, c'est que nous avons parlé à votre voisin, Arnold Ratcliffe. Il affirme qu'il se rappelle très bien vous avoir vue dehors ce soir-là et que vous avez discuté rapidement.

— J'ai dû oublier, dis-je. Désolée.

— Il affirme avoir entendu des cris un peu plus tôt, vers 21 h 45. Puis par intermittence jusqu'à environ 23 heures. Qui criait, Libby ?

— Je ne sais pas... Je préfère ne pas répondre.

— Arnold nous a également dit que, quand il vous a vue dehors, vous sembliez très stressée. Étiez-vous stressée ?

— On ne trouvait pas Sasha. Bien sûr que j'étais stressée.

Ma tête ne pouvait pas être plus basse.

— Ou bien étiez-vous stressée parce que vous veniez de tuer Sasha ?

Pendant une seconde, je suis incapable de parler. Tous mes organes semblent se glacer, comme si mon corps s'éteignait pour se protéger. Peu importe ce qu'il m'accuse d'avoir fait, je ne veux pas l'entendre. Ce n'est pas vrai.

— Merde, avais-je dit à Sean en rentrant. Arn m'a vue. Il a entendu du bruit et il a regardé par-dessus le mur.

À ce moment-là, Sean m'avait lancé un regard que je ne reconnaissais pas.

— Il est bien trop curieux, avait-il marmonné.

Il était à genoux, les mains mouillées.

— Qu'est-ce qu'il a dit ?

— Pas grand-chose, avais-je répondu en enroulant mes bras autour de mon corps.

Je n'arrivais pas à arrêter de trembler, me demandant ce qu'il avait vu ou entendu.

— Tout ça, c'est de la folie, Sean, avais-je ajouté en m'approchant de lui.

Tout ce que je voulais, c'était qu'il me prenne dans ses bras, qu'il me dise que tout allait rentrer dans l'ordre.

— Aide-moi, avait-il dit en se levant.

Il tendait ses mains dégoulinantes, les yeux sur le seau d'eau savonneuse.

J'avais pris le seau et suivi Sean jusqu'à la cuisine.

— Il y avait de la nourriture partout, avait-il expliqué en désignant une assiette vide posée près de l'évier. Je ne voulais pas que le tapis soit taché. Tout va bien.

— D'accord, avais-je répété. Tout va bien.

— C'est bien, avait-il dit.

— Tout va bien, murmuré-je maintenant, les larmes dans mes yeux brouillant le visage des inspecteurs.

— Veuillez répéter ce que vous avez dit pour que le magnétophone puisse bien vous entendre, demande l'inspecteur Jones.

— J'ai dit... J'ai dit : « C'est la fin ? »

— Loin de là, rétorque l'inspectrice McCaulay en tapotant la table avec son stylo.

— Votre mari est monté vérifier à l'étage du cottage pour voir si Sasha s'y trouvait ? poursuit l'inspecteur Jones.

— Je crois, oui. Enfin, on a vérifié tous les deux. Plusieurs fois. On a cherché partout.

— Et vous avez mis un sacré désordre.

Je hausse les épaules.

— Peut-être. On était affolés. On s'est dit qu'elle jouait peut-être à un jeu. Peut-être à cache-cache avec Alice.

— Mais Alice dormait.

— Oui.

— Vous êtes sortie faire le tour du village.

— Oui. Pourquoi on en revient toujours à la même chose ? Je vous ai déjà raconté tout ce que je savais.

L'inspecteur Jones me regarde comme si je n'avais rien dit.

— D'après votre déposition, à part Eric Slater, un habitant du coin, vous n'avez croisé personne. C'est exact ?

— Je ne m'en souviens pas vraiment, désolée. Je n'ai pas vu Sasha, en tout cas.

Je me remémore la scène. J'avais les clés de la voiture à la main, et Sean était passé de la colère à un comportement rassurant. « Tout va bien se passer, avait-il dit en caressant ma joue. Si tu croises une personne, demande-lui si elle a vu Sasha. »

J'avais hoché la tête, consciente qu'il avait raison. Mais à mon retour, tout avait changé.

— Peut-être que vous n'avez pas vu Sasha dans le village parce qu'elle était dans le coffre de votre voiture. Est-ce que c'est pour ça, Libby ? demande calmement l'inspecteur Jones.

— Quoi ? Non !

Une bile amère et acide me recouvre l'arrière de la langue ; je lutte pour ne pas vomir.

— Je... je préfère ne pas répondre.

— Libby, si vous souhaitez obtenir davantage de conseils juridiques... commence Claire.

Je n'ai même pas le courage de me tourner vers elle, d'accepter ce qu'elle me propose.

— Est-ce que votre mari était avec vous dans la voiture ? poursuit l'inspecteur Jones.

— Non, il est resté à la maison pour ne pas laisser Alice toute seule, et aussi pour être là au cas où Sasha reviendrait.

Je m'arrête. Je déglutis. Le Land Rover n'était pas là à mon retour.

— Je suis un peu perdu, alors peut-être que vous pouvez m'éclairer, Libby.

J'acquiesce.

— Je vais reformuler. Dans votre déclaration, vous dites que vous n'avez croisé personne à part Eric Slater lorsque vous êtes sortie en voiture. Correct ?

Je hoche presque imperceptiblement la tête.

— Alors pourquoi votre mari, Sean Randell, affirme-t-il catégoriquement dans sa dernière déclaration que vous lui avez dit avoir croisé deux personnes lorsque vous étiez en voiture ?

— Je ne sais pas. Je préfère ne pas répondre.

Je ne savais pas que Sean avait fait une nouvelle déposition, et encore moins une déposition qui contredisait la mienne.

« Pas besoin de le mentionner, mon amour. Tu n'as pas fait exprès de heurter la voiture... Ça ne change rien... »

J'avais hoché la tête frénétiquement, reconnaissante qu'il soit de mon côté. On se serrait les coudes. On voulait juste que tout soit comme avant.

— Où avez-vous croisé Eric Slater ? demande l'inspecteur Jones.

Je soupire, me tripotant les doigts.

— Je l'ai vu quand j'étais sur Drover's Way. Je me suis arrêtée pour lui demander s'il avait vu Sasha.

Derrière mes paupières closes, je revois le visage de Sean, ses lèvres articulant des instructions avant mon départ. Ses yeux disaient une chose, sa bouche une autre – et les mots qui en sortaient avaient un tout autre sens encore.

— On l'appelle Eric le lutin, continué-je, me surprenant à sourire à moitié. Il a quatre-vingt-deux ans. Il promenait son chien, Maisy. Il est en meilleure forme que bien des gens de cinquante ans. Il pourra vous dire que j'étais seule. Il n'avait pas vu Sasha non plus.

— Avez-vous vu quelqu'un d'autre ?

Je fixe le plateau de la table – un simple plateau stratifié, sale sur les bords, où des gens comme moi ont posé leurs mains moites ou leur tête désespérée.

« Pas besoin de le mentionner, mon amour... »

— J'avais oublié que j'avais vu Cath aussi, dis-je à l'inspecteur, entendant presque Sean me crier dessus pour cette trahison. Tout ça a été tellement... perturbant. Je ne sais même pas ce que je pense la moitié du temps. Cath est la gérante du bureau de poste.

— Putain, Lib, s'était emporté Sean, me saisissant par les épaules à mon retour. Je t'ai donné une seule chose à faire. Une seule putain de chose...

J'avais senti mon cerveau se retourner à l'intérieur de mon crâne quand il m'avait secouée, suffisamment pour me faire perdre mes repères un instant. Pour ressentir le poids de la réalité s'abattre sur moi.

— Je suis vraiment désolée, lui avais-je dit, les larmes se remettant à couler. J'ai fait ce que tu m'as demandé en partant à la recherche de Sasha. Je ne voulais pas percuter cette voiture. Si j'avais su que j'allais partir à la recherche d'une fille morte, je n'aurais pas bu de vin.

Il avait enfoncé ses doigts dans mes avant-bras ; des doigts forts, habitués à manipuler de gros animaux. Des animaux bien plus gros que moi.

— Tu ne sais pas si elle est morte, m'avait-il dit en me regardant droit dans les yeux. Répète après moi : « On ne sait pas si Sasha est morte. »

— On ne sait pas si Sasha est morte, avais-je murmuré, les larmes coulant sur ma lèvre, finissant sur ma langue.

Tout ce que je voulais, c'était enfouir mon visage dans son épaule, sentir ses bras forts autour de moi. Au lieu de cela, il m'avait poussée loin de lui, avait recommencé à faire les cent pas, tandis que je fixais l'endroit où Sasha était assise la dernière fois que nous l'avions vue. Je la voyais encore là, penchée sur ses livres, zappant sur les différentes chaînes tout en réfléchissant à des problèmes de maths. Le creux sur les coussins du canapé marquait sa place, donnant l'impression qu'elle allait revenir d'un moment à l'autre.

— Mais Cath n'avait pas vu Sasha non plus, dis-je à l'inspecteur. Personne ne l'avait vue.

— D'accord, merci.

L'inspecteur Jones montre son dossier à l'autre inspectrice et pointe quelque chose. Elle acquiesce.

— Nous avons également trouvé des traces du sang de Sasha dans votre voiture, Libby, continue l'inspecteur Jones, aussi calme que s'il présentait la météo. Dans le coffre. Comment l'expliquez-vous ?

Claire se penche vers moi.

— Libby, vous souvenez-vous de ce qu'on a dit avant que vous entriez en entretien sur comment vous deviez gérer ça ?

Je secoue la tête. Je ne me souviens pas. Je colle les pointes de mes doigts – rien. Aucune sensation. Je presse mes pouces sur mes cuisses, mais elles ne sont pas là non plus. Je porte ma main à ma bouche, essayant de retrouver mes lèvres, mais elles aussi ont disparu. Même les pensées dans ma tête se transforment en bruit blanc, comme si je m'effaçais, comme si je n'avais jamais existé. Je suis peut-être dans l'endroit où Sasha s'est retrouvée. Un endroit paisible. Solitaire. Sûr.

— Pouvez-vous expliquer pourquoi nous avons trouvé des traces du sang de Sasha dans votre voiture ? répète l'inspecteur Jones.

— Non, dis-je, me souvenant du choc que j'avais ressenti lorsqu'ils avaient emmené ma Volkswagen quelques jours plus tôt. Ce n'est pas possible. Impossible.

Un engourdissement total.

— Je préfère ne pas répondre.

Je pose ma main sur mon front. Les visages des inspecteurs se font flous. Les mots de mon avocate bourdonnent dans mes oreilles quand elle me demande une nouvelle fois si je souhaite plus de conseils juridiques, et les cris de Sean m'assaillent.

— Ça ne se présente pas bien, hein ?

L'inspecteur Jones me regarde avec impatience, les bras croisés.

— Pourquoi ne pas nous dire ce qui s'est passé, Libby ?

« Ça ne se présente pas bien… »

C'était aussi ce qu'avait dit Sean, ce soir-là. Il ne faisait que formuler l'évidence, mais j'aimais la façon dont il prenait les choses en main. Il avait toujours su gérer les moments de crise. Comme lorsque j'avais perdu les eaux trop tôt pendant ma grossesse et qu'on avait dû foncer à l'hôpital. Bien sûr, j'avais préparé ma valise deux mois avant la date prévue, comme celles qui deviennent maman pour la première fois : une chemise de nuit de rechange et celle dans laquelle je voulais accoucher, une tenue confortable pour rentrer à la maison, des produits de toilette, des encas, des vêtements pour le bébé, des couches... La liste était encore longue. Je pensais n'y passer qu'une nuit et, pourtant, j'avais réussi à remplir un grand sac de voyage.

Finalement, j'étais arrivée à l'hôpital avec un sac contenant du lait et du pain achetés à l'épicerie du coin, sans rien pour le bébé. Mais bon, au moins, Sean avait su utiliser le lait à bon escient, le buvant goulûment pendant qu'il attendait – assez peu longtemps, finalement. J'avais déjà une dilatation de neuf centimètres et l'envie de pousser quand il avait garé le Land Rover devant les urgences. Sean avait quitté son cabinet pour répondre à mon appel paniqué. Il était arrivé en dix minutes ; il m'avait récupérée à l'arrière du petit magasin, à deux villages de là, alors que je soufflais et haletais pendant une nouvelle contraction.

Plus tard, quand je tenais Alice contre mon sein, la sage-femme m'avait dit que je devais bien tolérer la douleur pour ne pas avoir remarqué que j'étais en travail depuis déjà douze heures.

— Je tolère bien la douleur... dis-je maintenant, sentant l'humidité sous mes aisselles et un filet de sueur le long de mon dos.

— Libby, je vais reposer la question, dit Claire. Voudriez-vous que nous nous entretenions de nouveau en privé, puisque l'interrogatoire commence à prendre une autre tournure ? Il y a des incohérences dans ce que vous dites.

Claire se penche en avant. Je capte son parfum : il m'irrite les narines et me rappelle qu'il existe un monde au-delà de cette petite pièce. Un monde que je veux revoir.

— Oui, s'il vous plaît, dis-je, levant enfin les yeux vers elle.

C'est la seule personne de mon côté. La seule qui puisse m'aider.

— D'accord, déclare l'inspectrice McCaulay. Nous allons faire une courte pause. Il est 21 h 43.

Puis j'entends le *bip* électronique du dispositif d'enregistrement qui s'éteint.

36

— Tu verras un jour, dit Jan à Libby alors qu'elles étaient assises l'une en face de l'autre dans le salon de Jan. Quand Alice sera plus grande, qu'elle voudra sortir et faire sa vie.

Elle secoua lentement la tête.

— Une partie de nous veut les en empêcher, les couver et les enfermer pour qu'il ne leur arrive jamais rien de mal, mais une autre part veut les libérer, les laisser s'épanouir dans le monde, comme un joli papillon qu'on relâche et qu'on regarde s'envoler.

— Oh, Jan... dit Libby.

Son thé avait refroidi en l'écoutant parler de Sasha, mais elle en prit tout de même une gorgée pour ne pas paraître impolie.

— Et elle était tellement belle, continua Jan. Elle *est* tellement belle, ajouta-t-elle à travers ses sanglots. Bien que je ne sois pas sûre que Matt en ait toujours été conscient.

— Comment ça ?

— C'est un garçon. Un adolescent. Qu'est-ce que vous voulez. Quand il a eu son permis, les choses ont changé entre lui et Sasha. Ils sont ensemble depuis qu'ils ont treize ans, et ils sont dans la même classe depuis qu'ils ont cinq ans. C'est l'un de ses plus vieux amis, en plus d'être son premier petit ami.

— Qu'est-ce qui a changé ?

— D'abord, il a commencé à sortir plus avec ses copains. Quand il a eu sa voiture, ils le harcelaient toujours pour qu'il les emmène à droite à gauche. Je craignais qu'il conduise en état d'ébriété. Il y a un pub à l'extérieur de la ville, un peu malfamé, si je ne m'abuse, et ils ne vérifient pas les cartes d'identité. J'ai dit à Sash de ne pas monter dans sa voiture s'il avait bu, mais l'amour l'emporte sur la raison, expliqua Jan en haussant les épaules.

Libby hocha la tête.

— Puis, il y a quelques mois, Sash l'a vu traîner avec une autre fille. Elle savait qu'elle craquait pour lui, et elle se demandait si Matt aussi. Ils flirtaient au lycée, passaient leurs pauses déjeuner ensemble alors qu'il aurait pu être avec Sasha. Il aidait cette fille avec ses cours, alors que Sasha aussi avait besoin d'aide. Ça ne semblait pas juste. Matt est un garçon intelligent, malgré ce que je suis en train de dire. Il a promis à Sasha que c'était seulement une amie, mais Sasha s'est quand même sentie délaissée et blessée, comme si elle n'était plus la personne la plus importante pour lui. Ensuite, quand Matt est allé chez cette fille un soir après les cours, Sash l'a quitté. Il a juré que c'était juste pour réparer son vélo, mais il est resté longtemps. Matt est du genre à tout faire pour les autres. C'est un chou à la crème, il ne sait pas dire non. Mais je pense qu'il fait ça surtout pour se donner bonne conscience. Une question d'estime de soi, à mon avis.

— Ça y ressemble, dit Libby, se souvenant de certaines choses que Sasha lui avait confiées.

— Le pire dans tout ça, c'est que le pneu du vélo de Sasha était crevé depuis un moment. Elle ne lui en avait jamais parlé, parce qu'elle ne voulait pas profiter de sa gentillesse. Au lieu de ça, elle subissait son comportement. Ce qu'il croyait être un comportement bienveillant. Quelques semaines plus tard, ils se sont remis ensemble, bien évidemment. Matt a réussi à la convaincre, comme toujours.

Libby écoutait Jan ; elle voyait bien qu'elle avait besoin de vider son sac, qu'elle n'avait probablement personne d'autre à qui se confier. Phil n'était visiblement pas là. Libby s'était arrêtée à l'improviste en revenant du marché. Quelque chose – la culpabilité, peut-être – l'avait poussée à passer par Little Radwell avec des fleurs fraîches.

— Je pense que Sasha a tendance à réagir de façon excessive en ce qui concerne les problèmes de couple, vu ce qui s'est passé entre Phil et moi. Ça a forcément eu un impact sur elle, même si elle est plus âgée maintenant.

Libby ne savait pas quoi dire. Elle observa Jan s'agenouiller près de la table basse pour réarranger les bougies parfumées avant de sortir un bâtonnet d'encens de son paquet. Elle appuya plusieurs fois sur un briquet vert en plastique, essayant d'obtenir une flamme, mais il n'émettait que quelques étincelles. Finalement, elle attrapa une boîte d'allumettes posée sur le manteau de cheminée et alluma chaque bougie. Une volute de fumée bleu-gris s'éleva de l'encens, dont la pointe brillait d'un orange incandescent.

— Ça aide à me calmer, dit Jan en jetant le briquet dans la corbeille à côté de la cheminée.

Elle avait réussi à enfiler des vêtements convenables aujourd'hui – un simple jogging et un sweat-shirt –, mais ses cheveux étaient toujours en bataille, et son visage paraissait encore plus maigre que la dernière fois.

— Ça sent bon, répondit Libby. Je suis désolée pour vous et Phil, Jan, ajouta-t-elle. C'est déjà assez difficile comme ça, et encore plus dans un moment comme celui-ci.

— Sash a vu les choses se gâter entre son père et moi, et je pense que c'est pour ça que ça s'est mal fini avec Matt. Et puis, Matt est du genre possessif. C'est deux poids, deux mesures, dit

Jan en levant les yeux au ciel. Mais ça l'a poussée à se poser des questions, à se demander ce qui était juste ou pas. Notre Sash a des valeurs morales solides. Elle ne supporte pas de voir de mauvaises personnes s'en tirer à bon compte ou d'en voir d'autres souffrir. J'aimerais juste qu'elle puisse appliquer ça aussi quand ça la concerne directement.

Elle regarda par la fenêtre du salon, les épaules remontées jusqu'aux oreilles, serrant les poings à s'en faire blanchir les jointures.

— Je reste à l'affût des policiers, dit-elle. Il y a toujours quelqu'un qui va et vient.

— C'est bien qu'ils vous tiennent au courant.

— J'en suis à un point où je me fiche que ce soit une bonne ou une mauvaise nouvelle, répondit Jan. C'est horrible, non ? Je veux juste une nouvelle, n'importe laquelle. Ensuite, je pourrai gérer, quoi qu'il en soit.

Elle secoua la tête.

— Ne pas savoir, c'est ça, le plus dur.

— Je comprends, dit Libby.

— Je voudrais vous montrer quelque chose.

Jan disparut dans une autre pièce et revint avec deux albums photos.

— J'ai ressorti ça l'autre soir quand je n'arrivais pas à dormir. Les flics voulaient que je regarde les photos sur mon téléphone, pour voir si je pouvais retrouver des photos des vêtements que Sasha portait quand elle a disparu. Mais vous savez comment c'est, quand on se perd dans les souvenirs. J'ai fini par remonter jusqu'à l'époque où elle n'était qu'un bébé.

— J'espère que ça vous a aidée, Jan, de regarder votre magnifique fille, dit Libby, posant une main sur le bras de Jan en s'asseyant à côté d'elle. Ils vont la retrouver bientôt, j'en suis sûre.

Libby se retourna soudainement, convaincue que Sean se tenait derrière elle.

« Tout va bien se passer... »

— Regardez, c'était à son treizième anniversaire, dit Jan en montrant l'album à Libby. C'est Matt à côté d'elle. Sacré sourire, pas vrai ?

— Oui, en effet, répondit Libby. Et regardez la fossette de Sash. Elle a toujours la même.

— C'était sa toute première boum. Dans la salle des fêtes du village. Elle avait l'impression d'être une adulte, je peux vous le dire. Phil lui avait trouvé un DJ et tout ça. Juste un gars qui passe de temps en temps dans les pubs du coin, mais Sash était ravie. Phil avait même loué une machine à fumée et des jeux de lumière.

— Adorable, dit Libby. Regardez-la, toute maquillée et coiffée... On dirait qu'elle a dix-huit ans.

— Je sais, répondit Jan en feuilletant les pages. Tenez, regardez, un autre anniversaire. Mais ça, c'était quelques années avant, combiné avec celui de Phil et Halloween. C'est Phil qui lui avait fait son maquillage de sorcière. À l'époque, il était passionné par le théâtre amateur. Il aidait la troupe locale pour les costumes, les décors, ce genre de choses.

Il y avait une note de nostalgie dans la voix de Jan.

— Ça avait l'air d'être une sacrée fête, dit Libby. Avec la pêche aux pommes et tout ça.

— On a quand même reçu quelques plaintes de la part de certains parents, signala Jan en riant. Phil avait organisé un jeu de l'âne, mais avec un faisan à la place. Comme toujours, il avait ramené plusieurs faisans du boulot, mais il a décidé d'en utiliser un mort pour le jeu. Il a bandé les yeux des enfants et leur a demandé de remettre les plumes sur l'oiseau. Il était suspendu par le cou. C'était assez gore.

Jan leva les yeux au ciel, amusée. Libby voyait bien que parler lui faisait du bien. Elle avait eu raison de passer la voir.

— Tant qu'il y avait des adultes, ça ne devait pas poser trop de problèmes, supposa Libby en feuilletant l'album. C'étaient des vacances en famille, ça ?

— Norfolk, répondit Jan. Regardez comme Nathan est tout petit, là. Il marchait à peine.

— Comment il gère tout ça ? Je sais qu'il est proche de Sasha.

— Pas très bien. Il refuse d'en parler. Il continue d'aller à l'école comme si de rien n'était depuis que Sash... depuis qu'elle est partie. Et après, il traîne chez ses copains. J'ai l'impression qu'il cherche des excuses pour ne pas rentrer. Nathan aime bien aller au cottage de Phil de temps en temps, ajouta-t-elle. Le problème, c'est qu'il n'a que onze ans, et qu'il est trop jeune pour rester là-bas quand Phil travaille. Alors quand Phil le renvoie ici, il se sent rejeté.

— Je suis désolée, dit Libby, ne trouvant pas d'autres mots. Vous avez tellement de choses à gérer.

— Il pense que je cache quelque chose, vous savez, dit Jan. Phil. Mais il se trompe complètement. Oui, on a eu nos problèmes au fil des années. Dieu sait qu'on en a eu... Mais il pense que je vois quelqu'un d'autre. C'est un vrai foutoir.

Libby fixa Jan et déglutit. Elle n'avait pas vraiment démenti, et les soupçons de Phil devaient bien venir de quelque part. De près, Libby remarqua les petits poils duveteux sur le visage de Jan qui couvraient ses joues creuses et émaciées. C'était une belle femme, mais le stress de ces derniers temps avait fait des ravages.

— Suivez-moi, dit Jan en se levant soudainement. À l'étage.

Soulagée de ce répit, Libby suivit Jan dans l'escalier. En haut, elles tournèrent à droite et entrèrent dans une chambre.

— Elle vous aime beaucoup, vous savez, dit Jan. Presque comme si vous étiez sa tante ou sa grande sœur.

Elle marqua une pause et essuya une larme sous son œil.

— Ou une deuxième mère, ajouta-t-elle avec un regard plein de regrets. Et chaque mère devrait savoir où dort sa fille.

Elle sourit en touchant le bras de Libby.

— C'est une jolie chambre, dit celle-ci en observant la pièce.

Et Sasha est une belle personne. On a beaucoup parlé en travaillant ensemble.

Libby ne savait pas s'il était approprié d'évoquer ses inquiétudes concernant l'alimentation de Sasha. Après réflexion, elle jugea préférable de ne pas en parler. Comme toujours, la voix de Sean résonnait dans sa tête.

Soudain, la sonnerie du téléphone fixe résonna en bas et Jan se crispa.

— Ah, juste un instant, dit-elle en se retournant et en s'élançant hors de la pièce. Il y a peut-être du nouveau, cria-t-elle depuis l'escalier.

Seule, Libby observa les objets posés sur la coiffeuse de Sasha. Son maquillage, des bijoux éparpillés – juste des trucs bon marché et colorés – ainsi que quelques bibelots, pièces de monnaie, vernis à ongles et tickets de caisse. Elle laissa sa main glisser sur le bout du lit en se dirigeant vers les étagères, penchant la tête pour regarder les titres des livres. Il semblait que Sasha adorait les romans d'amour. Libby en saisit un qui avait un marque-page et le feuilleta. Était-ce le dernier livre que Sasha avait lu ?

Puis elle se dirigea vers la table de chevet de Sasha. Elle entendait la voix de Jan au téléphone, en bas. Lentement, elle ouvrit le petit tiroir. Elle y découvrit des vieux chargeurs de téléphone, quelques stylos, de la crème pour les mains, plusieurs cartes d'anniversaire. Elle parcourut les cartes et remarqua qu'elles venaient principalement d'amis, et une de Matt. De l'autre côté de la pièce, la porte de l'armoire était entrouverte. Libby s'approcha et ouvrit doucement la porte. Elle laissa sa main glisser sur ces vêtements qui lui étaient familiers – elle les avait déjà vus sur Sasha. Lorsqu'elles travaillaient ensemble, elle lui demandait de porter un pantalon noir simple ou une jupe et un haut blanc. Elle était toujours élégante. Libby sourit en découvrant quelques robes au fond de l'armoire, visiblement conservées pour des raisons sentimentales. Il s'agissait de petites robes qui semblaient taillées pour une enfant de quatre ou cinq ans. L'une était rose pâle, ornée de paillettes ; l'autre en velours couleur pêche, avec un col en dentelle.

Libby se figea, retenant son souffle en apercevant quelque chose au fond de l'armoire, derrière les chaussures et les vêtements entassés. Elle le remarqua car elle pensait le reconnaître : un pull bleu marine, bien trop grand pour Sasha. Elle attrapa le vêtement et le tint devant elle. C'était un pull pour homme, et elle reconnut immédiatement l'étiquette au niveau du col, ainsi que la manche droite légèrement effilochée et le trou réparé à l'épaule. Le trou qu'elle avait elle-même raccommodé environ un an plus tôt. Il lui était arrivé de se demander où était ce pull ; Sean lui avait dit qu'il pensait l'avoir oublié chez un client lors d'un déplacement. Elle l'avait cru. Pourquoi ne l'aurait-elle pas fait ?

Elle tendit de nouveau l'oreille. Jan venait de terminer son appel : elle avait raccroché et montait l'escalier. Libby resta là, abasourdie, avant de remettre précipitamment le pull à sa place. Elle ferma les portes de l'armoire et retourna à l'endroit où Jan l'avait laissée.

— Du nouveau ? demanda-t-elle lorsque Jan entra.

— Non, non... répondit Jan à voix basse. C'était juste un ami qui appelait pour prendre de mes nouvelles.

Libby acquiesça, l'esprit fourmillant de questions. Mais elle ne voulait pas inquiéter davantage la pauvre femme en lui annonçant que sa fille avait visiblement des sentiments assez forts pour Sean pour que son pull soit caché dans son armoire. Ce qui la préoccupait le plus, c'était de savoir comment elle l'avait eu. Soit elle l'avait pris au cottage pendant une soirée de baby-sitting, soit, pire encore, Sean le lui avait donné. Elle imagina Sasha le porter dans son lit, se blottir dedans en lisant ses romans d'amour, respirer son parfum, attendant impatiemment la prochaine occasion d'être avec lui.

— Je viens ici tous les soirs, dit Jan, les larmes aux yeux. Je m'assieds sur son lit, je lui parle dans l'espoir qu'elle m'entende, je dis une prière. J'espère que ça pourra aider, d'une manière ou d'une autre.

— Je... je suis sûre que ça aidera, répondit Libby.

— Vous avez vu ça ?

Jan s'approcha du rebord de la fenêtre et saisit un cadre photo parmi d'autres.

— Sasha adorait prendre des photos, mais celle-ci est une des rares où elle figure, elle. Elle prend surtout des photos de la nature et fait imprimer les plus réussies.

Libby prit le cadre blanc brillant des mains de Jan et contempla le selfie de Sasha et Matt. On aurait dit qu'ils étaient partis se promener quelque part. Les cheveux de Sasha volaient dans tous les sens, et Matt portait un bonnet. Ils riaient tous les deux, avec un joli paysage en arrière-plan.

— Elle a l'air tellement heureuse, dit Libby, sur le point de rendre la photo.

Puis elle aperçut le collier de Sasha : un petit pendentif sur une chaîne en argent. Elle ne l'avait jamais vue le porter auparavant.

— Tenez, dit Libby en rendant la photo à Jan, l'estomac noué.

Elle se détourna, s'efforçant de chasser l'image du pendentif de sa tête. Un pendentif Scorpion. Elle ne voulait pas imaginer, en suivant Jan dans l'escalier, que la personne avec qui son mari avait une liaison était une jeune fille de dix-sept ans portée disparue.

37

Libby fixait Sean. Sean fixait Libby. La maison n'était plus la même, surtout avec Alice qui passait de plus en plus de temps à la ferme depuis qu'ils étaient revenus au cottage. Marion pensait toujours que c'était mieux ainsi, jusqu'à ce que les choses se calment. Cet après-midi, les choses étaient loin d'être calmes. Sean regarda sa montre.

— Pour 15 heures, tu dis ?

Libby acquiesça.

— C'est ce qu'il a dit.

L'envie de tapoter la table du bout des doigts en fusillant Sean du regard la démangeait, mais elle se maîtrisa. Comment son mari – cet homme beau, merveilleux, drôle, attentionné, gentil et altruiste – était-il presque devenu un inconnu du jour au lendemain ? Si on lui avait demandé, quelques semaines auparavant, si elle pensait que ses sentiments pour lui pouvaient changer, la réponse aurait été un non catégorique. En réalité, elle aurait même ajouté qu'elle ne pouvait que l'aimer davantage. Mais à présent, elle n'en était plus si sûre. Elle avait vu une tout autre facette de sa personnalité, et elle ne savait plus ce qu'elle ressentait.

Peut-être avait-elle plutôt découvert une autre facette d'elle-même.

— Il est en retard, alors, dit Sean en se levant pour remplir la bouilloire. On ne peut pas passer la journée à boire du thé.

— Tu ne vas jamais me le dire, hein ?

Sean se retourna brusquement, la main posée sur la bouilloire.

— Pourquoi tu étais chez Fran l'autre soir.

Libby croisa les bras.

— Bon sang, tu ne vas pas recommencer.

— Tu me réponds toujours ça. Tu ne veux jamais parler de rien. Tu te renfermes complètement, en espérant que les problèmes disparaissent. Si tu avais été un peu plus ouvert, si tu m'avais rassurée, on n'aurait pas eu besoin de sortir pour ce fichu dîner de réconciliation, et Sasha ne serait pas...

— Portée disparue.

— Oui. Sasha ne serait pas portée disparue.

— Tu insinues que c'est ma faute ? Que j'ai un contrôle absolu sur les tarés qui décident de laisser des mots sur ta voiture ? Comment est-ce que je suis censé prouver que je suis innocent, exactement ?

Il secoua la tête tout en attrapant leurs tasses pour les rincer à l'eau du robinet.

— Rien de tout ça n'est ma faute, Libby.

Elle fixait son large dos pendant qu'il attendait que la bouilloire chauffe. Ce même dos qu'elle avait vu couvert du pull bleu marine enfoui dans l'armoire de Sasha ; ce dos qu'elle avait caressé du bout des doigts un nombre incalculable de fois, le faisant frissonner comme personne d'autre. Tout ça n'avait aucun sens. Sean avec une jeune fille – leur baby-sitter, une lycéenne, la fille de son ami. Ce genre de choses n'arrivaient que dans les journaux ou dans les mauvais films qui donnent envie de zapper. Ça ne faisait pas partie de sa vie.

Pourtant, c'était bien le cas.

— Je ne peux plus rester très longtemps, dit Sean en posant deux nouvelles tasses de thé sur la table. J'ai un déplacement dans une ferme.

Libby acquiesça. Ils savaient simplement que l'inspecteur Jones voulait avoir un énième échange informel avec eux. Elle ne voyait pas ce qu'ils pouvaient lui dire de plus. Ils avaient coopéré de bon gré tout au long de l'enquête. Pourtant, elle avait l'impression qu'ils se retrouvaient désormais sous le feu des projecteurs. Les premiers suspects.

— Je pense qu'on devrait attendre, peu importe son retard, dit Libby. Ça ne fait pas très sérieux si tu n'es pas là. J'ai des choses à faire moi aussi, mais...

— Oui, je sais, répondit Sean en se rasseyant. Tu as raison.

— Je ne sais pas du tout comment je vais m'en sortir toute seule pour servir quatorze personnes demain. Ce n'est pas comme si je pouvais demander de l'aide à Sasha.

Libby baissa la tête.

— Tu vas t'en sortir, répondit Sean en jetant un coup d'œil par la fenêtre de la cuisine, alors qu'une voiture passait lentement. Assure-toi juste de ne pas servir le mauvais plat et de ne pas faire d'erreurs.

— Je devrais peut-être juste annuler l'événement, dit-elle en se massant la tempe. C'est un vrai bordel. Mais on a le dernier paiement pour la cuisine à régler bientôt, sans parler des autres factures.

— Ne pense pas à ça maintenant, dit Sean en se levant.

Il se dirigea vers la fenêtre du salon, posa un genou sur la banquette et scruta la route.

— Mais qu'est-ce qu'il fait ?

Libby ferma les yeux, la tête en ébullition en pensant au dîner du lendemain à orchestrer toute seule, à la police, au visage de Sasha la dernière fois qu'elle l'avait vue, à sa jalousie, au fait d'avoir négligé sa fille... Elle était submergée.

Libby se souvint des mots de Sasha, alors qu'elles mettaient la table pour un dîner, environ un mois auparavant.

— Ce n'est pas comme si j'avais fait quelque chose de mal.

— Alors pourquoi Matt te fait autant de reproches ? avait demandé Libby, faisant le tour des verres pour les polir un par un.

C'était un événement de grande envergure avec des invités importants, et Libby avait commandé plusieurs arrangements floraux pour l'occasion. Ça allait être magnifique.

— Je ne sais pas, avait répondu Sasha, l'air mélancolique. Il me reproche toujours des trucs par rapport à d'autres garçons. Il dit que je les regarde tous. Mais ce n'est pas vrai. C'est lui qui est super proche de cette fille. Et si je dis quoi que ce soit à ce sujet, il dit que je suis jalouse ou folle. C'est blessant, tu vois ?

« Je vois très bien, crois-moi », avait voulu dire Libby, en se rappelant tout de suite le comportement de son ex, David. Mais elle s'était tue.

— Ça ne m'a pas l'air juste, avait-elle répondu à la place. Tu lui as dit que ça te dérangeait ?

— Oui, mais il croit ce qu'il a envie de croire.

Sasha avait fait tomber des couverts, s'était penchée pour les ramasser avant de les laver, mais Libby n'avait pas manqué de remarquer les larmes dans ses yeux.

— Hé, avait-elle dit en s'approchant pour prendre ses mains. Laisse ça deux minutes. On a le temps.

Libby l'avait serrée dans ses bras. Elle avait remarqué à quel point Sasha était mince en lui frottant le dos, préoccupée par la proéminence de ses côtes et la finesse de sa taille. Elle s'était un peu écartée et lui avait relevé le menton. Des larmes coulaient sur ses joues.

— C'est juste que j'ai tellement peur de le perdre. Je l'aime tellement. Il a même parlé de se marier dans le futur, alors pourquoi il agit comme ça ?

— Honnêtement, ma puce, je ne sais pas, avait répondu

Libby en leur tirant une chaise chacune. C'est sûrement un manque de confiance en soi de son côté, plutôt que quelque chose que tu aurais mal fait. Les gens réagissent comme ça. Ce qui les blesse le plus, ce dont ils ont peur, ils le projettent parfois sur les autres.

— Tu penses qu'il me trompe ? avait demandé Sasha en s'essuyant le visage avec le mouchoir que Libby lui avait donné.

— Non, pas forcément. Mais il craint peut-être que tu le quittes. Alors, il dit des choses par peur, pour se protéger, si ça se trouve.

Libby se sentait dépassée.

Sasha avait réfléchi un moment en inclinant légèrement la tête.

— Ça se tient, avait-elle dit en secouant la tête et en levant les yeux au ciel.

Elle avait réfléchi un moment, les yeux rivés sur la table, se mordillant la lèvre.

— Je ne veux pas être une adulte. J'ai vu comment ils se traitent entre eux.

— Ta mère et ton père ?

Libby n'avait pas voulu être indiscrète, mais ce n'était pas la première fois que Sasha évoquait leurs problèmes.

— Ça fait une éternité qu'ils sont ensemble, avait dit Sasha en reniflant. Ils étaient à peine plus âgés que moi et Matt. Comment tu peux rester avec une personne aussi longtemps et, plusieurs décennies plus tard, décider que tu la détestes ? Tu devais bien le savoir, pendant tout ce temps, non ? Je ne veux pas que ça m'arrive.

— Le temps change les gens. La personne dont tu tombes amoureuse n'est pas toujours la même des années plus tard. Si tes parents ne s'entendent plus, il vaut peut-être mieux qu'ils se séparent, non ?

— Mais ils s'entendent très bien, avait contesté Sasha. Ils

s'aiment. Mais c'est papa... Il accuse toujours maman de trucs. C'est tellement injuste. J'ai entendu des choses. *Vu* des choses.

— Eh bien, comme je le disais, peut-être que ton père n'arrive pas à gérer certaines choses et qu'il projette ses soucis sur ta mère ?

— C'est juste...

Sasha avait fixé Libby comme si elle voulait ajouter quelque chose, comme si c'était quelque chose qui ne voulait pas sortir. L'inquiétude qui se lisait sur son visage semblait bien trop lourde pour une fille aussi jeune.

— Ouais, avait-elle fini par lâcher en s'essuyant le nez et en secouant la tête. Ça finira sûrement par s'arranger.

— Tu as raison, avait repris Libby. C'est difficile d'être adulte, et il nous arrive de commettre des erreurs. Mais ce n'est pas parce que tes parents traversent une période difficile que ce sera pareil pour toi et Matt, d'accord ? Tu es jeune et tu as toute la vie devant toi.

Elles s'étaient alors étreintes, finissant par rire quand Libby avait à son tour fait tomber des couverts.

— Je m'en occupe, avait dit Sasha en souriant, se penchant pour les ramasser.

« Toute la vie devant toi... »

— Le voilà, dit Sean. Et tu pleures. Tu devrais te nettoyer le visage.

Libby leva la tête et se rendit compte que ses joues étaient baignées de larmes.

— Va te nettoyer. Je vais lui ouvrir.

Elle hocha la tête et se précipita à l'étage avant que l'inspecteur Jones n'entre. Elle l'aperçut en passant devant la fenêtre. Cette fois-ci, il était accompagné d'une autre femme, plus âgée que l'agente de la dernière fois, et qui ne portait pas d'uniforme non plus.

— Je vous en prie, entrez, dit Sean en bas, alors qu'elle se penchait au-dessus du lavabo de la salle de bains.

Elle fut soudain prise de vertiges. Ses épaules tressautaient au rythme de sa respiration rapide et saccadée. Elle se regarda dans le miroir tout en écoutant les voix étouffées des deux policiers, ponctuées de temps à autre par les réponses monosyllabiques de Sean. Ses yeux étaient ternes, enfoncés dans leurs orbites, et les cernes en dessous étaient encore plus prononcés que les jours précédents. Elle ouvrit le robinet et se pencha en avant pour s'arroser le visage d'eau tiède. Elle ferma les yeux, souhaitant être sous l'eau, en train de se noyer, de disparaître dans un endroit paisible où ce cauchemar n'existait pas.

Parce qu'en l'état actuel des choses, elle se noyait déjà. Elle se tamponna le visage avec une serviette et se recoiffa rapidement, tenta de lisser le haut froissé qu'elle portait, en se demandant même si elle ne devrait pas en changer. Elle n'avait pas fière allure. Mais elle entendit Sean l'appeler.

— J'arrive... répondit-elle.

En descendant, les voix s'amplifièrent et, à un moment, elle crut entendre l'inspecteur rire, comme si Sean avait fait une blague. Elle ne pouvait pas imaginer laquelle.

— Bonjour, les salua-t-elle en jetant un coup d'œil nerveux à l'inspecteur Jones, puis à la femme qui se tenait à ses côtés.

Sean s'avança pour enrouler son bras autour d'elle et la serrer contre lui.

— Tout va bien, mon amour, dit-il en l'embrassant sur le dessus de la tête.

Libby leva les yeux vers lui : pourquoi son humeur avait-elle soudainement changé ?

— C'est particulièrement difficile pour ma femme, expliqua-t-il. Comme vous le savez, elle travaillait avec Sasha. Elles étaient proches.

Il l'embrassa de nouveau sur le sommet du crâne.

— Eh bien, je...

— Voici l'inspectrice McCaulay, l'interrompit Sean, tirant une chaise à la table de la cuisine pour Libby. On vient de discuter un peu, mais l'inspecteur Jones aimerait te parler rapidement, Lib. Je serai dans la cour pour charger le Land Rover si tu as besoin de moi. J'ai un appel urgent à passer.

Sean s'éloigna, s'arrêtant dans l'encadrement de la porte pour jeter un regard à Libby par-dessus son épaule, arborant une expression rassurante. Du moins, elle espérait qu'elle était rassurante.

— Il y a du nouveau ? demanda-t-elle après que Sean eut refermé la porte derrière lui.

Son cœur battait toujours la chamade.

— Nous allons devoir emmener votre voiture pour une analyse médico-légale, répondit l'inspecteur Jones, ignorant sa question et allant droit au but.

— Quoi ? s'étonna Libby en se redressant. Ma voiture... Pourquoi ?

Elle aurait voulu que Sean soit toujours à ses côtés.

— C'est une formalité, expliqua l'inspecteur. Vous avez pris un taxi la nuit où Sasha a disparu, n'est-ce pas ?

— Oui.

— Comme votre voiture est restée ici toute la soirée, nous allons désormais l'inclure dans notre enquête. Nous avons tous les documents nécessaires.

— Je... D'accord... mais j'en ai besoin pour le travail, dit-elle en se frottant le front. Et pour emmener Alice à la crèche et à ses cours de natation. Ça va prendre du temps ?

— Ça dépend, répondit l'inspecteur. Mais nous vous tiendrons informée.

— Vous allez prendre le Land Rover aussi ?

La logistique allait être un véritable casse-tête.

— Sean est vétérinaire. Comment il va faire pour son travail ?

— Votre mari a mentionné que son véhicule était au garage pour des réparations au moment de la disparition de Sasha. Nous devons bien sûr vérifier cela, mais, a priori, il ne sera donc pas nécessaire d'inspecter les deux voitures. Pas d'inquiétude à avoir.

Les yeux de Libby s'écarquillèrent, prêts à sortir de leurs orbites. Elle déglutit, réfléchit, pensa à ce que Sean voudrait qu'elle dise.

— Je vois, dit-elle calmement. Oui, oui, vous avez raison. Ça va, alors, si on a toujours une voiture pour deux.

Elle joignit les mains sur ses genoux, incapable de fixer quoi que ce soit plus d'une seconde. Intérieurement, elle poussait des cris hystériques. Elle repensa au moment où elle avait essayé d'arracher les clés des mains de Sean à leur retour du pub ce soir-là.

— Ne dis pas n'importe quoi, avait-elle répliqué sèchement. Tu as beaucoup trop bu. Tu ne peux pas faire ça !

Elle avait la gorge nouée, faisait les cent pas, les mains sur le visage.

— Assieds-toi et réfléchissons.

Elle se rappela combien elle tremblait, combien sa tête bourdonnait sous l'effet du stress ; comment elle avait progressivement compris que plus rien ne serait jamais comme avant. Et elle revit le Land Rover, garé juste devant le cottage presque toute la soirée.

38

C'était un moment rare : Dan et Alice assis tous les deux à la table de la cuisine. Alice faisait du coloriage, concentrée, sa petite langue se faufilant entre ses lèvres. Libby ne voulait pas passer un après-midi et une soirée de plus séparée d'elle, alors elle était allée la chercher chez Marion un peu plus tôt. Elle avait l'impression de n'avoir presque pas vu sa fille ces deux dernières semaines. Il était temps de rétablir un semblant de normalité. Dan ne devait pas être là avant le lendemain, mais il avait appelé son père pour demander s'il pouvait venir un jour plus tôt. Libby s'était dit que ce serait une bonne occasion pour que demi-frère et demi-sœur passent du temps ensemble. Elle se demandait si c'était tendu entre lui et sa mère.

— Dan, tu colories, dit Alice en poussant sa boîte de feutres vers lui. Tu peux faire l'arbre et les oiseaux.

Libby sortit un grand plat du four, souleva le couvercle et remua le contenu. Le bourguignon qu'elle avait préparé leur durerait plusieurs jours. Elle y ajouta un peu plus de vin rouge et une poignée d'herbes, et décida finalement d'y ajouter une cuillerée de moutarde de Dijon. Elle remit le tout dans le four et referma la porte. Pour la première fois depuis ce qui semblait être une éternité, elle sentit une vague de chaleur la traverser en entendant Alice et Dan bavarder derrière elle.

Ils s'étaient toujours bien entendus. Contrairement à sa mère, Dan n'en avait jamais voulu à Sean d'avoir eu un autre enfant. Il était ravi d'avoir une petite demi-sœur et, d'ailleurs, ils considéraient tous le « demi » comme superflu. Il n'y avait aucun favoritisme : ils étaient traités sur un pied d'égalité. Mais Dan n'était pas souvent avec eux. Elle savait que Sean aurait aimé le voir plus et, malgré ce temps déjà restreint, Natalie ne facilitait pas les choses. Cette fois, Dan avait pris lui-même la décision de venir en avance. Mais ils allaient sûrement bientôt subir la colère de Natalie, car elle n'aimait pas être rejetée.

— Seulement si tu m'aides à faire mes exos de chimie, dit Dan, s'élançant pour la chatouiller.

Alice émit un cri aigu en se repliant sur elle-même.

— D'accord, dit-elle en se penchant vers lui.

— Hé, non... dit Dan gentiment. Pas de crayon violet sur mes livres.

Libby, devant l'évier, se retourna : Dan avait écarté ses manuels et coloriait des oiseaux pour Alice. Elle sourit, puis soupira. Si seulement c'était une soirée banale, si seulement tout ça n'était pas entaché par tout le reste. Elle frissonna, essuyant ses mains les yeux fermés.

— Bon, je dois juste aller chercher quelque chose dans la cuisine de la grange, dit-elle alors que les enfants n'écoutaient pas.

Libby prit la clé et traversa la cour, entra dans la grange et ouvrit la porte en inox du réfrigérateur-congélateur professionnel. Il pouvait être verrouillé de chaque côté, mais elle n'avait jamais pris la peine de le faire. Ce n'était pas nécessaire, puisqu'il n'y avait qu'elle qui travaillait là, et Sasha, de temps en temps. De plus, la porte de la grange était sécurisée.

— Un céleri-rave... murmura-t-elle en scrutant les étagères.

Tout était parfaitement ordonné et conforme aux règles

d'hygiène. Elle était très minutieuse et était fière de ses exigences strictes.

— Je suis sûre qu'il y en a un quelque part par là.

Elle déplaça quelques éléments avant de découvrir le légume-racine noueux. Elle le prit et referma la porte. Après réflexion, elle ouvrit le congélateur pour mettre une sauce faite maison à décongeler dans le frigo pour le lendemain. Tout était méticuleusement étiqueté, les plats préparés ayant même des couvercles choisis selon un code couleur pour encore plus de rigueur, bien que l'étiquette de ce récipient soit tombée. Elle la récupéra sur l'étagère pour vérifier la date à laquelle elle avait congelé la sauce. Elle était toujours bonne. Libby prit une nouvelle étiquette pour y inscrire la date du jour : celle de la décongélation. Elle mit le récipient dans le frigo, referma la cuisine et se dirigea vers la buanderie.

— Ta maman t'aime pas, alors ? disait Alice au moment où Libby allait entrer dans la cuisine.

Elle s'arrêta, la main tendue vers le battant, mais décida d'attendre la réponse de Dan. La porte était assez entrouverte pour qu'elle puisse entendre leur conversation, sans qu'ils la voient.

— Bonne question, Alice, dit Dan. C'est un peu bizarre, les mamans, non ?

— Ouais, répondit Alice, d'une voix que Libby reconnut, une voix qu'elle rendait volontairement plus mature pour impressionner son grand frère. La mienne est bizarre aussi.

Un moment de silence, puis le bruit d'Alice sirotant sa boisson. Libby ferma les yeux un instant.

— Pourquoi ta maman est bizarre ? insista Alice. Elle pleure beaucoup, comme la mienne ?

— Je n'ai jamais vu ma maman pleurer, dit Dan en riant.

Un autre silence, troublé seulement par le bruit des feutres grattant contre la feuille.

— Passe-moi le vert, s'il te plaît, dit Alice.

— Pourquoi la tienne pleure, Ali ? demanda Dan.

Libby se raidit, envahie par l'envie de faire irruption dans la pièce pour changer le sujet. Mais elle voulait aussi entendre la réponse d'Alice.

— Elle doit être triste, je pense ? supposa Alice, visiblement peu sûre d'elle.

— Mmh, répondit Dan.

Pensant que leur conversation touchait à sa fin et qu'elle n'avait pas de signification particulière, Libby s'apprêta à retourner à l'intérieur. Mais elle s'immobilisa de nouveau.

— Ta maman fait peur, déclara Alice.

Dan éclata de rire.

— Ça dépend pour qui, dit-il d'un ton que Libby savait qu'Alice ne comprendrait pas. Elle n'est pas si terrible, en vrai.

— C'était la méchante dans mon rêve sauf que c'était pas un rêve et elle était dans ma maison alors qu'elle aurait pas dû parce que c'était Sasha qui me gardait et pas elle et j'allais le dire à quelqu'un mais après j'ai pas osé parce que j'avais trop peur alors je me suis cachée avec M. Chamallow et on a fait une tente sous la couette jusqu'à ce qu'elle parte.

Libby retint son souffle, attendant la réponse de Dan. Ce qu'Alice avait à dire était sorti d'un trait.

— Ça devait faire peur, dit Dan, manifestement peu attentif. Je dois apprendre le tableau périodique pour un contrôle et rédiger le compte rendu d'une expérience, tu peux finir de colorier toute seule ?

— Non, je veux que tu m'aides, Dan, grogna Alice. C'est quoi, une spérience ?

— Chut, fit Dan.

— Ta maman n'aime plus notre papa ? insista Alice.

— Non, répondit Dan en soupirant.

Il était toujours patient, mais Libby savait qu'il ne faudrait pas longtemps avant qu'il quitte la pièce pour chercher un endroit plus calme, ou qu'il finisse par s'énerver contre Alice.

Elle entendit le bruit sourd des pieds de sa fille qui se balançaient et tapaient contre sa chaise. Elle savait que cela voulait dire qu'elle était agitée. Libby entra sans bruit dans la cuisine. Comme elle s'y attendait, Dan avait la tête dans ses livres, les lunettes sur le nez.

— Coucou, les enfants, j'ai trouvé ce que je cherchais, dit-elle en montrant le céleri-rave, les mains tremblantes.

Alice sursauta, laissant échapper un cri aigu, ce qui fit sursauter Libby à son tour, qui lâcha le légume.

Tous les trois regardèrent le céleri-rave tomber, comme au ralenti, jusqu'à se fendre en deux sur le carrelage.

— Comment t'a paru Alice tout à l'heure ? demanda Libby à Dan.

Après le dîner, Alice était montée dans sa chambre pour jouer et Libby et son beau-fils regardaient la télé dans le salon. Dan était affalé sur le canapé. Quant à Libby, depuis ce soir-là, elle avait refusé de s'y asseoir. Elle s'installait soit sur la banquette sous la fenêtre, soit dans le petit fauteuil près de la cheminée, où elle était actuellement. Sean n'était pas encore rentré, et son retard l'inquiétait.

— Bavarde, dit Dan en riant, d'une voix presque cassée, oscillant entre des sons aigus et graves, les yeux rivés sur l'écran.

— Je n'essayais pas d'écouter aux portes, poursuivit Libby, mais j'ai entendu Alice parler de ta maman tout à l'heure.

— Ouais, répondit Dan en raclant le fond de son pot de yaourt avec sa cuillère. Elle a dit un truc. Je sais pas, j'écoutais pas trop.

— Je crois qu'Alice était... préoccupée par...

Libby ne savait pas si elle devait parler de ça avec Dan, mais plus elle y réfléchissait, plus elle se rendait compte que cela pourrait changer toute leur version des événements de ce soir-là, ce qu'ils avaient dit à la police.

— Je me demandais juste si ta maman était venue ici, il y a plusieurs vendredis de ça, Dan ?

— Peut-être. Je suis pas sûr, répondit-il, toujours focalisé sur la télé. Je me souviens pas trop, désolé.

Libby saisit la télécommande et baissa le volume.

— Tu peux réfléchir ? C'est assez important.

— Hé ! On arrive au moment intéressant !

Il tendit la main vers la télécommande, affichant une drôle de tête de chien battu.

— C'était le 19 octobre, Dan. Est-ce que tu aurais un moyen de vérifier ce que tu faisais ce soir-là ? Ça pourrait te rappeler où était ta mère.

Libby garda la télécommande en main.

— Attends, dit Dan en soupirant.

Il se dirigea vers la cuisine et revint avec son sac, en sortit son téléphone et vérifia ses messages.

— Le 19 ?

Libby hocha la tête.

— Je suis allé chez un copain. J'ai des textos qui le confirment. On a joué à World of Warcraft presque toute la soirée, et on a regardé un film après. Ne le dis pas à maman, mais c'était un film interdit aux moins de dix-huit ans.

Il fit une grimace, sachant que Libby ne dirait rien.

— Il habite où, ton copain ?

— Oh, juste au coin de la rue, il est aussi à Great Lyne. La maison de Tom est...

Il s'arrêta un instant, les yeux vers le plafond.

— Comment elle s'appelle, déjà ? La dernière ruelle perpendiculaire à Drover's Way. Je me souviens juste que maman était énervée de devoir m'emmener là-bas à la dernière minute. Elle a dit que c'était vendredi soir, qu'elle voulait boire un verre et qu'elle avait mieux à faire que des allers-retours.

— Elle t'a déposé à quelle heure ?

— Vers 20 heures, je crois. La connaissant, elle a dû aller

faire un petit tour au Falconer pour boire un verre avant de rentrer. Entre toi et moi, je pense qu'il y a un mec qu'elle aime bien qui y va. Elle a tout le temps des rendez-vous et tout.

— Je vois, merci, Dan. Ça m'aide.

Il tendit la main pour récupérer la télécommande mais se ravisa, l'air soudainement inquiet.

— Ça va pas causer des problèmes à maman, si ? Que je t'aie dit ça ? Je sais pas vraiment si elle est allée au pub, si elle est venue ici ou si elle est allée au Timbuktu, d'ailleurs. C'est juste que c'est ce qu'elle a l'habitude de faire quand elle me dépose chez Tom.

— Non, ne t'inquiète pas.

Libby sourit, le cerveau en ébullition. Elle voulait que Sean se dépêche de rentrer.

— Tiens, dit-elle en lui passant la télécommande. Continue ta série, mon grand. Je vais aller border Alice.

Dan sourit et remonta le volume, tandis que Libby se dirigeait vers la cuisine. Mais au lieu d'aller s'occuper d'Alice, elle se servit un verre et sortit son téléphone.

— Salut, dit-elle quand elle tomba sur la messagerie de Sean. C'est moi. Je ne sais pas où tu es, mais il faut que tu rentres tout de suite.

La vue floutée par les larmes, Libby scruta le mot, indécise quant à la marche à suivre. La veille, elle avait décidé de s'en débarrasser, mais elle n'y était pas parvenue. Pas encore.

Le *deuxième* mot.

Je te préviens une nouvelle fois à propos de ton mari. Il a une liaison.

— Alice ! appela-t-elle depuis le bureau.

Elle devait emmener Alice chez Marion pour pouvoir se consacrer à la préparation de son repas.

— Tu es prête, ma puce ?

— J'arrive, maman, répondit la petite depuis l'étage.

Appuyée sur son bureau, Libby tenait le papier entre ses mains tremblantes. Elle le cacha sous une pile de documents, se promettant de le détruire plus tard. Elle n'avait pas les idées claires, et montrer ce mot à Sean n'arrangerait rien. Un deuxième mot ne lui ferait pas avouer quoi que ce soit, d'autant plus qu'il se rendrait sûrement compte tout de suite qu'elle l'avait écrit elle-même.

— Super, ma puce, dit Libby lorsque sa fille dévala l'escalier, son chien en peluche calé sous son bras. Tu emmènes M. Chamallow ?

— Oui, répondit Alice en le serrant contre elle. Il me protège des méchants.

Libby s'accroupit, arrêtant sa fille dans son élan.

— Quels méchants, Alice ?

Alice tira sur une mèche de cheveux, la tordant entre ses doigts, tout en tenant fermement son jouet dans l'autre main.

— La méchante qui a envoyé Sasha chez les anges, dit-elle de façon détachée. Maman, ils sont où les anges ? Ils sont vraiment dans le ciel ?

Alice leva les yeux au plafond. Libby s'arrêta une seconde pour regarder sa fille avec tendresse. Ses grands yeux bleus reflétaient une innocence pure.

— Euh, oui, je crois. Tiens, regarde-toi, tu as du dentifrice autour de la bouche.

Libby sortit un mouchoir de sa poche et essuya les lèvres d'Alice. Cette dernière fit une grimace et s'agita pour esquiver le geste.

— Est-ce que Sasha va revenir de chez les anges ?

— Je ne sais pas, ma puce, répondit Libby en attrapant le manteau rose d'Alice.

Elle l'aida à l'enfiler et remonta la fermeture Éclair.

— Mais j'espère vraiment que oui.

Libby attacha Alice dans le siège auto de la voiture de location. Elle était bien plus petite que sa Volkswagen break, mais Sean avait assuré que c'était tout ce qu'il avait pu trouver à proximité dans un délai aussi court.

— Où est-ce que tu étais passé ? lui avait-elle demandé la veille au soir, lorsqu'il était enfin arrivé.

Elle avait déjà couché Alice et s'était installée dans le

bureau pour s'occuper de quelques factures, mais elle était distraite. Incapable de se concentrer, elle avait fini par aller s'asseoir dans la cuisine pour l'attendre, sa colère montant à mesure que les minutes passaient.

— Je m'occupais de te trouver une voiture, avait-il répondu sur le pas de la porte, en saluant quelqu'un qui s'éloignait en voiture.

— C'était qui ?

— Andy du garage. Ça te va ? Lui et un de ses potes m'ont aidé à ramener la voiture.

— Ne me parle pas du foutu garage, Sean Randell, avait grommelé Libby. Qu'est-ce qui t'est passé par la tête ?

— C'est bon, avait-il répondu. Andy n'a aucun problème avec ça. Je pensais que tu serais contente d'avoir une voiture, pas que tu me le reprocherais.

Libby avait secoué la tête.

— Désolée, merci. Bien sûr que ça me fait plaisir, avait-elle dit avant de jeter un coup d'œil par la fenêtre de la cuisine. Mais tu sais de quoi je parle. Tu as menti à la police sur l'endroit où se trouvait le Land Rover ce soir-là.

— C'est la petite Ford bleue dehors, lui avait-il indiqué en ignorant son commentaire. Ça te va pour quelques jours ? J'ai mis un siège auto pour Alice. C'est tout ce qu'Andy avait à louer en ce moment, et je voulais passer par lui. En plus, ils m'ont toujours arrangé, dans ce garage.

— Ah oui, ils t'ont toujours arrangé, pour te couvrir et tout ça, avait répondu Libby en se retournant pour lui lancer un regard noir. Tu penses vraiment qu'ils t'arrangeront encore quand les flics viendront frapper à leur porte pour leur poser des questions sur la période de réparations du Land Rover ?

— Fais-moi confiance, OK ? avait dit Sean en la prenant par les épaules. C'est réglé. De toute façon, tu n'as pas vraiment le choix.

Libby s'était affalée à la table de la cuisine, la tête entre les mains.

— Je te fais confiance...

Les mots lui avaient brûlé la gorge.

— Tout ça, c'est juste... Je n'aime pas ça, avait-elle gémi. Je n'aime pas ça du tout. Rien ne va plus.

— Écoute, avait dit Sean en tirant une chaise pour s'asseoir à côté d'elle. Je ne sais pas combien de fois je t'ai dit ça, mais il faut que tu restes forte. Pour notre famille. Pour toi. Pour nous.

— Est-ce qu'il y a encore un « nous », Sean ? Réponds honnêtement.

Il avait ouvert la bouche, mais Libby avait posé un doigt sur ses lèvres.

— Je ne veux pas l'entendre. Je ne veux vraiment pas...

Elle s'était alors levée pour se diriger vers le bureau, affichant un air courageux en passant devant Dan, qui était absorbé par la télévision. Les yeux rivés sur le morceau de papier qu'elle avait laissé traîner sur son bureau, elle avait fini par le cacher sous une pile de documents en décidant qu'elle le jetterait dans le feu une fois que tout le monde serait au lit.

Une pomme de terre roula sur le plan de travail en inox et tomba par terre. Libby jura entre ses dents et se baissa pour la ramasser, puis la jeta à la poubelle. C'était le milieu de la matinée et Alice était chez Marion depuis quelques heures. Libby voulait en profiter pour avancer autant que possible dans les préparatifs du dîner du lendemain. Tout pour oublier ce qui se passait, surtout avec la présence de la police dans le village ces dernières vingt-quatre heures, qui avait été particulièrement perturbante.

Elle continua à éplucher les pommes de terre qu'elle allait ensuite faire bouillir pour préparer des gnocchis à l'ail noir. C'était l'un des plats du menu qui pouvaient être préparés à l'avance et cuisinés sur place, dans la cuisine du client. En travaillant, elle lutta pour ne pas laisser ses larmes couler. La musique passa d'un rythme rapide à une mélodie plus douce et mélancolique, rendant Libby encore plus émotive.

Habituellement, elle aurait demandé de l'aide à Sasha à ce moment-là, pour vérifier que toute la vaisselle et les couverts étaient comptés et bien propres. C'était aussi à Sasha de remplir les caisses de rangement en plastique avec ce dont elles avaient besoin : les verres à vin, du bon type et en nombre suffisant, les serviettes assorties, les décorations de table, les marque-places demandés par l'hôtesse, les vins rouges – les blancs devaient être bien au frais dans le frigo avec le champagne –, les sets de table, les nappes... La liste était longue. Libby avait presque tout ce qui était requis pour un dîner « à la maison », mais il lui arrivait parfois de devoir louer des éléments supplémentaires si l'événement était plus conséquent.

Quoi qu'il en soit, l'absence de Sasha, qui faisait habituellement des allers-retours entre la cuisine et la voiture tout en vérifiant la liste, était perturbante. Non, *tragique*. Elle avait tant de choses à accomplir avant demain soir, alors qu'en réalité, elle ne voulait rien faire. Encore moins être entourée de gens heureux qui festoient à un dîner d'anniversaire.

— Toc, toc, dit une voix à la porte de la cuisine.

Une voix familière qui angoissa immédiatement Libby, avant même qu'elle ne voie de qui il s'agissait.

— Ah, dit Libby en levant les yeux. Natalie.

— Ne t'interromps pas pour moi, dit celle-ci en entrant.

Malgré le froid à l'extérieur, Libby avait ouvert la moitié supérieure de la porte de la grange pendant que la grande marmite mijotait sur le feu. La réduction était un long processus pour obtenir toute la saveur du risotto à l'artichaut et à la truffe et, même avec la hotte, la cuisine devenait vite humide et chaude.

Libby posa le couteau. Avec Natalie derrière elle, elle ne prendrait pas le risque de se couper un doigt.

— Ne te gêne pas, entre donc, dit-elle en s'approchant.

— Si tu prends ce ton, autant que j'aille droit au but.

Libby sentit son rythme cardiaque s'accélérer et sa bouche se dessécher. Elle allait parler, mais n'eut pas le temps de dire un mot.

— Arrête de bourrer le crâne de mon fils avec des conneries, cracha Natalie.

— Quoi ? Je...

— Je pensais que c'était une demande assez simple. Même pour une femme assez stupide pour voler mon mari.

— Natal...

— Dan est vulnérable. Il n'a pas besoin de toi ou de ta môme pourrie gâtée pour lui monter la tête avec des conneries, d'accord ?

— Je ne vois vraiment pas de quoi tu parles, Natalie, répondit Libby, agacée que ses joues aient choisi de rougir alors qu'elle n'avait rien à se reprocher. Restons calmes. Pourquoi tu dis que Dan est vulnérable ?

— Par rapport à cette fille, dit Natalie. Celle qui a disparu.

— Sasha ? répondit Libby, tout en se rinçant les mains sous le robinet.

Elle les sécha rapidement et fit face à l'ex-femme de Sean. Seule la fine surface du plan de travail les séparait.

— Quel rapport ?

— Il avait un faible pour elle. Pourquoi tu crois qu'il traînait toujours ici quand elle travaillait pour toi dans...

Natalie balaya la pièce du regard avec un air de dédain.

— Dans ton cabanon ?

— Qu'est-ce que tu racontes ?

Libby ne pouvait masquer son incrédulité.

— C'est la vérité. Demande à Sean. Le pauvre garçon était

fou amoureux. Il insistait pour que je le dépose ici au cas où elle serait là.

— Je ne savais pas du tout, répondit Libby, même si elle ne se rappelait pas que Dan soit régulièrement venu à Chestnut Cottage à l'improviste.

En réalité, Natalie changeait souvent les plans à la dernière minute pour les faire coller à son emploi du temps. Sean se pliait à ses exigences pour éviter les conflits. Ce qu'elle disait ne tenait pas debout.

— Tout le monde n'a pas l'instinct parental, j'imagine, ajouta Natalie. Et ne t'avise jamais de croire que tu seras un jour la mère de mon fils.

Elle toisa Libby de haut en bas avec un regard froid et méprisant.

— C'est à Sean et moi de l'élever. Ça nous liera pour le reste de notre vie.

— Oui, oui, je sais, et je ne chercherai jamais à…

— Alors ce que je te propose, Libby, c'est de ne pas interroger mon fils sur mes faits et gestes, de ne pas laisser ta gamine de quatre ans me dénigrer auprès de Dan, et d'arrêter de te mêler d'où je vais, d'où j'ai été et de qui je fréquente. C'est clair ?

Sous le choc, Libby resta figée.

— Eh bien, finit-elle par dire tout bas. Tu as l'air d'avoir beaucoup de colère en toi, Natalie.

Elle fit le tour de l'îlot central de la cuisine pour faire face à Natalie, la fixant droit dans les yeux. Chaque fibre de son corps tremblait, mais elle s'en moquait.

— Écoute, je sais que tu me détestes. Et je sais que tu détestes le fait que Sean t'ait quittée et qu'on se soit mis ensemble. Je sais aussi que tu détestes le fait qu'on soit heureux et épanouis ensemble. Le fait qu'on ait une fille. Tu as toujours voulu une fille, non ? Je sais également que tu détestes le fait qu'on vive dans la maison que tu as toujours rêvé d'avoir. Je sais que tu détestes le fait que Dan aime vraiment venir ici et passer du temps avec nous, en *famille*, pendant que tu te retrouves seule avec ta rancœur. Je comprends bien.

Libby fit un pas en avant, consciente que Natalie était bien plus grande qu'elle, surtout avec les bottes à talons qu'elle portait. Mais en voyant le sac rose ridicule pendu à son bras et en ayant conscience de l'humiliation qu'engendrerait chez elle un ongle cassé ou une blouse de créateur déchirée, Libby ne se sentait pas le moins du monde menacée. En réalité, en cet instant précis, elle rêvait d'une bonne petite bagarre avec elle, et d'arracher ses foutues extensions.

— Mais Dan est un bon garçon, Natalie. Il est honnête, travailleur, autant qu'on puisse l'être à son âge, il est apprécié de ses amis, il adore sa petite sœur et s'entend très bien avec son père. Il aime venir ici parce que... eh bien, parce qu'il s'y sent *bien*. Je n'ai jamais vu quoi que ce soit qui m'aurait fait penser qu'il avait le béguin pour Sasha. En fait, je ne me souviens même pas qu'il l'ait déjà croisée, ou qu'il ait traîné ici pendant qu'elle était là. Ce que je pense, Natalie, c'est que tu essaies de cacher quelque chose et que tu te sers d'un garçon innocent pour ça.

Natalie ouvrit la bouche pour protester, mais Libby l'en empêcha d'un geste de la main.

— Je pense que si quelqu'un a une petite faiblesse pour quelqu'un, c'est bien toi pour Sean. Tu n'arrives pas à passer à autre chose, hein ? Tu ne supportes pas l'idée qu'il soit plus heureux avec moi – une femme normale, qui a parfois un bouton sur le menton, qui n'a pas toujours le temps d'aller chez le coiffeur, qui achète parfois ses vêtements chez Primark, qui nourrit parfois sa fille avec des spaghettis sur du pain grillé, et qui n'a pas eu l'occasion de faire sa pédicure depuis des lustres. Mais tu sais quoi ? Sean m'aime. Et il a cessé de t'aimer. Alors ce que je te propose, c'est d'être une meilleure mère pour ton fils, de te mêler de tes affaires et d'arrêter de laisser des foutus mots sur ma voiture. OK ? Ça ne mènera à rien de bon.

Libby recula et s'appuya sur le plan de travail pour se stabiliser. Sa poitrine se soulevait rapidement, l'adrénaline qui la parcourait la laissant à bout de souffle. Elle était soulagée d'avoir tout dit, mais terrifiée par les conséquences. Elle savait que Sean était protecteur envers Natalie ; elle espérait sincèrement que c'était en rapport avec leur responsabilité partagée, Dan, et rien de plus.

Le sourire de Natalie s'élargit, dévoilant derrière ses lèvres pulpeuses et roses des dents d'une blancheur éclatante.

— Pauvre Sean dit-elle en la regardant de haut en bas. Qu'est-ce qui lui est passé par la tête ?

Elle rejeta ses cheveux en arrière d'un geste désinvolte et redressa les épaules, ses lèvres formant une petite moue.

— Tu n'es vraiment pas son style. Fais-moi confiance là-dessus. Tu ne le connaîtras jamais aussi bien que moi. Je sais comment il est.

Il n'en fallut pas plus. Libby s'élança et, hors de contrôle, poussa Natalie en plein milieu de la poitrine, la projetant en arrière. Elle se cogna contre le frigo mais retrouva rapidement son équilibre, son visage ne laissant transparaître presque aucune surprise.

— Je sais que tu étais là ce soir-là, dit Libby en postillonnant. Quand Sasha a disparu. Je sais que tu étais dans ma maison. Qu'est-ce que tu faisais ici, Natalie ? Qu'est-ce que tu as fait, tout court ?

Natalie la fixa en silence, tout en sortant les clés de sa voiture de son sac. Elle secoua la tête avec un air de pitié.

— Je vais y aller, Libby. Tu sais, je pourrais aller directement à la police et porter plainte pour agression. Mais tu n'en vaux vraiment pas la peine.

Elle jeta un dernier regard par-dessus son épaule avant de

partir, ses chevilles chancelant dans ses bottes à talons sur les pavés de la cour.

40

Libby resta appuyée contre le plan de travail pendant ce qui sembla être des heures, tête baissée, le visage enfoui dans ses bras. Les pommes de terre déjà épluchées étaient en train de noircir dans la passoire. *Putain*, criait-elle intérieurement. *Putain, putain, putain.*

Elle se redressa, se dirigea vers la radio et appuya avec force sur le bouton pour l'éteindre. La scène avec Natalie avait pris des airs encore plus surréalistes avec Mozart en fond sonore. Elle observa les ingrédients qu'elle avait sortis : les betteraves à braiser pour l'entrée aux coquilles Saint-Jacques, le chou-fleur à réduire en purée pour accompagner l'agneau, l'aubergine à fumer pour accompagner la morue, et le miel qu'elle comptait infuser à la fleur d'oranger pour l'un des desserts. Avec plusieurs choix pour chaque plat, le menu était ambitieux. Plus ambitieux que ce qu'elle pouvait gérer actuellement. À ce stade, même prendre un plat à emporter en allant chez son client lui semblait insurmontable.

Elle n'avait d'autre choix que de ranger la cuisine et de s'arrêter là pour l'après-midi. Peut-être qu'elle y reviendrait plus tard, peut-être pas. Tout ce qu'elle voulait, c'était s'emmitoufler dans sa couette et fixer le plafond, accepter le sort de son affaire. Après avoir tout remis dans le frigo, Libby éteignit les lumières et ferma la grange à clé.

Elle traversa la cour, entra dans la buanderie puis dans la cuisine. Il n'était que l'heure du déjeuner, mais elle s'en fichait : un verre lui ferait du bien. Peut-être même qu'il lui permettrait de trouver une solution. Mais dès qu'elle franchit le seuil, elle sentit que quelque chose clochait.

Un bruit. Des pleurs venant du salon. On aurait dit un homme.

Lentement et en silence, Libby s'avança dans le couloir. Elle s'arrêta un instant devant la porte : elle n'entendait plus que des soupirs et quelqu'un qui se raclait la gorge. Ce n'était pas Sean. La main sur son téléphone, prête à appeler à l'aide si nécessaire, Libby ouvrit doucement la porte et jeta un coup d'œil à l'intérieur.

— Bon sang, Phil, dit-elle en se décrispant. Tu m'as fichu une de ces peurs.

— Libby, dit-il en se levant du canapé. Je... je suis vraiment désolé. Je sais que je ne devrais pas être ici, mais la porte de derrière était ouverte et...

— Ce n'est rien, le rassura-t-elle en levant les mains. Je comprends tout à fait. Si ça peut te rassurer, Jan a fait exactement la même chose. Pas de souci, vraiment.

De toute façon, elle n'avait plus la force pour les disputes.

— Merci, dit Phil. Ça me touche.

Libby hocha légèrement la tête.

— Prends tout le temps qu'il te faut.

Phil adopta une expression sérieuse en se rasseyant.

— C'est normal de vouloir être près de l'endroit où Sasha était pour la dernière fois, dans un moment comme celui-ci.

Phil fronça les sourcils un instant, la tête baissée et la main sur le front.

— Oui, oui, tu as raison. C'est... c'est important pour moi.

Libby se retira dans la cuisine pour laisser un peu d'espace à Phil, et revint peu après avec deux tasses de thé.

— Tiens, dit-elle. Bois ça.

— Merci, Libby.

Phil prit la tasse sans regarder Libby.

— Je peux te poser une question un peu étrange ? dit Libby, encore secouée par son explosion de colère face à Natalie.

Une partie d'elle se demandait si elle irait voir la police, juste pour la faire payer et la faire arrêter ou convoquer, ou lui faire subir toute autre procédure applicable dans ce genre de situation.

— Bien sûr, répondit Phil, toujours sans la regarder.

— Est-ce que Sasha connaît Dan, le fils de Sean ? De son premier mariage ?

Libby savait que Phil avait rencontré Dan à quelques reprises dans le passé, lors de parties de chasse avec son père. Il s'était fait un peu d'argent de poche en tant que rabatteur et adorait faire partie du groupe, travailler en équipe, les drapeaux en main pour débusquer les oiseaux.

Dan était souvent rentré à la maison tout excité pendant ces mois d'automne et d'hiver, racontant qu'il avait dû s'enfoncer dans les broussailles, que les cartouches usées s'étaient abattues sur lui alors que les fusils tiraient au-dessus de leurs têtes, qu'on lui avait servi de la tourte de gibier pour le déjeuner et qu'il avait pu choisir certains des oiseaux à rapporter à la maison.

Phil sembla pensif, sans que son visage ne révèle quoi que ce soit.

— Est-ce que Sasha a déjà participé à une chasse, peut-être ? C'est comme ça qu'ils se connaissent ?

En tant que garde-chasse, l'organisation des battues était le rôle de Phil.

— Non, pas notre Sasha, répondit Phil immédiatement, esquissant presque un sourire. Jamais tu ne la verras... faire ça.

Ils restèrent silencieux un moment. Phil retenait visiblement ses larmes.

— Je suis désolée, je... je ne voulais pas être indiscrète. Je me demandais juste si c'était comme ça qu'elle connaissait Dan.

— Je ne pense pas qu'elle connaisse le fils de Sean. Ils ne sont pas du même âge, si ? Enfin, j'imagine que ce n'est pas impossible.

Libby y réfléchit et arriva à la conclusion que c'était sûrement Natalie qui semait la confusion ou qui essayait de brouiller les pistes, pour une raison ou une autre.

— Oui, tu as raison, c'est peu probable.

— Sean a organisé une nouvelle recherche, dit Phil.

Sa tasse était serrée entre ses mains ; des mains rugueuses qui tremblaient lorsqu'il portait le thé à sa bouche.

— On ne trouvera sûrement rien de plus que cette chaussure...

Il laissa tomber sa tête.

— Je suis sûr qu'elle est là, quelque part. La première recherche a couvert le domaine de chasse et la zone entre ici et Little Radwell, au cas où elle serait rentrée à la maison à pied, qu'elle se serait perdue ou qu'elle aurait eu un accident. Cette fois, j'ai dit qu'on devrait aller plus à l'est et chercher entre ici et la ferme des Denton. Il y a quelques vieux bâtiments et bosquets sur le chemin qui méritent qu'on les vérifie.

À en voir son expression, il était évident que Phil pensait que l'expédition ne donnerait rien, mais, en tant que père, il ne pouvait pas rester les bras croisés.

— Les policiers n'ont pas déjà fouillé cette zone ? demanda Libby, surprise que Sean n'ait pas mentionné la recherche.

— Si, bien sûr, répondit Phil. Mais personne ne connaît le terrain mieux que nous. Ils ont pu passer à côté de quelque chose d'important. Tous les gars viennent, même Eric. On va aussi amener les chiens et utiliser des talkies-walkies pour rester en contact. C'est grâce à Sean que tout ça se met en place.

— Je vois, dit Libby, un froid glacial la traversant. Espérons que vous trouviez quelque chose.

Elle n'avait pas voulu dire « Sasha », car après tout ce temps, cela aurait sûrement signifié découvrir son corps.

Phil tendit la main, toucha doucement son bras, fit glisser sa main jusqu'à la sienne, puis entrelaça ses doigts avec les siens.

— Merci, Libby. Je sais que ça a été difficile pour toi aussi, parce que...

— Oh, salut, Sean... dit Libby, se retournant soudainement en apercevant son mari dans l'embrasure de la porte.

Le rouge lui monta aux joues sous le regard de Sean, sa main toujours dans celle de Phil. Libby l'enleva rapidement et se leva pour s'approcher de Sean.

— Qu'est-ce que tu fais à la maison ? dit-elle en l'embrassant.

Sean ne répondit pas.

— Phil, dit-il. Comment ça va ?

Il se racla la gorge.

— J'aimerais pouvoir dire que je tiens le coup, mais ce serait mentir, répondit Phil, en se levant à son tour. Je vais vous laisser tranquilles. Désolé de vous avoir dérangés.

— Pas de problème, dit Sean en lui jetant un regard méfiant. Est-ce que tu seras en mesure de participer à la recherche de demain, ou tu préfères nous laisser faire ? Il devrait y avoir pas mal de monde.

— Je serai là, dit Phil. C'est ma fille. Mon bébé...

Il se cacha le visage dans ses mains, s'excusa puis se dirigea vers la porte d'entrée.

Libby laissa Sean le raccompagner, estimant que c'était sans doute mieux ainsi. Après tout ce qui s'était passé, elle ne voulait pas que Sean se fasse de fausses idées sur ce qu'il venait de voir. Elle avait déjà assez de problèmes comme ça.

41

PRÉSENT

On me ramène dans la salle d'interrogatoire avec Claire. Je tremble, et mes jambes vont flancher à tout moment. Avant que la porte ne se referme, je me retourne pour regarder les autres salles qui donnent sur le couloir. Je me demande qui se trouve derrière ces portes fermées : des conducteurs en état d'ébriété, des personnes arrêtées pour trouble à l'ordre public, un auteur de violences domestiques, un trafiquant de drogue.

Un meurtrier.

— Ce n'est pas moi, ai-je dit à Claire lorsque nous étions seules. Je n'ai pas tué Sasha.

Je me suis pris la tête entre les mains, me balançant sur ma chaise, incapable de comprendre ce que l'avocate me disait, les conseils qu'elle me donnait, notamment sur une éventuelle déposition qu'elle pourrait lire à voix haute. Rien ne m'atteignait. Rien n'avait de sens.

Nous nous rasseyons.

— Cet entretien est enregistré, déclare l'inspectrice après le *bip* de l'appareil.

Elle énonce l'heure.

— Je suis l'inspectrice Ellen McCaulay, et les autres personnes présentes dans cette pièce sont...

Elle marque une pause, laissant l'inspecteur Jones se présenter, suivi de mon avocate, qui donne de nouveau son nom et précise son rôle. Pour finir, j'annonce mon nom et ma date de naissance.

— Merci, dit l'agente. Libby, nous avons pris une pause pour vous permettre de consulter votre avocate, mais il y a encore quelques points que nous aimerions éclaircir, si vous êtes d'accord.

Doucement, je lève la tête. Pourquoi a-t-elle l'air différente, comme si elle était maintenant de mon côté ? Comme si nous étions deux amies autour d'un café ? Je ne comprends pas pourquoi sa voix est devenue douce et bienveillante, dépourvue du ton accusateur de tout à l'heure.

— D'accord, dis-je, baissant de nouveau la tête.

— Avant que vous ne commenciez, intervient Claire en s'éclaircissant la gorge, ma cliente a rédigé une déclaration signée que je souhaiterais vous lire.

— Je vous en prie, répond l'inspecteur Jones.

Claire se racle la gorge une nouvelle fois.

— Je soussignée Mme Elizabeth Mary Randell souhaite déclarer que le samedi 6 octobre, treize jours avant la disparition de Sasha Long, Sasha travaillait avec moi lors d'un dîner privé. Alors qu'elle chargeait ma voiture, elle a accidentellement fait tomber une boîte contenant des verres à vin en essayant de la mettre dans le coffre de ma Volkswagen. Elle a ramassé la boîte et l'a posée dans le coffre pour vérifier si certains verres étaient cassés. Sasha s'est ensuite coupé le doigt sur du verre brisé et du sang est tombé sur le tapis de ma voiture ainsi que sur le papier protégeant les verres. Ce papier s'est ensuite éparpillé dans le coffre. J'ai été témoin de tout cela, et je suis allée chercher un pansement pour Sasha, que j'ai appliqué sur la coupure qui saignait abondamment. Signé Elizabeth Randell.

Claire tend ensuite ma déclaration à l'inspecteur Jones.

— Merci, dit-il en y jetant un coup d'œil avant de la glisser dans le dossier. Vous n'avez pas pensé à nous en parler plus tôt ?

Je ne réponds pas.

— D'accord, Libby, reprend-il. Mettons de côté les éléments scientifiques pour l'instant. Nous restons un peu perplexes concernant l'heure à laquelle vous êtes sortie dîner avec Sean. Nous aimerions que vous nous éclairiez. Nous savons que tout ça est stressant pour vous et que les souvenirs peuvent parfois être flous.

Le ton de l'inspecteur Jones a changé, lui aussi. Fini le ton bourru, l'expression impassible lorsque je croise son regard. Maintenant, il est assis en face de moi, penché en avant sur ses avant-bras, presque souriant, comme s'il voulait me convaincre que clarifier les choses suffirait à tout arranger. À retrouver ma fille. À retrouver ma vie.

— Je sais, je suis désolée. J'ai dû mélanger des choses. Nous avions tous les deux bu un peu de vin et...

Je m'arrête, troublée par l'écho de la voix de Sean et l'image de sa main levée au-dessus de ma tête.

— Je vais faire de mon mieux pour vous aider.

— Pouvez-vous nous résumer rapidement ce qui s'est passé avec Sean au pub pendant le repas ? Est-ce que vous vous entendiez bien, ou est-ce que vous diriez que c'était un peu tendu ?

— Un peu des deux, dis-je.

Je regrette immédiatement de ne pas m'être contentée de l'habituel « je préfère ne pas répondre », mais cette stratégie ne m'a pas vraiment aidée jusqu'ici.

— Je me sentais mal d'avoir... de l'avoir accusé d'avoir une liaison. Je me suis énervée quand il a reçu des messages et des appels. On était censés passer du temps ensemble. Ça a juste dégénéré. Ce n'était pas du tout la soirée sympa que j'avais imaginée. Et c'était entièrement ma faute.

— Qui, selon vous, envoyait des messages ou appelait votre mari, Libby ?

Je hausse les épaules, les yeux rivés au sol.

— Je ne sais pas.

— Sean est-il proche de sa mère ? continue l'inspecteur Jones, toujours avec ce ton encourageant, comme si j'avais juste à dire ce qu'il fallait pour que tout ça prenne fin.

— Oui, dis-je. Ils sont proches.

— Comment décririez-vous votre relation avec Marion Randell ? demande l'inspectrice McCaulay.

— Elle est...

Je m'arrête pour réfléchir une seconde. Parler de Marion est toujours délicat. Elle a comme une carapace solide autour d'elle pour se protéger, pour tenir les gens à distance.

— Elle ferait n'importe quoi pour nous. Je sais qu'elle a beaucoup culpabilisé de ne pas avoir gardé Alice ce soir-là.

L'inspectrice McCaulay prend des notes, levant les yeux de temps à autre.

— C'est une belle-mère en or, dis-je. Elle adore Alice, et Sean aussi, évidemment.

Je souris.

— Elle le couve un peu trop, pour être honnête. On dirait qu'elle est, je ne sais pas... coincée dans le passé. Comme s'il était encore un petit garçon. Je ne pense pas qu'elle ait une très bonne relation avec Fred, alors elle concentre tout son amour sur Sean et Alice.

Un frisson me parcourt au son de ma voix exprimant des choses que j'ai gardées enfouies depuis si longtemps.

— Je dois avouer que c'est parfois un peu étouffant. J'ai l'impression que tout doit avoir son approbation. Vous voyez ce que je veux dire ?

C'est peut-être d'un psychologue que j'ai besoin, pas d'un interrogatoire.

— Ça fait plusieurs années qu'elle a des problèmes de santé, mais elle n'en parle jamais. Elle fait bonne figure, alors j'essaie d'être compréhensive.

— Votre mari vous a-t-il dit qui l'appelait et lui envoyait des messages pendant le dîner ? reprend l'inspectrice McCaulay.

— Il m'a dit que c'était sa mère. Mais je ne l'ai pas cru.

À côté de moi, j'entends Claire s'agiter : elle décroise et recroise les jambes en se raclant la gorge.

— Pourquoi Marion n'a-t-elle pas pu s'occuper de votre fille ce soir-là ? Elle la garde, d'habitude, non ? demande l'inspecteur Jones.

— Elle avait une réunion à l'église, mais Sasha était disponible, donc ça ne posait pas de problème.

— Savez-vous de quoi traitait la réunion de Marion ? Et où elle avait lieu ?

Je hausse les épaules.

— Des plannings pour les fleurs ou quelque chose comme ça, dis-je. À l'église Saint-André, l'église du village. Marion a toujours quelque chose à organiser.

Incapable de regarder l'inspecteur en face, je fixe le mur derrière lui.

— On dirait qu'elle a besoin de tout contrôler. Parce qu'il y a eu une période où elle ne pouvait pas le faire, ajouté-je, perdue dans mes pensées.

Je pense alors à l'accident de Sean, à la douleur sur le visage de Marion lorsqu'elle m'avait raconté à quel point elle s'était sentie impuissante, qu'elle aurait dû être là pour son fils, faire quelque chose pour éviter cela. Mais elle n'avait toujours pas pu me dire exactement ce qui s'était passé.

— Et si la réunion avait été annulée, Marion vous l'aurait dit ?

— Oui, bien sûr, dis-je sans réfléchir. Elle serait venue garder Alice tout de suite.

— La réunion de Marion *a été* annulée, Libby. Pensez-vous

que c'est la raison pour laquelle elle appelait votre mari pendant votre dîner ?

Je fixe l'inspecteur Jones, ne sachant quoi dire.

— Je préfère ne pas répondre, dis-je en toussant, avec l'impression d'avoir quelque chose de bloqué en travers de la gorge. Je peux avoir un peu d'eau, s'il vous plaît ?

— Pouvez-vous me dire comment vous avez laissé la maison en partant dîner ? demande l'inspectrice McCaulay.

Elle me sert un verre d'eau à la machine à côté d'elle et le fait glisser sur la table.

— Merci, dis-je avant de le boire d'un trait et de m'essuyer la bouche d'un revers de main. Comment ça, comment j'ai laissé la maison ?

— Par exemple, si la télévision était allumée, ce que faisait Sasha, où était Alice... Ce genre de choses.

— Euh... eh bien, Sasha était assise sur le canapé, avec ses manuels éparpillés autour d'elle. Alice était déjà au lit, mais j'imagine qu'elle a dû descendre à plusieurs reprises. Elle aime bien Sasha. La télé était allumée, oui, et Sean avait fait un feu un peu plus tôt. Sash veillait toujours à ce qu'il reste allumé.

— Qu'est-ce que vous mettez dans le feu, Libby ? demande l'inspecteur Jones.

Je marque une pause, faisant tourner le gobelet en plastique entre mes doigts.

— Des bûches, dis-je. Parfois du charbon.

— Avez-vous l'habitude de jeter des déchets dans le feu ?

— Non. J'essaie de recycler au maximum.

Je compresse le gobelet jusqu'à ce qu'il émette un craquement.

Le son m'évoque celui des bûches dans le feu, des crépitements, des étincelles éclatant contre la grille...

— Mon Dieu, non ! avais-je hurlé à Sean à notre retour à la maison ce soir-là.

Mes mains couvraient ma bouche, tandis que des cris

profonds et déchirants traversaient ma gorge, tranchants comme des lames de rasoir. Je me fichais de la douleur ; je *voulais* la ressentir alors que je fixais le contenu du sac à dos de Sasha étalé partout, frénétiquement dispersé.

— Tais-toi, Libby, avait lancé Sean. Laisse-moi réfléchir.

— Réfléchir ? *Réfléchir* ? avais-je répondu, haletante, faisant les cent pas, incapable de détacher mes yeux du désordre.

L'assiette de nourriture était renversée sur le sol ; une partie avait atterri sur la table basse en bois, et il y avait un peu de la sauce couleur ocre mélangée au poulet et au riz sur le tapis également. La fourchette était devant le foyer de la cheminée. Le verre d'eau de Sasha était toujours à côté de ses manuels, une trace de baume à lèvres en forme de croissant dessinée à l'endroit où elle avait bu. C'était la seule chose qu'il restait d'elle, la seule trace de son passage ici.

— Libby ? dit l'inspectrice McCaulay, me ramenant brusquement à la réalité. Pouvez-vous répondre à la question ?

— Pardon ?

— Est-ce que vous ou Sean avez mis quelque chose dans le feu ce soir-là, autre que des bûches ou du charbon, avant ou après votre sortie au pub ?

Je serre le gobelet en plastique avec force, l'esprit envahi par les souvenirs.

— Non, oh non, non, *non*... avais-je gémi des centaines de fois, jusqu'à ce que Sean me gifle de nouveau.

— Arrête, ne touche à rien ! avait-il hurlé en me voyant tendre la main vers le stylo qui traînait par terre près du sac de Sasha.

— Comment est-ce que ça a pu arriver ? avais-je dit. Ça ne peut pas...

— Je préfère ne pas répondre, dis-je maintenant à l'inspectrice McCaulay, la regardant droit dans les yeux. Je ne mettrais jamais de plastique dans le feu.

— D'accord, Libby, merci. Mais je n'ai jamais parlé de plastique. Pouvez-vous préciser votre pensée ?

Je serre le gobelet encore plus fort et j'entends un craquement sourd lorsqu'il se fend enfin – un bruit qui me rappelle ce que j'ai ressenti ce soir-là, cette cassure...

— Sean, tu ne peux pas faire ça, lui avais-je dit en saisissant son poignet. Ne fais pas ça...

Il avait libéré sa main pour le faire quand même, attisant les braises incandescentes, la partie la plus chaude du feu, et ajoutant quelques bûches malgré mes protestations.

— Tout va bien se passer, Libby.

— Quoi ? avais-je crié. Tu ne peux pas sérieusement penser ça. Tu es dingue, tu es complètement fou. J'appelle la police.

J'avais saisi mon téléphone, mais Sean me l'avait arraché des mains.

— Arrête, Libby. On n'a pas besoin de les appeler tout de suite.

La sueur perlait sur sa lèvre supérieure et ses joues étaient rouges. Les flammes dansaient autour des bûches fraîches, craquant et crépitant dans le foyer.

— Non, désolée, je ne peux pas préciser, dis-je à l'inspectrice en posant le gobelet en plastique. Je ne peux plus rien expliquer, murmuré-je, les yeux rivés au plafond. Je lui faisais confiance. Je lui faisais vraiment, *vraiment* confiance.

— Je comprends que ce soit difficile pour vous, Libby, poursuit-elle d'une voix toujours aussi douce. Pouvez-vous nous dire à qui vous faisiez confiance ?

Les larmes roulent sur mes joues malgré moi, en repensant à la manière dont Sean m'avait conduite dans la cuisine, m'avait parlé, m'avait calmée, me répétant que tout allait bien se passer jusqu'à ce que je finisse par le croire. J'avais acquiescé, pressant mon visage contre son torse pendant qu'il m'enlaçait, convaincue qu'il allait tout arranger.

42

PASSÉ

Libby s'éveilla avant l'aube. Elle avait dormi par intermittence et savait que Sean avait fait de même. Dos à dos, tous deux s'étaient tournés et retournés et avaient dormi aussi loin de l'autre que possible. Elle se leva pour aller aux toilettes, se lava le visage et aperçut la femme émaciée qui la fixait dans le miroir au-dessus du lavabo. La femme qu'elle avait fini par détester.

— Sean, murmura-t-elle en se remettant au lit. Tu es réveillé ?

Elle se colla contre lui et sentit sa chaleur contre son corps. Il gémit, se retourna légèrement, écarta la couette et s'éloigna d'elle avant de se redresser.

— Il faut que je me lève. On commence la recherche tôt. Phil et les autres seront bientôt à la loge.

— Il ne fait pas encore jour.

— Il fera jour à 7 heures. On se rejoint à cette heure-là.

Sans la regarder ni ajouter un mot, Sean se dirigea vers la salle de bains. Quelques instants plus tard, Libby entendit l'eau couler et sentit l'odeur familière du gel douche qui s'échappait sous la porte. Lorsqu'il ressortit, une serviette nouée autour des hanches, Libby était déjà habillée. Elle avait enfilé un vieux jean et le sweat-shirt de Sean qui traînait sur le dossier de la chaise. Ses cheveux tombaient dans son dos en une queue-de-cheval désordonnée. Elle se fichait de son apparence, et même de s'être lavée ou non.

— Vous allez chercher où ? demanda-t-elle, assise sur le lit, observant Sean enfiler son caleçon et ses chaussettes.

Il ouvrit l'armoire, en sortit un pantalon vert foncé, celui qu'il portait souvent lors de ses parties de chasse, ainsi qu'un tee-shirt propre et un pull polaire sombre. Puis il s'assit à côté d'elle sur le lit.

— Près de l'endroit où on a trouvé la chaussure de Sasha. Ils veulent couvrir le terrain à l'est, vers la maison des Denton, je crois. Je suis allé en repérage hier, et je vais leur dire de partir vers l'ouest. Je couvrirai les champs à l'est en Land Rover, sûrement avec Eric et deux ou trois autres personnes. Il y a un sentier qui y mène.

La voix de Sean était dénuée d'émotion.

— S'il y a une trace d'elle quelque part, ils trouveront.

Libby acquiesça.

— D'accord, répondit-elle. Je vais faire du café.

Elle descendit, s'arrêtant devant la porte d'Alice en chemin. Son cœur se serra au son de la douce respiration de sa fille, la seule chose qui la faisait encore tenir.

Elle mit des grains de café dans la machine, remplit le réservoir d'eau et appuya sur quelques boutons.

— Natalie était là ce soir-là, tu sais, dit-elle en se retournant lorsque Sean arriva derrière elle. J'en suis convaincue.

— Qu'est-ce que tu racontes ? répondit Sean en se servant un verre d'eau qu'il vida d'un trait.

— Pourquoi tu essaies de la protéger ?

Libby ne supportait pas que leur échange soit aussi sec et formel, chaque mot pesé, comme s'ils n'étaient plus une équipe. Elle fixa son dos alors qu'il regardait par la fenêtre. Elle n'avait qu'une envie : poser ses mains sur ses épaules et reposer sa tête contre lui.

— Tu ne l'as jamais appréciée, dit-il en secouant la tête. Il n'y a aucune raison pour que Natalie ait été là. Ce n'était pas mon week-end avec Dan.

— Elle était dans le village pour le déposer chez Tom. Je suis sûre que c'est pour ça qu'Alice avait peur. Elle m'a clairement fait comprendre que Natalie était là. Et j'ai trouvé le bracelet. Pourquoi elle serait passée, Sean ? dit Libby sur un ton plus accusateur qu'elle ne le souhaitait. Qu'est-ce qu'elle voulait ? Réfléchis deux minutes... Qu'est-ce qu'elle a fait ?

— La jalousie est un vilain défaut, Libby, répondit-il. Et c'est trop pour moi actuellement. Je dois diriger la recherche et...

— Je ne comprends pas pourquoi tu la protèges.

Sean attrapa une tasse sur l'étagère et la plaça sous la machine. Pendant qu'elle se remplissait, il s'approcha de Libby et l'attrapa par les épaules.

— Écoute, Natalie n'était pas là pendant qu'on était sortis. Il n'y avait qu'Alice et Sasha dans cette maison. Compris ?

Son emprise se resserra.

Libby le dévisagea : elle reconnaissait à peine son mari.

— Oui, murmura-t-elle.

Elle alla se blottir sur la banquette sous la fenêtre, ses jambes repliées sous elle. Elle observa Sean boire son café puis se diriger vers le couloir pour enfiler ses bottes. Il revint en ayant mis sa veste Barbour et sa casquette, un long bâton de marche à la main – son préféré, celui avec la poignée en argent. Lorsqu'il passa près d'elle, il hésita, et Libby ne savait pas s'il allait la serrer dans ses bras ou la frapper. Voilà à quel point elle avait l'impression de ne plus le connaître. Il ouvrit la bouche pour dire quelque chose, mais la referma aussitôt. Peu après, Libby entendit la porte d'entrée s'ouvrir, puis claquer, laissant s'infiltrer un courant d'air frais dans la cuisine.

Par la fenêtre, elle le regarda déverrouiller le Land Rover, monter à bord et s'éloigner. Elle fondit en larmes et pleura pendant ce qui lui sembla être des heures. Ce n'est que lorsqu'elle sentit une petite main chaude sur la sienne et qu'Alice murmura « Qu'est-ce qu'il y a, maman ? » qu'elle cessa de pleurer et essuya son visage avec la manche du vieux sweat-shirt de Sean.

— Oh, ma puce, maman est juste un peu triste, dit-elle en prenant Alice dans ses bras. Mais ça va aller. Parfois, les adultes pleurent aussi, tu sais.

Alice avait l'air préoccupée.

— C'est parce que Sasha est partie passer un moment avec Jésus ? C'est pour ça que tu es triste ?

Libby regarda sa fille et hocha la tête.

— Oui, ma puce, oui. C'est pour ça que je suis triste.

La *Symphonie n° 41* de Mozart emplissait la cuisine pendant que Libby s'affairait à préparer les derniers plats pour le dîner du soir même. Elle pela l'ail, une tête à la fois, coupant les gousses en petits morceaux qu'elle mit de côté. Elle fit bouillir des pommes de terre Russet qu'elle écrasa avec de la farine, pétrit et façonna en petites boules parfumées à l'ail et à l'huile de truffe, prêtes à être cuites plus tard. Elle braisa de minuscules betteraves pour accompagner les coquilles Saint-Jacques, prépara le pigeon en crapaudine, une vinaigrette aux anchois pour napper le cabillaud de l'Atlantique, et fit fondre du chocolat noir intense pour le dessert au caramel au beurre salé.

Puis elle s'arrêta net, immobile, tête baissée, mains appuyées sur le plan de travail.

« Sasha est partie passer un moment avec Jésus... »

Libby essuya ses mains et se dirigea vers la porte de la grange. Elle se pencha par-dessus la partie inférieure pour respirer l'air frais. Elle ne savait pas si elle était étourdie à cause de la chaleur de la cuisine ou de sa respiration rapide et superficielle. Elle se plia en deux pour tenter de faire revenir un peu de sang à son cerveau. À l'idée de tout ce qu'elle avait encore à faire avant ce soir, elle eut envie de se remettre à pleurer. Ses pensées se bousculaient, surtout parce que Sean était parti, accompagné d'une dizaine d'autres personnes, toutes animées par un seul objectif : ramener Sasha à la maison.

— Dieu sait ce qu'on va trouver, avait dit Sean la veille au soir, lorsqu'ils essayaient de s'endormir.

Libby n'avait pas répondu, et Sean n'avait pas insisté ; chacun était perdu dans ses propres pensées.

— Tu sais que la découverte de la chaussure de Sasha est la seule chose qui garde l'attention sur cette zone, avait dit Libby une heure plus tard, alors qu'ils étaient tous les deux toujours éveillés.

— Je sais, avait répondu Sean d'une voix calme, presque empreinte de regret.

— Ça a fait croire à tout le monde qu'elle était encore là, dans les champs ou les bois, quelque part dans le coin.

— Tu as entendu ce que l'inspecteur a dit la dernière fois qu'on l'a vu, Lib. Il a dit que ça ne voulait rien dire et qu'ils élargissaient leurs recherches. Oui, c'est la chaussure de Sasha, mais on a pu l'embarquer dans une voiture et l'emmener n'importe où. Ça ne prouve pas qu'elle soit encore dans le coin.

Libby avait poussé un lourd soupir, essayant de s'endormir sans y parvenir.

— Merde à la fin ! hurla Libby dans la cour.

— Tout va bien, Libby ?

La tête d'Arn apparut au-dessus du mur.

— Oui, oui, ça va, désolée pour mon langage, Arn. J'ai eu une matinée un peu pourrie et j'ai perdu mon calme un instant.

Elle s'essuya les yeux, espérant qu'il ne verrait pas son visage marqué par les larmes, de là où il se trouvait.

— Juste quelques soucis en cuisine, mais rien que je ne puisse pas régler, ajouta-t-elle avec un sourire forcé.

— J'aimerais pouvoir t'aider, répondit-il. Mais réchauffer un curry tout fait au micro-ondes, c'est déjà difficile pour moi, poursuit-il avant de brandir un sécateur. Je profite du beau temps pour tailler quelques trucs. J'espère que tu vas t'en sortir.

Il se baissa de nouveau, et son sifflotement se fit de plus en plus faible à mesure qu'il s'éloignait dans son jardin.

Après quelques profondes inspirations, Libby retourna à l'intérieur et se mit à fouiller dans le congélateur.

— Étiquettes de merde, murmura-t-elle en ramassant un énième autocollant sur l'étagère sous le pot de sauce.

Mais en l'ouvrant, elle s'aperçut que ce n'était pas celle qu'elle cherchait, ce qui signifiait qu'elle devrait préparer une autre sauce pour les minibrochettes de poulet en amuse-bouche. Elle pensait en avoir une d'avance, ce qui lui aurait fait gagner du temps.

Libby sortit le cuissot de chevreuil du frigo, prête à le désosser et à le faire mariner. Elle le laissa tomber sur la grande planche à découper. D'une main tremblante, elle choisit son couteau le plus tranchant et se mit à la tâche – qui n'était pas facile et, avec du recul, elle regrettait de ne pas avoir demandé au boucher de le faire pour elle. Mais elle voulait apprendre et mettre les os et les restes directement dans un bouillon.

Elle se lava les mains et attacha ses cheveux pour qu'ils ne tombent pas devant ses yeux. Elle s'aspergea le visage d'eau pour réduire son gonflement, et croisa son reflet dans le petit miroir près de la porte de la grange. Elle était consciente qu'elle avait une mine affreuse – il y avait désormais encore plus de taches sur le vieux sweat-shirt de Sean que quand elle l'avait enfilé. Il faudrait qu'elle trouve le temps de prendre une douche et de se changer avant ce soir.

Pendant qu'elle manipulait le cuissot avec précaution, qu'elle enfonçait ses doigts dans la chair rouge violacé pour le retourner, les dernières semaines défilaient dans sa tête. Une galerie cruelle d'images et de pensées incontrôlables. Elle saisit le couteau, l'enfonça dans la viande, laissant l'os guider sa lame. Elle était convaincue que tout était lié. Mais elle ne savait pas encore comment.

Et au milieu de tout ça, il y avait Sean. Son homme si adorable, si gentil, si loyal. Pourtant, alors qu'elle entaillait la chair, qu'elle y plongeait la lame de son couteau, qu'elle la détachait de l'os, une seule image occupait son esprit : celle de Sean avec une autre femme. Une femme sans visage. Une femme qu'elle tenait, sans trop savoir pourquoi, pour responsable de tout ce qui s'était passé.

Les larmes de Libby tombèrent sur la viande sombre. Elle sanglotait, ses épaules secouées par ses pleurs. À travers ses yeux embués, elle parvint à dégager l'os principal du haut du cuissot, qu'elle laissa tomber dans une grande casserole destinée au bouillon.

— Aïe ! s'écria-t-elle lorsque le couteau dérapa brusquement sur le jarret.

Du sang perlait de son index, qu'elle passa sous l'eau du robinet avant de le comprimer dans une feuille d'essuie-tout pour stopper l'hémorragie. Elle ne voulait pas contaminer la viande ; elle désenveloppa donc son doigt et appliqua un pansement bleu dessus avec son autre main. Elle ne voyait plus l'intérêt de rien, tout lui paraissait absurde.

En continuant à travailler, Libby imaginait Sean avec les rabatteurs, boitant de plus en plus à mesure qu'il traversait les champs, les menant vers l'ouest, au-delà de la colline, puis vers le ruisseau – un raccourci que Sasha aurait pu prendre pour rentrer chez elle ce soir-là. Puis elle le visualisa dans le Land Rover avec Eric, parcourant les champs un peu plus bas en direction de la maison des Denton. Ils possédaient la plus grande partie de cette zone, bien marquée par des chemins, même si Sean passerait son temps à descendre pour ouvrir et fermer les portails. Mais il connaissait bien le coin, et c'était aussi là, selon Marion, qu'il avait eu son accident, toutes ces années auparavant.

Libby haussa les épaules, s'essuya le visage sur la manche de son pull, reniflant pour retenir ses larmes autant qu'elle le pouvait. Elle ne lâcherait pas, elle ne reporterait pas le dîner, et elle ferait confiance à Sean, qui lui disait que tout allait bien se passer. Elle n'avait tout simplement pas le choix.

— Mme Randell...

La voix grave qui venait de la porte de la grange la fit sursauter. Libby releva la tête, la lame du couteau toujours appuyée contre l'os, ses doigts enfoncés dans la viande pour la maintenir en place.

— Inspecteur ? dit-elle calmement, se demandant quelle nouvelle il était venu lui annoncer.

Puis elle comprit. Natalie.

L'inspecteur Jones déverrouilla la partie inférieure de la porte de la grange et entra, suivi d'une agente en uniforme que Libby ne reconnaissait pas.

— Posez le couteau et éloignez-vous du plan de travail, lui ordonna-t-il.

— Quoi ? J'ai un dîner à préparer pour ce soir et...

— Obéissez, s'il vous plaît.

Libby fit ce qu'on lui disait. Un frisson la parcourut, ses yeux passant d'un policier à l'autre.

— Je sais que c'est Natalie qui est derrière tout ça, dit-elle en levant les yeux au ciel et en essayant d'empêcher sa voix de faiblir. Je sais que j'ai eu tort, mais elle dramatise tout. Je ne sais pas ce qu'elle vous a raconté, mais je l'ai juste un peu bousculée. Elle n'a pas été blessée et...

— Mme Elizabeth Randell, je vous arrête pour le meurtre de Sasha Long. Vous avez le droit de garder le silence. Toutefois, si vous ne mentionnez pas des éléments qui pourraient jouer en votre faveur, ces éléments pourraient être rejetés par la suite lors de votre procès. Tout ce que vous direz pourra être retenu contre vous, déclara l'inspecteur Jones, les bras croisés, tandis que l'agente s'approchait de Libby pour lui passer les menottes.

— Donnez-moi vos mains, s'il vous plaît, dit-elle.

— Quoi ? Je... mais... non... Je ne vois pas de quoi vous parlez !

La tête de Libby commença à tourner et son corps tout entier se mit à trembler lorsque le métal froid se referma sur ses poignets.

— Veuillez nous suivre, Mme Randell, dit l'agente d'un ton moins sévère. Vous avez des chaussures ?

Libby fixa ses pieds nus : elle n'était même plus certaine de savoir ce qu'étaient des chaussures, et encore moins où en trouver.

— Tenez, regardez, mettez celles-ci, dit l'inspecteur Jones en désignant une paire de Crocs près de la porte.

C'étaient ses anciennes chaussures de jardinage.

— Le gaz... marmonna-t-elle en regardant par-dessus son épaule.

L'agente s'approcha et observa les boutons un instant, puis coupa la gazinière. Libby jeta un coup d'œil aux ingrédients abandonnés sur le plan de travail avant qu'on la conduise à l'extérieur. Là, elle aperçut la voiture de police dans la cour, garée devant le portail.

— Attention à votre tête, dit le policier en ouvrant la porte arrière du véhicule, alors que la symphonie de Mozart résonnait toujours dans les oreilles de Libby.

Lorsque l'inspecteur Jones fit demi-tour et s'engagea sur le chemin, le paysage familier du village était soudain un décor étranger. Libby porta nerveusement la main à sa bouche pour se ronger les ongles. Elle ne sentait que le goût du sang.

Je sors dans la rue, les yeux plissés, le bras levé pour me protéger le visage, descendant la rampe en titubant. Les gens passent à côté de moi, me jetant à peine un regard. La femme en jean et sweat-shirt sale. La femme qui n'a pas pris de douche ni mangé correctement depuis ce qui semble être des jours. La femme dont les cheveux sont emmêlés et gras, au visage gonflé et marqué par les larmes. La femme avec du sang sous les ongles.

À ma gauche se trouvent un arrêt de bus et un râtelier à vélos. Rien qui me permette de retourner à Great Lyne. Un taxi est en route.

— Vous pouvez partir, m'a dit l'inspecteur Jones plus tôt ce matin.

Du moins, je crois que c'était ce matin. Ça aurait pu être dans la nuit, pour autant que je sache. J'étais allongée sur le lit, toute tremblante, une simple couverture fine sur moi. Mon sommeil était entrecoupé, envahi par des rêves qui me faisaient perdre la notion de ce qui était un cauchemar et de ce qui était la réalité.

— Vous pouvez partir, a-t-il répété. Vous êtes remise en

liberté sous contrôle judiciaire, a-t-il ajouté, comme si je savais ce que cela signifiait.

— Je suis libre ?

— Pour l'instant, a-t-il précisé, impassible.

J'ai balancé mes jambes hors du lit et enfilé mes Crocs. Une agente en uniforme est entrée dans la cellule juste au moment où l'inspecteur Jones commençait à s'éloigner, les mains dans les poches de son jean et la tête baissée.

— Venez avec moi, a dit l'agente, tandis qu'un autre policier la rejoignait.

Ils m'ont conduite jusqu'au bureau devant les cellules, qui était occupé par un autre agent que celui qui avait effectué ma procédure d'admission, et ont entamé celle de ma remise en liberté.

— Vous êtes sûrs ? ai-je demandé, trop fatiguée, trop bouleversée, trop émue pour ressentir la moindre joie à l'idée d'enfin sortir de là. Vous me laissez partir ?

— À moins que vous ne souhaitiez rester un peu plus longtemps, a répondu l'agent au visage sillonné de rides.

Il m'a tendu un sac en plastique contenant mes affaires : quelques mouchoirs, un petit paquet de Haribo, mes clés de maison et ma ceinture.

— Signez ici, m'a-t-il ordonné, en lançant une remarque pardessus son épaule à un autre agent, quelque chose à propos de beignets.

— D'accord, j'ai balbutié en griffonnant mon nom d'une main tremblante.

Puis il m'a demandé comment je comptais rentrer chez moi, et j'ai dit que je ne savais pas. Mais je ne lui ai pas dit que je ne savais plus où était mon chez-moi. Il m'a demandé si je voulais appeler quelqu'un.

— Sean, ai-je répondu.

Je l'ai observé composer le numéro enregistré sans me

demander qui était Sean. Il tomba directement sur la messagerie.

— Vous pouvez essayer d'appeler mon amie, Fran ?

Mais, finalement, je l'ai interrompu alors qu'il composait le numéro. Si l'appel tombait directement sur le répondeur chez elle aussi, j'aurais fait le lien. Je n'étais pas prête pour ça.

— En fait, ça va, ai-je dit. Je veux juste rentrer chez moi.

Il m'a alors appelé un taxi.

Je m'approche du bord du trottoir lorsque la voiture noire et blanche s'arrête. Le chauffeur baisse la vitre côté passager et me regarde.

— Taxi pour Randell ? crie-t-il.

Je hoche la tête et monte à l'arrière. Je lui donne mon adresse et essaie d'oublier la déception que Sean ne soit pas là, à m'attendre pour me prendre dans ses bras, pour me ramener à la maison et tout arranger. Je n'ai aucune idée d'où il est.

— Est-ce que je peux aller chercher ma carte en arrivant ? demandé-je, frissonnant en repensant à l'instant où j'avais payé le taxi ce soir-là. Je n'ai pas mon portefeuille.

— Bien sûr, me répond-il en me lançant un regard dans le rétroviseur, comme pour me dire : « Ne vous inquiétez pas, j'ai l'habitude de prendre des clients ici... »

J'attache ma ceinture et enroule mes bras autour de moi. Le taxi démarre et s'éloigne. J'ai la tête qui tourne et le sentiment que rien de tout cela n'est réel. Il n'y a pas beaucoup de circulation en direction du nord de la ville.

— Il est quelle heure ? demandé-je au chauffeur.

Il me répond qu'il est 12 h 20. Puis je lui demande quel jour on est et, après un nouveau coup d'œil dans le rétroviseur, il m'informe qu'on est dimanche.

— Dimanche ?

Le chauffeur acquiesce, un sourire complice sur le visage.

Vingt-quatre heures, pensé-je. Vingt-quatre heures de séparation. De solitude. De distance. De terreur. D'interrogatoires et d'humiliations. D'abandon. Étrangement, ça a également été vingt-quatre heures de calme intérieur, probablement pour la première fois en trois semaines. Et de sécurité, sans doute.

Personne ne pouvait m'atteindre là-dedans. Je ne pouvais même pas me faire du mal.

Une demi-heure plus tard, le taxi ralentit en entrant dans Great Lyne. Près du panneau indiquant le nom du village, des urnes en pierre, ornées de fleurs d'automne, s'illuminent de violet et de jaune sous la lumière du soleil. C'est une belle journée, mais elle ne correspond pas à mon état d'esprit. Ou peut-être que si. Peut-être que tout est fini maintenant. Peut-être que la vie peut reprendre son cours et que Sean et moi pourrons faire comme si rien de tout cela n'était arrivé. Reprendre à partir de ce vendredi soir, quand nous nous préparions à sortir dîner. On se regarderait, et Sean dirait : « On reste à la maison, en fait ? » J'acquiescerais, l'enlaçant avant de retirer mes talons, de commander un plat à emporter, d'annuler notre réservation. D'annuler la baby-sitter.

Des visages familiers – deux femmes et un homme, debout sur la place du village en train de discuter, leurs chiens en laisse – me fixent quand le taxi passe lentement. La même scène qu'hier. Les langues vont une nouvelle fois se délier. Les ragots iront bon train.

— C'est juste là, à gauche, dis-je en me penchant en avant pour indiquer au chauffeur où s'arrêter. La maison avec le toit de chaume, ajouté-je, bien que presque toutes les maisons de notre ruelle aient ce genre de toit.

Il ralentit et se gare devant la maison, sans couper le moteur.

— Ça vous fera 27,50 livres, s'il vous plaît, dit-il en se tournant vers moi, un bras posé sur le siège passager.

Je hoche la tête.

— J'arrive tout de suite, dis-je en descendant de la voiture.

L'air est frais et pur, doux sous le soleil, comme si on avait lessivé le village pendant mon absence. Les mains tremblantes, je déverrouille la porte d'entrée de ma maison et entre. Toutes les lumières sont éteintes et la maison semble froide.

— Il y a quelqu'un ? crié-je, bien que je sente déjà que personne ne répondra. Sean ?

Je m'arrête dans le hall et tends l'oreille en bas de l'escalier.

— Sean, c'est moi. Tu es là ?

Rien.

Je vais dans la cuisine et trouve mon sac sur une chaise. Je prends mon portefeuille et retourne vers le taxi pour payer la course. Ma main tremble quand je glisse ma carte dans la machine, essayant de me souvenir de mon code PIN à travers le brouillard dans ma tête.

— Merci, dis-je.

Le chauffeur hoche la tête avant de repartir. Je retourne vers la maison tandis qu'il opère un demi-tour.

La maison est exactement comme je l'ai laissée : mon cardigan est posé sur une chaise de la cuisine, quelques tasses et les restes du petit déjeuner sont près de l'évier, le cahier de coloriage d'Alice est ouvert sur la table avec quelques feutres à côté, dont certains ont perdu leur bouchon. Il y a un petit tas de linge sale devant la machine à laver et un autre de linge propre sur la banquette sous la fenêtre. Je l'ai laissé là hier matin faute de temps pour le plier, car j'étais résolue à aller dans la cuisine de la grange pour préparer le repas d'hier soir.

— Oh mon Dieu, dis-je en pensant à mes clients, les imaginant en train d'essayer de me joindre à plusieurs reprises après 17 heures, l'heure à laquelle j'étais censée arriver.

Je fouille dans mon sac, en sors mon téléphone et vérifie l'écran. La batterie est à plat. Je le branche au câble à côté de la bouilloire et le laisse recharger, puis me dirige vers la porte de derrière pour aller jusqu'à la grange. Les deux portes ne sont pas fermées à clé : ma maison est sans défense, une invitation ouverte à qui voudrait se servir. Je n'ai même pas pensé à fermer à clé lorsqu'on m'a embarquée hier, et Sean était sûrement trop préoccupé par les recherches, puis par ses tentatives de me faire sortir de garde à vue.

La voiture de location est toujours dans la cour, à l'endroit exact où je l'ai laissée, mais il n'y a aucune trace du Land Rover de Sean. Une odeur étrange flotte dans la cuisine de la grange, mi-appétissante, mi-écœurante. Le cuissot de chevreuil à moitié découpé est toujours sur la planche. Le bois est taché de sang sombre et sec, et une mouche solitaire y marche tranquillement. Le contenu de la grande marmite posée sur la cuisinière est froid et gris, et des oignons translucides flottent dans une écume trouble et grasse. Quelques grosses carottes et des fines herbes ramollies sont collées sur les bords, et des os émergent de la soupe. Tout est bon à jeter.

— Libby ? appelle quelqu'un. C'est toi ?

Je me retourne brusquement, m'attendant presque à voir l'inspecteur Jones et un autre officier sur le seuil, prêts à m'arrêter et à m'embarquer une nouvelle fois. Mais il n'y a personne. Lorsque je passe la tête par la porte de la grange, j'aperçois le visage d'Arn au-dessus du mur.

— Tout va bien ? demande-t-il, me scrutant de haut en bas.

— Oui, merci, dis-je machinalement, consciente que mon état montre le contraire.

« Remise en liberté sous contrôle judiciaire. » Ces mots résonnent dans ma tête pendant qu'Arn me parle de ses bulbes de jonquilles et de la coupe de ses arbustes.

— Vraiment ? C'est bien, commenté-je, souhaitant qu'il s'en aille. Ce sera joli au printemps.

Je me retourne pour fermer la porte.

— Je n'ai pas pu m'empêcher de remarquer la voiture de police, hier, dit Arn. Tout va bien ? J'ai vu qu'il n'y avait pas de lumière dans votre cottage cette nuit. J'ai essayé de vous joindre, toi et Sean, mais je n'ai pas réussi.

Arn. Toujours vigilant.

— Oui, oui, tout va bien, Arn. Merci. C'était juste pour l'enquête, ajouté-je. Il n'y a rien de nouveau.

Ce qui, de mon point de vue, est vrai. L'inspecteur Jones n'a jamais mentionné qu'ils avaient trouvé un corps, et les prétendues preuves contre moi n'étaient apparemment pas suffisantes pour m'inculper. C'est ce que j'aurais pu leur dire dès le début. C'est ce que *je leur ai dit* dès le début.

Mais ce qui est plus troublant, c'est qu'Arn n'a vu aucune lumière dans le cottage. Où était Sean ? Je secoue la tête pour chasser les pensées qui m'envahissent – non pas à propos de l'endroit où il se trouvait, mais plutôt de la personne avec qui il était.

Après m'être débarrassée de la viande et de la nourriture dans la grange, je retourne dans le cottage pour vérifier mon téléphone. Il est suffisamment chargé pour tenir un moment et, tout ce que je veux, c'est aller récupérer Alice à la ferme. Avant de partir, j'appelle Sean, mais je tombe directement sur sa messagerie. Il n'y a aucun texto de sa part non plus, ce qui est inhabituel. Je m'attendais à ce qu'il me tienne au courant des recherches d'hier, avant qu'il n'apprenne mon arrestation.

Je monte dans la voiture de location et quitte la cour, tournant à gauche en direction de la ferme de Marion et Fred. Le trajet me fait passer devant la zone où Sean et les autres devaient être hier, près de la loge et du domaine de chasse. Je les imagine en train de traverser les champs couverts de rosée, leurs bottes trempées et pleines de boue, leurs souffles chauds formant de petits nuages dans le froid matinal. Les chiens de chasse gambadent avec enthousiasme, s'élançant à la moindre odeur avant de revenir vers leurs maîtres, la queue frétillante, la langue pendante, les oreilles soyeuses flottant dans le vent.

Je ralentis en passant devant le portail ouvert donnant sur

une petite allée où Sean aurait normalement garé sa voiture. Celle-ci mène à une petite étendue où les rabatteurs se retrouvent tôt le matin avant une battue. Ils y mettent leur équipement – pantalons et vestes vert foncé, casquette de chasse –, prennent quelques gorgées dans leur flasque, et grignotent un peu avant de se mettre en route. Bien sûr, l'endroit est vide, mais les traces fraîches de pneus dans la boue semblent témoigner du passage d'hier. Je m'arrête juste avant la barrière pour me garer, espérant un instant voir le Land Rover de Sean toujours garé là. Il aurait pu demander qu'on l'emmène au pub pour ne pas avoir à conduire pour rentrer.

C'est à ce moment que je le vois au sol, à l'entrée du champ : le bâton de Sean, plus long que la plupart des bâtons de marche, parfaitement droit à l'exception du tiers supérieur, qui est plein de nœuds jusqu'à l'embout en argent repoussé. Il en était tombé amoureux dès qu'il l'avait vu dans l'atelier de l'artisan. Discrètement, j'avais demandé au vendeur de le mettre de côté, lui affirmant que je reviendrais le chercher et le payer le lendemain. L'anniversaire de Sean approchait.

Et le voilà dans la boue. Abandonné.

Je vais le ramasser.

— Sean ? lancé-je, tout en sachant pertinemment que si le Land Rover n'est pas là, il y a peu de chances que lui le soit. Sean, tu es là ?

Il n'y a rien d'autre que le bruit du vent dans les arbres et le battement des ailes de quelques faisans qui s'envolent presque verticalement, jaillissant du fourré, leurs longues plumes de queue flottant derrière eux.

Je scrute une dernière fois les environs avant de mettre le bâton dans le coffre et de partir.

Je traverse Chalwell et passe devant l'Old Fox, où je reconnais quelques voitures : la Jeep de Phil, la camionnette jadis blanche de Tony, ainsi que la voiture de la femme de Dean, qu'il a manifestement empruntée.

Le groupe de chasseurs est à l'intérieur.

Il n'y a aucune trace du Land Rover de Sean, mais il l'a peut-être laissé chez Fred et Marion – encore une fois – où les autres seraient venus le chercher pour l'emmener jusqu'au pub s'il voulait boire une ou deux pintes, peut-être même commander un rôti du dimanche avec quelques-uns des gars. Mais sachant que j'ai été arrêtée, j'en doute.

Je me dis que cela vaut la peine de vérifier avant d'aller à la ferme et me gare dans le parking. Quelqu'un pourrait avoir du nouveau à la suite de la recherche.

En sortant de la voiture, je regarde l'endroit où Sean et moi nous trouvions il y a quelques semaines, lorsqu'il a appelé le taxi après le dîner. L'estomac noué, je me dirige vers la porte et entre. Je suis aussitôt frappée par une odeur chaude de bière. Le feu crépite dans la cheminée, et l'endroit est rempli de gens du coin, dont la plupart me sont familiers.

Puis je repère le groupe habituel de Sean, au fond du pub, mais pas avant qu'eux ne m'aient repérée. Tout le bar est soudain silencieux alors que je pénètre dans l'établissement – une brebis menée à l'abattoir sans s'en rendre compte. J'esquisse un léger sourire avant de m'apercevoir que chacun des membres du groupe me lance un regard noir, le visage aigri, les yeux pleins d'amertume. Les nouvelles vont vite.

Je me rapproche des hommes en vacillant. Certains me tournent le dos. Deux d'entre eux, Dean et Tony, me regardent droit dans les yeux, le visage neutre. Derrière eux, je repère Eric à son poste, assis sur un tabouret au bout du bar, penché sur un journal déplié.

— Salut, dis-je en me sentant toute petite au milieu de ces géants. Est-ce que Sean est là ?

— Non, répond Dean en prenant une gorgée de sa pinte.

— Et toi non plus, tu ne devrais pas l'être, ajoute Tony en me poussant doucement hors de leur groupe avec son épaule.

Je baisse la tête en acquiesçant légèrement, puis je les contourne pour me rapprocher d'Eric. Il pose le stylo qu'il a dans la main.

— En huit lettres, dit-il en pointant du doigt la grille de mots fléchés. Volatilisée, ajoute-t-il en me regardant droit dans les yeux. Huit lettres, la troisième est un S.

Eric prend une gorgée de sa bière, tout en me scrutant par-dessus son verre.

— Euh...

Je me penche en avant pour jeter un coup d'œil à la grille, mais ma vision se brouille.

— Je ne sais pas trop, dis-je, consciente du regard des autres pesant sur moi, de leurs yeux transperçant mon dos. Ce n'est pas trop mon truc, les mots fléchés.

— Tu veux un verre, Libby ? demande Eric. On dirait que tu en as besoin.

— Non, merci, dis-je, soulagée qu'il se montre sympathique.

J'aurais bien pris un ou deux shooters pour me détendre, mais je ne pense pas que ce soit une bonne idée à jeun.

— Je voulais juste savoir si vous aviez vu Sean aujourd'hui. Et si la recherche a donné quelque chose.

Derrière moi, quelqu'un fait un bruit, entre grognement et rire.

— Je n'ai pas vu Sean depuis hier, dit-il en se grattant le nez et en se raclant la gorge. Désolé, Libby.

Il se replonge dans ses mots fléchés, tapotant son stylo sur le bar.

— Volatilisée, volatilisée, volatilisée... marmonne-t-il.

— Vous avez cherché près de chez les Denton, toi et Sean ?

Eric relève la tête, pris d'une quinte de toux rauque de fumeur.

— Non, non. Sean et Phil sont allés par là, vers le grand magasin de nourriture pour animaux, au sommet de Cotton Hill, mais ils n'ont rien trouvé, pour autant que je sache. Moi, je suis allé avec les autres, jusqu'à Blake's Hill et au-delà. On a couvert pas mal de kilomètres, à nous tous. On a trouvé quelques trucs, un gant et une ceinture, mais personne ne sait si ça appartient à la fille. La police les a récupérés.

Je hoche la tête, pensive.

— C'est comme si la terre abritait tout, dit Eric en toussant de nouveau. Des couches d'histoire ensevelie dans la terre. Gardienne de tous les secrets.

— Oh... Je...

— À chaque fois qu'une personne y met les pieds, elle y laisse une trace, d'une manière ou d'une autre. Elle y cache des choses.

— Je vois, dis-je, sans être vraiment sûre de comprendre ce qu'essaie de me dire Eric.

— Ton homme, c'est un bon gars, Libby. Je le connais depuis qu'il est né. Je me souviens de Marion enceinte, le ventre bien arrondi. Tu ne vas pas me croire, ma fille, mais j'avais un petit faible pour elle à l'époque.

Il étouffe un rire en toussant. Je me force à sourire, n'ayant qu'une envie : partir. Quelqu'un me pousse par-derrière, et je sens quelque chose de mouillé sur le bas de ma jambe. Je doute que ce soit un accident.

— Elle ne va pas très bien, tu sais, dit Eric, son regard soudain devenu sérieux.

— Marion ? Je sais qu'elle a eu quelques soucis de santé, mais...

— Je l'ai trouvée par terre un peu plus tôt ce soir-là, tu sais. Avant de te voir, quand tu cherchais la fille, en voiture. Tu te souviens ?

— Par terre ? dis-je, abasourdie.

Eric hoche la tête en buvant une gorgée de sa bière.

— Elle venait de sortir de chez toi. Je l'ai aidée à se relever, bien sûr, mais elle n'était pas dans son état normal. J'ai voulu appeler une ambulance, mais elle n'a rien voulu entendre. Elle m'a dit qu'elle voulait juste rentrer chez elle, en insistant sur le fait qu'elle était en état de conduire. Elle était livide, en sueur, et se tenait les côtes. Juste après que tu t'es arrêtée pour me parler, je l'ai revue en voiture ramener Sean chez vous. Elle n'aurait vraiment pas dû être au volant si...

— Mon Dieu, pourquoi tu n'as rien dit quand je t'ai vu ce soir-là, Eric ?

Mes pensées se bousculent. J'essaie de comprendre ce que cela implique. Je *sais* ce que cela implique.

— Marion m'a fait jurer de ne rien dire, dit-il avec une expression de regret. Comme je te l'ai dit, j'ai toujours eu un faible pour elle, je ferais n'importe quoi pour lui faire plaisir.

Eric secoue la tête.

— Mais depuis ce jour-là, ça ne cesse de me trotter dans la tête. Marion a toujours été du genre à souffrir en silence, mais je ne peux plus le supporter. Prends soin d'elle, d'accord, Libby ? dit-il, les larmes aux yeux. Assure-toi qu'elle va bien.

— Bien sûr, dis-je, en ayant bien l'intention de le faire, mais pas nécessairement pour les raisons qu'Eric a en tête.

Marion était dans notre cottage ce soir-là...

— Je vais passer la voir tout de suite, dis-je, la voix tremblante.

Eric hoche la tête.

— Et souviens-toi, ma petite, ce qui se passe sur la terre reste sur la terre. C'est une règle, ici. Tacite, mais une règle tout de même.

Eric tapote de nouveau le côté de son nez et arbore un large sourire dévoilant des dents jaunies, et quelques-unes en moins.

— On ne m'appelle pas Eric le lutin pour rien, hein ?

Il essuie une larme au coin de son œil.

— Non, en effet, dis-je en m'efforçant de lui rendre son sourire.

— Mais parfois, poursuit Eric, parfois, la terre répond. Souviens-toi de ça, et garde les oreilles ouvertes. Écoute ce que cet endroit te dit. Il est plus sage que nous tous. Moi y compris, précise-t-il avec le même rire rauque.

— Merci, Eric, dis-je en lui touchant le bras, pressée de retourner à la ferme. Au fait, ajouté-je en me penchant au-dessus des mots fléchés, en huit lettres, c'est « disparue ».

Quand je me retourne pour partir, je vois que Phil est entré dans le pub. Il se tenait juste derrière moi depuis tout ce temps. Je me faufile entre lui et les autres, la tête baissée, faisant tout pour ne pas trébucher une nouvelle fois quand je traverse la salle bondée. Il tente de me bloquer le passage, comme s'il voulait me parler, mais je l'ignore et continue à avancer.

— Laisse tomber, mec, dit l'un d'entre eux. Allez, on sort fumer.

Je me précipite vers la porte et traverse le parking en courant jusqu'à ma voiture. J'ai du mal à insérer la clé dans le contact, à peine capable de contenir mes larmes avant de m'éloigner.

— Marion ? dis-je en arrivant au niveau de la porte de derrière, encore secouée par ce qu'Eric m'a dit.

Tout ce que je veux, c'est prendre Alice dans mes bras et la ramener à la maison, mais pas avant de parler à Marion. Je remarque en poussant la porte de la buanderie que c'est ouvert, alors j'entre.

— Il y a quelqu'un ?

Les lumières sont éteintes et la cuisine semble froide, comme si elle avait perdu son âme. Je regarde autour de moi. Tout est propre et bien rangé, comme d'habitude. Je continue mon chemin le long du couloir où se trouve le grand escalier ; je repose la même question, à l'affût du moindre craquement du parquet à l'étage.

Rien.

Le salon est vide également : l'âtre sans son feu habituel, le journal plié avec soin sur la petite table en bois, les canapés avec leurs coussins à fleurs bien disposés et inoccupés. L'une des poupées d'Alice gît sur le sol, à moitié habillée.

— Il y a quelqu'un ? lancé-je de nouveau.

Ils doivent être dehors, à la ferme. Puis j'entends des rires.

— Alice ? dis-je en ouvrant brusquement la porte de la salle à manger, qui n'est utilisée que pour Noël.

Une odeur de renfermé m'accueille, ainsi que le vide. La pièce est telle qu'elle a toujours été, avec son tapis rose, ses rideaux en velours vert et sa table polie, un chandelier en argent terni posé en son centre. Mais il n'y a personne.

Je referme la porte et ouvre celle de la seule autre pièce desservie par le couloir : le bureau de Fred. Je la pousse avec force, presque paniquée à l'idée qu'Alice ait été laissée seule. Mais, quand j'entre, je la vois assise en tailleur sur le sol, en face de son grand-père, dans son fauteuil, penché en avant. Tous les deux ont un grand sourire aux lèvres, et aucun ne me remarque dans l'encadrement de la porte.

— Oh non, papy, pas encore ! s'écrie Alice en frappant des mains. Tu as grimpé sur l'échelle et tu dois recommencer du début !

Ma petite fille se tord de rire, à moitié couchée sur le côté, écartant ses cheveux d'un geste rapide tout en sautant de joie.

— Allez, retourne à la case ici, papy.

— Tu es une sacrée maîtresse de jeu, lui dit Fred d'une voix un peu décalée, que je n'avais jamais entendue. Et une experte du jeu de l'échelle. Je parie que tu gagnes tout le temps contre tes copains de la garderie.

— On joue à la balle et je gagne tout le temps, dit Alice en se mordillant le doigt. Et on fait des concours de corde à sauter. Je joue pas à ce jeu avec eux. C'est juste quand je suis ici avec toi et mamie.

Fred glousse, puis m'aperçoit enfin.

— Libby, dit-il en se levant à moitié.

Il jette un coup d'œil à Alice et secoue légèrement la tête, comme pour me dire qu'il ne fallait pas parler devant ma fille.

— Maman ! crie Alice en me voyant.

Elle fait un bond et court vers moi, manquant de trébucher sur une pile de papiers que Fred a laissée par terre.

— Maman, maman, maman...

Elle se jette contre mes jambes et me serre fort.

— Porte-moi, porte-moi, dit-elle d'une voix qu'elle sait capable de me faire céder.

Je m'accroupis, glisse mes mains sous ses aisselles et la soulève pour la poser sur ma hanche.

— Oh, ma puce, dis-je en murmurant dans ses cheveux, la serrant contre moi. Je suis désolée, maman a dû s'absenter un petit moment.

— C'est pas grave, ne sois pas triste, répond-elle. Mamie m'a laissée faire des brownies et papy m'a emmenée sur le tracteur.

Je sens son petit corps se tendre d'enthousiasme contre moi.

— C'est bien, dis-je en essayant de paraître enjouée. Tu sais où sont mamie et papa, ma puce ?

— Non, mais mamie a dit que je pouvais habiter ici si je voulais, et que je peux nourrir les poules avec elle tous les jours. C'est vrai, maman ? dit-elle d'une voix suppliante.

Je la serre dans mes bras.

— On verra bien, dis-je pour la calmer. Fred, tu sais où est Sean ?

— Tu devrais demander à Marion, répond-il en jetant un coup d'œil à Alice. Elle est quelque part dans la ferme. Elle a dit qu'elle avait du boulot.

Fred se frotte le visage en secouant la tête.

— Elle... elle avait encore ce regard dans les yeux, Libby.

Il se redresse un peu, l'air presque impuissant.

— Alice, tu restes avec papy pour finir ton jeu. Je reviens vite et on rentre à la maison, d'accord ?

Je jette un regard à Fred et hoche la tête. Il est clairement inquiet pour Marion, lui aussi.

Alors que je quitte la pièce, ma fille émet un bruit exprimant quelque chose entre l'approbation et la déception. Je ferme la porte du bureau, me dirige vers la cuisine et sors dans la cour. Je commence par les endroits habituels : l'abri de jardin où Marion aime passer du temps, à s'occuper de ses semis au printemps ou à nettoyer et planifier la saison suivante en automne. Mais elle n'y est pas. Elle n'est pas non plus dans l'annexe derrière la cuisine, où elle stocke la nourriture pour les poules et les autres oiseaux qu'elle élève.

— Marion ? lancé-je. Tu es là ?

Je monte vers l'étang et le poulailler, vérifie tout autour, sachant qu'à part faire les petits travaux qu'elle est encore capable de faire, elle aime simplement marcher dans la nature, *être* dans la nature.

Gardienne de tous les secrets... résonne la voix d'Eric dans ma tête.

— Marion ?

Il n'y a dans le poulailler que quelques poules dont le caquètement sourd me rassure, tout comme l'odeur des copeaux de bois et de la paille éparpillés. Je continue mon chemin, allant plus loin vers le grand hangar où Fred range son matériel, aujourd'hui principalement géré par les trois gars du village qu'il emploie à plein temps. Il fait appel à d'autres saisonniers quand il en a besoin.

Mais le hangar est vide, à l'exception de plusieurs tracteurs, de la moissonneuse-batteuse et d'autres équipements néces-saires pour faire tourner une ferme de cette taille. Je contourne le hangar pour aller vers une zone rarement exploitée, sauf pour y garer les remorques et, parfois, stocker les grands ballots ronds enveloppés de plastique noir. Je vérifie l'ancienne porcherie et plusieurs bâtiments en brique. Certains sont en mauvais état, d'autres sont utilisés comme entrepôts. Je continue à appeler Marion.

Mais il n'y a aucune trace d'elle.

Le dernier bâtiment où j'arrive est le local à gibier – une structure basse en brique avec un toit en tuiles et un sol en béton. D'après mes souvenirs de la première fois où Sean m'a fait visiter la ferme, plusieurs vieux congélateurs coffre sont alignés au fond pour les stockages de longue durée. Ce bâtiment ne sert que pendant les périodes d'hiver, et il ne semble pas que quelqu'un y soit passé récemment. Fred n'a organisé aucune partie de chasse cette année, il est encore tôt dans la saison.

— Marion ? lancé-je, sur le point de faire demi-tour et d'abandonner, décidée à rappeler Sean.

Si je n'arrive pas à le joindre bientôt, j'appellerai les hôpitaux.

Je me fige.

Quelqu'un chante.

Une chanson douce mais intense, répétée en boucle. La même mélodie monotone, les mêmes mots qui se répètent sans fin. Ça vient de l'intérieur du local à gibier.

— Il y a quelqu'un ? dis-je en m'approchant de la porte.

Je la pousse et attends que mes yeux s'habituent à la pénombre.

— Oh... murmuré-je en m'agrippant au cadre de la porte lorsque je la vois.

Marion a une serpillière à la main et frotte frénétiquement le sol en béton peint avec de l'eau savonneuse.

— Ça va, Marion ? demandé-je.

Mais elle ne lève pas la tête. Elle continue à plonger la tête grise de la serpillière dans le seau, encore et encore, sans l'essorer, et à répandre l'eau sur le sol. Elle poursuit son chant, des larmes coulant sur ses joues, et adapte les paroles sur le rythme frénétique de ses mouvements. Pourtant, il semble n'y avoir rien à nettoyer.

Je m'approche d'elle, prenant soin de ne pas glisser sur l'eau savonneuse. Doucement, je pose ma main sur son bras : ses cheveux s'échappent de son chignon, ses joues sont rouges et ravagées par les larmes.

— Marion, arrête, dis-je calmement. Qu'est-ce que tu fais ? Pourquoi tu pleures ?

— Fais dodo, Colas mon p'tit frère...

— S'il te plaît, Marion. Arrête un instant. Parle-moi.

Elle lève brièvement les yeux : ses yeux vitreux me traversent comme si je n'étais pas là.

— Fais dodo, t'auras du lolo...

Elle replonge la tête de la serpillière dans le seau, sans même prêter attention à ce qu'elle fait. Elle frotte juste le même endroit sans cesse. Le local à gibier empeste le désinfectant.

— Marion, dis-je plus résolument. Arrête, s'il te plaît. Tu m'inquiètes. Viens, on va discuter.

Je reprends son bras, plus fermement.

— Maman est en haut, qui fait du gâteau...

— Allez, ça suffit maintenant.

Elle résiste, mais je parviens à lui retirer la serpillière des mains et à la remettre dans le grand seau en métal.

— Qu'est-ce que tu fais ici ? Pourquoi tu pleures ?

Mes yeux balaient l'intérieur du local. Je n'y suis venue qu'une seule fois auparavant, quand Sean m'y a emmenée pour me montrer le gibier mort, comment il était suspendu et maturé avant d'être dépecé. Les persiennes laissaient filtrer une lumière étrange sur les carcasses pendues aux crochets – les cerfs d'un côté, les faisans, les perdrix et les lapins de l'autre.

J'avais frémi face aux animaux morts. Les voir avant le dépeçage – avec leur tête, leurs yeux, leur fourrure et leurs membres encore attachés – m'avait en quelque sorte rappelé d'où ils venaient, que les manger me rendait aussi un peu complice du meurtre. Marion préparait souvent des tourtes et des ragoûts de gibier et, en effet, emménager dans la région m'avait poussée à réfléchir davantage à mes menus et à l'intégration de produits locaux. Et, en fin de compte, c'était bien simplement de la nourriture, pour les gens du coin. Mais le local à gibier donne l'impression que ça se rapproche davantage de la mort... d'un *meurtre*.

— Papa est en bas, qui fait du chocolat...

— Marion, s'il te plaît...

Je regarde autour de moi, à la recherche d'un endroit où

m'asseoir. Mais à part la dalle de pierre contre un mur pour étaler la viande, ou les vieux congélateurs, il n'y a que quelques bacs en plastique, ce qui n'est pas idéal.

— On peut sortir, prendre l'air un peu ? lui proposé-je en passant mon bras autour de ses épaules.

L'odeur est désagréable.

— Non, dit-elle, arrêtant de chanter.

Ses lèvres sont fines et sèches ; pâles comme le reste de son visage. Elle a l'air mal en point.

— Où est Sean ? demandé-je en essayant de la guider dehors.

Mais elle refuse de bouger.

— Ils l'ont emmené, dit-elle avec détachement.

— Emmené ? Qui l'a emmené ?

Marion me fixe.

— La police, voyons. Ils l'ont emmené hier, menotté.

45

Je pose ma main contre le mur pour me tenir debout. Sean *arrêté* ?

Marion reprend le balai et se remet à chanter. J'écarte le seau de son chemin avec mon pied, mais il heurte une bosse au sol et se renverse, l'eau d'un brun verdâtre se répandant tout autour de nos pieds. La serpillière s'écrase par terre.

— Viens te mettre ici, dis-je en lui prenant le bras pour la guider hors de la flaque. Tu vas avoir les pieds trempés.

Je la conduis près du congélateur, en essayant de ne pas trembler, mais il fait frais dans le local à gibier. Encore plus qu'à l'extérieur. Et mes frissons ne sont pas uniquement dus à la température. Je m'appuie contre le vieux congélateur. Là, Marion explose.

— Non ! Ne touche pas à ça ! Va-t'en !

Elle montre les poings et commence à me frapper, des larmes ruisselant sur son visage. Elle tire, déchire mes vêtements. Je saisis ses poignets et me rends soudain compte à quel point elle est devenue frêle – fragile.

— Marion, arrête, s'il te plaît. Comment ça, la police a emmené Sean ?

— Ils l'ont emmené. Ils l'ont arrêté. C'est ce que... ce qu'on m'a dit. C'est horrible. Ils ont dit que tu étais partie aussi, mais tu es revenue. Où est Sean ? Où est mon garçon ? Oh...

Elle fond de nouveau en larmes, ses propos presque incompréhensibles.

— Qui est-ce qui t'a dit ça, Marion ?

— Son ami me l'a dit, dit-elle. Ça s'est passé quand il cherchait Sasha. Quand il essayait d'*aider*.

— Marion...

Je baisse la tête et réfléchis. Sean a dû être arrêté en même temps que moi. Pendant tout ce temps, il était probablement dans la cellule voisine, peut-être dans la salle d'interrogatoire juste à côté. Je secoue la tête et m'appuie de nouveau sur le congélateur. C'est alors que je vois les cheveux : quelques mèches blondes coincées dans le joint.

Je hurle, incapable de détourner les yeux.

— Oh mon Dieu, chuchoté-je en reculant. Non... Non, pitié, non...

Mes yeux écarquillés passent de Marion au congélateur. Je ne comprends pas.

— Libby, non, dit-elle, plus calme maintenant, alors que j'ose avancer d'un pas vers le congélateur.

J'ai besoin de savoir. Alors je tends la main vers la porte en inox, mais Marion abat son bras sur le mien pour m'empêcher de l'atteindre.

— Ne te mêle pas de ce qui ne te regarde pas.

— Marion, bien sûr que ça me regarde, dis-je, ma voix à peine audible. Laisse-moi ouvrir ce congélateur.

Je tends de nouveau la main vers la poignée, mais elle me repousse avec violence et se place entre moi et l'appareil. Je recule, trébuchant contre l'un des deux grands bacs en plastique, mais je réussis à rester debout.

— Qu'est-ce qui se passe ici, Marion ?

— Tout est réglé. Tout est arrangé. Laisse-moi nettoyer, dit-elle en recommençant à fredonner, attrapant la serpillière.

— Qu'est-ce que tu dois nettoyer ? demandé-je, m'efforçant de rester calme.

Je lui parle comme si je m'adressais à Alice : en essayant de l'amadouer, de la rassurer. Elle ne me dira rien si elle pense que je suis contre elle.

Elle s'arrête et s'appuie sur le manche du balai.

— C'était tellement sale ici, dit-elle en jetant un regard vers le congélateur. Et ça... ça n'arrête pas de fuir.

— De fuir ?

— Maman est en haut, qui fait du gâteau...

— Marion, pourquoi le congélateur fuit ? Qu'est-ce qu'il y a à l'intérieur ?

— Papa est en bas, qui fait du chocolat...

Elle est comme de nouveau en transe, son corps mince rigide, ses mains serrées autour du balai alors qu'elle le fait glisser d'avant en arrière dans l'eau renversée. Lentement, je m'approche du congélateur, tends la main vers la poignée, un œil sur Marion au cas où elle se jetterait de nouveau sur moi. Je tire, mais la porte ne s'ouvre pas. Je m'approche davantage et essaie de forcer le joint en caoutchouc à deux mains, encore et encore, tirant de toutes mes forces, et elle cède soudain.

D'ignobles vapeurs se dégagent du congélateur coffre, me forçant instantanément à refermer la bouche.

Sans bouger, je fixe l'intérieur en clignant des yeux. Puis je les ferme, et je ne veux plus jamais les ouvrir.

— Oh... mon Dieu...

Je laisse retomber la porte, recule, crie et me couvre le visage. Je me plie en deux, vomissant à la vue de ce qui était autrefois le visage de Sasha, sous la mousse et la graisse figée. Des morceaux de sa tête se sont détachés – des amas informes de chair, dont un bout est accroché au bord du congélateur par une mèche de cheveux blonds, flottant dans une sorte de liquide.

— Non... non, nooon ! hurlé-je encore et encore, incapable de retenir mes vomissements.

Mon estomac se tord et expulse une bile fluide sur le sol. Je n'ai rien à vomir, mais les haut-le-cœur ne s'arrêtent pas. Je m'essuie la bouche avec le dos de ma main, la sueur dégoulinant de mon visage.

— Qu'est-ce que tu as fait ?

Le visage de Marion ne montre aucune émotion.

Un nouveau haut-le-cœur monte, mon nez est toujours envahi par la puanteur du contenu du congélateur. Il n'y a rien de congelé là-dedans, je sens encore la chaleur de la décomposition.

— Je pense que la soude a dû aussi attaquer le congélateur, dit Marion d'un ton neutre. Il fuit. C'est pour ça que je dois continuer à nettoyer. Sean m'a dit que c'est ce que je devais faire.

— Sean ? Je... je ne comprends pas. Qu'est-ce que Sasha fait ici ?

Je couvre mon visage de mes mains, mais tout ce que je vois, c'est ce soir-là : mon reflet dans le miroir, en robe et bottes, enfilant mon manteau, appliquant mon rouge à lèvres, souriant à l'idée que d'ici la fin de la soirée, tout irait mieux entre Sean et moi. J'étais descendue pour accueillir Sasha, lui avais demandé si elle avait tout ce qu'il lui fallait, avait mentionné qu'il y avait de quoi manger dans le frigo, puis le taxi avait klaxonné...

— Sean a dit que ça ne prendrait pas trop de temps, mais ça fait déjà trois semaines. Je continue d'ajouter des cristaux et de l'eau.

Marion désigne les deux grands bacs en plastique.

— De l'hydroxyde de sodium ? murmuré-je en lisant les étiquettes.

Il y figure des panneaux d'avertissement orange et noir avec les mentions « danger » et « corrosif », accompagnés d'une grande croix et d'un dessin montrant une main attaquée par un liquide qui la ronge.

— Fred s'en sert pour préparer le grain destiné aux vaches. Les agriculteurs du coin achètent notre blé une fois qu'il a été traité avec de la soude caustique. C'est bon pour les bêtes. Ça aide à la digestion. Mais il faut une méthode bien précise, tu comprends, et celle de Fred est la meilleure.

— La digestion ? dis-je en ayant un autre haut-le-cœur.

Je ne pourrai jamais oublier ce tas de graisse dans le congélateur.

— Oh, Sasha, non, mon Dieu...

— Ça la digère aussi, répond Marion d'une voix froide et tranchante. Mais ça prend trop de temps. Sean a dit qu'il fallait beaucoup de chaleur, mais que ça finira par marcher. De l'eau et de la soude. Un bon vieux truc traditionnel. Sean s'y connaît bien en chimie.

— Sean... Oh, mon Dieu. Mais pourquoi Sasha est-elle ici, à la ferme ? Marion, dis-moi, qu'est-ce qui se passe ? Et qu'est-ce que tu as à voir avec ça ?

Je n'arrive pas à tout saisir : qui est impliqué, comment Sasha a pu finir dans le congélateur à gibier. Après tout ce qui s'est passé.

Marion se remet à passer la serpillière, frottant toujours la même zone, encore et encore.

— Je me suis arrêtée ce soir-là parce que j'ai vu la voiture de Natalie garée devant chez vous en allant à ma réunion avec le pasteur, dit-elle en levant les yeux vers moi, en esquissant presque un sourire. J'avais trouvé le bracelet de Natalie coincé derrière mon canapé et l'avais mis dans mon sac pour le lui rendre quand je la verrais. Quand je suis arrivée au presbytère, la réunion avait été annulée et personne n'avait pris la peine de me prévenir. Alors j'ai repris la route en espérant arriver à temps pour croiser Natalie et lui rendre son bracelet, mais il s'avère qu'elle était déjà partie. Je culpabilisais de ne pas avoir pu garder Alice, alors je me suis dit que j'allais passer quand même pour voir si elle allait bien et si Sasha s'en sortait. Je n'avais rien d'autre à faire.

— Je t'écoute, dis-je en m'approchant d'elle.

Tout est bon pour m'éloigner du congélateur.

— Sasha faisait ses devoirs quand elle m'a laissée entrer, mais j'ai tout de suite vu que quelque chose la tracassait.

Ça ne m'étonne pas, me dis-je, en y repensant. Elle n'était pas comme d'habitude quand Sean et moi sommes partis, elle avait l'air abattue.

— Je savais qu'elle avait pleuré, poursuit Marion en s'appuyant sur le balai.

Elle fixe l'une des persiennes, la lumière du soleil projetant des ombres en rayures sur la dalle de pierre.

— Pleuré ?

— Enfin, elle pleurait toujours, reprend Marion. Je lui ai demandé ce qui n'allait pas et elle m'a dit que la mère de Dan l'avait disputée, qu'elle l'avait traitée d'idiote, ce genre de choses. Elle essayait de passer outre, mais je voyais bien que ça la travaillait.

— Natalie a disputé Sasha ? dis-je en faisant un pas de plus loin du congélateur. Qu'est-ce qu'elle faisait là, déjà ?

Alice avait donc raison. Natalie était bien chez nous.

— Apparemment, Dan avait oublié un de ses manuels chez vous, et elle a insisté pour que Sasha le trouve. Tu sais comment est Natalie. Impatiente, exigeante.

Je hoche la tête.

— Dan n'était pas là, évidemment, et Sasha a fait de son mieux pour retrouver le manuel, mais Natalie a été dure avec elle. Le problème, c'est que ça a été la goutte de trop pour Sasha. Elle... elle m'a dit qu'elle avait déjà beaucoup de choses en tête, qu'elle se sentait déjà mal.

Je me souviens avoir pensé la même chose en partant pour

notre soirée. Le taxi était dehors et je lui parlais pendant que Sean faisait quelque chose dans la cuisine. Je lui avais dit de se dépêcher.

— Est-ce que... est-ce que Sean savait que tu étais passée ?

— Oui, répond Marion en se remettant à pousser la serpillière. Je l'ai appelé juste après. Et j'ai envoyé plein de messages. Je ne voulais pas déranger votre dîner, mais je ne savais pas quoi faire d'autre. Il fallait... Eh bien, il s'était passé des choses, Libby. Des choses graves.

— Quoi, Marion ? Qu'est-ce qui s'est passé ?

Je prends ses poignets dans mes mains.

— Assieds-toi, dit-elle en désignant les deux grands bacs de soude caustique. Je ne me sens pas très bien, j'ai un peu la tête qui tourne.

Je l'accompagne vers les bacs et nous nous asseyons, les genoux collés, les mains fermement entrelacées.

Et Marion commence à parler.

46

— Tant de larmes pour une si jeune fille, ça m'a brisé le cœur, dit Marion en sortant un mouchoir de la manche effilochée de son pull.

Elle se mouche.

— Et puis je n'allais pas la laisser garder Alice dans cet état. Je voulais m'assurer qu'elle se calme, qu'elle puisse être responsable.

— Merci, Marion.

— Mais je n'aurais jamais dû lui demander ce qui n'allait pas. Je n'aurais jamais dû m'en mêler. Mais elle était tellement bouleversée et elle sait... savait qui j'étais : la mère de Sean. Elle n'a pas pu s'empêcher d'exprimer ce qu'elle ressentait à son sujet. Ça a fini par sortir tout seul.

— Sean et Sasha, chuchoté-je, résignée.

Je le soupçonnais depuis le début. Ma tête tombe. Je me déteste d'avoir douté de Fran, et même de Natalie.

— Mais ce n'est qu'une enfant. Comment il a pu... ?

Il ne me reste presque plus de larmes à verser. Je me rappelle le regard que Sean a lancé à Sasha quand nous sommes partis. Il pensait que je ne l'avais pas remarqué, mais je l'ai très bien vu : un dernier regard plein de désir jeté par-dessus son épaule, alors que nous sortions pour la soirée.

Marion fronce les sourcils et semble perplexe une seconde, mais finit par continuer.

— Après avoir calmé Alice, je suis allée m'asseoir dans le salon. Sasha était encore plus émotive et m'a raconté tout ce qu'elle savait. Elle a tout déballé, comme si elle ne pouvait plus se retenir, comme si c'était *ma* faute. Et ce que j'entendais ne me plaisait pas. Pas du tout.

Marion secoue la tête et se mordille la lèvre : elle est plongée dans ses pensées, revivant la scène.

— Je pensais que c'était du passé.

— J'imagine, Marion. Je suis tellement désolée. Désolée pour nous deux. Lui avec Sasha... C'est impardonnable. Il a fait tant de choses impardonnables.

Marion me lance un regard confus.

— Elle l'a découvert par accident. C'est fou comme ce genre de choses restent enfouies si longtemps, puis resurgissent quand on s'y attend le moins. Les vieux secrets qui refont surface.

Les mots d'Eric me reviennent en tête : « Gardienne de tous les secrets. »

— Celui-ci était trop lourd à porter pour une jeune fille, poursuit Marion. Mais ce qu'elle a décidé de faire à ce sujet ne m'a pas plu. Je n'ai pas passé presque vingt-cinq ans à tout cacher pour rien.

Elle s'essuie le visage avec sa manche.

— Et Fred... Oh, Fred...

Les larmes se remettent à couler.

— Je... je ne comprends pas. Marion ?

Je me rends compte à cet instant que nous ne parlons pas de la même chose.

— Quel secret ?

— Ce n'était pas un accident, ma puce. La jambe de Sean, dit-elle en reniflant.

Je grimace et essuie mes larmes.

— Comment ça ?

— C'était son père. C'est lui qui lui a fait ça, dit-elle en secouant la tête. Il a attaqué Sean avec une pelle, il y a des années. C'était la première chose qu'il avait trouvée dans la grange. Il s'est acharné sur lui, l'a frappé à répétition, pour que ça sorte. C'est surtout sa jambe qui a pris, mais, mon Dieu, il a failli le tuer. Fred n'a pas adressé la parole à son fils pendant plusieurs années après ça. Sean a mis beaucoup de temps à se remettre physiquement, mais surtout émotionnellement. Je doute qu'il s'en soit un jour vraiment remis, à vrai dire. Mais tu sais quoi ? Il n'a jamais dénoncé son père. Il a dit aux médecins qu'il avait eu un accident au lieu de leur dire la vérité. Évidemment, je me sentais terriblement coupable de n'avoir rien fait pour protéger Sean, d'avoir aussi peur que lui. Et de toute façon, je ne voyais pas les choses de la même façon. C'est mon fils. Mais Fred est vieux jeu, Libby. Il est comme ça. On ne changera jamais les gens comme lui.

— Je... je ne comprends toujours pas. Quel est le rapport avec l'état de Sasha ?

— Elle *savait*, Libby. Sasha connaissait le secret. Et... Oh...

Marion enfouit son visage dans ses mains, les larmes coulant à flots.

— D'abord son mariage avec Natalie s'est effondré, puis j'ai pensé que tu allais le quitter... Je ne pouvais pas risquer que ça tourne encore mal, que la famille soit déchirée. Tout était parfait, et je voulais que ça le reste.

Elle renifle et se mouche une nouvelle fois.

— Pour Sean. Il a traversé beaucoup de choses et il a besoin d'une femme bien dans sa vie. Mais pour Fred également. J'ai été coincée au milieu de tout ça toutes ces années.

— Quel secret connaissait Sasha, Marion ?

Je suis toujours gelée, mon corps tremblant tandis que je tiens les mains de ma belle-mère et essaie désespérément de chasser de mon esprit l'image de ce que j'ai vu dans le congélateur.

— J'ai pété les plombs, Libby. Je ne suis pas fière d'avoir crié sur Sasha. La pauvre n'avait pas besoin de ça après la scène de Natalie. Elle était déjà assez bouleversée. Mais quand Sasha m'a dit qu'elle avait laissé un mot sur ta voiture, pour essayer de te prévenir, j'ai vu rouge. Sean est avec *toi*, et elle allait tout gâcher. Ta famille, Libby. J'essayais de protéger ta *famille*.

Je secoue la tête, ayant du mal à croire que c'est Sasha qui a laissé ce mot.

— Mais pourquoi est-ce qu'elle aurait avoué sa liaison avec Sean ? Pourquoi elle me le dirait ?

C'est alors que je comprends.

— Elle voulait nous séparer pour le garder pour elle...

Marion s'arrête.

— Non... non... Qu'est-ce que tu racontes ? Ce n'est pas du tout ça. Sasha n'avait pas une liaison avec Sean. Mon Dieu, si seulement c'était aussi simple.

Elle serre ma main.

— J'ai essayé de la calmer. Elle faisait les cent pas, elle passait des larmes à la colère, disait que son petit frère serait dévasté si leurs parents se séparaient pour de bon, qu'elle devait aussi le protéger parce qu'il était encore jeune, qu'elle devait sauver leur famille. C'était horrible.

— Oh, Marion...

J'imagine la scène se dérouler pendant que Sean et moi mangions nos pinces de crabe, dévorions la focaccia, buvions du vin rouge.

— Quand elle s'est calmée, je lui ai demandé si elle avait mangé. Elle avait l'air si frêle, si pâle. Elle m'a dit que ça faisait plusieurs jours qu'elle ne pouvait rien avaler. Alors je suis allée à la cuisine pour lui réchauffer quelque chose.

Marion baisse la tête.

— Sasha m'a dit que tu mettais toujours un plat de côté pour elle dans le frigo parce que...

Elle se retient de pleurer.

— Parce qu'elle était allergique à l'arachide. Elle m'a dit précisément ce qu'elle pouvait manger. Je lui ai dit que je m'en occupais.

Je hoche la tête, mes pensées divaguent, je me demande si ce que je lui avais préparé – le poulet à la sauce crémeuse au curcuma, son plat préféré – est maintenant en train de se décomposer dans le congélateur avec ce qui reste d'elle.

— J'ai commis l'impardonnable, Libby. C'était comme si je n'étais plus moi-même, comme si quelqu'un d'autre contrôlait mes pensées. Une voix dans ma tête me disait que tout allait bien se passer, à condition que Sasha ne révèle pas le secret. Qu'elle ne puisse pas le révéler.

— Où est-ce que tu veux en venir, Marion ? chuchoté-je en la saisissant par les épaules. Dis-moi !

— J'ai réchauffé un plat pour elle, je lui ai même préparé une tasse de thé, et je lui ai apporté le tout sur un plateau. Ça ressemblait au plat que tu avais étiqueté et laissé pour elle, mais... mais celui que je lui ai donné, c'était un poulet à la sauce satay. Elle n'en a pas mangé beaucoup. Elle l'a à peine touché. Juste quelques bouchées avant qu'elle ne s'énerve de nouveau, presque hystérique, en disant qu'elle allait tout te dire, que tu méritais de connaître la vérité.

— À propos de la liaison de Sean ?

Marion acquiesce.

Alors c'est vrai. Je ferme les yeux.

— Puis, après avoir mangé, Sasha a commencé à faire des têtes bizarres. Elle est devenue rouge écarlate, s'est levée en titubant vers moi. Je ne savais pas quoi faire. Elle a commencé à jeter des choses partout, à vider frénétiquement son sac à dos, comme si elle cherchait quelque chose, tout en mettant le bazar. J'étais paniquée, Libby. Tu comprends ? J'avais vraiment peur et j'ai tout de suite regretté mes actes. Elle m'avait fait confiance. Je n'avais pas l'intention de la pousser, mais elle s'est jetée sur moi en bégayant et en agitant les bras, les yeux exorbités.

Je continue à écouter Marion, une main sur ma bouche, et fais le lien avec tout ce que Sean et moi avons découvert en revenant du restaurant, chacun absorbé par ses propres soucis, loin d'être préparés à ce que nous allions découvrir après que le taxi nous avait déposés à la maison.

Je n'oublierai jamais l'image de Sasha quand je suis entrée dans le salon : le visage déformé, allongée par terre, les yeux fixant le plafond.

Morte.

— Elle est tombée, Libby. Sasha est tombée par terre et s'est cogné la tête contre le coin de la table basse. Et je me suis contentée de la regarder.

Marion sanglote, la gorge serrée.

— Sa bouche était si grande, et ses yeux... ils avaient disparu. Cachés par tout ce... *visage*.

Marion bouge ses mains autour du sien pour illustrer son propos.

— On aurait dit qu'il avait doublé de volume. Sa main était tendue vers quelque chose par terre – ça ressemblait à un tube de médicament, alors je l'ai attrapé avant qu'elle ne puisse l'atteindre. Il y avait du sang qui coulait de sa tempe, et sa peau était déjà recouverte de... cette éruption. C'était horrible à voir, mais je faisais ça pour protéger Sean, pour vous protéger tous les deux. Je ne pouvais pas la laisser tout gâcher.

— Merde, dis-je, mais ma voix ne semble plus être la mienne.

J'imagine Sasha essayant d'atteindre son auto-injecteur – celui que Sean a jeté dans le feu, conscient que les empreintes de Marion étaient dessus. La main sur la bouche, je me creuse la tête. Les mots de Sean me reviennent. Il m'avait tenue pour responsable dès qu'il avait vu le cadavre de Sasha. Je l'avais cru et me jetais aussi la pierre. Il avait affirmé que c'était moi qui avais donné le mauvais plat à Sasha, qui avais provoqué une réaction anaphylactique massive et fatale. Je n'arrivais pas à comprendre comment cela avait pu se produire. Je fais toujours très attention. Je me rappelle qu'il s'était précipité dans la cuisine dès notre retour, me laissant seule face à la découverte du corps de Sasha. Il avait dû se débarrasser du repas sans cacahuètes pour protéger sa mère.

— Marion, de quelle couleur était le couvercle du plat que tu as réchauffé ?

— Rouge. Oui, oui, j'en suis sûre. Un plat en verre avec un couvercle en plastique rouge et une étiquette « poulet au satay ». L'autre plat dans le frigo, celui que tu avais étiqueté pour Sasha, avait un couvercle vert. Il était étiqueté « sans cacahuète ».

Sasha savait qu'elle devait éviter tout ce qui n'avait pas de couvercle vert. Végétarien, végan, sans gluten, sans arachide... Il y a une couleur pour tout. Et comme elle n'avait pas réchauffé son propre plat, elle n'avait pas pu deviner qu'il contenait des cacahuètes. J'avais bien laissé le bon plat à sa disposition, il n'avait juste pas été mangé.

— Dès que c'est arrivé, j'ai appelé Sean, paniquée, poursuit Marion, le visage marqué par l'inquiétude. J'étais complètement affolée de l'avoir tuée, mais je savais que Sean comprendrait pourquoi, que j'essayais d'empêcher que tout ne soit révélé. Tout s'est passé si vite. Et son visage... Je n'arrive pas à le chasser de ma tête.

— Non, moi non plus, Marion, dis-je en pensant aux restes gonflés et en décomposition dans le congélateur à gibier.

Je sens un autre haut-le-cœur monter.

— Sean ne répondait pas au téléphone, alors j'ai insisté. Ensuite, j'ai envoyé des messages pour lui demander de me rappeler. Je ne savais pas s'il avait du réseau au pub et je ne voulais pas vous déranger tous les deux, mais c'était... eh bien, c'était une urgence. J'aurais dû appeler une ambulance mais, après ce que j'avais fait, j'avais trop peur. Sean a fini par rappeler depuis les toilettes du pub, et je lui ai tout avoué. Je lui ai dit que Sasha savait, qu'elle avait l'intention de tout te dire, Libby. Il m'a dit qu'il s'occuperait de tout, que je devais rentrer chez moi tout de suite, qu'il arrivait. Il m'a assuré qu'Alice pouvait rester seule pendant quinze minutes. Je n'aimais pas l'idée de la laisser, mais elle s'était enfin endormie.

Je secoue la tête tout en la tenant entre mes mains.

— Mon Dieu, murmuré-je, repensant au plan de Sean.

Il était mal ficelé depuis le départ. Je me rends compte qu'il ne s'agissait pas vraiment d'un plan, mais plutôt d'un coup monté. Il savait que Sasha était morte avant même que nous quittions le pub, et il avait eu juste assez de temps pour inventer une histoire, rejetant la faute sur moi. Sean m'avait convaincue que tout allait bien se passer si je me contentais de faire ce qu'il disait, de le suivre. Mais pourquoi ?

— Qu'est-ce que Sasha savait, Marion ? Qu'est-ce qu'elle allait me dire ?

Le visage sans expression, Marion me fixe et ignore ma question.

— Sean m'a dit de nier être allée au cottage et que, si Alice avait entendu quelque chose, elle ne comprendrait pas ce qui s'était passé et que, de toute façon, les paroles d'une enfant à moitié endormie ne compteraient pas. Mais maintenant, tout ça me semble complètement tordu, Libby. Sasha est morte et c'est moi qui l'ai tuée. Je me sens minable, mais j'ai agi sur un coup de tête. Et depuis, j'ai dû garder...

Elle jette un regard vers le congélateur.

— J'ai dû garder un énième secret.

Elle pousse un soupir et porte une main à sa poitrine.

— Je n'en peux plus.

Désespérée, Marion agrippe de nouveau mes mains.

— Sean venait ici dès qu'il le pouvait, pour remettre de cette substance pour... pour la faire disparaître.

Elle tapote les barils de soude caustique, habituellement rangés à l'abri derrière une porte fermée.

— Et maintenant, il a été arrêté, alors que ça aurait dû être moi.

Un autre sanglot lui échappe.

— J'ai été bête, j'ai vécu ma vie dans le mensonge, tout ça pour rien. Je ne peux pas avoir fait tout ça en vain.

— Les secrets ne sont des secrets que quand on les garde, Marion, dis-je en serrant ses mains avec force.

« Tout va bien se passer... »

Les mots de Sean après m'avoir frappée. Le choc de découvrir Sasha, de voir son corps gonflé, sans vie, et mon hystérie l'avaient poussé à bout. Il avait paniqué, avait eu besoin que je me taise pour qu'il puisse réfléchir à ce qu'il fallait faire.

— Sean, non, avais-je dit, la joue en feu. On doit appeler la police. Notre baby-sitter est *morte*.

Il m'avait regardée avec des yeux pleins de haine.

— C'est ta faute, Libby, m'avait-il dit d'un ton glacial. Et je ne suis pas prêt à voir ma vie gâchée à cause de ça. Ma carrière et ma famille détruites à cause de ta négligence – ou, pire, de ta jalousie.

Il avait fait les cent pas, s'arrêtant de temps en temps pour fixer Sasha allongée sur le sol, la nourriture renversée, le contenu de son sac éparpillé, le sang sur le tapis, sa peau rouge et couverte de taches.

— Je vais m'occuper de tout ça. Je vais tout nettoyer et tout faire disparaître, mais tu dois faire exactement ce que je te dis. Compris ?

Je l'avais cru sous l'effet de la peur, j'avais cru que c'était moi qui l'avais tuée, que j'avais laissé le mauvais plat, sachant parfaitement qu'elle avait une allergie sévère aux cacahuètes.

— La police va penser que c'était planifié, Libby, que tu

croyais que le mot venait de Sasha, que tu étais convaincue qu'on avait une liaison. Que tu avais de la rancune contre elle. Que tu voulais qu'elle meure.

J'avais hoché frénétiquement la tête, tremblante. Je savais qu'il avait raison, je ne me souciais même pas de savoir s'il disait la vérité sur cette histoire d'adultère. C'était le cadet de mes soucis.

— Tu veux qu'Alice soit privée de mère pendant que tu passes les vingt prochaines années en prison ? avait-il dit, faisant les cent pas, agité.

J'étais assise en silence sur la banquette de la fenêtre aux rideaux tirés, les larmes coulaient sur mes joues.

— Non, avais-je dit en sanglotant.

— Alors, tu me fais confiance ?

J'avais acquiescé, incapable de voir une autre issue. Je me sentais piégée. Aucun moyen de m'échapper.

Au fil du temps, Sean m'avait convaincue qu'il emmènerait Sasha loin, là où personne ne pourrait jamais la retrouver, dans un endroit paisible, pour l'enterrer dignement. Il avait dit qu'il laisserait quelques-unes de ses affaires dans une autre partie de la campagne pour que la police pense qu'elle s'était égarée et qu'un malheur lui était arrivé. Après un certain temps, l'enquête s'essoufflerait, selon lui, et son corps ne serait jamais retrouvé.

— Ça va se tasser. Bientôt, Sasha sera juste une jeune fugueuse de plus, m'avait-il dit. Je connais bien la terre.

Je peux presque l'entendre... *Gardienne de tous les secrets.*

47

— Je n'arrive pas à croire qu'il l'ait amenée ici, dis-je à Marion.

Je savais qu'il avait traîné Sasha dans le Land Rover pendant que je faisais le tour du village en faisant semblant de la chercher. Marion avait dû le ramener au cottage ensuite, laissant le véhicule contaminé de Sean à la ferme pour le nettoyer.

— Peu importe ce que tu as fait, il n'aurait pas dû te laisser gérer... tout ça.

Une partie de moi a envie de la prendre dans mes bras ; la plus grande partie voudrait lui en coller une.

— Qu'est-ce qu'on va faire maintenant ?

Je n'ai pas les idées claires. La voix de Sean continue de résonner dans ma tête : elle me donne des ordres, me terrifie au point de me forcer à obéir, me contrôle.

— Il... il faut qu'on se débarrasse de...

Je jette un coup d'œil au congélateur.

Soudain, Marion est debout.

— C'est mon fils, Libby, me dit-elle en me jetant un regard suppliant. Je dois encore le protéger. Je vais tout avouer à la police, dire que je suis venue chez vous ce soir-là et que j'étais en colère. Que j'ai poussé Sasha et qu'elle s'est cogné la tête. Je leur dirai que c'était un accident, que c'était entièrement ma faute et que j'ai amené son corps ici dans la panique. Elle est toute petite, après tout.

Elle se tient droite.

— Il est hors de question que je le laisse porter le chapeau, pas après tout ce qu'il a traversé. J'ai gardé son secret pendant tant d'années, Libby. Je ne vais pas abandonner maintenant.

— Quel secret ? crié-je, m'approchant d'elle et la saisissant de nouveau.

Mais elle me regarde sans me voir, les lèvres scellées.

— C'est dans ma voiture qu'ils ont trouvé du sang, murmuré-je, ma main se portant à ma tête.

Sasha s'était vraiment coupé à la main.

— Ils ne te croiront jamais.

— Alors je dirai à la police que j'ai utilisé ta voiture, que je l'ai prise sans que tu sois au courant. C'est un break, après tout, le coffre est plus grand que celui de ma voiture. C'est tout à fait logique. En plus, je l'ai conduite il n'y a pas longtemps, tu te souviens ? Je vais les convaincre, dit-elle, retrouvant de l'énergie et son assurance.

— Non, c'est de la folie. Tu ne peux pas faire ça. Je ne te laisserai pas faire ça.

Je me tiens la tête, perdue dans mes pensées.

— On doit leur dire que Sean a tout dissimulé, qu'il a amené le corps de Sasha ici. Il est temps de dire la vérité.

Ça me fait mal de trahir Sean mais, après tout, il n'a pas hésité à me trahir, moi. Je ne comprends juste pas pourquoi.

Marion m'attrape les poignets.

— Libby, tu sais que je suis malade. La vérité, c'est que c'est bien pire que ce que j'ai laissé entendre. Ils pensaient que j'étais en rémission mais, ces six derniers mois, ça a repris. C'est bien pire maintenant.

Marion se tient le ventre.

— On dirait que je vais bien la plupart du temps, mais mon foie et mes poumons sont touchés. Ils pensaient avoir tout enlevé il y a des années de ça.

Elle secoue la tête.

— Je suis une battante, Libby, mais je sais aussi m'avouer vaincue.

Je me lève et m'approche d'elle.

— Marion, je sais que tu as eu des problèmes de santé, mais... mais tu as... un cancer ?

Elle acquiesce.

— Je suis vraiment, vraiment désolée. Je n'en savais rien.

Tout ce temps, elle a pris soin d'Alice et, en même temps, elle affrontait sa maladie, allait seule à ses rendez-vous à l'hôpital, prenait sans doute des médicaments en grande quantité et suivait des traitements.

— Ils l'ont découvert juste après la naissance de Sean, dit-elle. J'ai subi une hystérectomie et on m'a laissée reprendre ma vie normalement. Mais je savais que je n'aurais plus d'enfants. Il y a trois ans, j'ai appris que le cancer était revenu. On m'a proposé une chimiothérapie, mais je n'ai pas pu me résoudre à soumettre à tout ça encore une fois. J'ai choisi de suivre une radiothérapie, en espérant qu'avec les médicaments, ça suffirait.

Marion sourit.

— Mais maintenant, le cancer a atteint mes os. Je suis arrivée au bout, Libby. Je ne peux plus me battre.

— Oh, Marion, dis-je.

Je m'approche pour la prendre dans mes bras, mais elle m'esquive, comme si elle était contagieuse.

— J'ai déjà appelé la police, Libby. Juste avant que tu arrives. Ils vont bientôt débarquer. S'il te plaît. Je ne peux pas tout arranger, mais je peux rattraper certaines choses. Laisse-moi réparer ça. Je prendrai la responsabilité de tout, y compris d'avoir étouffé toute cette histoire.

Je la regarde avec intensité et, pendant une seconde, une

compréhension mutuelle s'établit entre nous. Depuis qu'elle a échoué à sauver Sean de la colère de son père, il y a toutes ces années, à cause de quelque chose qu'il avait fait, elle a cherché à tout arranger. À garder son secret bien caché, au point de ne pas m'en parler.

— Va voir Alice, dit Marion. Va chercher ta magnifique fille et rentrez à la maison. Serre-la fort contre toi et ne la lâche jamais. Pas avant un long moment, en tout cas. Profite de ta vie, que ce soit avec ou sans Sean. Je n'ai plus le contrôle là-dessus. Mais parle-lui. Qui sait, peut-être qu'il décidera de s'ouvrir à toi. Quoi qu'il arrive, vous serez toujours les parents d'Alice. Aimez votre fille. Aimez-la à en avoir mal. Puis, quand viendra le moment de la laisser partir, qu'importe ce qu'elle fait, qui elle est, comment elle choisit de vivre sa vie... promets-moi que tu l'aimeras toujours, tout comme j'ai aimé Sean. L'amour d'une mère peut aussi libérer, tu sais.

Un frisson parcourt ma peau et de nouvelles larmes montent.

— Marion... dis-je en jetant un coup d'œil à travers les persiennes, à l'affût du moindre bruit de moteur.

Je ne comprends pas ce qu'elle essaie de dire.

— Je ne peux pas te laisser...

— Non, dit-elle en levant de nouveau les mains. Pars. Fais juste tout ce que je t'ai dit et tout va bien se passer.

« Tout va bien se passer... »

Je hoche la tête, les yeux grands ouverts, l'oreille tendue, guettant le son des sirènes.

— Sasha n'était pas chez vous quand vous êtes rentrés du pub.

Elle me prend par les épaules et me secoue légèrement. Je hoche légèrement la tête.

— Elle n'était plus là et tu ne sais pas ce qui s'est passé. Il me reste moins de six mois à vivre, Libby. Laisse-moi faire ça. S'il te plaît.

Je la dévisage : Sean sait-il qu'elle est en train de mourir ? J'imagine que non. Marion ne lui ferait pas ça.

Je m'effondre de nouveau.

— Merci, Marion, dis-je, les yeux fermés, pendant qu'elle me pousse vers la porte.

Lorsqu'elle prend le balai et recommence à fredonner la berceuse, je jette un dernier regard en arrière, puis je me mets à courir. Je cours aussi vite que je peux vers ma petite fille, vers le doux parfum de ses cheveux, la douceur de sa peau, la profondeur de ses yeux bleus qui pétillent et le flot incessant de ses questions.

— Oh, Alice... Oh, Sean ! dis-je en sanglotant, à peine capable d'envisager ce qu'il a fait.

Les larmes brouillent ma vue alors que je me précipite à travers le terrain accidenté vers la ferme. Même si je ne souhaite rien d'autre que de me blottir contre lui, Alice entre nous, je sais que je ne peux pas le regarder en face. Sa trahison est indescriptible et, à cet instant, alors que ma respiration brûle mes poumons, je ne veux plus jamais le revoir. Tout ce que je veux, c'est avoir ma fille près de moi et la protéger. *Comme Marion a protégé Sean tout ce temps*, je pense en trébuchant à travers la cour. Bien que je ne sache toujours pas de quoi.

— Alice... lancé-je, essoufflée, en faisant irruption dans la maison par la porte de derrière. Alice, prends tes affaires, on doit y aller !

Je fonce jusqu'au bureau de Fred, juste à temps pour les voir ranger le jeu de l'échelle. Alice se retourne soudainement. Lorsqu'elle me voit, son visage surpris s'illumine d'un sourire.

— Est-ce qu'on peut manger du poisson pané ce soir, maman ? demande-t-elle en glissant le jeu sur une étagère.

— Oui, oui, tout ce que tu veux, dis-je en la prenant dans mes bras.

Je croise le regard de Fred, avachi dans son fauteuil, et m'apprête à lui dire quelque chose, mais je me ravise. Je veux juste partir, passer un moment seule avec ma fille avant de faire face à de nouvelles questions de la police, ce qui, je sais, est inévitable. De plus, je ne veux pas qu'Alice reste en présence d'un homme qui a agressé son propre fils, quelle que soit la raison.

— Mets ton manteau, dis-je à Alice dans la cuisine en enfilant ses petits bras dans sa veste.

J'attrape son sac à dos posé sur la table, la prends dans mes bras et cours vers la voiture. Je l'attache dans son siège auto, les mains tremblantes. Je m'installe côté conducteur, peinant à mettre la clé dans le contact tout en appelant Fran, mon téléphone collé à mon oreille avec mon épaule. Je fais marche arrière et roule sur le chemin cahoteux jusqu'à la route, priant pour que Fran décroche. De toute façon, je me dirige chez elle. Je ne peux pas rentrer à la maison.

— Fran, dis-je, une boule dans la gorge au son de sa voix. C'est moi… Dieu merci…

En partant, je vois deux voitures de police arriver dans l'autre sens avec leurs gyrophares allumés. Elles passent en trombe devant moi, toutes sirènes hurlantes, ne ralentissent pas lorsqu'elles s'engagent dans le chemin menant à la ferme.

— Oui, bien sûr, répond Fran quand je lui demande si on peut venir et rester chez elle un moment.

Elle sent l'urgence dans ma voix, ne pose pas de questions. Après que j'ai raccroché et laissé tomber le téléphone, soulagée, les larmes dévalent mes joues et brouillent ma vue, rendant la conduite difficile.

ÉPILOGUE
LA VEILLE

Il faisait à peine jour, et l'air était glacial. Le groupe d'hommes se retrouva au même endroit que d'habitude, juste après le portail oriental du domaine de chasse. Les premiers rayons du soleil traversaient les arbres, faisant ressortir la pierre couleur miel du bâtiment, parsemée de reflets dorés. Il régnait un silence presque absolu, comme si la terre dormait toujours, seuls les murmures des hommes et le chant des oiseaux étant audibles. Tout près, un faisan s'échappa d'un buisson.

Sean brandit son bâton de marche sculpté comme un fusil, et ferma un œil pour suivre du regard la trajectoire de l'oiseau avec le canon imaginaire. Il émit un bruit de détonation et eut un petit mouvement de recul, comme s'il venait de tirer.

— Ce sera pour un autre jour, dit Phil.

— Ouais, répondit Sean en le regardant, posant son bâton contre l'arrière du Land Rover.

Il lui adressa un regard plein de compassion et lui tapota l'épaule.

— Tout va bien se passer, dit-il en hochant la tête.

Phil fit un signe d'assentiment.

— Bon, lança Sean au groupe. Tous les quatre, allez vers

Blake's Hill, dit-il en faisant un geste vers certains hommes. Mais suivez d'abord le ruisseau, en faisant le tour des silos également.

Il donna ensuite des instructions aux autres.

— Phil et moi, on va aller du côté des terres des Denton. On va d'abord couvrir la partie basse des terres, y compris là où elles rejoignent le domaine, près du coin boisé avec les volières des faisans.

Tous acquiescèrent.

— On vérifiera aussi les champs de maïs, continua-t-il. Personne n'y est allé pour l'instant et Dieu sait quel terrain les flics ont couvert. Pas grand-chose, apparemment.

Un murmure d'accord parcourut le groupe, les douzaines d'hommes hochant la tête en secouant leur chapeau en tweed, avant que les différents groupes ne se mettent en marche. Certains étaient à pied, les épagneuls courant à leurs côtés, et d'autres motorisés.

— Monte, dit Sean en désignant son Land Rover. On prend la mienne.

Phil ouvrit la portière et repoussa quelques affaires sur le siège, dont la veste Barbour de Sean et une Thermos de café.

— Il y a un anniversaire ? lança-t-il en déplaçant un sac cadeau.

Son visage restait neutre. Il n'était pas d'humeur à plaisanter.

— Ouais, répondit Sean en lui lançant un rapide coup d'œil avant de démarrer.

Le Land Rover cahota sur la route. Ils roulèrent en silence le long du chemin, ralentissant au niveau d'un portail pour laisser passer une voiture qui venait dans l'autre sens. Sean aspergea le pare-brise de lave-glace, ce qui brouilla temporairement la vue avant que le verre ne soit propre. Il plissa les yeux face au soleil.

— Je l'ai vue, tu sais, dit-il en serrant le volant. Sasha.

Phil tourna brusquement la tête.

— Quoi ?

Sean leva une main.

— Non, non, je ne parle pas d'après sa disparition. C'était cinq jours avant, le lundi. Je l'ai vue debout à l'arrêt de bus à Great Lyne, celui juste en face de chez nous. C'était tôt le matin.

— Qu'est-ce qu'elle faisait là ? demanda Phil, les sourcils froncés. Elle prend toujours le bus dans notre village.

— Elle avait marché jusqu'à Great Lyne, apparemment, et attendait le bus pour aller au lycée, répondit Sean. C'est ce qu'elle m'a dit pendant que je dégivrais la voiture. Je l'ai saluée de la main et elle est venue me voir. Elle n'avait pas l'air bien. J'allais partir au travail, donc je l'ai emmenée en ville, comme le bus avait du retard. J'ai dû insister un peu.

— Mais qu'est-ce qu'elle faisait dans ton village ?

Sean déglutit en se remémorant avoir eu cette même conversation avec Sasha, lorsqu'il lui avait demandé pourquoi elle ne prenait pas le bus à son arrêt habituel. Elle était d'abord restée vague, sèche et distante. Elle tremblait et était visiblement bouleversée. Malgré tout, elle avait envie de parler.

— Elle savait, Phil, répondit Sean en lui lançant un regard. Elle était perturbée. Très perturbée. Et elle n'avait pas l'air en forme. On aurait dit qu'elle n'avait pas mangé depuis des jours.

— Bon sang, murmura Phil, appuyant son coude sur le rebord de la portière, les yeux perdus dans le paysage. Je n'en savais rien.

— Je l'ai emmenée au lycée et je l'ai calmée, reprit Sean. Je l'ai convaincue qu'elle se trompait complètement. Quand je l'ai déposée, elle m'a promis qu'elle ne dirait rien. Mais en réalité, elle l'avait déjà fait, ajouta-t-il, ses mains serrant le volant jusqu'à ce que ses phalanges deviennent blanches. Elle avait laissé un mot sur la voiture de Libby.

Il lança un autre regard à Phil, qui poussa un long soupir en secouant la tête.

— Merde...

Bien sûr, Sean n'avait pas pu raconter tout cela à Libby. Et maintenant, il ne pouvait pas non plus tout dire à Phil, lui expliquer ce qu'ils avaient découvert en rentrant au cottage ce soir-là.

Deux kilomètres plus loin, Sean ralentit de nouveau et s'arrêta à l'entrée d'un champ. Cette fois, il n'y avait pas de voiture qui arrivait dans l'autre sens. Il coupa le moteur.

— Tu ne dois pas prendre le chemin un peu plus loin ? Faire une boucle pour arriver là où le terrain des Denton rejoint le sentier venant de Great Lyne ? C'est un raccourci que Sasha aurait pu prendre, dit Phil.

— Si, répondit Sean. On va y aller. Mais regarde.

Il pointa du doigt un champ, actuellement recouvert d'herbe. Un hangar à tracteurs et deux granges étaient nichés sur le côté, adossés à une zone boisée.

— Je me souviens de quand tout ça a été planté, dit Sean. Les jeunes pousses n'étaient pas plus hautes que nous à l'époque.

— Le temps passe vite, dit Phil en fixant le bois.

Sean hocha la tête.

— Viens, ajouta-t-il, faisant signe à Phil de descendre du véhicule et pointant les granges du doigt.

Phil hésita.

— Non, Sean. Pourquoi tu voudrais faire ça ?

— Je n'y suis jamais retourné depuis. Je n'ai jamais pu. Mais maintenant... Maintenant, c'est différent. C'est comme si j'en avais besoin.

Phil secoua la tête.

— D'accord, dit-il en soupirant avant de sortir du Land Rover.

Sean prit sa veste sur le siège et l'enfila rapidement avant de sortir de la voiture. Les deux hommes enjambèrent le portail à cinq barres et sautèrent de l'autre côté. Leurs souffles formaient des nuages blancs dans l'air froid matinal. Ils marchèrent en silence sur le terrain inégal en direction des granges, chacun perdu dans ses souvenirs – les longs étés chauds passés sur les terres, quand Fred les embauchait pour dix livres la journée. Ils conduisaient des tracteurs, transportaient les ballots, les déchargeaient dans les granges hollandaises. En hiver, lorsque la terre était gelée, ils étaient toujours là. Sur leurs vélos, ils pédalaient à toute vitesse entre les villages pour voir leurs copains, dérobant les bouteilles d'alcool qu'ils pouvaient piquer sans se faire prendre.

Ils n'étaient que des garçons. De *bons* garçons.

— C'était ici, non ? demanda Phil à l'approche du bâtiment en brique rouge. Ça a l'air un peu plus délabré maintenant.

— Non, c'était cette grange-là. Celle en pierre. Ce n'est pas le genre de chose que je pourrais oublier.

Sean s'arrêta un instant, une main sur la hanche, l'autre serrant son manteau autour de lui.

— Elle mérite d'être démolie.

— On dirait qu'elle va s'écrouler d'ici peu.

Sean leva les yeux vers la pente abrupte du côté nord du champ. La pente par laquelle il disait que le ballot était descendu, le renversant sur son passage, écrasant et brisant son genou droit. Personne n'avait jamais remis en question son histoire, pourquoi ses blessures ne correspondaient pas tout à fait à sa version des faits. C'était une autre époque. Les gamins s'amusaient à la ferme, autour des tracteurs et des machines. Les accidents étaient fréquents.

Sean s'approcha de la porte en bois écaillée de la grange. Elle était à moitié sortie de ses gonds. Il s'arrêta là et scruta l'obscurité, la peau parcourue de frissons lorsque Phil s'approcha de lui.

— De la bière, du pain et du fromage. Et un peu d'herbe quand on pouvait en trouver, dit Phil en riant.

C'était la première fois que Sean l'entendait rire depuis trois semaines.

— Le bon vieux temps, ajouta Sean en se retournant pour trouver Phil tout près, les yeux pleins de larmes.

Sean entra dans la grange, écartant les toiles d'araignée de son visage. Ses yeux s'habituèrent progressivement à la faible lumière, son nez captant l'odeur du foin pourrissant, des rats, et de l'huile de moteur du quad rouillé. Dans un coin étaient empilés des outils presque aussi vieux que le bâtiment lui-même : des râteaux, des pioches, des fourches et des pelles. Sean plissa les yeux en plongeant dans ses souvenirs.

— Papa, non, arrête ! avait-il crié, les larmes coulant sur ses joues.

Ses joues juvéniles, rouges d'embarras.

— Papaaa ! s'était-il lamenté, se couvrant la tête avec ses bras.

Il avait tenté de se protéger, en se traînant sur les fesses sur le sol pour tenter d'échapper à la colère de son père. Fred s'était dressé au-dessus de lui, brandissant une pelle qu'il avait prise dans le tas d'outils lorsqu'il avait compris pourquoi Sean n'était pas dehors à travailler.

— Jamais mon fils... avait-il rugi, levant la pelle pour l'abattre sur Sean encore et encore, frappant là où il pouvait.

Sa rage était incontrôlable. Sean avait crié, hurlé, avait tenté de se relever pour fuir, mais chaque fois qu'il essayait, son père le frappait de nouveau, le clouant au sol.

— Ça sent toujours le sang là-dedans, murmura Sean, déglutissant en ouvrant les yeux.

Il tremblait. Une larme roula sur sa joue et, tout près de lui, il aperçut la même chose sur le visage de Phil. Il marqua une pause et tendit l'oreille vers l'entrée, ayant cru entendre quelque chose – une voiture, peut-être.

— J'ai quelque chose pour toi, reprit Sean, arrivant à la conclusion qu'il avait dû imaginer le bruit.

Il glissa la main dans sa veste et en sortit le sac cadeau noir et doré.

— Joyeux anniversaire, dit-il. Pour la semaine prochaine. Je ne savais pas quand…

Il baissa la tête.

— Je me suis dit que c'était le bon jour pour te l'offrir.

Sean tendit l'oreille de nouveau. Phil hocha la tête et se rapprocha.

— Merci, dit-il en souriant, la voix tremblante.

— Allez, ouvre-le, grand nigaud.

Phil sortit un petit paquet du sac et arracha le papier qu'il laissa tomber au sol. Il ouvrit la boîte et fixa le briquet qui s'y trouvait avant de s'en saisir et de le faire tourner dans ses grandes mains, passant le pouce sur la gravure.

— Merci, répéta-t-il tout bas. Il est magnifique.

Sean s'approcha, le prit dans ses bras, et ferma les yeux lorsque Phil lui rendit son étreinte. Il sentit son souffle chaud dans sa nuque.

— Je suis content qu'il te plaise, dit-il, tendant toujours l'oreille.

Il aurait pu jurer qu'il entendait des voix, et qu'elles se rapprochaient.

— Je suis désolé de n'avoir rien fait à l'époque, murmura Phil. Quand ton père nous a surpris. Je ne me le pardonnerai jamais. J'ai été lâche. Je me suis enfui, et j'ai presque renversé ta mère au passage.

Sean secoua la tête.

— C'est du passé, tout ça, dit-il. Des secrets enfouis dans la terre.

Il glissa un doigt sous le menton de Phil pour incliner son visage vers le sien. Puis il l'embrassa. Les deux hommes redevinrent des adolescents de dix-sept ans, emportés par une attirance indéniable, se perdant dans l'instant, revivant leur passé tout en savourant ce qu'ils partageaient présentement.

— Sasha nous a vus, dit Sean en s'écartant légèrement, leurs visages encore proches. Il y a quelques mois, quand je t'ai ramené un soir en revenant du pub. Elle m'a dit qu'elle nous avait vus nous embrasser dans le Land Rover, après que Matt l'avait déposée. On a été trop imprudents.

— Oh, Sash, dit Phil en appuyant son front contre celui de Sean.

— Elle était bouleversée, elle m'a dit qu'elle ne savait pas quoi faire, qu'elle était furieuse que tu trompes sa mère. Puis elle a décidé de garder le secret, de ne rien dire à personne. C'est pour ça que le pull que je t'ai donné a disparu. Sasha essayait de cacher des preuves à sa mère. Elle voulait juste que toi et Jan vous remettiez ensemble.

Sean caressait doucement la tête de Phil, qui était en larmes.

— Oh, ma pauvre fille adorée.

— Mais ensuite, elle a commencé à nous surveiller et est devenue de plus en plus suspicieuse. Elle attendait de nous surprendre en flagrant délit et, quand elle nous a vus ensemble à plusieurs reprises, elle a compris que ce n'était pas juste un écart. Elle m'a dit : « Je sais que vous vous aimez. »

— Qu'est-ce que tu as répondu ?

— Je lui ai dit qu'elle avait raison, qu'on s'aimait depuis notre adolescence mais que, parfois, les gens ne peuvent pas être ensemble.

— Bordel, je n'aurais jamais dû lui cacher ça, ni à Jan d'ailleurs. On n'aurait jamais dû cacher ça à personne.

Sean hocha la tête et baissa les yeux.

— Mais Phil, dès le début, quand mon père nous a surpris, on nous a dit que ce n'était pas normal, que *nous* n'étions pas normaux. On ne connaissait rien d'autre à l'époque, et lui, encore moins... Puis... puis maman a essayé de tout arranger, en me présentant Natalie, en me forçant presque à l'épouser, à être « normal » pour le bien de mon père. Et c'est resté comme ça pendant si longtemps... Mon Dieu, c'est un vrai bordel... Si seulement les choses avaient été différentes.

— Ne pleure pas, dit Phil en serrant Sean dans ses bras.

Les deux hommes se regardèrent et s'apprêtaient à s'embrasser une nouvelle fois, mais Sean s'arrêta : quatre policiers se tenaient dans l'encadrement de la porte de la grange, leurs silhouettes dessinées dans la lumière du matin.

— Sean Randell ? lança l'un d'eux en s'approchant.

Phil se retourna, toujours dans les bras de Sean. Celui-ci se figea. Il ne reconnaissait pas l'agent.

— Oui ? dit-il, la bouche soudain sèche.

— Vous êtes en état d'arrestation pour le meurtre de Sasha Long. Vous pouvez garder le silence...

La voix de l'agent fut noyée par le bruit strident qui emplissait les oreilles de Sean alors qu'il comprenait ce qui était en train de se passer. Les autres agents s'approchèrent et lui passèrent des menottes froides autour des poignets. Tout semblait se dérouler au ralenti.

— C'est quoi, ce bordel ? dit Phil.

L'expression horrifiée sur son visage brisa le cœur de Sean. Phil recula. Sean l'implorait du regard, le suppliant d'y voir la vérité : qu'en cachant tout, en protégeant sa mère, il les protégeait aussi, eux. Il gardait leur secret en sécurité.

— Phil, non... Ce... ce n'est pas ce que tu crois, je te jure... s'entendit-il dire, ne supportant pas l'expression d'agonie et de trahison sur le visage de Phil. Vraiment, s'il te plaît, crois-moi.

Sa voix se brisa alors que Phil reculait encore, ses yeux passant de Sean aux policiers qui se regroupaient autour de lui.

— Phil, non, écoute-moi, s'il te plaît... Tout va bien...

Et la dernière chose que Sean sentit avant de sombrer, avant que le monde devienne noir, fut le poing de Phil contre sa mâchoire.

Chères lectrices, chers lecteurs,

J'espère que vous avez pris plaisir à lire *Le Soir du rendez-vous* et que l'histoire vous a captivé jusqu'à la dernière page. J'ai adoré écrire ce roman, notamment grâce au magnifique cadre que sont les Cotswolds. Je suis déjà en train de préparer mon prochain livre, alors, si vous souhaitez découvrir mes autres ouvrages, n'hésitez pas à vous inscrire ci-dessous pour recevoir toutes les dernières informations concernant mes futures parutions.

france.bookouture.com/subscribe/

On me demande souvent : « D'où te viennent tes idées ? » Il n'est pas si facile de répondre à cette question. Pour moi, l'écriture d'un livre est un processus organique, avec des idées issues de nombreuses sources (avant et pendant l'écriture) et, bien sûr, de mon imagination. Pour *Le Soir du rendez-vous*, l'idée de départ est née lorsque j'ai lu l'appel à l'aide d'une femme qui avait reçu un mot anonyme l'informant que son mari la trompait. C'était malheureusement l'un des nombreux messages similaires publiés sur un forum dédié aux ruptures, qui avaient un point commun : ils laissaient transparaître qu'une fois que la confiance entre deux personnes est brisée, le chemin qui suit est semé d'embûches.

J'avais envie d'écrire un livre se déroulant dans la magnifique région des Cotswolds depuis un certain temps. Et après avoir passé un week-end là-bas, dans le pub-maison d'hôtes idyllique d'un village, au tout début du processus d'écriture, ça m'est apparu comme une évidence. Quand je me promenais dans les jolies ruelles, il me semblait que la structure même des bâtiments anciens était imprégnée d'histoire, et d'un potentiel mystère. J'ai eu envie de capturer la tranquillité et la beauté de la région, tout en y ajoutant l'horreur d'un crime terrible qui bouleverserait la communauté.

Avant de commencer à écrire, j'avais déjà plusieurs personnages principaux en tête, dont Libby et Sean : un couple de travailleurs acharnés ayant toujours formé une équipe soudée. Et si les choses n'étaient pas aussi parfaites qu'elles en avaient l'air ? Et si l'un d'eux cachait un secret ? Et si ce secret venait à être découvert et que leur vie s'effondrait ? La disparition de Sasha était un élément clé de cette évolution, ajoutant au choc et à la détresse de Libby après avoir reçu le mot. Il ne me restait plus qu'à trouver un moyen de relier ces deux fils conducteurs.

Ce que j'aime le plus dans l'écriture de thrillers psychologiques, c'est que tout n'est pas aussi évident qu'on le pense. Les gens dans la « vraie vie » ne tombent pas dans des catégories bien définies, et cela ne devrait pas être le cas non plus dans la fiction. Il est facile de faire des suppositions (souvent fondées sur nos propres expériences) sur les gens et j'ai voulu remettre en question cette idée. Ce que Marion a fait à Sasha est horrible ; tout comme l'attitude de Sean qui a tenté de dissimuler la vérité. Mais en fin de compte, le crime terrible que mère et fils ont commis repose sur la peur. Une peur qui avait été socialement inculquée à Marion et à Fred, et de manière similaire à Sean depuis son adolescence, alors qu'il n'avait fait que rester fidèle à lui-même et à ses sentiments.

Les graves préjugés de son père ont poussé Sean à vivre dans le mensonge presque toute sa vie, bien qu'il n'ait jamais réellement changé. C'est en partant de ce postulat, « tout n'est pas aussi évident qu'on le pense », que j'ai trouvé l'idée de démêler peu à peu la vérité à travers l'épreuve de Libby, après son arrestation, en montrant que l'histoire qu'elle et Sean avaient racontée à la police, à leur famille et à leurs amis, était bien loin de la réalité. De la même façon, Sean avait été forcé, malgré lui, à vivre sa vie dans le mensonge.

Voilà donc un aperçu de la façon dont j'ai développé mes idées pour que *Le Soir du rendez-vous* voie le jour. Si vous avez pris autant de plaisir à le lire que moi à l'écrire, je serais ravie que vous laissiez un petit avis en ligne. Les retours des lecteurs sont précieux pour les auteurs, et j'adore lire vos impressions sur mes livres – tout comme les autres lecteurs !

Pour finir, je serais ravie de vous retrouver sur Facebook, Twitter ou Instagram, et mon site web contient des détails sur tous mes autres livres, ainsi qu'un peu plus d'informations sur moi et sur comment je suis devenue autrice.

À bientôt, bonne lecture, et au plaisir de partager un autre livre avec vous.

Sam

www.samanthahayes.co.uk

 facebook.com/SamanthaHayesAuthor

 x.com/samhayes

 instagram.com/samanthahayes.author

REMERCIEMENTS

Derrière chaque livre se cache une équipe incroyable et, comme toujours, je tiens à adresser un immense merci à mon incroyable éditrice Jessie Botterill, qui fait briller chaque livre. Je ne pourrais pas y arriver sans toi, Jessie ! Bien sûr, mes sincères remerciements vont également à toutes les personnes formidables de chez Bookouture. C'est un plaisir de faire partie d'une équipe aussi solidaire, qu'il s'agisse du personnel ou des auteurs de Bookouture. Un grand merci aussi à Kim Nash et Noelle Holten, qui œuvrent sans relâche, toujours avec le sourire !

Un immense merci à Oli Munson, mon agent, qui assure toujours mes arrières, et à toute l'équipe d'A.M. Heath. Merci beaucoup pour votre travail acharné.

Je tiens à remercier tout particulièrement les blogueurs et critiques qui lisent et chroniquent non seulement mes livres, mais aussi des milliers d'autres, ce qui contribue à faire connaître les histoires qu'ils aiment. J'apprécie vraiment toutes les critiques, tous les tweets, tous les abonnements, tous les partages et toutes les mentions.

Enfin, un grand merci à vous, mes incroyables lecteurs, d'avoir pris le temps de lire mon livre et de découvrir mes personnages. J'espère qu'ils vous ont divertis et que vous me rejoindrez pour le prochain !

Et, comme toujours, tout mon amour à ma chère famille : Ben, Polly et Lucy, Avril et Paul, Graham et Marina, et Joe, qui ont été d'un énorme soutien et d'une grande gentillesse au cours de l'année écoulée. Cela me touche profondément.

www.ingramcontent.com/pod-product-compliance
Lightning Source LLC
Chambersburg PA
CBHW020346220726
48290CB00014B/1292